Né en Finlande en 1981, Arttu Tuominen est ingénieur environnemental et écrivain. *Le Serment* a reçu le Grand Prix finlandais du meilleur polar 2020. Il était également finaliste du très prestigieux « Prix Clé de verre » 2021 du meilleur polar scandinave, qui a couronné les plus grands maîtres du genre : Stieg Larsson, Jo Nesbø ou Arnaldur Indridason.

Arttu Tuominen

LE SERMENT

Traduit du finnois
par Anne Colin du Terrail

Éditions de la Martinière

TITRE ORIGINAL
Verivelka

ÉDITEUR ORIGINAL
Söderström Ltd (WSOY), Helsinki, Finlande

Ce livre a été publié avec l'aimable autorisation
de Bonnier Rights, Helsinki, Finlande
et grâce au soutien financier
du FILI (Finnish Literature Exchange).

ISBN 978-2-7578-9148-3

À Susanna,
ma meilleure amie

Ce dont je me souviens :

Le cours alangui du Kokemäenjoki
Mon père, dans le séjour, penché sur sa planche à dessin
Des fleurs fraîches dans un vase
L'odeur des bulles montant du puits
La nuit de la Saint-Jean 1991,
quand les bûchers se sont allumés les uns
après les autres sur les bords du lac

Toi.

Prologue

« Et s'ils construisent des maisons ? » demande le plus fluet des garçons, et tandis qu'il grimpe s'asseoir sur le rocher, des touffes de mousse se détachent de la pierre, tombent en pluie sur le sol.

« Ici, au milieu de la forêt ? Pourquoi est-ce qu'ils feraient ça ? Il n'y a même pas de route », répond le plus costaud en enfonçant d'un coup de pied sa pelle dans la bruyère. Sous la végétation, le fer heurte le dur dépôt morainique.

« C'est long, vingt-sept ans, et c'est un bel endroit. Moi, en tout cas, si j'étais grand, je construirais ma maison sur cette colline.

– Eh bien vas-y », grogne le costaud, et il soulève une motte de tourbe, coupe les racines avec le tranchant de la pelle, puis la plante à nouveau dans le sol. « Il faut creuser profond ?

– Au moins cinquante centimètres, pour que le gel ne le fasse pas remonter à la surface.

– Alors tu vas devoir creuser toi aussi. C'est plein de cailloux.

– C'est moi le cerveau et toi les bras », proteste le maigrichon avec un sourire, mais il saute malgré tout du rocher et se saisit de la pelle. Ils creusent à tour de rôle et disposent la terre en petits tas à côté du trou.

Une fois que celui-ci est assez profond à leur goût, ils y déposent un cylindre en plastique orange. Une odeur de tourbe, humide et acide, monte de l'excavation. Les garçons contemplent un moment l'objet qui gît au fond, puis s'attellent à la combler. Leurs T-shirts sont mouillés de transpiration et leur respiration se fait lourde.

Une fois le travail terminé, le maigrichon déclare :

« Je te parie mille marks qu'il va rester là jusqu'à ce qu'un archéologue le trouve, dans mille ans.

– Non, parce qu'on va prêter serment, dit le costaud. Comme ça, on sera obligés de le faire.

– On va jurer sur quoi ?

– Sur le X. »

Ils se prennent les poignets en croisant les mains et se regardent dans les yeux.

Le costaud commence : « Je promets et je jure que quoi qu'il arrive, qu'il y ait la guerre ou la peste, nous déterrerons ensemble dans vingt-sept ans ce que nous avons caché aujourd'hui. »

Le maigrichon continue : « Je promets et je jure que je ne révélerai jamais à personne l'emplacement du trésor. Et même si l'un de nous meurt, l'autre viendra le déterrer seul. »

Dans la forêt flotte une fraîche odeur d'après pluie, mélange de résine, d'aiguilles de pin et d'humus. Le soleil perce à travers les troncs et éclaire le visage des garçons. Ils restent un moment silencieux, se tenant toujours les mains, écoutent le vent qui fait ployer la cime des pins et cherchent à donner de la solennité à l'instant.

« Tu l'as perçu ? demande le maigrichon.

– Quoi ?

– Le murmure. »

Le costaud hoche la tête.

Quand ils s'en vont, tous deux se retournent pour regarder une dernière fois le rocher et la tache plus claire qui tranche sur la bruyère.

PARTIE I

Le meurtre

1

Automne 2018

Pori, le 9 novembre 2018

Antti est assis dans un fauteuil, le regard rivé sur un homme, à l'autre bout de la pièce. Sans cesser de le fixer, il se penche pour attraper sa bouteille de vodka par terre et en boit une grande lampée. Dehors il fait noir. Des rafales de vent grondent sur le toit et font grincer les poutres du chalet. La pièce est pleine de monde. Antti revisse le bouchon et repose la bouteille sur le plancher. Des rires, des cris. Quelqu'un sort, des gens s'engouffrent à l'intérieur. Une bouffée d'air froid lui balaie le visage. Des odeurs de cigarette.

L'homme, très grand, se tient près de la cheminée aux côtés d'une femme. Antti ne le lâche pas une seconde des yeux. Il a un gros ventre qui déborde de sa ceinture comme de la pâte molle. Des éclats de rire, la bedaine ballotte, le regard d'Antti ne parvient plus à la suivre. Les voix se mêlent en un brouhaha confus. Tous les mouvements semblent ralentis. De grandes ombres sur les murs.

L'homme pose la main sur les hanches de la femme, la laisse descendre sur ses fesses, glisse les doigts sous sa jupe, lui propose le fond d'une bouteille de vodka. Elle glousse, repousse sa main, boit. L'homme la pelote de nouveau, l'attire contre lui, chuchote quelque chose, lui malaxe les fesses. Sa cigarette tressaute au coin de sa bouche. La femme rit, essaie de se dégager, mais il résiste, la serre contre lui. Elle glousse de nouveau, vacille sur ses chevilles, frappant le plancher de ses talons aiguilles. Puis elle pousse ses hanches en avant, jusqu'à ce que leurs ventres se touchent. Ses mollets variqueux se contractent, et elle laisse l'homme lui embrasser le cou, les épaules, la nuque. Elle penche la tête en arrière et ferme les yeux. Il lui lèche avidement le cou, continue vers le sillon ridé de ses seins, largement dévoilé par son décolleté.

Antti vide la bouteille, revisse le bouchon et se lève. Il se fraie en titubant un passage à travers la foule. Des hommes, des femmes, des têtes connues ou inconnues. Peu importe. Quelqu'un crie. Le son lui vrille les tympans. Il a le visage engourdi, son champ de vision ondule. Il sent plus nettement toutes les odeurs, l'ozone. Il va aux toilettes, pose le front contre les lambris du mur et pisse dans la cuvette. Quelqu'un secoue la poignée de la porte. Antti contemple un moment son reflet dans le miroir, puis replonge dans la cohue. Il prend appui sur le chambranle de la porte, se dirige d'un pas traînant vers la cuisine. L'évier croule sous les bouteilles vides. Il boit directement au robinet.

Un couteau à pain traîne sur une desserte. Il s'en empare et retourne dans le séjour. Son regard lui emboîte le pas avec un temps de retard. Les ombres ont grandi et se sont déplacées vers le plafond. Elles sont partout, mouvantes. Près de la cheminée, l'homme et la femme continuent de se léchouiller. Leurs hanches fricotent, leurs mains se promènent, sur la braguette, sous la jupe qui remonte, dévoilant la blancheur des cuisses.

Antti s'appuie au mur, trébuche sur un tabouret mais garde l'équilibre. La haute silhouette de l'homme lui tourne le dos. Ses doigts se serrent sur le manche du couteau. La femme ouvre les yeux et le voit approcher. Leurs regards se rivent l'un à l'autre.

Il tombe une pluie fine. Antti court dans l'obscurité. La forêt sent l'humus et les feuilles en décomposition. Le vent gémit dans la cime des sapins. Halètements. Tout est en mouvement. Les arbres, les buissons, l'air. Des branches cassent, les jambes d'Antti se dérobent. Il tombe le nez dans la mousse. Il se cogne le bras, se relève, continue. Douleur. Les aiguilles de sapin lui griffent le visage. L'eau ruisselle de ses cheveux sur son visage, son cou, sa nuque. Les troncs noirs des arbres défilent, il a les mains et les vêtements poissés de sang. Il sait qu'un peu plus bas, sur le côté, il y a la mer. Il ne la voit pas, mais il l'entend, sent son odeur. Quelque part derrière lui, des cris résonnent. La dernière lueur du jour s'éteint. Il est seul. Il court.

Court.

Court…

2

Le commissaire intérimaire de l'unité d'investigation judiciaire de la police de Pori, Jari Paloviita, regardait dehors. Il faisait déjà nuit noire. La pluie fouettait la vitre, des perles d'eau ruisselaient, formant des rivières qui se rejoignaient, projetant des raies sombres sur son visage.

Il jeta un coup d'œil à sa montre. Six heures moins cinq. Il se leva, vérifia que l'appareil auditif de son oreille droite était bien en place et enfila son manteau. Il n'était pas encore habitué à la prothèse qu'il portait depuis quelques mois. Il avait sans cesse l'impression qu'elle glissait de son oreille, alors qu'en réalité il n'en était rien. Il la détestait. Il trouvait ridicule d'être ainsi appareillé à quarante ans. Il avait l'impression que ça poussait les gens à le prendre pour plus idiot qu'il ne l'était.

Malentendant.

Paloviita bâilla. Son regard se porta sur la photo de famille posée sur son bureau, prise presque jour pour jour un an plus tôt. Terhi et lui, au centre, avec les filles sur les genoux. Sur le cliché, tous riaient, mais il se rappelait à quel point il avait été difficile à prendre. Cette photo était un mensonge, songea-t-il, comme presque toutes les photos du monde. Ils riaient parce que les gens étaient supposés rire face à la caméra. Les albums étaient des collections de sourires menteurs.

Paloviita fut tiré de ses pensées par la sensation que quelqu'un l'observait. Il tourna la tête et sursauta en voyant l'inspecteur principal Henrik Oksman qui le regardait, debout dans l'embrasure de la porte.

« Seigneur ! tu m'as fait peur. Entre. J'allais partir. »

Oksman, qu'à l'hôtel de police on surnommait derrière son dos le Bœuf, obéit. Âgé de trois ans de moins que Paloviita, il était grand et sec comme un coup de trique, avec un visage étroit, anguleux, des lèvres minces et des yeux noirs dont le regard perçant avait quelque chose de féroce. Ils faisaient équipe depuis déjà quelques années, mais maintenant que Paloviita remplaçait provisoirement le chef de l'unité judiciaire, Juhani Heinonen, Oksman était devenu son subordonné. La situation était étrange, mais elle reviendrait à la normale à la fin de l'année, quand le commissaire en titre reprendrait son poste.

Paloviita éteignit son portable professionnel et le posa sur son bureau à côté des piles de dossiers et de son ordinateur. Il regarda son collègue d'un air interrogatif.

« Un homme poignardé à Ahlainen, décédé, dit Oksman. Le suspect est en fuite. »

Paloviita jura intérieurement, mais n'ôta pas pour autant son manteau. Il laissa Oksman poursuivre, tout en jetant un œil dehors. Une véritable tempête d'automne faisait rage.

« L'endroit est à l'écart de la route principale, dans la zone de Korpholma. Il y a toute une bande de fêtards dans un chalet. Deux patrouilles sont déjà en route, avec la scientifique.

– Bien », dit Paloviita, et il regarda la pendule, qui indiquait six heures pile. « Il y a des témoins ? Est-ce qu'on sait qui on recherche ? »

Les yeux toujours rivés sur lui, Oksman répondit : « On n'a pas son nom, mais plusieurs personnes l'ont vu faire. Comme je l'ai dit, il y a beaucoup de monde sur place. L'agresseur s'est enfui dans la forêt. Une des patrouilles a un chien.

– Bien », répéta Paloviita qui tentait de trouver quelque chose d'intelligent à dire. Son cerveau était totalement engourdi. Oksman attendait visiblement des directives, et le silence se prolongeait douloureusement. Finalement, ce fut Oksman qui le rompit :

« Il se peut aussi qu'il n'y ait pas de fugitif.

– Comment ça ?

– Peut-être que personne n'a quitté les lieux. Si ça se trouve, l'agresseur est encore dans le chalet et l'homme qui s'est enfui dans la forêt n'est qu'une invention.

– Oui. Bien sûr », dit Paloviita en essayant, sans succès, de réprimer un bâillement qui n'en fut que plus large, mal masqué derrière son coude. « Je dois rentrer chez moi, j'ai un truc de prévu », poursuivit-il, et il se rendit compte qu'il cherchait à se justifier. Le regard d'Oksman ne le quittait toujours pas.

« L'enquête est à toi, ajouta-t-il. Linda est encore là ?

– Oui.

– Allez-y ensemble. Vous savez quoi faire. Recueille les déclarations des témoins et vérifie que la scientifique ne salope pas l'examen de la scène de crime. Plus vous aurez de chiens, mieux ce sera, mais tout le monde doit porter un gilet pare-balles et un casque. »

Les muscles des joues d'Oksman se crispèrent. « Il fait un temps épouvantable.

– Je sais. Qui est de permanence au labo ?

– Raunela.

– Bien, ce n'est pas ça qui va l'arrêter, il a l'habitude. » Paloviita regarda de nouveau la pendule. « Mais là, je dois vraiment y aller. Je devrais déjà être en route. Je prends mon portable. Tu peux m'appeler n'importe quand et pour n'importe quel motif. »

Il empocha l'appareil qu'il avait eu le temps d'éteindre et boutonna son manteau.

Oksman hocha la tête et sortit dans le couloir. Paloviita jura intérieurement. Il aurait dû rester, évidemment, et son collègue le savait. Un crime avait été commis, le suspect avait disparu, il était peut-être armé et dangereux – et la responsabilité de l'enquête lui incombait. L'affaire semblait simple, un coup de couteau dans un lieu privé et dans des brumes d'alcool, mais la situation pouvait basculer à tout moment. Il se pouvait que l'on doive cerner le suspect, ou faire usage de la force. Dans le cas d'un individu acculé, dans une situation désespérée, tout était possible. Il aurait dû rester au bureau jusqu'à l'arrestation du fuyard. Si quelqu'un était blessé, les regards se tourneraient immédiatement vers lui.

Mais il était déjà six heures passées et les filles réclameraient bientôt leur porridge du soir. S'il ne rentrait pas à temps, l'enfer s'abattrait sur lui. Terhi avait prévu d'aller à la fête de Noël de son travail et il avait promis de s'occuper des enfants. S'il était en retard, il s'ensuivrait une querelle qu'il n'avait tout simplement pas le courage d'affronter. En tout cas pas maintenant, pas ce soir. D'ailleurs l'affaire était entre les mains de Henrik Oksman et Linda Toivonen, on ne pouvait pas rêver meilleure équipe. Ils étaient l'un comme l'autre au moins aussi compétents que lui. Et il avait promis d'être joignable toute la soirée.

Paloviita éteignit la lumière de son bureau et se dirigea vers les ascenseurs. Tout semblait en ordre, et pourtant il avait des scrupules à rentrer chez lui. Il descendit au rez-de-chaussée. Il avait un mauvais pressentiment, mais il chassa la pensée de son esprit. C'était sans doute parce qu'il s'agissait de son premier crime en tant que chef.

Dès la porte, il fut pris dans un tourbillon de pluie glaciale. Seigneur ! quelle tempête ! Il ne s'était pas rendu compte, à l'intérieur, qu'il faisait aussi mauvais. Il courut à sa voiture, courbé en deux, mais se retrouva malgré tout trempé avant d'avoir pu s'asseoir au volant. Il songea à Henrik Oksman et à Linda Toivonen – et à tous les autres policiers, techniciens et agents – qui allaient devoir crapahuter, de nuit, dans la forêt, et ne put s'empêcher d'éprouver une certaine satisfaction. Le salaire n'était pas le seul avantage du poste de chef. Eh oui, il pourrait s'y habituer.

3

Quand Paloviita arriva chez lui, Terhi l'attendait déjà dans le vestibule, habillée pour sortir. Ses cheveux étaient relevés en un chignon agrémenté d'accroche-cœurs. Son maquillage était plus soutenu que d'habitude, à ses oreilles pendaient de grandes boucles de nacre. Celles qu'il lui avait offertes pour leurs dix ans de mariage – et qu'elle mettait chaque fois qu'elle faisait la fête de son côté, mais jamais quand ils allaient quelque part ensemble.

Paloviita respira le mélange de parfum et de laque à cheveux qui flottait dans la maison, ôta son manteau et ses chaussures dans le sas d'entrée et s'avança dans le vestibule. « Tu es très en beauté », dit-il, et il sourit, mais sans rencontrer d'écho.

« Tu as vu l'heure ? Est-ce qu'il fallait vraiment que tu t'éternises encore une fois au travail alors que tu savais que j'avais rendez-vous ? »

Le sourire de Paloviita s'effaça. Il regarda la pendule de la cuisine. Il était six heures et demie, et encore, pas tout à fait.

« J'avais bien dit que je serais là au plus tard à la demie. »

Sans répondre, Terhi fila dans la salle de bains et entreprit de rectifier son maquillage.

« Quand est-ce que tu rentres ?

– La réception se termine à une heure, mais on ira peut-être encore boire un dernier verre entre filles. Inutile de m'attendre.

– Et ça se passe où, déjà ?

– Papa », hurlèrent les filles en se précipitant de la salle de jeux dans le vestibule. Paloviita les souleva de terre, les fit tournoyer dans les airs et les reposa. Il les embrassa toutes les deux sur la joue et leur ébouriffa les cheveux. Elles restèrent accrochées aux jambes de son pantalon.

Des phares de voiture balayèrent la fenêtre de la cuisine. Paloviita regarda dehors : une BMW flambant neuve venait de s'arrêter dans l'allée de la maison, sous la pluie battante. Ses phares étaient braqués sur la fenêtre de la cuisine, l'empêchant de voir le conducteur.

« Il y a une voiture dehors ! » cria-t-il à Terhi, toujours dans la salle de bains, qui fit claquer le couvercle de son poudrier, le fourra dans son sac et se dépêcha d'enfiler un long manteau de laine. Elle fouilla fiévreusement dans les placards du sas et du vestibule. La voiture klaxonna. « Où est mon parapluie ? »

Paloviita l'attrapa sur l'étagère du haut. Terhi le lui arracha presque des mains et chaussa ses hautes bottes de cuir. Il l'accompagna à la porte et voulut l'embrasser, mais elle le repoussa en souriant : « Tu vas ruiner mon maquillage. » Puis elle ouvrit la porte et lança par l'entrebâillement : « N'oublie pas les gouttes de vitamine D des filles, elles sont en haut du placard à provisions.

– Fais attention à toi », dit Paloviita, mais la porte s'était déjà refermée et Terhi n'était plus là pour l'entendre. Il alla dans la cuisine et la regarda courir à la voiture, courbée sous son parapluie afin de protéger sa coiffure, et monter côté passager. La BMW recula dans la rue. Il essaya de voir le conducteur, mais ne put distinguer, à la lumière d'un lampadaire, qu'une silhouette masculine. La voiture accéléra, soulevant des gerbes d'eau. Paloviita resta à la fenêtre jusqu'à ce que les feux arrière rouges aient disparu au bout de la rue. Puis il prit un post-it sur la desserte, y nota au stylo à bille le numéro d'immatriculation de la BMW et le rangea dans la poche de son jean. Le vent faisait claquer les boîtes aux lettres bordant la voie comme des becs d'oisillons.

Loin de cesser, la pluie ne fit que s'intensifier au fil de la soirée. De même que le vent, qui hurlait et gémissait sur le toit et dans les gouttières. La rue résidentielle semblait transformée en rivière. Paloviita fit couler le bain des filles dans le jacuzzi. Pendant qu'elles barbotaient, il resta à les surveiller, assis sur les gradins du sauna, tout en lisant le journal. Il trouva son nom en page cinq. Il était mentionné dans le cadre d'une affaire de meurtre fortement médiatisée qui allait être jugée. Il avait été chargé de l'enquête avant d'être appelé à remplacer le commissaire Heinonen. Après le bain des filles, il leur prépara du porridge, réussit à le laisser brûler et leur beurra des tartines en guise de dîner. Pendant qu'il préparait leurs chambres pour la nuit, elles trouvèrent le moyen de mettre la salle de jeux sens dessus dessous. Le contenu de tous les coffres à jouets avait été déversé au milieu de la pièce, en un tas où se mêlaient peluches, Lego, poupées Barbie et poneys. Paloviita tenta d'abord de ranger les jouets dans leurs coffres respectifs, mais il finit par tout y fourrer en vrac, sans la moindre logique. Terhi les mettrait le lendemain matin dans l'ordre voulu, qu'elle était seule à connaître pour l'avoir décidé.

La dernière demi-heure avant le coucher des filles s'écoula à une vitesse d'escargot. Elles apportaient à jet continu des jouets dans le séjour, et Paloviita les rapportait au même rythme. Les lits avaient été défaits et les draps froissés à force de sauts et de batailles de polochons. L'aiguille des secondes avançait à l'allure d'une locomotive diesel démarrant à froid d'une gare. Paloviita vérifiait à intervalles réguliers son téléphone professionnel, mais il restait muet. Quand il eut enfin réussi à coucher les filles, il alla dans la cuisine se chercher une canette d'Amstel, et remarqua au passage sur l'étagère du haut du placard à provisions le flacon de gouttes de vitamine D inentamé. Il en dévissa le bouchon, faisant sauter la bande d'inviolabilité, et le remit en place. Il n'avait pas passé pour rien le concours de commissaire.

Il s'assit sur le canapé, alluma la télévision, passa sur History Channel puis zappa d'une chaîne à l'autre jusqu'à l'heure des infos. L'économie se redressait et les taux d'intérêt augmentaient. Il fit la grimace. La crise lui avait profité, grâce aux faibles taux d'intérêt, mais cette époque semblait hélas toucher à sa fin. Une bonne chose pour beaucoup, mais mauvaise pour lui. Il éteignit la télévision, vérifia que les filles étaient bien bordées, monta au premier, se déshabilla et se coucha. La pluie tambourinait sur le toit.

Il rêva qu'il marchait dans une prairie dont les hautes herbes lui arrivaient aux aisselles. Le soleil de midi lui chauffait les joues, les couleurs étaient extraordinairement vives, irréelles. Des centaines d'insectes. Des papillons, des libellules. Les mouches lui collaient à la peau, lui pénétraient dans les yeux, la bouche.

Et en même temps, une étrange pensée refusait de le quitter. Quelque chose qui venait de l'extérieur du rêve, de loin, envoyé par quelqu'un d'autre.

Un murmure cosmique.

Le sentiment que le temps n'existait plus, que tout était suspendu – et que lui seul bougeait.

Parce qu'il voyageait dans le temps.

Il écarta les bras et laissa les herbes lui chatouiller les mains. Les hirondelles volaient en rase-mottes, pourchassant les insectes. La prairie s'étendait à perte de vue, comme au Far West. Des nuages flottaient au-dessus de l'immensité telle une armada de navires de guerre.

Une autre pensée étrange s'insinua dans son rêve, perturbante, aussi présente que l'ombre des nuages.

Il était un étranger, en voyage à travers le temps.

Une maison, abandonnée depuis longtemps, émergeait des hautes herbes. La peinture était écaillée, les planches du revêtement bâillaient tristement, les fenêtres béaient, le regard vide. L'horizon ondulait.

Il voyageait dans le temps à l'aide d'un stylo à bille, et la radio émettait un murmure cosmique.

Dans son rêve, il entendit une fille hurler, un cri effrayant, horrible, qui pénétra dans sa conscience à travers les plis du temps. Il se réveilla soudain. Sa peau était moite de sueur, les poils de ses bras, hérissés.

Sara criait dans son sommeil, mais se tut rapidement. La pluie frappait le rebord métallique de la fenêtre. Paloviita tendit l'oreille, au cas où sa fille se remettrait à pleurer, mais la maison resta silencieuse. Il était quatre heures et demie du matin. L'autre moitié du lit était vide. Paloviita ne se réveilla de nouveau qu'en entendant Terhi rentrer. Elle ne monta cependant pas se coucher, préférant rester sur le canapé du séjour.

Le vent allait et venait par vagues.

4

Henrik Oksman se gara au bord de la route forestière derrière les autres véhicules. Les gouttes tambourinaient sur le pare-brise. Il faisait nuit noire, les sapins luisaient d'un éclat sombre dans le faisceau des phares. Ils descendirent de voiture, enfilèrent leur tenue de pluie et se dirigèrent vers le chalet où brillaient de vives lumières. Le vent était violent et ils devaient tenir leur capuche pour qu'elle ne s'envole pas. Ils eurent immédiatement le visage trempé et la pluie glacée de novembre s'insinua dans leur col. La fatigue qui les avait gagnés dans la chaleur de l'habitacle se dissipa en un instant.

« Putain, quel temps ! » cria Linda Toivonen à travers la tempête.

Ils arrivèrent dans le jardin, que l'on avait essayé d'isoler par des rubalises, mais presque toutes s'étaient déchirées et flottaient au vent. L'endroit grouillait de monde. On apercevait, dans la forêt et plus bas au bord de la mer, l'éclat de lampes torches en mouvement. Une équipe installait des projecteurs. À l'extérieur de leur cercle de lumière, il faisait aussi noir que dans un tombeau. Les flaques étaient pleines de bulles, les chaussures de Linda et d'Oksman s'enfonçaient dans la boue et les ornières. La terrasse et les fenêtres du chalet étaient éclairées. Ils virent qu'il y avait également foule à l'intérieur : des agents de police, des techniciens en combinaison blanche, mais aussi des civils.

Ils se dirigèrent vers les hommes qui dressaient les projecteurs. Ils étaient tous les deux de la police scientifique. Le plus ancien était Ville Raunela, le plus jeune Teemu Salminen. Raunela était déjà âgé, à quelques années de la retraite, et connu pour deux choses : il accomplissait toujours son travail avec la plus grande minutie, et il était aussi irascible qu'un troll. Il avait de la bedaine, des lunettes à grosse monture et le sommet du crâne – pour l'instant caché sous un bonnet de laine – dégarni. Salminen était son exact contraire. Trente ans de moins, mince et sportif, constamment de bonne humeur. Les deux hommes se battaient avec une bobine de câble. Leurs capuches s'étaient envolées. Oksman et Linda entendirent leurs jurons de loin.

« Qu'est-ce que tu fous avec cette torche, putain ! C'est ici que ça se passe ! » C'était la voix de Raunela.

« Essaie l'autre prise.

– Quelle autre prise ? Il n'y a que celle-là, bordel ! C'est quand même un comble, de ne pas pouvoir faire fonctionner un malheureux câble.

– Mais si, il y en a une autre, avec un genre de… Laisse-moi…

– Arrête de gesticuler et donne-moi de la lumière ! »

Oksman alluma sa propre torche, Raunela et Salminen se retournèrent pour le regarder.

« Où est-ce qu'on en est ? » demanda-t-il, et il prit la fiche que Raunela tenait à la main, la retourna et l'enfonça dans le bloc d'alimentation. Le projecteur s'alluma et un puissant faisceau de lumière perça l'obscurité du jardin.

« Il fait noir comme dans le cul d'un ours, ici », dit Raunela en séchant ses lunettes avec un mouchoir en papier. « Tu parles d'un chantier ! »

La torche de Salminen s'éteignit, il dut la frapper du plat de la main pour qu'elle se rallume. « Si le vent forcit encore et que le courant saute, on sera vraiment dans la merde. Il faut faire venir dès maintenant des générateurs de secours », dit-il en braquant le projecteur vers la terrasse. « Il ne va pas tenir debout comme ça, ajouta-t-il à l'intention de Raunela. Il faut le caler.

– Et d'où veux-tu que je sorte des cales ?

– Trouve une grosse pierre.

– Trouve-la toi-même. Quel bordel ! On pourrait aussi bien tous rentrer tout de suite. Comme si on n'avait pas déjà assez vu ce genre de bagarres d'ivrognes ! »

Une patrouille cynophile traversa le faisceau du projecteur en direction de la mer. Un berger allemand tirait sur sa laisse, suivi par deux agents, à la lumière sautillante de lampes torches. « Où est le corps ? demanda Linda, constatant qu'Oksman et elle ne tireraient rien de plus de Raunela et Salminen.

– À l'intérieur. Passez par la porte de droite », répondit ce dernier, et il reporta son attention sur le réglage du projecteur.

Ils montèrent les marches de la terrasse. Ils y trouvèrent un technicien en combinaison blanche qui récoltait les mégots dans des sachets transparents. La mer gondait dans l'obscurité. Oksman se tourna pour regarder en direction du rivage. On ne distinguait que l'écume qui frappait les rochers. Au loin brillait la lumière d'une maison isolée. Il reporta son attention sur le chalet, dont les baies vitrées laissaient voir à l'intérieur au moins une quinzaine de civils, hommes et femmes à parts égales. On les avait fait asseoir tout autour du séjour, sur les chaises et le canapé. Deux agents étaient en train de relever leurs identités. Oksman et Linda ôtèrent leurs tenues de pluie, les accrochèrent à un porte-manteau fixé à un pilier et entrèrent.

Une bouffée d'air chaud les accueillit. Le corps bedonnant d'un homme était étendu face contre terre dans une mare de sang, près de la cheminée. Sa peau avait déjà viré au gris. Il avait reçu plusieurs coups de couteau. Le dos de sa chemise était trempé de sang coagulé. Deux techniciens, un homme et une femme, s'affairaient autour de la victime. Des bouteilles vides traînaient partout. Il y en avait des centaines, et autant de canettes. De bière et d'alcools forts, de toutes tailles et de toutes couleurs. Pour le reste, l'endroit était plutôt coquet. Le chalet avait l'air récent et bien équipé. Il y flottait une tenace odeur de vinasse et de cigarette. Oksman enfila des gants en latex.

Il était facile de constater que les gens assis étaient des fêtards invétérés, des alcooliques finis qui se retrouvaient là pour boire. Oksman s'approcha du corps. La technicienne se releva et le salua. Elle avait l'air fatigué, ce qui ne l'étonna guère. Lui aussi l'était, et une longue nuit les attendait.

« Poignardé dans le dos et dans le cou. Au moins six fois.

– Le couteau ?

– Introuvable. Le suspect s'est enfui par cette porte, apparemment en l'emportant. » Elle désigna une porte dont la vitre et la poignée étaient tachées de rouge. On voyait aussi sur le plancher, à côté, des traces de pas ensanglantées.

Oksman regarda les fêtards affalés sur les chaises et le canapé. Aucun ne semblait avoir de sang sur les mains ou les vêtements. Devinant ses pensées, la technicienne déclara :

« Il y a de nombreux témoins. On a pris leurs premières dépositions, mais ç'a été compliqué. La plupart ont au moins deux grammes d'alcool dans le sang.

– Il faut se débarrasser d'eux et isoler les lieux. »

Le technicien se releva à son tour. « Et on fait comment, à ton avis ? On ne peut pas vraiment les jeter dehors. Et on n'a pas assez de véhicules pour les emmener où que ce soit. »

Une femme se leva. « Je dois aller au petit coin, ou je vais faire pipi dans ma culotte », annonça-t-elle. L'un des agents tenta de la convaincre de se rasseoir sur le canapé, mais ne put l'empêcher de partir en titubant en direction des toilettes. Avec un haussement d'épaules, il la prit par le bras pour la guider par un itinéraire sûr.

« Bas les pattes, poulet ! cracha-t-elle en se débattant.

– Moi aussi je veux pisser, dit l'un des hommes.

– Quand est-ce qu'on va pouvoir sortir cloper ? demanda un autre.

– Ça va prendre encore longtemps ? Faites au moins circuler une bouteille de gnôle », grommela un troisième.

Oksman se rendit compte que la situation risquait de dégénérer en catastrophe si on ne réagissait pas sans tarder. Il se tourna de nouveau vers le technicien de scène de crime, croisa son regard furieux et dit calmement : « Peu importe comment, mais il faut les virer au plus vite, et boucler les éventuels suspects.

– Ce n'est pas toi qui vas nous apprendre notre métier. »

Oksman fit signe à un autre agent d'approcher. « Fais venir un minibus, ou, si ce n'est pas possible, autant de grands taxis que nécessaire pour évacuer ces gens.

– Et qu'est-ce qu'on va en faire ?

– Vous emmenez au poste ceux qui n'ont nulle part où aller.

– Qui va payer les violons ?

– Le Finlandais paie toujours sagement ses impôts.

– Putain de Bœuf », marmonna le technicien, suffisamment fort pour qu'Oksman l'entende, en se penchant à nouveau sur le corps.

La porte s'ouvrit sur Raunela et Salminen. Ils avaient troqué leurs tenues de pluie contre des combinaisons blanches. Leurs visages ruisselaient d'eau, Raunela essuya de nouveau ses lunettes. « Quand est-ce qu'on va réussir à vider cette baraque, putain ! » tonna-t-il tandis que le technicien jetait un regard noir à Oksman. Ce dernier alla trouver Raunela.

« Ce n'est pas comme ça qu'on va y arriver. Les gens commencent à s'impatienter. »

Raunela hocha la tête. « C'est encore pire dehors. Tout nage dans la boue. S'il continue à pleuvoir, on va pouvoir oublier le jardin. »

Oksman fit à nouveau signe à l'agent d'approcher et sortit un calepin à spirale de sa poche de poitrine. « On a le nom de la victime ? »

L'agent chercha dans ses notes : « Rami Nieminen. Personne ne connaît son nom complet.

– Et le suspect, celui qui s'est enfui dehors ? »

L'agent haussa les épaules. « Le prénom est Antti, mais ils n'en savent pas plus. Nouveau venu dans la bande.

– À qui appartient ce chalet ? »

L'agent pointa de son stylo une femme assise dans un fauteuil, dont il était difficile, au vu de son physique ravagé, de deviner l'âge. Elle avait au moins cinquante ans mais portait, comme si elle en avait vingt, une jupe courte, un collant résille et des talons aiguilles. Ses seins débordaient de son décolleté, et elle était maquillée aux couleurs de l'arc-en-ciel. Ses paupières lourdes étaient mi-closes.

Oksman la regarda et dit à Linda : « Interroge la propriétaire. Essaie de savoir d'où viennent ces gens, et comment ils sont arrivés là. Pendant ce temps, je vais faire un tour dans la maison. »

Linda acquiesça et s'approcha de la femme, tandis qu'Oksman prenait la direction de la cuisine. Elle aussi était pleine de bouteilles. Elles s'entassaient sur tous les meubles et plans de travail, et même par terre. Parmi elles traînaient des emballages de plats cuisinés et des serviettes en papier usagées, l'évier croulait sous la vaisselle sale. D'après l'odeur, la fête se poursuivait au chalet depuis déjà plusieurs semaines. Oksman jeta un coup d'œil dans le placard sous l'évier. La poubelle trop pleine avait débordé. Il referma rapidement la porte pour échapper à l'odeur répugnante qui s'en dégageait. Il trouva dans les tiroirs plusieurs couteaux à pain et épluche-légumes propres. Le bloc à couteaux, en revanche, était vide, et au milieu de la montagne de vaisselle pointaient quelques manches. Dans le désordre ambiant, il était difficile de dire s'il manquait un ou plusieurs couteaux de cuisine.

Oksman fit ensuite le tour des autres pièces, soit deux petites chambres, en plus du séjour et de la cuisine. Elles étaient dans un état épouvantable, lits défaits et sol poisseux de bière renversée. Sur une table de chevet gisaient un préservatif usagé et sa pochette.

Au moment où il passait devant les toilettes, la femme qui s'y trouvait en sortit si brusquement qu'elle faillit le percuter, puis trébucha. Il la rattrapa et sentit l'odeur d'alcool et de cigarette de son haleine, mélangée à un écœurant parfum. Elle gloussa, lui passa le bras gauche autour du cou et lui pelota les fesses de l'autre main.

« Wouah ! quel cul en béton ! » s'exclama-t-elle, et elle essaya de l'embrasser, mais il la repoussa. Elle lui agrippa le biceps, chercha sa joue de ses lèvres.

« Allez, beau gosse, glissa-t-elle d'une voix rauque en montrant la chambre. Viens, maman va s'occuper de toi… »

Oksman se dégagea. Se précipitant à son secours, l'agent qui avait accompagné la femme jusqu'aux toilettes la reconduisit à son siège. Linda Toivonen était occupée à interroger la propriétaire du chalet, dont le regard errait, perdu dans l'espace, tandis que le bout de sa langue se glissait par moments hors de sa bouche pour humidifier ses lèvres barbouillées de rouge. Oksman songea qu'il valait mieux la laisser travailler en paix, et il sortit sur la terrasse.

Quand la porte se fut refermée derrière lui, le technicien jeta un coup d'œil à la femme qui avait peloté Oksman et, avec un sourire en coin, chuchota à sa collègue debout à côté de lui : « Le Bœuf n'a pas voulu de la princesse. Même elle doit être trop féminine à son goût. »

Dehors, le vent sifflait comme une locomotive, malmenant la cime des arbres et faisant claquer la drisse du mât à drapeau. Le carillon éolien de la terrasse tintait à toute volée. Oksman enfila sa tenue de pluie et descendit dans le jardin. Ses bottes s'enfoncèrent aussitôt dans la gadoue et la pluie qui tombait à l'horizontale lui fouetta le visage. Il alluma sa torche, trouva le sentier descendant vers la mer et s'y engagea. Le grondement des vagues perçait à travers le vent, tel le rugissement d'un fauve. À mi-chemin, Oksman croisa un agent solitaire qui lui lança au passage : « Putain ! quel temps !

Ça ne doit pas non plus être une partie de plaisir pour les maîtres-chiens, dans la forêt, dans le noir. Avec en plus les arbres qui risquent de tomber. »

Un sauna se dressait au bord de l'eau, lumières allumées. Oksman jeta un coup d'œil par la porte et constata qu'il était vide mais aussi en désordre que le chalet. Quelqu'un avait dormi dans le vestiaire, un duvet bleu traînait par terre, à côté d'un sac de sport en toile dont la fermeture éclair ouverte laissait échapper des vêtements d'homme.

La mer était noire. Les vagues roulaient les unes après les autres sur le rivage tels d'invisibles géants et se brisaient dans un jet d'écume contre les rochers. Seul un point lumineux immobile perçait l'obscurité. Tandis qu'Oksman le regardait, il s'éteignit. Il jeta un coup d'œil aux aiguilles phosphorescentes de sa montre. Bientôt sept heures. Il ne ferait pas jour avant une bonne douzaine d'heures. La pluie ne donnait aucun signe d'accalmie. Quelque part, un chien policier se mit à aboyer. Le bruit, fort et perçant, venait de loin mais dominait le grondement du vent. Oksman se raidit. Les aboiements se poursuivirent, réguliers, presque enragés, en provenance de la forêt, sur sa gauche. Il repartit en courant vers le chalet. Le faisceau de sa torche zigzaguait, l'eau giclait sous ses bottes glissant sur le sol détrempé.

Dans le jardin, sous la lumière des projecteurs, se tenaient quelques agents en tenue de pluie, dos au vent. Oksman les rejoignit et, lorsqu'il surgit de l'obscurité, ils se retournèrent vers lui. Un talkie-walkie Tetra grésillait, l'un d'eux était en train de conclure un appel.

« On l'a trouvé, déclara-t-il sans qu'Oksman ait besoin de le lui demander. Ils l'amènent.

– Et le couteau ? »

L'agent appuya sur le bouton du talkie-walkie et demanda si on avait trouvé le couteau.

L'appareil crachota : « Non, mais l'homme est couvert de sang de la tête aux pieds et tient des propos incohérents. Il est en chaussettes, sans manteau. On va directement l'embarquer.

– Ici le deux, bien reçu », dit l'agent, et il cria à son collègue sur la terrasse : « Ils nous l'amènent. Prépare la voiture ! C'est le moment de se mouiller la chemise !

– Ce n'est pas déjà fait ? » lança son collègue.

Linda Toivonen sortit elle aussi sur la terrasse. Oksman vit qu'elle souriait. On était vendredi, le 9 novembre 2018. Un vent glacé allait et venait en rafales.

5

Au matin, Jari Paloviita trouva les affaires de Terhi en vrac dans le vestibule. Elle s'était débarrassée de ses bottes de cuir dans le sas d'entrée et les avait laissées là où elles étaient tombées. Il ramassa son manteau sur le tapis, le défroissa comme il put et l'accrocha sur un cintre, mais ne put résister à la tentation d'en fouiller d'abord toutes les poches. Il trouva un reçu de taxi et quelques billets de banque froissés. Puis il rangea soigneusement les bottes dans le placard et jeta un coup d'œil dans le sac à main de Terhi, qu'elle avait posé sur la coiffeuse du vestibule. Son portefeuille et son portable y étaient, de même que ses clés. À en croire les reçus, la soirée s'était poursuivie au Bar Antoni jusqu'à la fermeture. Les consommations s'étaient enchaînées. Terhi dormait sous une couverture sur le canapé, le visage tourné vers le dossier. Les filles non plus n'étaient pas encore réveillées. Sur la table basse, il y avait un verre d'eau et une plaquette d'ibuprofène entamée.

Paloviita se fit du café et alla chercher le journal dans la boîte aux lettres. La pluie avait cessé, mais le vent continuait à souffler en rafales. Il beurra des tartines, cuisina un œuf sur le plat pour Terhi et versa le reste du café dans un thermos. Il prépara du porridge pour les filles mais le fit de nouveau brûler et le jeta à la poubelle. Il laissa sur la table un mot expliquant qu'on avait trouvé un corps la veille au soir, et qu'il devait aller travailler mais rentrerait dès que tout serait réglé au commissariat. Puis il sortit. De noirs amas de nuages traversaient le ciel.

Quand il arriva à l'hôtel de police, Henrik Oksman l'attendait déjà à la porte de son bureau. Il ôta son manteau et s'assit dans son fauteuil.

« Alors, comment ça s'est passé ? » demanda-t-il, et il regarda Oksman, sur le visage duquel ne se lisait pas le moindre signe de fatigue. Il était rasé de frais et semblait, avec ses cheveux encore humides, sortir de la douche. Lui-même avait l'impression d'avoir une mine de déterré. Le regard perçant d'Oksman plongea de nouveau en lui.

« On a pataugé dans la flotte, tout était trempé. Il va falloir y retourner, maintenant qu'il fait jour. Nos cellules sont pleines de fêtards ivres ramassés là-bas. »

Paloviita regarda Oksman. « Qu'est-ce qu'ils font là ?

– Il fallait absolument les évacuer pour qu'ils ne brouillent pas toutes les traces. La plupart n'avaient nulle part où aller.

– Et tu as décidé de les héberger ici ? » dit Paloviita d'un ton qu'il jugea aussitôt lui-même d'une sévérité inutile – due, se rendit-il compte, au fait qu'il s'était pour sa part défilé la veille.

« C'est ma décision, j'en prends la responsabilité. Et il faut de toute façon tous les réinterroger. La plupart étaient si soûls qu'on n'a rien réussi à en tirer de sensé. »

Paloviita hocha la tête. Il savait qu'Oksman avait parfaitement agi. Mais pour d'obscures raisons, il s'abstint de le lui dire. « Et le suspect, celui qui était supposé s'être enfui, il existe ?

– L'équipe canine l'a trouvé à cinq cents mètres du chalet, dans la forêt, sous un sapin, les vêtements trempés et couverts de sang.

– Il s'est laissé sagement embarquer ?

– Oui. Il était complètement soûl et gelé jusqu'aux os. Si on ne l'avait pas récupéré, il serait vraisemblablement mort de froid.

– Parfait », dit Paloviita, et il sourit. La journée commençait bien. Il serait de retour chez lui largement avant midi.

« Et le corps ?

– Il est chez le légiste. L'autopsie est prévue lundi », répondit Oksman, et il poursuivit : « On n'a pas encore retrouvé le couteau. On va reprendre les recherches aujourd'hui, en pleine lumière. »

Paloviita jeta un coup d'œil dehors. Le jour commençait lentement à se lever. Le ciel était toujours couvert, le vent soufflait, mais il ne pleuvait plus. « Linda est arrivée ? demanda-t-il.

– Pas encore.

– Dis-lui de passer me voir, quand tu la verras.

– Qu'est-ce qu'on fait du suspect ?

– Interrogez-le, Linda et toi. Vous m'avez l'air bien partis. »

Paloviita reporta son attention sur ses dossiers, indiquant ainsi que la conversation était terminée. Alors qu'Oksman était déjà à la porte, il leva les yeux et dit : « Bon travail, Henrik. »

Oksman hocha la tête et sortit dans le couloir.

Paloviita était de bonne humeur. La soirée s'était passée sans problème malgré son absence, et il ne s'était rien produit de particulier. L'affaire serait rondement menée, sous la conduite de Linda et d'Oksman.

Il feuilleta les papiers posés devant lui. Il s'agissait d'un autre crime, datant de près d'un an. Un homme avait étranglé sa petite amie avec la ceinture de son peignoir et tenté de dissoudre le corps dans sa baignoire en versant dessus cent litres de déboucheur Mr Muscle qu'il avait acheté par cartons entiers, vidant les rayons des supérettes du quartier. Il n'avait bien sûr pas réussi. La soude avait percé les canalisations de l'immeuble et coulé dans l'appartement du dessous. Son propriétaire avait appelé le gérant, qui avait trouvé la femme, ou du moins ce qu'il en restait, dans la baignoire. Quand Paloviita et ses collègues étaient arrivés, ils avaient découvert une odeur et un spectacle comme il n'en avait encore jamais vu, et ne pensait pas en revoir de sitôt. La peau de la victime était si atrocement brûlée qu'il avait fallu l'identifier grâce à ses dents.

L'affaire avait fait les gros titres de la presse et apporté un début de célébrité au commissaire Juhani Heinonen. Ce qui n'était pas étranger au fait qu'il effectuait désormais un remplacement à la Police judiciaire centrale, tandis que Paloviita occupait provisoirement son poste à Pori et revoyait maintenant les détails du dossier sur le point d'être transmis au procureur. Il serait vraisemblablement appelé à témoigner devant le tribunal, car il avait été chargé de l'enquête sur le terrain avant qu'elle ne soit transférée à d'autres.

Le suspect, âgé de vingt-quatre ans, Veeti Sirniö, était un petit fumier narcissique gavé de stéroïdes anabolisants dont l'existence, aux yeux de Paloviita, n'avait aucune raison d'être. Heureusement pour la police, il n'avait pas inventé la poudre et n'avait guère pris de précautions pour couvrir ses traces. On l'avait trouvé chez son frère, avec déjà une nouvelle copine, le jour même où le corps avait été découvert. Sirniö, que les enquêteurs avaient vite surnommé Mr Muscle, n'avait rien avoué lors des interrogatoires, se contentant de les insulter et de leur cracher dessus. Les preuves étaient cependant irréfutables. On avait entre autres trouvé dans son portefeuille les tickets de caisse de tous les flacons de déboucheur qu'il avait achetés, en nombre égal à celui des flacons vides abandonnés dans la salle de bains.

On avait aussi fini par établir le mobile du crime : la petite amie de Sirniö, Kaisa Maria Angervo, une élève de terminale de six ans sa cadette, lui avait pris une cigarette sans lui demander la permission. Ça lui avait suffi pour aller chercher dans la salle de bains la ceinture de son peignoir et l'étrangler par-derrière (ou, comme il l'avait au bout du compte exprimé : « donner une petite leçon à cette pute »).

Paloviita espérait qu'il serait condamné à perpétuité, même si la peine, dans son cas, semblait encore trop courte.

On frappa à la porte, et il leva les yeux. Son supérieur, le commissaire principal Tapio Vesalainen, se tenait sur le seuil. Le chef du pôle judiciaire était un homme du monde déjà grisonnant, toujours tiré à quatre épingles. Paloviita appréciait sa personnalité, son abord facile et son naturel direct, et, pour des raisons qu'il n'avait pas cherché à s'expliquer, il s'était développé entre eux une chaleureuse sympathie.

« Comment va, commissaire ? » demanda Vesalainen en entrant.

Paloviita lui fit signe de s'asseoir. « Et toi, commissaire ? » répondit-il, et il poursuivit : « La fin approche. Plus qu'un bon mois.

– Vous êtes sur quoi, en ce moment ?

– L'enquête sur Mr Muscle est enfin bouclée. J'ai déjà parlé avec le procureur. Il est d'accord sur la qualification d'homicide volontaire.

– Quel procureur ?

– Wihlman.

– Bien. Quoi d'autre ?

– Quelques affaires de coups et blessures. Un cambriolage de supérette, un vol de voiture et un piéton renversé sur un passage protégé à l'angle d'Itsenäisyyskatu et d'Otavankatu, une femme, grièvement blessée. Et une attaque au couteau hier soir à Korpholma. Un homme est mort, mais le suspect est sous clé.

– Parfait. Et toi, comment te sens-tu à ce poste ? »

Paloviita regarda Vesalainen, qui se pencha en arrière et lissa entre le bout du pouce et de l'index sa fine moustache aussi grise que ses cheveux. « Ça change. Il y a plus de paperasse, mais on a une meilleure vue d'ensemble.

– Les responsabilités ne t'ont pas fait peur ? »

Paloviita eut un petit rire. « J'ai eu tellement de travail que je n'ai pas trop eu le temps d'y réfléchir. »

Vesalainen le regarda d'un air grave, mais ses yeux souriaient. « Que dirais-tu si cet intérim se prolongeait encore après les fêtes ? »

Paloviita ouvrit de grands yeux.

Vesalainen vit sa mine et se fendit d'un sourire. « Heinonen m'a téléphoné hier. On lui a proposé un poste permanent à la Police judiciaire centrale et il a l'intention d'accepter.

– Qu'est-ce que ça veut dire ?

– Ce que ça veut dire ? » Vesalainen rit. « Je me suis peut-être finalement trompé sur ton compte. Moi qui te prenais pour un vrai Sherlock. Ça veut dire que le poste de commissaire sera mis au concours en mars. Je suis venu te demander si ça t'intéresserait de poursuivre l'intérim jusque-là. Et, entre nous, je suis extrêmement satisfait de ton travail. Je te verrais volontiers parmi les candidats, une fois que le poste sera déclaré vacant. Alors, qu'est-ce que tu en dis ? »

Paloviita voyait bouger les lèvres de Vesalainen, il l'entendait parler, mais ses mots ne l'atteignaient pas, et ils ne pénétrèrent sa conscience qu'avec un temps de retard, comme le bang d'un avion supersonique. Il vérifia instinctivement que son appareil auditif était bien en place.

« Tu as perdu ta langue ? demanda Vesalainen avec un sourire.

– C'est si inattendu. Je m'étais préparé à ce que ça se termine à Noël.

– Moi aussi, constata Vesalainen. Mais voilà. »

Paloviita réfléchit avant de répondre. Il s'efforçait de garder un visage sérieux, craignant que son enthousiasme ne se voie trop clairement. Une onde de satisfaction lui chatouillait le bas-ventre. « Bien sûr que je suis intéressé et que je poursuivrai volontiers l'intérim. Pour ce qui est d'une éventuelle candidature… Les bottes de Heinonen sont difficiles à chausser. Je suis loin d'être aussi expérimenté, et je ne sais pas… »

Vesalainen éclata de rire et se pencha en avant. « Arrête, Jari. Nous savons tous les deux que tu es au moins aussi compétent que Heinonen. À vrai dire, je suis ravi que la Police judiciaire centrale veuille bien de lui. Il est bon dans certains domaines, mais il ne comprend strictement rien aux chiffres – et nous avons besoin de quelqu'un qui les maîtrise. Ce poste à Helsinki est fait pour lui. Si tu te portes candidat, je te promets de te recommander auprès du comité de sélection.

– Merci, dit Paloviita. Si c'est ce que tu penses, tu peux me compter parmi les candidats.

– Parfait. C'est d'accord, alors », conclut Vesalainen, et il se leva. « Eh bien bon courage. Je te tiendrai au courant dès que j'en saurai plus. »

Le commissaire principal s'en fut. Paloviita resta assis dans son fauteuil à fixer l'embrasure de la porte. Son cœur battait à tout rompre. Comme s'il venait de se réveiller d'un rêve, ses pensées tournaient autour de la conversation. Vesalainen ne venait-il pas de lui promettre le poste ? Si. De fil en aiguille, la question de l'argent lui vint à l'esprit. Terhi et lui en manquaient cruellement. Un salaire de commissaire titulaire réglerait le problème. Terhi ne savait même pas à quel point leur situation était précaire, à cause de leurs emprunts. Elle était incapable de vivre sur un petit pied, et il ne le lui avait d'ailleurs jamais demandé, car toutes leurs conversations à propos d'argent se terminaient en dispute. Leurs sujets de fâcherie avaient certes été nombreux au cours de leur mariage, mais tous étaient fondamentalement liés à l'argent. Cet intérim lui avait permis de souffler un peu, mais il avait déjà eu le temps de s'inquiéter de ce qui se passerait après Noël, quand il redeviendrait inspecteur principal. Le destin semblait maintenant vouloir s'en mêler et lui offrir une issue.

Le téléphone sonna. Terhi. Paloviita décrocha, se leva et ferma la porte de son bureau. « Bonjour, ça va ?

– À ton avis ?

– À quelle heure es-tu rentrée ? » demanda Paloviita, qui connaissait pourtant la réponse à la minute près : 05:28. C'était marqué sur le reçu du taxi.

« Quelle importance ? s'énerva Terhi.

– Qu'est-ce qu'il y a ?

– Qu'est-ce qu'il peut bien y avoir ? Tu me laisses seule à la maison avec les filles un lendemain de fête. Et tout est dans un désordre indescriptible. Il n'y a pas un coffre à jouets qui ne soit pas sens dessus dessous.

– Qu'est-ce que ça peut faire si un puzzle est ici ou là ?

– Et voilà. Tu peux parler, tranquillement installé au bureau, pendant que les filles pleurnichent parce qu'elles ne trouvent pas leurs affaires. Et c'est impossible de tout faire rentrer comme ça. »

Paloviita commençait à s'énerver. « Comment veux-tu que je sache où va chaque poupée ? Tu les changes de place tous les deux jours, et je devrais deviner à chaque fois où fourrer Olaf, alors qu'il était avant-hier sur une étagère et hier sur une autre.

– Va te faire foutre, Jari. Je sors très exactement deux fois par an de mon côté et même ce jour-là, je ne peux pas dormir une heure de plus. Mais quand il s'agit d'une de tes soirées de sauna ou de poker, je dois préparer de quoi vous nourrir et vider les lieux. Je m'en souviendrai.

– Écoute, Terhi. Je ne pouvais pas ne pas aller travailler. Il y a eu un meurtre. Une attaque au couteau, et je suis responsable de l'enquête. Nous avons une victime, morte. On s'était mis d'accord, quand j'ai accepté cet intérim.

– Autrement dit, rien ne changera jamais ? Tu es vraiment devenu chiant.

– Je vais très vite rentrer, d'accord ? On parlera. Tu pourras ensuite te reposer, mais là, je dois vraiment m'occuper de cette affaire. »

La voix de Terhi se fit un soupçon plus chaleureuse : « Oksman ne peut pas s'en charger ? Il n'est pas compétent ? Dis que tu es malade, ou quelque chose.

– Henrik n'est pas commissaire, moi si. Je n'en ai pas pour très longtemps, chérie. D'ailleurs, j'ai de bonnes nouvelles. On en reparlera quand je serai là. Installe les filles devant une vidéo et va faire la sieste sur le canapé.

– Passe faire des courses, en rentrant », dit Terhi, et elle raccrocha.

Paloviita resta un moment pensif, puis se replongea dans le dossier de Mr Muscle. Il avait déjà fait une déclaration sur l'affaire à l'un des deux grands tabloïds nationaux, et serait sans doute appelé à en faire une autre avant Noël. Dans les premiers temps de l'enquête, rares avaient été les semaines où le portrait de Heinonen ne s'étalait pas dans la presse. Paloviita n'appréciait pas particulièrement d'être mis en vedette, mais à ce stade, peut-être cela donnerait-il à sa carrière l'élan supplémentaire nécessaire. Et un passage à la télévision, par exemple, pourrait impressionner Terhi (et son père).

On frappa à la porte. Linda Toivonen entra, le sourire aux lèvres. « Bonjour. »

Paloviita jeta un coup d'œil à sa montre. Il vit que Linda avait remarqué son geste et il rougit, car l'une des manies de Heinonen était précisément de vérifier l'heure des allées et venues de ses subordonnés. Il semblait hélas prendre modèle sur lui.

Linda avait deux ans de plus que Paloviita et avait été dans sa jeunesse, de l'avis de tous, d'une beauté saisissante. Grande et mince, avec une opulente chevelure. Paloviita savait, comme tous les hommes de l'hôtel de police, qu'à vingt ans, elle avait travaillé comme mannequin pour arrondir ses fins de mois. Une fois, un des agents en tenue avait mis la main sur un vieux catalogue de vente par correspondance, et les photos de Linda en sous-vêtements avaient fait le tour des vestiaires jusqu'à ce que l'un des policiers les plus âgés les confisque et les fasse disparaître. Paloviita et elle étaient collègues depuis déjà huit ans et se faisaient totalement confiance.

« Bonjour », dit-il, et il lui fit signe de s'asseoir, mais, pour une raison ou une autre, elle resta debout sur le seuil à l'examiner d'un air un peu hésitant. Elle suçait une pastille pour la toux et avait les yeux rougis par le manque de sommeil.

« Henrik m'a dit que vous aviez terminé tard, hier. »

Linda acquiesça. « Je crois que j'ai pris froid, j'ai l'impression d'avoir de la fièvre. Mieux vaut que je n'entre pas, pour ne pas te contaminer.

– Et chez toi, ça va ? demanda Paloviita.

– Chez moi ? Oui, tout va bien, répondit-elle, évasive.

– Cette attaque au couteau. Tu as vu l'homme qui a été arrêté ? »

Linda croqua le reste de sa pastille. « Oui. Un grand type, hagard. Je ne sais pas ce qu'il a pu consommer d'autre, mais il était en tout cas imbibé d'alcool. Complètement déboussolé.

– Quand il aura repris ses esprits, prenez la salle numéro un et interrogez-le, avec Henrik.

– Ça va sans doute devoir attendre cet après-midi. Nos cellules sont pleines de fêtards du chalet, dit Linda.

– C'est ce que Henrik m'a dit. Putain, quel bordel ! Demandez de l'aide à l'administrative et à Vironen, par exemple, ils ont peut-être quelqu'un de disponible pour aider aux dépositions. Il faut se débarrasser d'eux au plus vite. On n'est pas dans une auberge, et en plus on est samedi, en pleine saison des soirées de Noël des entreprises. On va manquer de place.

– Tu vas assister à l'interrogatoire ? demanda Linda.

– Je n'ai vraiment pas le temps. J'ai un million de choses à faire, et c'est supposé être mon jour de repos. Il ne se passera sans doute rien d'extraordinaire, vous vous débrouillerez très bien sans moi. Téléphonez-moi, au besoin. »

Linda hocha la tête. « Dans l'immédiat, on va retourner au chalet, Henrik et moi. Il faisait vraiment un temps abominable, hier. On y va avec l'équipe canine, pour essayer de retrouver ce couteau.

– Parfait. Prévenez-moi si vous mettez la main dessus, ou s'il y a autre chose. »

Linda acquiesça et s'en fut, laissant la porte ouverte. Paloviita se leva pour aller la refermer. Ce faisant, il sentit le parfum de Linda, mêlé à l'odeur de ses pastilles pour la toux. Quelque chose, dans cette alliance, lui fit froncer les sourcils.

6

Korpholma se trouvait, à peu de chose près, à une demi-heure de route de l'hôtel de police. À leur départ, il faisait encore sombre, mais au niveau du pont de Reposaari, le ciel commença à s'éclaircir. Les nuages étaient passés du noir au gris clair et, ici et là, commençaient à se déchirer. Les mouettes tournoyaient bas et se laissaient longuement planer dans le vent encore fort. Les vagues crêtées d'écume se brisaient sur les rochers de la digue où passait la route, éclaboussant l'asphalte.

De tout le trajet, Linda et Oksman n'échangèrent pas un mot, pas même un commentaire sur le temps. Depuis que Paloviita était devenu chef et eux équipiers, Linda avait vite compris qu'il était inutile d'essayer d'engager la conversation si elle n'avait pas un rapport quelconque avec l'enquête. Cette fois encore, elle se contenta d'admirer la beauté austère du paysage. Les arbres dénudés se dressaient, noirs, dans l'attente des premières neiges. Leurs cimes se courbaient tels des fouets sous les rafales, et la chaussée, après la tempête de la nuit, était jonchée de branches cassées. À la lumière du jour, le chalet et son jardin paraissaient différents. Oksman et Linda laissèrent leur voiture au bord de la route. Un fourgon de police était garé à la grille, les rubalises installées dans la nuit claquaient sous le vent. Oksman fit la grimace en voyant l'état du terrain : un champ de boue, plein de flaques gadouilleuses, de profondes ornières et de traces de bottes remplies d'eau. À la lisière de la forêt, un grand sapin était tombé sur la pelouse et barrait le sentier menant à la cabane à outils. Un autre était dangereusement encroué dans un bouleau du jardin. La statue d'ange placée sur une dalle de pierre gisait elle aussi, renversée, une aile brisée. Les pales d'un moulin à vent miniature tournaient en cliquetant tels des rotors d'avion. Le chalet avait l'air bien plus petit que la veille, de même que le jardin qui descendait en pente douce vers la mer, encadré par des sapins. On voyait au bord de l'eau le sauna dans lequel Oksman avait jeté un coup d'œil dans la soirée. Le sentier qui y menait était inexploitable, piétiné par les dizaines de policiers qui l'avaient monté et descendu toute la nuit sous la pluie battante.

L'équipe canine attendait près du chalet. Un homme et une femme, tous deux policiers maîtres-chiens, que Linda connaissait bien. Ils avaient détaché leur maigre berger allemand femelle qui faisait le tour du chalet, reniflant son soubassement de pierre. Linda l'appela. La chienne s'approcha, la langue pendante, agitant la queue, et Linda s'accroupit pour gratouiller son poil rêche. L'animal lui lécha le visage. Elle rit et tenta d'échapper à sa langue. Oksman, de son côté, ne fit pas le moindre geste pour caresser la chienne, qui se contenta de flairer sa main pendante, puis repartit courir à droite et à gauche.

Oksman et Linda rejoignirent les maîtres-chiens, qui avaient l'air d'attendre depuis déjà un bon moment, grelottant de froid.

« Qu'est-ce que vous avez prévu ? » demanda l'homme coiffé d'un bonnet de laine en essuyant du dos de son gant la morve qui brillait au-dessus de sa lèvre supérieure.

Oksman fit un geste en direction du bois où le suspect s'était caché. « Essayez de trouver le couteau. Suivez les traces du suspect jusqu'à l'endroit où on l'a découvert et ratissez la zone. S'il n'y a rien, revenez en longeant la mer. »

Ils hochèrent la tête, la femme appela la chienne et lui donna à flairer une chaussure du suspect. La chienne gémit, posa sa truffe sur le sol et partit en zigzaguant à la recherche d'une piste.

« Il a beaucoup plu dans la nuit, constata Linda. Ça pose un problème ?

– Pas forcément, Neea a un bon flair. On va vite le savoir. »

Puis la chienne poussa un bref aboiement et se dirigea vers la forêt. Les policiers la suivirent et disparurent avec elle dans la sapinière.

« Commence par la maison, dit Oksman à Linda. Je vais aller regarder de plus près le sauna et le bord de mer, je te rejoindrai après. »

Linda acquiesça et prit le chemin du chalet. Elle était soulagée d'être débarrassée pour un moment d'Oksman et elle était certaine que c'était réciproque. Henrik était sans conteste le meilleur policier qu'elle ait jamais rencontré, mais c'était vraiment un drôle d'oiseau. Il avait été muté trois ans plus tôt à la police judiciaire, en provenance de l'unité financière, où il avait aussi travaillé trois ans. Et pourtant, personne ne semblait rien savoir de lui.

Le carillon éolien tintait à tout-va sur la terrasse, le cendrier était vide. Les techniciens avaient emporté tous les mégots. On y prélèverait des échantillons de salive que l'on comparerait aux prélèvements effectués sur le suspect et les autres personnes présentes dans le chalet. Linda se tourna pour regarder le jardin, qui avait l'air d'un morne champ labouré, et entra. Le chalet était aussi en désordre que la veille, mais les bouteilles et les canettes avaient été ramassées et emportées au laboratoire pour des relevés d'empreintes. Le sol était poisseux et couvert de traces de boue, malgré les efforts des techniciens pour empêcher la saleté d'entrer. Mais le temps était exécrable et Linda n'enviait pas l'équipe de Ville Raunela et Teemu Salminen, qui avait certainement fait tout son possible dans ces circonstances. L'analyse de la scène de crime était un des domaines dans lesquels les erreurs ne pardonnaient pas, car au tribunal la défense ne manquait jamais d'invoquer les éventuelles zones d'ombre ou défaillances. Heureusement, cette fois, les faits semblaient si clairs qu'il n'y aurait sans doute pas de problème. Et si en plus on trouvait le couteau et qu'on parvenait à le relier au suspect, l'enquête serait en pratique pliée.

Près de la cheminée s'étalait une grande flaque de sang séché. L'odeur qui régnait dans le chalet était celle de tous les lieux de beuverie. Bière renversée, fumée de cigarette incrustée et urine rance. Mais en dehors de la puanteur, l'endroit semblait en bon état. Il n'avait rien d'un taudis, bien au contraire. Les meubles étaient récents, il y avait des tableaux aux murs, et pour le reste aussi, l'intérieur était décoré avec goût. Linda avait brièvement interrogé la propriétaire dans la soirée, mais n'en avait pas tiré grand-chose.

Elle soupira. Elle avait mal à la tête et se sentait patraque, respirer l'air du chalet n'arrangeait rien. Elle sortit son calepin de sa poche et vérifia ses notes. La propriétaire se nommait Kaija Suokas, née en 1967. Veuve depuis trois ans, elle avait racheté leur part du chalet à ses enfants. Au chômage, après avoir travaillé pendant vingt ans comme employée de banque. Les fêtards présents étaient selon elle des amis – même si elle n'en connaissait que quelques-uns par leur nom. D'après elle, ils étaient là depuis cinq à huit jours, mais elle n'était pas très sûre. Ce pouvait aussi bien être quatre, ou dix. Ils avaient bu, envoyant de temps à autre quelqu'un renouveler le stock, ou se faisant livrer. Il y avait eu des allées et venues tout au long de la semaine, sans qu'elle puisse en dire plus, et ils s'étaient bien amusés, paraît-il. Ni Kaija Suokas, ni personne, en fait, ne connaissait le suspect. Il était apparemment arrivé au chalet plus tard que les autres, amené par quelqu'un, et était resté se soûler. Toutes les déclarations s'accordaient sur un point : il n'était pas bavard. Il était demeuré la plupart du temps assis seul à observer les autres et n'avait que rarement participé à la conversation.

Plusieurs personnes avaient été témoins des coups de couteau, mais les récits différaient assez fortement. Le seul point commun était qu'avant l'agression, la victime, Rami Nieminen, se tenait debout à bavarder avec une femme du nom de Jutta Ruusila. Le suspect s'était approché de lui par-derrière et s'était mis à le frapper, ce qui avait déclenché un tel vent de panique que personne n'était capable de dire ce qui s'était passé ensuite. Selon l'un des témoins, le suspect avait crié quelque chose avant de poignarder la victime, selon un deuxième, c'était elle qui avait hurlé, les autres n'avaient rien entendu, ou il n'y avait pas eu de cris. Quoi qu'il en soit, l'agression avait pris fin aussi vite qu'elle avait commencé. Personne ne se souvenait d'une dispute ou d'une algarade qui l'aurait précédée, et personne n'était capable de dire si le suspect et la victime s'étaient, de tout le temps qu'ils avaient passé au chalet, adressé la parole ou non. Ça ne voulait toutefois rien dire. Linda savait par expérience que le mobile de la plupart des meurtres, en Finlande, était totalement futile. Le plus souvent, quelqu'un avait bu dans la mauvaise bouteille ou pris, son tour venu, une trop longue gorgée de celle qui circulait. Après les coups de couteau, le suspect s'était rué vers la porte, avait d'abord essayé de l'ouvrir à l'envers, puis était sorti en titubant et avait couru vers la forêt. Personne ne se rappelait s'il avait encore le couteau à la main ou pas, mais on ne l'avait en tout cas pas trouvé dans le chalet. Personne n'avait essayé de l'empêcher de fuir, ni d'ailleurs d'aider Nieminen. On avait laissé le corps se vider tranquillement de son sang. Une partie des fêtards avaient continué de s'amuser comme si de rien n'était. Certains se trouvaient dans un tel état qu'ils n'avaient compris qu'il s'était passé quelque chose qu'à l'arrivée de la police.

Linda referma son calepin et le glissa dans sa poche. Il faudrait réentendre Jutta Ruusila, car c'était elle qui était la plus proche au moment de l'agression et qui connaissait apparemment le mieux la victime. Ils avaient aussi besoin d'informations plus précises sur l'identité du suspect et ses liens éventuels avec la victime, mais ils pourraient s'en occuper depuis l'hôtel de police. Elle ne savait même pas vraiment ce qu'ils faisaient de nouveau là. L'analyse de la scène de crime était terminée et ils auraient dû être en train d'interroger les témoins au commissariat. C'était encore une fois une incompréhensible lubie d'Oksman.

Linda se rendit dans la cuisine, trouva dans le placard au-dessus de l'évier un gobelet en carton, but de l'eau du robinet, qui avait un goût de fer, et avala un cachet d'ibuprofène. Dans le placard se cachait aussi autre chose : une bouteille d'un demi-litre de brandy presque pleine. Linda s'approcha de la porte de la cuisine et jeta un coup d'œil dehors par la fenêtre du séjour. Pas trace d'Oksman, ni de l'équipe canine. Elle retourna à l'évier, attrapa la bouteille et dévissa le bouchon. Elle flaira le contenu et constata qu'il correspondait bien à l'étiquette, versa un doigt de brandy dans son gobelet et le but d'un trait. La vague brûlante coula de sa gorge dans son estomac. Elle se servit une deuxième rasade, plus généreuse que la première, et l'avala en quelques gorgées. Elle but ensuite deux verres d'eau, jeta le gobelet à la poubelle et se fourra une pastille pour la toux dans la bouche. Elle se sentait déjà mieux.

Dehors, elle tourna le coin du chalet pour se mettre à l'abri du vent, alluma une cigarette et regarda sa montre. Bientôt dix heures. Oksman n'était nulle part. Il aurait été temps qu'ils rentrent s'ils voulaient mener les interrogatoires à bien avant la fin de leur service.

Henrik Oksman se tenait dans le vestiaire du sauna. Un imbécile avait oublié de fermer la porte la veille, et il l'avait trouvée grande ouverte à son arrivée. Le vent faisait claquer le battant contre le chambranle dont un grand lambeau de bois s'était détaché. La pluie tombant à horizontale et le vent qui avait soufflé droit depuis le golfe de Botnie pendant la nuit, en rafales de plus de vingt-cinq mètres par seconde, avaient tout inondé à l'intérieur. De l'eau clapotait sur le plancher. Au milieu de la flaque gisaient le duvet bleu et le sac en tissu qui étaient déjà là la veille. Ils étaient maintenant trempés.

Putain, quel bordel !

Oksman enjamba les affaires et faillit glisser. Il jeta un coup d'œil dans la salle de douche. Elle était en ordre, de même que le sauna, qui n'avait visiblement pas servi depuis longtemps. On avait empilé sur les gradins des coussins de transat, du matériel de pêche et un vieux four à micro-ondes dont le câble pendait par-dessus la rambarde telle une corde de pendu.

Oksman retourna dans le vestiaire, s'accroupit à côté du sac et entreprit de le fouiller. Tout le contenu était mouillé. Il sortit les vêtements un à un, les examina et les plia sur le banc le plus proche. Il passa en revue toutes les poches des pantalons et des chemises et, pour finir, celles du sac, mais sans rien trouver d'intéressant. Il était cependant clair qu'il s'agissait de vêtements d'homme, et qu'ils n'avaient pas été lavés depuis longtemps. Ils sentaient le chien mouillé. Il n'y avait de nom ni sur le duvet ni sur le sac.

Oksman sortit et tenta de fermer la porte, mais son pêne était tordu et il la cala avec une pierre ramassée sur le rivage. L'eau avait monté de près d'un mètre pendant la nuit. Partout gisaient des débris apportés par la tempête. Des morceaux de polystyrène et de plastique, des algues, des roseaux. Les vagues roulaient en rubans continus sur les rochers, se brisaient, roulaient à nouveau. Le vent, sec et glacé, malmenait les vêtements d'Oksman. Il avait tourné de l'ouest au nord et on y percevait déjà l'approche de l'hiver. Si les nuages se dissipaient, comme ils semblaient vouloir le faire, il risquait de geler. Ce serait une bonne chose, songea Oksman, car tout sècherait.

La forêt sentait l'humus et la mousse humide. Il suivit le sentier qui, du sauna, longeait le rivage. Au bout, il trouva des toilettes sèches, sans porte. Au plafond, un lustre de cristal se balançait paresseusement. Assis là, on avait directement vue sur la mer. Oksman sortit son téléphone de sa poche et appela sa mère. Il allait renoncer quand on décrocha brusquement.

« Henrik ? » La voix n'était qu'un mince filet, comme toujours.

« Bonjour maman », dit-il en jetant instinctivement un coup d'œil autour de lui pour vérifier que personne n'écoutait. « Comment ça va ?

– Très bien. Et toi ? Tu es toujours en bonne santé ?

– Oui, je vais très bien. Et papa ?

– Il va bien aussi.

– Tu veux que je passe ?

– Non, tout va pour le mieux.

– Papa est là ?

– Oui.

– *C'est qui, bordel ?* » tonna une voix d'homme à l'arrière-plan.

Sa mère eut beau tenter de couvrir de la main le micro du téléphone, Oksman l'entendit répondre : « C'est la compagnie d'électricité. À cause de la tempête.

– *Dis-leur que tout va bien, qu'ils n'ont qu'à venir voir eux-mêmes. Ou dis-leur plutôt qu'ils peuvent se carrer leur téléphone dans le cul, et raccroche !*

– Je dois te laisser. Merci d'avoir appelé, porte-toi bien », se dépêcha de dire sa mère avant de couper la conversation. Oksman rangea son téléphone dans sa poche et regarda encore un moment les vagues ballotter des débris entre les rochers. Quand il revint au chalet, Linda l'attendait sur la terrasse, assise dans un fauteuil en rotin. L'équipe canine ratissait toujours la forêt. En le voyant arriver, Linda se leva et lança :

« Allons-y, on gèle, ici. »

7

Linda jeta un coup d'œil par le guichet de la cellule. Un homme de grande taille était allongé sur le matelas plastifié, les yeux fermés, sa poitrine se soulevait à un rythme régulier. « Il est dans quel état ?

– Il a déjà pu sortir fumer une cigarette, déclara le permanencier.

– On va prendre la salle numéro un, dit Oksman.

– Et les autres ?

– On peut les relâcher, à condition d'avoir noté leurs coordonnées », répondit Linda.

Le permanencier tira les verrous et ouvrit la porte : « Debout là-dedans ! » cria-t-il.

L'homme ouvrit les yeux et s'assit. Ses cheveux rêches, qui n'avaient pas vu de ciseaux depuis longtemps, se dressaient en bataille. Il avait les pupilles dilatées et son regard semblait chercher en vain à se fixer. « On va vous interroger », dit Oksman, et il s'écarta du chemin du permanencier, qui entra dans la cellule avec des menottes.

Il aida l'homme à se mettre debout et lui passa les bracelets. On voyait que ce n'était pas la première fois que ce dernier se retrouvait derrière les barreaux, il connaissait la procédure. Ses vêtements ensanglantés ayant été envoyés au laboratoire, il portait le survêtement rouge et gris de l'administration pénitentiaire.

« Je peux d'abord fumer une clope ? » grogna-t-il en regardant le permanencier, qui se tourna vers Linda et Oksman. Sur un hochement de tête de ce dernier, il accompagna l'homme au fumoir extérieur.

« On ne fait plus qu'emmener les gens s'en griller une, dans ce boulot », dit Linda.

Oksman ne répondit pas, elle n'en espérait d'ailleurs pas tant.

Quand le permanencier ramena l'homme, ils le conduisirent à la salle d'interrogatoire. Ils s'assirent d'un côté de la table, lui, de l'autre. Il les regarda paresseusement. Il avait l'air migraineux et fatigué. Son cou, son visage mangé par une barbe bleu-noir de plusieurs jours et ses mains étaient aussi sales que ceux d'un garagiste. Il puait la cigarette et l'éthanol. Une odeur que Linda et Oksman connaissaient bien : celle des clochards.

Oksman alluma la caméra vidéo et lut tout haut les premiers éléments de l'interrogatoire, l'heure et l'objet de la procédure : des coups de couteau ayant entraîné la mort de Rami Nieminen, le 9 novembre 2018, faits dont l'interrogé était suspecté pour des motifs raisonnables et suffisants. L'expression de l'homme ne varia pas d'un millimètre et, pour la première fois, Oksman se demanda s'il savait seulement où il était et de quoi il s'agissait. Il demanda :

« Vos nom et date de naissance ?

– Antti Johannes Mielonen, 14 janvier 1978.

– Domicile ?

– Sans.

– Dernière adresse officielle ? »

La réponse tarda longtemps, et l'homme sembla réellement réfléchir avant de dire : « La prison de Köyliö, et avant ça Kirkkokatu, à Nakkila.

– Profession ou formation ?

– Sans. Enfin si, j'ai une formation de tôlier soudeur.

– Savez-vous pourquoi vous avez été arrêté et ce dont vous êtes suspecté ? »

L'homme secoua la tête.

Oksman ouvrit le dossier posé sur la table et plaça devant Mielonen des photos de la victime. « Hier soir, vers dix-sept heures quarante-cinq, cet homme a été poignardé dans un chalet situé à Korpholma, dans la commune d'Ahlainen. Il se nomme Rami Sakari Nieminen, né en 1977. Ça vous revient ? »

Mielonen prit les photos de ses mains tremblantes et les examina soigneusement une à une. Le front plissé, il fouillait visiblement dans ses souvenirs. Puis ses rides s'effacèrent, il leva les yeux vers les enquêteurs et secoua la tête.

« Rien ? demanda Linda. Nous avons plusieurs témoins qui assurent que vous avez donné au total six coups à Nieminen, dans le dos et le cou, avec un couteau de cuisine à grande lame. Qu'avez-vous à répondre ?

– Je ne sais pas, je ne me rappelle pas. »

Linda eut un petit rire. « C'est curieux, le nombre de gens qui perdent soudain la mémoire dans cette pièce. Dites-nous donc tout ce dont vous vous souvenez d'hier.

– J'ai bu.

– Au chalet ? demanda Oksman en se penchant en avant.

– Oui, sans doute.

– Il y avait d'autres personnes ? »

L'homme réfléchit. « Oui. Oui, il y en avait d'autres. Beaucoup, même.

– Vous en connaissiez déjà certaines ? »

De nouveau une pause, tandis que l'homme cherchait à se rappeler, et cette fois Oksman fut certain qu'il ne faisait pas semblant. Mielonen n'avait réellement que de vagues souvenirs de la soirée.

« Faites un effort, l'encouragea-t-il. C'est important. N'oubliez pas que vous êtes suspecté, pour des motifs raisonnables et suffisants, d'avoir tué Rami Sakari Nieminen.

– J'en connaissais une ou deux. Oui, c'est ça. Des mecs m'ont amené là-bas, mais ensuite ils sont partis en me laissant sur place. »

Linda fit sortir la pointe de son stylo. « Vous vous rappelez leurs noms ?

– Sami Wahlman, tout le monde l'appelle Walle, et Kimmo quelque chose. Un grand type chauve.

– Kimmo Sarin ? » suggéra Linda. Elle connaissait très bien Walle et Sarin, que la police surnommait Kimble. Tous les deux étaient de vieilles connaissances, d'éternels poivrots qui, bien qu'ayant un métier, avaient régulièrement affaire à la justice. Walle avait même fait un bref séjour en prison pour faux et usage de faux aggravés et organisation frauduleuse d'insolvabilité.

« Oui, Sarin, c'est ça. Mais ils sont partis en me laissant là.

– C'était quand ? demanda Oksman.

– Quel jour sommes-nous ?

– Samedi, le 10 novembre. Le meurtre a eu lieu hier, vendredi. Pendant la tempête. »

La mention de la tempête alluma une lueur dans les yeux d'Antti Mielonen. Son regard s'éveilla un instant, et il déclara : « C'était avant. Avant la tempête, je veux dire. J'ai dormi dans le sauna.

– Vous êtes donc arrivé jeudi au chalet avec Sami Wahlman et Kimmo Sarin et vous avez passé la nuit de jeudi à vendredi dans le sauna au bord de la mer. Est-ce que vous possédez un sac de couchage bleu et un sac de sport en tissu gris ?

– Oui, ils sont à moi. Ils sont à l'abri ? »

Oksman hocha la tête. Les choses commençaient à prendre forme. Il repensa à la porte ouverte du sauna et aux affaires trempées. Putain ! pourquoi avait-il fallu que quelqu'un merde aussi de ce côté ?

« Oui, ils sont sûrement à l'abri », dit-il, presque certain que les vêtements nageaient encore dans l'eau sur le sol du vestiaire. « Reprenons. Vous vous êtes réveillé dans le sauna. Que s'est-il passé ensuite ?

– Oui, c'est là que je me suis réveillé. Ils étaient partis, mes copains. Je suis allé au chalet, en haut. Il pleuvait déjà, mais il n'y avait pas encore de vent. Ils étaient déjà en pleine picole. Je ne sais pas où ils avaient trouvé autant de vodka, mais ils étaient tous soûls. Personne ne m'a rien demandé et je suis resté. Ils m'ont offert à boire de bon cœur.

– Est-ce que Rami Nieminen était là à ce moment ?

– Qui ? »

Linda Toivonen et Oksman échangèrent un coup d'œil. « L'homme qui a été tué, Rami Nieminen, est-ce qu'il était là ? »

Mielonen semblait de nouveau perdu. Son regard flottant cherchait quelque chose à quoi se raccrocher, et finit par tomber sur les photos sanglantes posées devant lui. On y voyait un corps étendu face contre terre. « Je ne sais pas quelle tête il avait », déclara-t-il après un temps de réflexion.

Linda sortit du dossier une photo du visage de Nieminen, mort, et la tendit à Mielonen. Il la regarda et la lui rendit. « Oui, il était là. Je me le rappelle.

– Pourquoi ?

– Je ne sais pas… il parlait beaucoup… et il était vraiment très grand.

– De quoi parlait-il ? demanda Linda.

– On n'entendait que lui, mais je ne me rappelle pas ce qu'il racontait.

– Ça vous a énervé ?

– Quoi ?

– Qu'il n'arrête pas de parler.

– Non.

– Est-ce que vous l'aviez déjà vu ? »

Mielonen secoua la tête. « Non. Je m'en souviendrais, un colosse pareil.

– Que s'est-il passé ensuite ?

– Rien. On a continué à vider des bouteilles. Il faisait un temps épouvantable, avec le vent qui s'était mis à souffler, et on est restés assis à l'intérieur.

– Où étiez-vous assis, et où se trouvait Nieminen ? »

Mielonen regarda Oksman d'un air perplexe.

« Est-ce que vous vous êtes parlé ? »

Encore un regard perdu. Le front de Mielonen se plissa tandis qu'il essayait désespérément de se souvenir de la soirée. « Sans doute pas. Je ne me rappelle pas, en tout cas. J'avais déjà un bon coup dans le pif.

– D'après les témoins, vous êtes allé dans la cuisine ou aux toilettes, puis vous êtes revenu dans le séjour avec un couteau et avez poignardé Nieminen dans le dos et le cou.

– Je ne me rappelle rien de tel », dit Mielonen avec une fermeté surprenante. Le ton était si différent de la voix apathique et hésitante avec laquelle il s'était exprimé jusque-là qu'il fit sursauter Oksman, qui reprit :

« Vous semblez vous souvenir de beaucoup de choses, mais soudain le film s'interrompt. Curieusement, juste avant les coups de couteau. Êtes-vous seulement sûr de vous être trouvé dans ce chalet ?

– Oui.

– Mais vous ne vous rappelez rien de l'agression ?

– Non.

– Avez vous poignardé Nieminen ?

– Non.

– Vous êtes donc sûr de ne pas l'avoir poignardé, alors que vous venez de dire que vous ne vous souveniez de rien.

– Je m'en souviendrais, si je l'avais poignardé.

– Qui l'a tué, alors ?

– Je ne sais pas. Je ne me rappelle pas.

– Pourquoi vous êtes-vous enfui dans la forêt sans chaussures ni manteau et vous êtes-vous caché sous un sapin ? Pourquoi vos vêtements étaient-ils couverts de sang ? »

Mielonen essaya de trouver de l'aide dans les yeux de Linda, mais se heurta à leur regard de pierre. Il ne répondit rien.

« Vos vêtements sont au laboratoire. Je parie mille euros qu'on apprendra bientôt que le sang trouvé sur eux et sur vos mains correspond à celui de Rami Nieminen. Que direz-vous alors ? »

Mielonen resta muet, regardant ses mains tremblantes. Linda posa sur la table des rangers usées dont les lacets n'étaient enfilés que jusqu'à mi-hauteur de la tige. « Ce sont les vôtres ? »

Il jeta un coup d'œil aux chaussures, mais continua de se taire. Linda reprit : « Moi, je parie mille euros qu'elles sont à vous. On le saura bientôt. On les a trouvées sur la terrasse du chalet. Et je suis sûre que vous avez laissé partout des empreintes digitales et des traces d'ADN.

– Je vous ai dit que j'y étais », grogna Mielonen. Il n'y avait plus rien, dans sa voix, du flottement qu'on y percevait auparavant, et pendant un instant, Oksman eut la nette impression qu'il les menait en bateau.

« Franchement. Dites-nous ce qui s'est passé hier soir. Vous étiez tous soûls. Est-ce qu'il y a eu une dispute ? Est-ce que Nieminen a dit quelque chose, est-ce qu'il vous a fait quelque chose, à vous ou à quelqu'un d'autre ?

– Je ne me rappelle pas ! Putain, je vous l'ai dit cent fois ! Je ne me rappelle pas !

– Avez-vous poignardé Rami Nieminen dans le dos et le cou ? »

Mielonen demeura silencieux, l'air atone. Ses mains tremblaient, il avait le cou et les commissures des lèvres agités de tics.

« Pourquoi vous êtes-vous caché dans la forêt ? »

Pas de réponse.

« Où est le couteau ? Où l'avez-vous jeté ? L'avez-vous caché quelque part ? »

Toujours pas de réponse de Mielonen. Rien qu'un regard sombre fixé sur ses mains.

« Fin de l'interrogatoire à douze heures trente-neuf, déclara Oksman pour le magnétophone. L'autorité d'enquête préliminaire recommandera au procureur, pour des motifs raisonnables et suffisants, la mise en détention d'Antti Johannes Mielonen pour le meurtre de Rami Sakari Nieminen. »

Linda Toivonen et Henrik Oksman quittèrent la pièce en laissant Mielonen assis sur sa chaise, menotté. L'air du couloir leur parut d'une merveilleuse fraîcheur après l'odeur de clodo de la salle d'interrogatoire.

8

Jari Paloviita s'apprêtait une fois encore à rentrer chez lui quand Henrik Oksman et Linda Toivonen vinrent le trouver dans son bureau. Il était de bonne humeur. En relisant le dossier de Mr Muscle, il avait acquis la conviction que Veeti Sirniö prendrait perpète. Les preuves étaient accablantes, le mode opératoire brutal, et l'homme n'avait à aucun moment exprimé le moindre regret. Paloviita se sentait en pleine forme, tout roulait comme les glaces de printemps dans le fleuve Kokemäenjoki.

« Alors, nous avons l'agresseur ? » Il ne parvenait pas à masquer totalement sa joie d'annoncer à Terhi sa possible promotion, et dut faire un effort pour prendre un air grave.

« Oui », répondit Oksman, et Paloviita se heurta de nouveau au regard de ses petits yeux noirs. Il songea que le Bœuf était un surnom trop flatteur pour son collègue. Il avait plutôt l'air d'un rat.

« Il a avoué ?

– Il prétend ne rien se rappeler. Il admet qu'il était au chalet, mais le film s'interrompt commodément au moment de l'agression. On attend le rapport du labo et les conclusions du légiste.

– Beau travail, tous les deux. J'allais terminer pour aujourd'hui. On a l'identité du suspect ? Il se rappelle quand même son nom ?

– Antti Johannes Mielonen, né le 14 janvier 1978 à Pori. Il a un casier qui commence tôt et continue jusqu'à aujourd'hui. Enfant, il a été retiré à sa famille et placé dans un foyer. À l'adolescence, vols de voiture, menus larcins et bagarres. Premier séjour en prison pour mineurs à dix-sept ans, cinq fois mis à l'ombre à l'âge adulte. En tout, quatre ans et huit mois. Trois fois à Kakola dans les années quatre-vingt-dix, une à Sörnäinen et la dernière à Köyliö pour une série de cambriolages. Il faisait partie d'une bande qui pillait des conteneurs dans un peu tous les ports de la côte. Mielonen a été le seul à se faire pincer, mais il a tenu sa langue et n'a dénoncé personne, ce qui lui a valu une double peine. Il est sorti en juillet. »

Jari Paloviita regarda Oksman. « Quel nom as-tu dit ?

– Antti Mielonen. Tu le connais ?

– Non », répondit Paloviita, le visage et le cuir chevelu parcourus de picotements. « Et la victime ?

– Rami Sakari Nieminen. Ça te dit quelque chose ? »

Paloviita secoua la tête et s'appuya à son dossier. Il transpirait soudain de tous ses pores, son visage le brûlait et un filet de sueur solitaire coulait le long de sa colonne vertébrale. « C'est aussi une vieille connaissance de la police ?

– Oui. Mielonen prétend qu'il ne connaissait pas la victime, mais il ment peut-être. Ils se sont en tout cas trouvés au même moment à Sörnäinen, il y a quatre ans. Je vais essayer d'en savoir plus sur son parcours. Quoi qu'il en soit, la victime n'était pas non plus l'homme le plus sympathique du monde. Il a été condamné six fois pour coups et blessures et une fois pour meurtre.

En février 2009, il a tué son colocataire en lui fendant le crâne avec la tringle à rideau de la douche. On trouve toutes les saloperies qu'on veut, dans son passé. Il a un casier d'un kilomètre de long qui commence dès son plus jeune âge. Il va falloir étudier plus en détail leurs antécédents, mais je soupçonne ces deux hommes de ne pas être des inconnus l'un pour l'autre. »

Paloviita se racla la gorge. Il avait l'impression qu'elle ne laissait plus passer qu'un mince filet d'air. Des vagues de chaud et de froid le balayaient sans aucune logique, et soudain il eut peur de vomir. Il vérifia par précaution l'emplacement de la corbeille à papier.

« Ça va ? demanda Linda. Tu es tout pâle.

– Ah bon ?

– Oui, franchement, tu as vraiment l'air mal en point.

– Tu trouves ? Non, je vais très bien. »

Oksman et Linda le regardaient tous les deux attentivement. « J'ai mal dormi et j'ai trop mangé au petit déjeuner. C'est juste une petite indigestion, ou alors c'est la même grippe que toi. » Il prit une gorgée d'eau dans le verre posé sur le coin de son bureau. « Qu'est-ce que vous disiez ?

– Qu'il fallait étudier de plus près les liens éventuels entre Antti Mielonen et Rami Nieminen. La perte de mémoire de Mielonen n'est pas crédible, en plus son histoire est bancale, il y a trop d'incohérences. Quelque chose cloche.

– Quand est-ce qu'on aura le rapport du labo ? » demanda Paloviita, et il constata avec satisfaction que sa voix semblait normale.

Linda Toivonen échangea un coup d'œil avec Henrik Oksman. Celui-ci hésita avant de répondre.

« Aussitôt que possible… il y a eu des problèmes.

– Des problèmes ?

– Il faisait un temps absolument atroce… pour être franc, l'analyse de la scène de crime n'a pas pu être menée avec toute la rigueur espérée. »

Paloviita remarqua l'embarras d'Oksman et s'y raccrocha. « Un instant, est-ce qu'on a vraiment arrêté le bon suspect ? Mieux vaudrait éviter que l'enquête ne s'engage dès le départ sur la mauvaise piste. »

Linda le fixa, désarçonnée. « Oui, assura-t-elle, c'est bien lui, il n'y a aucun doute. Je croyais que c'était clair. Nous avons suffisamment d'éléments pour le placer en détention provisoire. Il ne manque que ta signature. »

Paloviita déplaça son poids sur sa chaise. « Oui, bien sûr. » Nouveau raclement de gorge. « On va s'occuper de la paperasse. Mon but n'était pas de semer le trouble, mais c'est mon premier crime en tant que directeur d'enquête. Je ne voudrais pas qu'il y ait la moindre erreur. »

Linda lui adressa un sourire d'encouragement et, rien que pour ça, il l'aurait volontiers embrassée.

« Vous savez évidemment ce que vous faites. Continuez simplement comme ça, mais ça ne peut pas faire de mal de vérifier les éventuels mobiles et les antécédents de toutes les autres personnes présentes au chalet, pour plus de sûreté, d'accord ? »

Oksman hocha la tête.

Paloviita tripota son stylo, faisant entrer et sortir la pointe. « Il n'est pas utile de convoquer une conférence de presse pour l'instant, j'imagine ? Bien… j'ai encore pas mal de travail pour aujourd'hui, et donc…

– Je croyais que tu t'apprêtais à rentrer chez toi », s'étonna Oksman.

Paloviita le regarda, se heurta à ses yeux noirs et grogna d'un ton inutilement vif : « Effectivement, mais je n'ai finalement pas le temps. »

Oksman et Linda échangèrent un coup d'œil, mais quittèrent la pièce en refermant la porte derrière eux. Paloviita s'appuya au dossier de sa chaise et laissa l'air s'échapper de ses poumons. Son maillot de corps lui collait au dos. Il ouvrit le col de sa chemise, qui ne le serrait pourtant pas.

Il avait l'impression d'avoir pris un coup de massue sur la tête.

Un nom. Il avait suffi d'un nom pour le mettre K.-O. et ouvrir un trou de ver entre le présent et le passé.

Nous voyageons dans le temps.

Antti Johannes Mielonen.

Le murmure cosmique.

Rami Nieminen.

Nous voyageons dans le temps à l'aide d'un stylo à bille.

Avec Antti Mielonen.

Les souvenirs commençaient à pleuvoir. Certains n'étaient que de légères particules, comme de la poussière de charbon, mais il y avait aussi des pierres dont la chute le frappait douloureusement, et des objets encore plus massifs, des météorites, des comètes, qui percutaient sa conscience. Tout lui était revenu à l'esprit. Du fait d'un seul nom. *Antti Johannes Mielonen.* Et sur son dos, un autre chevauchait : *Tiina.* Il le dit tout haut, car il y avait longtemps qu'il ne l'avait pas prononcé. Il ne se rappelait même plus quand pour la dernière fois, mais il le murmura, car ce nom le méritait :

« Tiina. »

Il le répéta encore deux fois, explorant son goût sur sa langue. Ce n'était pas aussi douloureux qu'il le craignait. À une époque, ça lui avait fait mal, vraiment mal, mais cette fois, il sourit même un instant.

Une image se dessina sur l'écran de son esprit.

Deux garçons pédalent côte à côte sur une piste cyclo-piétonne. Ils ont ôté leurs T-shirts, de leurs sacs à dos dépassent des cannes à pêche. Leurs visages sont rieurs, le vent soulève leurs cheveux un peu trop longs. Soudain l'un d'eux lâche son guidon, laisse son vélo descendre la colline en roue libre, écarte les bras, penche la tête en arrière et ferme les yeux.

Paloviita fondit en larmes.

Il ignorait pourquoi, et ne s'aperçut même pas tout de suite qu'il pleurait, mais il était incapable de s'en empêcher.

Il resta longtemps assis, totalement immobile, à fixer la fenêtre. Puis il se leva, se sécha les yeux dans la manche de sa chemise, vérifia que son appareil auditif était bien en place et fila aux toilettes, au bout du couloir. Il eut tout juste le temps de se pencher au-dessus de la cuvette avant de vomir le contenu de son estomac. Il se lava la figure et se regarda dans le miroir. Où le temps avait-il fui ? Était-il encore quelque part, ou avait-il disparu, telle une bulle de savon qui éclate ? Il l'ignorait, et d'ailleurs s'en moquait.

9

En franchissant le seuil de son immeuble, Henrik Oksman retrouva l'odeur de caoutchouc du paillasson du hall. Quelque part, dans les étages, une porte claqua. Il monta à pied au cinquième et entra chez lui. Il habitait là depuis trois ans. L'immeuble était ancien, mais on y avait fait de gros travaux de rénovation juste avant qu'il ne s'y installe dans un deux-pièces de soixante mètres carrés pourvu d'un grand dressing et d'une vaste salle de bains. Les murs et le plafond étaient en béton peint. Les ensembles résidentiels du quartier de Pormestarinluoto n'étaient pas des merveilles architecturales, mais le secteur valait mieux que sa réputation.

Oksman accrocha ses vêtements au porte-manteau et rangea soigneusement ses chaussures de ville en cuir à côté de trois autres paires strictement identiques. Il alla dans la salle de bains, ouvrit cinq fois le robinet, se lava cinq fois les mains et ferma cinq fois le robinet. Au plafond du séjour pendait un sac de boxe. Sous la fenêtre de la cuisine se dressait une table pour deux personnes, en compagnie d'une unique chaise. Il n'y avait pas d'autres meubles dans l'appartement. Les stores étaient fermés, un téléviseur cathodique de quatorze pouces traînait dans un coin.

Oksman sortit du réfrigérateur un plat tout prêt, des boulettes de viande avec de la purée de pommes de terre, perça quelques trous dans son film plastique avec la pointe d'un couteau et le mit au micro-ondes. Il attendit que le four sonne et posa son repas fumant sur la table, à côté d'une corbeille contenant des fourchettes et des couteaux sous emballage plastique. Il en ouvrit un et s'attaqua à son dîner. Quand il eut fini, il passa dans le séjour, se mit en slip et effectua des mouvements de rotation des bras et du bassin. Il s'étira la nuque en avant et en arrière, puis des deux côtés, secoua ses poignets et ses épaules. Quand il eut fini de s'échauffer, il enroula des bandes de tissu autour de ses jointures et de ses poignets et enfila ses gants de boxe.

Il commença en douceur, envoyant alternativement des directs d'un poing et de l'autre et ne faisant qu'effleurer le sac de frappe, qui se mit à osciller paresseusement. Oksman se déplaçait latéralement, balançant le buste au rythme du sac et, dès que celui-ci s'approchait, il décochait un direct dans son flanc. Les coups étaient fluides, ils partaient des pieds et des hanches et claquaient sur le cuir avec l'apparente facilité de flèches. À chaque frappe, le nez d'Oksman laissait échapper un bref sifflement. Peu à peu, il accéléra le rythme. Des jabs et des crochets commencèrent à se glisser parmi les directs. Son corps se balançait plus rapidement, esquivait le sac et essayait de prévoir ses mouvements. Il veillait à se tenir à la bonne distance, ses pieds bougeaient sur le parquet comme ceux d'un danseur. Son torse et ses mollets se contractaient. Les coups pleuvaient maintenant sur le sac tels les assauts d'un essaim d'abeilles piquant ses flancs, le fouettant et le faisant valser. Il oscillait de plus en plus vite, fonçant sur Oksman, mais ce dernier l'évitait en souplesse et le frappait aussitôt avec une force terrible. Directs et crochets arrivaient de tous côtés. La sueur ruisselait du cuir chevelu d'Oksman sur son visage, sa nuque et son dos et gouttait sur le parquet. Ses coups se firent plus lourds, martelant le sac comme une enclume. À chaque frappe, il laissait échapper un grognement et des gouttes de salive jaillissaient d'entre ses dents.

Au bout d'une demi-heure, il s'arrêta. Il était baigné de sueur, son slip était trempé, sa poitrine se soulevait au rythme de ses halètements. Il s'allongea par terre sur le dos et se lança dans une série de crunchs, de relevés de jambes et de rotations. Il termina par cent pompes et fila prendre une douche.

Il ouvrit le robinet cinq fois avant de se placer sous le jet. L'eau était brûlante et la salle de bains s'emplit de vapeur. Il se récura de la tête aux pieds avec un produit lavant, répéta l'opération cinq fois et ferma soigneusement cinq fois le robinet. Après s'être séché, il se mit en tenue de nuit, fourra ses vêtements et sa serviette dans le lave-linge et le mit en marche. Puis il remplit un seau d'eau chaude, y ajouta du détergent et entreprit de laver la salle de bains. Il nettoya le lavabo, le siège des W.-C., la douche, le miroir et le sol, changea l'eau et passa la serpillère sur le parquet.

Il était onze heures pile quand il se retira dans sa chambre, déroula son matelas sur le sol et se coucha. Il mit trois réveils différents à sonner et éteignit la lampe de chevet. Il dormit d'un sommeil sans rêves, mais peuplé d'aboiements de chien, furieux et désordonnés, qui semblaient saturer chacun de ses neurones.

10

Jari Paloviita s'engagea dans l'allée du jardin au volant de son Honda CR-V et ouvrit la porte du garage avec sa télécommande. Il se gara à côté de la Mercedes de sa femme et descendit de voiture. Ce n'est qu'à ce moment qu'il se rendit compte qu'il était chez lui. Il ne se rappelait rien du trajet.

Il était neuf heures et demie du soir. Les filles étaient déjà couchées, leurs chambres plongées dans l'obscurité. Paloviita vérifia son portable et constata que Terhi avait essayé de l'appeler cinq fois au cours de la journée et de la soirée. La porte d'entrée était verrouillée et il dut se servir de sa clé.

Terhi était assise sur le canapé du séjour à regarder la télévision, en chemise de nuit et en peignoir. Elle ne se retourna même pas quand il entra. Il accrocha son manteau à un cintre et fila dans la cuisine. Son repas l'attendait. Du riz, du poulet et de la salade. Tout était froid. Paloviita mit l'assiette directement au réfrigérateur. Sur la table, il y avait aussi une lettre, ouverte, adressée par la banque au père de Terhi, qui s'était à l'époque porté caution pour leur emprunt. Elle avait été laissée là à son intention. On y informait le garant du non-remboursement, depuis un certain temps, des mensualités du crédit immobilier des Paloviita. Il froissa la lettre et la mit à la poubelle. Puis il alla jeter un coup d'œil dans les chambres des filles, remonta leurs couvertures, leur caressa les cheveux et les embrassa toutes les deux sur la joue. Quand il rejoignit enfin Terhi dans le séjour et s'assit sur le canapé à côté d'elle, elle se leva sans rien dire et monta au premier. Il l'entendit se brosser les dents. Il attrapa la télécommande et changea de chaîne pour mettre un talk-show. Il resta à fixer l'écran sans rien voir ni entendre. Ce n'est que quand la pendule sonna minuit qu'il sursauta et éteignit la télévision.

Terhi dormait déjà. Sans allumer la lumière, il se déshabilla et s'assit de son propre côté du lit. Le sol glacé lui brûlait la plante des pieds. Dehors, le vent commençait à se calmer, des étoiles étaient apparues et la température avait fraîchi. Quelques rafales isolées avaient encore la force de malmener la tôle de l'appui de fenêtre. Paloviita écouta la respiration régulière de sa femme et se massa le visage. Une voix monta du rez-de-chaussée. Sara parlait dans son sommeil. Elle le faisait depuis qu'elle était toute petite. Paloviita songea qu'elle ne pourrait jamais garder de secret vis-à-vis de son mari.

« Pourquoi es-tu devenue institutrice ? » demanda-t-il soudain tout haut, sans savoir pourquoi. Les mots avaient jailli tout seuls de sa bouche.

La respiration de Terhi changea, un froissement de drap se fit entendre et une voix ensommeillée répondit dans l'obscurité. « Quelle heure est-il ?

– Bientôt minuit et demi.

– Qu'est-ce qui te prend de brailler comme ça au milieu de la nuit ? J'ai failli avoir une attaque.

– Je te demandais pourquoi tu étais devenue instit. »

Terhi tâtonna pour trouver l'interrupteur de la lampe de chevet, puis la lumière s'alluma et elle s'assit. Paloviita sentit l'odeur de shampoing de ses cheveux. Son regard s'arrêta sur la tache rose de sa fourchette sternale.

« C'est quoi cette question, à cette heure ? Et pourquoi est-ce que tu n'as pas décroché de la journée ? »

Paloviita ne répondit rien. Il n'avait pas la force d'entamer une querelle. Terhi reposa sa tête sur l'oreiller et éteignit la lumière. De longues minutes passèrent, et Paloviita la pensait déjà rendormie quand elle répondit soudain dans l'obscurité : « J'ai toujours rêvé de devenir instit. Je n'ai jamais imaginé faire autre chose.

– Est-ce que je t'ai déjà raconté ce que j'aurais voulu devenir ? »

La lampe se ralluma. « Qu'est-ce que tu as ? Tu es tout bizarre. » Dans la voix maintenant plus douce de Terhi, Paloviita perçut une réelle sollicitude. Telle qu'elle existait entre eux avant l'arrivée des enfants. Une main, chaude et sèche, lui toucha l'épaule, le faisant sursauter. Terhi lui caressa le dos et soudain il ne put empêcher ses larmes de couler.

« Je n'ai jamais voulu être policier. C'était le dernier métier dont je rêvais. Quand j'étais enfant, j'étais un vrai froussard. J'avais peur de tout, absolument tout.

– Pourquoi est-ce que tu penses tout d'un coup à des choses pareilles, en pleine nuit ? Tu n'es plus un enfant, ni un froussard.

– J'avais une petite sœur. Elle s'appelait Tiina.

– Je sais, elle était handicapée et elle est morte quand tu avais douze ans.

– Elle s'est noyée. »

Terhi se redressa. « Ça, je l'ignorais. Qu'est-ce qui s'est passé ?

– C'était de ma faute. Je devais la surveiller, mais je n'ai pas réussi. J'ai essayé de la sauver, mais j'en ai été incapable. »

Terhi lui effleura de nouveau l'échine. « Mon pauvre chéri, pourquoi est-ce que tu ne m'en as jamais parlé ? »

Paloviita essuya ses larmes du dos de la main, se coucha et remonta la couverture. « Je ne sais pas.

– Ça ne pouvait pas être de ta faute. Tu avais douze ans, on n'aurait jamais dû te confier la responsabilité de ta sœur handicapée. Tu étais toi-même encore un enfant. Tes parents ont eu tort de te mettre dans cette situation.

– Est-ce que tu as parfois l'impression que tu ne mérites rien de ce que tu as ? Que tout, absolument tout, est un mensonge.

– Qu'est-ce qui est un mensonge ? Notre mariage, les filles ? Écoute… tu devrais peut-être rester quelques jours à la maison pour te reposer. »

Paloviita fixait la frisette du plafond. « J'avais un ami, mon meilleur ami. Il s'appelait Antti Mielonen. Ça faisait longtemps que je n'avais pas pensé à lui, jusqu'à ce qu'aujourd'hui, il me revienne à l'esprit. Dans nos jeux, nous voulions voyager dans le temps, et nous l'avons fait, en un sens. C'est ce que nous croyions, en tout cas. »

Terhi lui posa la main sur le front pour voir s'il avait de la fièvre. « Nous avons tous eu un meilleur ami, ou une meilleure amie. La mienne s'appelait Katri. Et parfois, elle me manque énormément. Elle est coiffeuse, quelque part à Helsinki, et je n'ai pas eu de nouvelles d'elle depuis plus de dix ans. C'est tout à fait naturel. Personne n'a plus tard d'amis aussi fidèles que dans l'enfance.

– Antti m'a sauvé la vie, il y a longtemps. » Paloviita souleva les cheveux de son front, dévoilant une vieille cicatrice à demi effacée. « On m'a tiré dessus, c'est la trace d'une balle.

– Tu m'avais dit que tu t'étais blessé en tombant de vélo et que tu avais eu plusieurs points de suture.

– Et ça. » Il ôta son appareil auditif, le posa dans sa paume et le regarda. « J'ai eu le tympan déchiré. C'est pour ça que je ne peux plus aller nager, j'ai mal à l'oreille depuis.

– Qu'est-ce que c'est que cette histoire ? Tu as une soudaine baisse de l'audition. C'est parfaitement normal, ça peut arriver avec l'âge. Et ce n'est peut-être que passager. Tu es juste stressé par ton nouveau travail et tu commences à voir des fantômes partout, mais ça n'existe pas. Il n'y a ni fantômes ni revenants. Juste des gens fatigués qui s'imaginent en voir partout. Tu ne dois rien à personne. »

Paloviita resta silencieux, les yeux toujours rivés sur le plafond. Terhi attendait qu'il dise quelque chose, mais rien ne venant, elle éteignit la lumière et se tourna vers le mur. « On reprendra demain, chéri. Le mieux serait que tu dormes toi aussi. Tu manques de sommeil et tu fonctionnes en surrégime. Tu te sentiras mieux au matin, crois-moi. »

Un instant plus tard, la respiration de Terhi se fit à nouveau lourde. Paloviita resta encore longtemps éveillé à l'écouter. Quand enfin il s'endormit, il rêva d'une prairie inhospitalière et d'une maison abandonnée.

PARTIE II

Le X symbolise l'emplacement du trésor

11

Été 1991

« Montre ! » s'écrie Jari, et il se rapproche en rampant d'Antti.

« Attention, tu vas le déchirer », dit ce dernier, et il arrache le magazine des doigts avides de Jari, jette un coup d'œil à la couverture. « Gagné ! Un authentique numéro spécial Noël de *L'Univers de l'érotisme*. »

Il s'allonge sur le ventre sur l'amas de journaux de façon à ce que la lumière qui filtre par la fente du couvercle du conteneur tombe sur la revue porno. Jari s'allonge à côté de lui. Le grand bac poubelle sent le carton, le papier pourri et le moisi. Sur la couverture du magazine, une femme brune est accroupie, vêtue d'un simple bonnet de lutin. L'un des titres proclame que les bourses du Père Noël sont pleines de promesses pour les filles bien sages. Un autre annonce que son bazar va être très fréquenté.

« Tu as vu ces nibards, beurk ! dit Jari avec une grimace.

– Siliconés », constate Antti en expert, et il ouvre le magazine. Sur la première double page, il y a la table des matières et un éditorial sur la politique de prévention de l'alcoolisme. Les garçons la sautent. Ils regardent les filles et approchent lentement de la page centrale, où ils savent que se trouvent les photos les plus affriolantes.

Et cette fois encore, ils ne sont pas déçus. On y voit effectivement le Père Noël (certes dépourvu de barbe, mais doté d'un ventre en tablettes de chocolat et d'une énorme érection) vider ses bourses dans une fille déguisée en lutine qui, de l'avis de Jari et Antti, n'a pourtant pas l'air bien sage.

Leurs yeux se font vitreux, leurs bouches s'assèchent. Antti lit tout haut la nouvelle envoyée par un lecteur. Elle est si obscène que plus l'histoire avance, plus ils pouffent en chœur. À la fin, Antti a du mal à continuer car chaque ligne le fait se tordre davantage. Jari, malgré les rires qui le secouent, constate qu'il se passe quelque chose au-dessous de son nombril. Son pantalon le serre, et il doit plier les genoux pour se donner un peu d'espace.

Antti raconte qu'il a vu les nibards de Meeri dans le vestiaire de la piscine en plein air, et qu'ils étaient gros. Il cherche l'équivalent dans les pages du magazine.

« Je parie dix balles que tu n'as rien vu ! » le charrie Jari, qui sait pourtant que c'est possible si Antti a grimpé sur le toit des vestiaires, d'où on voit du côté des femmes. Mais ils n'étaient sûrement pas aussi gros que ceux de la photo.

Le couvercle métallique du conteneur à journaux s'ouvre brusquement et un flot de lumière leur brûle les yeux. Un gros visage d'homme apparaît dans l'ouverture. Bien qu'il reste dans l'ombre, les garçons reconnaissent la silhouette à bajoues de l'intendant de l'immeuble. Il enfonce le bras dans le bac avec le geste vif d'un dresseur de serpents et saisit le coin de la revue porno. Il la leur arrache et s'écarte de l'ouverture. « Dehors, et vite ! » tonne-t-il.

Tous les enfants de l'immeuble connaissent l'intendant et prennent soin de l'éviter. Virtanen, de l'escalier C, qui pèse au moins cent vingt kilos et que le père d'Antti appelle l'Hippopotame. C'est vrai qu'il en a l'allure avec ses joues gonflées comme si on les avait bourrées de papier, son nez large comme un champignon, dont les narines ressemblent à deux entrées de grottes jumelles. Il a le cou et le visage couperosés, son ventre ballotte au-dessus de sa ceinture comme du pudding. Antti est depuis toujours dans le collimateur de l'Hippopotame. Et là, on peut voir au sourire qui éclaire son visage à quel point il est satisfait d'avoir pris les garçons la main dans le sac. Il a carrément l'air prêt à exploser de joie.

Jari sort la tête par l'ouverture et cligne des yeux dans la clarté du soleil de printemps. Il se hisse avec agilité sur le couvercle du conteneur et se laisse glisser sur le bitume. Antti le suit quelques secondes plus tard. L'intendant les regarde, sourcils froncés, faussement furieux. Son visage et son crâne chauve luisent de transpiration.

« Combien de fois est-ce qu'on vous a interdit d'aller dans le conteneur à journaux, hein ? commence-t-il en laissant son regard passer d'Antti à Jari. Et toi, comment est-ce que tu t'appelles ? »

Jari jette un coup d'œil à Antti. « Paloviita, répond-il.

– Tu devrais mieux choisir tes copains », lui enjoint l'Hippopotame, mais ses mots sont en réalité destinés à frotter les oreilles d'Antti. Puis il contemple avec mépris *L'Univers de l'érotisme* qu'il tient à la main, comme s'il voyait une revue porno pour la première fois de sa vie. Il roule le magazine.

« Eh bien, c'est du propre. De la pornographie. Est-ce que vos parents savent quelles saletés vous lisez ? »

Les garçons se tiennent cois. Jari regarde le bout de ses chaussures, mais Antti fixe l'Hippopotame droit dans les yeux.

« Je ne veux plus jamais vous voir dans ce conteneur. Il y en a beaucoup qui sont morts, là-dedans. Et lire le courrier des autres est un délit, au cas où vous ne le sauriez pas, je pourrais même vous dénoncer à la police. »

Jari déglutit, une vague glacée lui balaie le bas-ventre.

« Vos parents seront en tout cas prévenus. » Il roule la revue porno plus serré. Son regard cherche l'effroi dans la mine des garçons, mais il n'y en a pas trace dans les yeux d'Antti, qui le toisent avec insolence.

Sale petite ordure. Exactement comme son père.

« Écoute-moi bien », reprend l'Hippopotame en se penchant cette fois vers Jari, dont le visage affiche l'expression mêlée de peur qu'il espérait. « Je ne veux plus jamais te voir dans cette cour. C'est clair ? »

Jari déglutit et hoche la tête.

« Et toi, le petit Mielonen, dit l'intendant en se tournant vers Antti, combien de fois est-ce qu'on en a déjà parlé ? Je n'ai sans doute pas besoin de… »

Sa phrase reste en suspens, car Antti se rue soudain en avant. Malgré sa silhouette pataude, il est aussi vif et rapide qu'un garçon de treize ans peut l'être. Avant que l'Hippopotame ait le temps de faire le moindre geste, il saisit la revue porno, la lui arrache des mains et détale avec.

« Cours ! » crie-t-il, et Jari réagit lui aussi. Ses jambes figées obéissent instinctivement, son corps se met en mouvement. À la dernière seconde, car l'intendant s'est aussi réveillé et tente de l'attraper, mais ses gros doigts ne font que frôler le col de son sweat. De toute la vitesse de ses jambes, Jari fonce derrière Antti, qui éclate d'un rire hystérique qui le contamine lui aussi. L'Hippopotame tente de les suivre. Ils entendent dans leur dos ses lourds halètements et la foulée de ses gros poteaux qui martèlent le sol. Puis son cri, plein de haine et de fureur : « Stop, les garçons ! Bordel ! Revenez tout de suite ! »

Derrière l'immeuble s'étend un terrain vague où poussent des bouleaux de la taille d'un homme, des buissons de saule et des hautes herbes que l'hiver a couchées. C'est dans cette direction qu'ils courent. Jari rattrape vite Antti. Ils pouffent d'un rire nourri par la panique et n'osent regarder derrière eux qu'arrivés sur la pelouse. L'Hippopotame a constaté dès les premiers mètres que la poursuite était vaine et il halète au milieu de la cour, les mains sur les hanches. Son ventre pendouille, son visage rutile comme les flancs d'un camion de pompiers. Il sort un mouchoir en tissu de sa poche et se sèche le crâne. Les garçons s'arrêtent. Ils sont à une trentaine de mètres de lui. C'est suffisamment loin pour qu'ils soient à l'abri, mais suffisamment près pour le narguer. Ils voient littéralement son cerveau fumer tandis qu'il se demande si ça vaut la peine de se lancer à leurs trousses. Il semble même sur le point de se précipiter sur eux, mais y renonce aussitôt en les voyant prêts à décamper.

« Les garçons ! » halète l'Hippopotame en piaffant tel un taureau attaché dans un box. Ses narines palpitent. Il ne crie plus, mais sa voix est rauque et menaçante. « Revenez tout de suite. Et donnez-moi ce journal ! Inutile de finasser ! »

Les garçons se tiennent côte à côte. Sur leur visage flotte un sourire narquois qui les proclame ouvertement vainqueurs. « Viens le chercher, gros lard ! crie Antti.

– Attrape-nous si tu peux ! ose à son tour Jari.

– Nom de Dieu ! » mugit l'Hippopotame, et il s'élance. Bien qu'il ait au moins quarante kilos de trop, son démarrage est étonnamment explosif. Il se rue à travers la cour telle une locomotive à vapeur. Ses pieds foulent la pelouse et, pendant un instant, il semble réellement près de rattraper les garçons, mais eux aussi ont repris leur course et l'écart se creuse à nouveau. Ils plongent dans les broussailles de saule et, le temps que l'intendant arrive là où ils se tenaient un instant plus tôt, ils sont déjà loin.

L'Hippopotame va et vient à la limite de la cour comme un chien de garde derrière une clôture et jette des regards furieux aux garçons qui sont déjà presque arrivés à la piste cyclo-piétonne. Soudain Antti se retourne, baisse son pantalon de jogging sur ses genoux et lui montre ses fesses. Jari éclate de rire. La mine de l'intendant s'allonge et, pendant un instant, exprime un mélange d'humiliation, de fureur et de perplexité. Antti se frappe les fesses et hennit. L'Hippopotame ne crie plus, il se contente d'agiter le poing.

Antti remonte son pantalon juste à temps avant le passage d'une voiture et fourre la revue porno sous son T-shirt. Les garçons partent au petit trot sur la piste cyclo-piétonne.

Ils laissent derrière eux l'immeuble d'Antti et son intendant. Le printemps est déjà bien avancé. Les bourgeons des arbres et des buissons sont prêts à éclore et, dans les endroits ensoleillés, les pelouses sont déjà totalement vertes. Encore un mois et ce seront les vacances d'été. Les dernières avant l'entrée au collège. L'idée semble effrayante. Mais pour l'instant c'est le printemps, ils ont le numéro de Noël de *L'Univers de l'érotisme*, avec sa couverture en papier glacé, et des cigarettes volées au père d'Antti. C'est tout ce dont ils ont besoin, tout ce qui semble important.

12

Les garçons couchent leurs vélos dans l'herbe et grimpent la colline. Il fait frais dans la forêt. Les troncs des pins diffractent les rayons du soleil en éventail sur la bruyère. Dans l'air flotte une odeur d'humus, assortie d'une note sucrée.

Le sentier sinue entre les arbres jusqu'au sommet de la colline, redescend et traverse un chemin de terre depuis longtemps délaissé. De l'autre côté s'étend une clairière où poussent en été des épilobes, des chardons et toute une variété de fleurs multicolores. On n'y voit maintenant que des hautes herbes couchées, fanées, mais ici ou là perce déjà du vert. Au milieu de la prairie se dresse une maison abandonnée à la peinture totalement écaillée. Les fenêtres béent d'un regard sans paupières et le toit de tuiles envahi par la mousse a fléchi. Les garçons s'approchent prudemment. L'endroit est aussi fréquenté par des adolescents plus âgés qui viennent y boire de la bière et *baiser des filles*, comme Antti prétend l'avoir vu une fois, bien que Jari doute que ce soit vrai. Il a parfois l'impression que son copain voit presque tous les jours des nibards et des exhibitionnistes. Quoi qu'il en soit, s'il y a des grands, mieux vaut rester à l'écart.

Le lieu a l'air tranquille.

Un sentier tracé par les passages répétés traverse la prairie. Un étourneau effrayé s'envole. À la porte, les garçons vérifient encore une fois que personne ne les voit et disparaissent à l'intérieur. Tout est déjà en grande partie vermoulu. Il règne une odeur de bois pourri et de pipi de chat. Le revêtement des murs a été arraché, laissant les madriers à nu. Un sombre sillon d'urine séchée part du coin de la cuisinière et serpente entre les mégots de cigarettes tel un fleuve tropical à travers la jungle. L'endroit est sale, moisi et dangereux – parfait.

Dans un coin de la salle traîne un sommier à ressorts. Les garçons le tirent sous la fenêtre et s'y couchent à plat ventre. Ils ouvrent le numéro de Noël dans le rai de lumière tombant de la fenêtre et continuent là où ils en étaient restés dans le conteneur. La revue porno est une trouvaille d'enfer. Cet hiver, ils en avaient une du même genre, cachée derrière le garage des parents de Jari, mais elle était vieille et ses pages plusieurs fois trempées par la pluie étaient difficiles à tourner sans qu'elles se déchirent. Elle a fini par tomber en morceaux et ils ont été obligés de l'abandonner. Mais ils ont maintenant entre les mains un vrai trésor qui fera longtemps leur joie.

Ils lisent tout haut en pouffant de rire. Le soleil se déplace vers l'ouest et ils déménagent au fur et à mesure le sommier pour suivre le rai de lumière. Quand ils en ont assez, Antti sort un paquet de Pall Mall bleu, ôte son sweat et le tend à Jari, qui le passe par la tête.

Puis il allume une cigarette, et lui en offre une.

Jari sort de sa poche des gants en caoutchouc, les enfile et allume la sienne. Antti, lui, ne s'inquiète pas de l'odeur qui s'accroche à ses vêtements. Il dit souvent que ses parents fument depuis si longtemps qu'ils ne font pas la différence entre une merde de chien et une bougie parfumée. Allongés sur le sommier, les garçons fixent les taches de moisi du plafond et fument en silence. Les volutes de fumée montent droit, puis s'étalent en nuages. Jari trouve dans la cuisine une vieille cuillère. Avec son manche, ils gravent leurs noms l'un en dessous de l'autre sur les lattes du plancher.

« Encore quatre semaines, et on sera en vacances », dit Antti, et il grave un grand X derrière leurs noms.

« Qu'est-ce que c'est ?

– Ça veut dire que nous sommes amis.

– Ce X ?

– C'est un très vieux symbole. Les pirates l'utilisaient pour indiquer l'emplacement des trésors sur leurs cartes, mais il remonte à la Rome antique, où il était considéré comme le signe de l'amitié.

– Certainement pas. Tu as tout inventé, rigole Jari.

– Peu importe, mais il aurait pu l'être. Et maintenant il l'est, si c'est ce qu'on décide.

– Dans notre chalet, une fois, on a trouvé une bouteille dans les roseaux au bord de l'eau. Ça fait déjà plusieurs années. À l'intérieur, il y avait une vieille carte au trésor et on est partis à sa recherche dans une île voisine, en barque, avec maman et papa. »

Antti sourit. « Et vous l'avez trouvé ?

– Oui. Sur la carte, il y avait un des rochers de l'île, qu'on appelle le rocher du Hibou, et dans une de ses anfractuosités il y avait un bocal avec de l'argent dedans. Il a fallu grimper pour le trouver et j'étais le seul capable d'escalader une paroi aussi raide.

– C'est le bocal qui est sur la table de ta chambre et dans lequel il y a des pièces de monnaie étrangères ? »

Jari acquiesce.

« Tu ne t'es jamais dit que tes parents s'étaient fichus de toi ? Qu'ils ont dessiné la carte et déposé le bocal eux-mêmes ? Ces pièces sont de nouvelles couronnes suédoises et norvégiennes. Pas un trésor de pirates.

– Mais ce n'est pas ça qui compte », grogne Jari. Il l'a bien sûr compris, mais une partie de lui a toujours voulu s'accrocher à l'idée que la carte et l'aventure étaient réelles. L'été où il a trouvé les pièces lui manque. Tout était alors plus facile. C'est un crève-cœur qu'il ait fallu vendre le chalet quand Tiina est née.

« On doit cacher notre propre trésor et dessiner une carte », dit soudain Antti.

Jari voit à la chair de poule de ses bras qu'il a froid. Il ôte son sweat et le lui rend. « Qu'est-ce qu'on va cacher ? » demande-t-il comme si de rien n'était, mais il a du mal à dissimuler son enthousiasme.

« En tout cas pas de l'argent, dit Antti.

– On va s'écrire des lettres l'un à l'autre, suggère Jari.

– Des lettres ?

– On va choisir une date, par exemple dans trente ans. Et on va enterrer les lettres quelque part et promettre de revenir les déterrer à ce moment-là. Papa dit qu'il existe des capsules temporelles de ce genre, comme des souvenirs pour les gens du futur.

– Mais qu'est-ce qu'on va écrire dans ces lettres ?

– Peu importe. On peut par exemple prédire l'avenir. Essayer de prévoir ce qu'on deviendra quand on sera grands, et voir dans trente ans si on a bien deviné. »

Antti s'enflamme. « On sera archivieux, des croulants de plus de quarante ans.

– Moi, en tout cas, j'aurai une Ferrari. Et une femme super bien roulée, comme celle-là », dit Jari et il feuillette le numéro de Noël jusqu'à la page où, d'après la légende, le Père Noël gratifie d'un *cadeau spécial* sa lutine accroupie devant la cheminée. Tous les deux éclatent de rire, et Antti lit une autre légende :

Le Père Noël vérifie en personne si la chaussette à cadeaux de la lutine est bien serrée.

Puis ils rient de nouveau, si fort qu'Antti part à la renverse sur le matelas. « Quand on sera des vieux pépés de quarante ans, c'est sûrement nous qui écrirons ces histoires. Vous poserez, toi et ta femme, et moi j'écrirai », hurle Antti.

Quand ils réussissent enfin à calmer leur fou rire, Jari déclare :

« Au grenier, papa a un tube à cartes en plastique. Le couvercle a un joint en caoutchouc et il est étanche. C'est ce qu'on utilise sur les voiliers. On peut le prendre. Il ne s'en apercevra pas, il ne se rappelle sûrement même pas qu'il l'a, vu qu'on n'a plus de bateau. »

Antti reprend son sérieux et le regarde. Son ton a quelque chose de sinistre quand il dit : « On peut écrire ces lettres, mais on ne les déterrera jamais. »

Jari le fixe et voit ses yeux qui brillent, mais son visage est dans l'ombre. « Comment ça ?

– Nous sommes encore des enfants, mais je ne suis pas idiot. Tu vas aller au lycée, tu deviendras quelqu'un. Moi, je ne sais même pas lire correctement. On ne sera plus copains quand on sera adultes. On sera complètement différents.

– Bien sûr qu'on sera copains ! » s'écrie Jari. Pour lui, c'est impensable. « Forcément, parce qu'on va se le promettre, et on ne doit jamais trahir ses promesses. On va jurer de rester toujours amis. Peu importe où on habitera et ce qu'on sera. Et on déterrera ce trésor ensemble, on va aussi le jurer. »

Antti sourit, malgré l'éclat qui continue de briller dans ses yeux. « Sur quoi est-ce qu'on va jurer ? »

Le regard de Jari tombe sur la croix gravée dans le plancher. « Sur le X. Il symbolise l'amitié.

– Et l'emplacement des trésors sur les cartes, ajoute Antti.

– On va mettre nos mains comme ça », dit Jari, et il tend les siennes à Antti, avant-bras croisés. Celui-ci les saisit de la même manière. « Nous promettons de rester toujours amis.

– Toujours amis », répète Antti.

Quand ils se lâchent les mains, il ajoute : « Vendredi, c'est le dernier contrôle de maths. Je suis nul. Je vais sûrement le rater. »

Jari balaie l'air de la main, jette un coup d'œil à sa montre et dit : « Tu ne vas rien rater du tout. Allons chez moi, maman a préparé à manger. Après, on fera des maths ensemble. Papa peut nous aider, il est champion.

– Tu sais pour quoi mon père est doué ? » demande Antti, et il se lève, secoue ses vêtements. « Il sait réparer n'importe quel moteur. Il a dit que quand on m'achèterait une moto, il y mettrait un plus gros cylindre. Pour pouvoir rouler à cent.

– Tu vas avoir une moto ?

– Papa dit qu'il connaît un type qui a une Suzuki PV et est incapable de la réparer. On pourrait l'avoir pour pas cher. Il dit aussi qu'il m'apprendra la mécanique, et qu'après, on ouvrira un garage ensemble. »

Les garçons sortent de la maison. Le soleil est en train de disparaître derrière la forêt. À côté de l'étable écroulée se dresse, au milieu des hautes herbes, un vieux puits à cuvelage de béton dont le couvercle, pourri, est tombé au fond. Jari sort de sa poche une pièce de monnaie et la jette dans le puits. Ils comptent le nombre de secondes avant d'entendre son plouf. Une puissante odeur monte des profondeurs. L'été, le puits est presque à sec, mais il y stagne maintenant une eau noire, malodorante. Il est à la fois effrayant et attirant.

« Combien d'animaux crois-tu qu'il a engloutis au fil du temps ? demande Antti.

– Ou de bébés, dit Jari. Autrefois, cette maison était habitée par une sorcière qui, à chaque solstice d'été, se glissait en ville pendant la nuit, volait un nouveau-né et le noyait dans le puits. Elle en tirait une force qui prolongeait sa vie. La nuit de la Saint-Jean, tous ceux qui avaient un enfant né au printemps se barricadaient et montaient la garde, mais malgré ça, chaque matin suivant, il manquait un bébé. Quand on a attrapé la sorcière, on l'a brûlée vive et les habitants de la ville ont jeté ses cendres dans le puits. »

Antti rit. « Tu devrais noter tes histoires, mais sérieusement, imagine quelle horreur ce serait de tomber là-dedans. On aurait beau crier à pleins poumons, personne n'entendrait. Il se mettrait à pleuvoir, et on n'aurait plus pied.

– Et la main de la sorcière et celles de tous ces bébés t'attraperaient par la cheville et t'entraîneraient dans la vase du fond. »

Les garçons rient, mais leur rire est forcé, et destiné à chasser de leurs pensées l'image d'une chute dans le puits.

« Au fait, qu'est-ce que tu as fait comme vœu ? demande Antti.

– Je ne peux pas te le dire, sinon il ne se réalisera pas, répond Jari, tout en songeant à des cheveux châtains bouclés et à un visage parsemé de taches de rousseur.

– Je le sais sans que tu le dises, rigole Antti.

– Et c'est ?

– La chaussette de Noël de la lutine. »

Soudain des cris se font entendre dans la forêt. Ils se précipitent derrière la maison. Quelques secondes plus tard, trois garçons pénètrent dans la clairière. Ils les reconnaissent. Rami Nieminen, Santeri Aho et Petteri Kallio. Jari déglutit en les voyant approcher.

Il a remarqué que la bande de Rami, pour Dieu sait quelle raison, s'intéresse depuis quelque temps à lui. Pour l'instant, il a réussi à les éviter, mais il sait que sa chance ne durera pas.

« Qu'est-ce qu'ils fichent ici ? grogne Antti.

– On s'en va », dit Jari, et il l'entraîne vers la forêt.

La bande de Rami marche sur le sentier, riant gaiement, comme en promenade du dimanche. Le plus grand des trois, Santeri Aho, tient à la main un bâton avec lequel il fauche les anthrisques et les épilobes que la neige n'a pas couchés.

Antti et Jari traversent la prairie en courant, cachés aux regards de la bande par la maison abandonnée. Dans la forêt, ils s'arrêtent et voient Rami et ses copains entrer dans le bâtiment. Ils regagnent ensuite, en faisant un détour, l'endroit où ils ont laissé leurs vélos.

« Putain, pourvu qu'ils ne prennent pas l'habitude de venir là, maugrée Jari. Cet hiver, Rami a fendu la lèvre de Jasu avec un ballon de basket. Il le lui a lancé en pleine figure à un mètre de distance. Quand le prof l'a renvoyé dans les vestiaires, ça l'a juste fait rigoler.

– Rami ne serait rien sans ces deux mouches à merde qui lui tournent autour comme autour d'un tas de fumier. Je suis sûr que s'il était seul, je lui mettrais une peignée.

– Oui, mais il n'est jamais seul. Et même si tu avais le dessus, il reviendrait le lendemain avec sa bande. Mieux vaut rester à l'écart.

– Et merde ! s'écrie Antti et il penche la tête en arrière.

– Quoi ?

– Le numéro de Noël. Putain, il est resté dans la maison !

– C'est pas vrai ! »

Antti secoue la tête, il est clair qu'il dit la vérité.

« On n'en aura pas profité longtemps. »

13

Le père de Jari est occupé à dessiner, assis à la table du séjour qui croule sous les règles de différentes tailles et les rouleaux de rhodoïd. Il porte une chemisette, un jean et des chaussettes de laine. Quand il dessine, il plane toujours dans la pièce une légère odeur d'acétone.

La maison des parents de Jari est construite en béton, sa façade côté rue est presque entièrement vitrée. Il y a plusieurs velux et une grande marquise. Son père l'a dessinée lui-même – chose que Jari n'oublie jamais de mentionner aux copains de classe qui viennent chez eux. Dans la cuisine flotte le fumet d'un rôti. Quand sa mère voit arriver Antti, elle lui met automatiquement une assiette. Les garçons se lavent les mains dans la salle de bains et Jari se brosse rapidement les dents.

Sa petite sœur, Tiina, qui a six ans, entre en courant dans le séjour, se jette au cou d'Antti et y reste accrochée. Il la prend sur son dos et se met à galoper follement autour de la pièce. Le père de Jari lève les yeux, jette un coup d'œil à la source du bruit et se replonge dans son travail. Tiina pousse des cris, rit et s'agrippe de toutes ses forces au cou d'Antti. Ce dernier s'ébroue, hennit et se cabre comme un cheval sauvage.

« Tiina, lâche Antti, tu m'entends ! » s'écrie la mère de Jari, mais elle a le sourire. Puis elle se tourne vers son fils : « Vous vous êtes lavé les mains ? Alors il est temps de passer à table. Et ça vaut aussi pour toi, monsieur l'architecte. »

Le père se lève, essuie son pinceau dans un papier, rebouche son flacon d'encre de Chine et dit à Jari : « Interdiction de toucher aux crayons et aux papiers, et fais attention à ce que ta sœur n'y touche pas non plus. »

Antti porte Tiina dans la cuisine et l'installe dans sa chaise spéciale. La mère de Jari lui noue un bavoir autour du cou et verse du lait dans son gobelet à bec. Tiina a les joues rosies par la chevauchée, ses yeux en amande fixent Antti d'un regard admiratif. Assis en face d'elle, il lui adresse des grimaces qui la font glousser.

« Alors, les garçons, qu'est-ce que vous avez fait comme bêtises aujourd'hui ? » demande le père, mais son expression est bienveillante et ils savent que la question n'est pas à prendre au sérieux.

« On est allés à vélo au pont de Hevosluoto », ment Jari, et il jette un coup d'œil à Antti qui se gave de purée de pommes de terre comme s'il n'avait jamais vu de nourriture de sa vie.

« Vous êtes allés à la pêche ? demande la mère.

– Non, on a été voir s'il y a encore des éperlans qui remontent le courant.

– Et alors ? » demande le père.

Jari secoue la tête.

« Quand j'avais votre âge, il suffisait de plonger une épuisette dans le fleuve pour en sortir des éperlans, et les gens en rapportaient de pleins sacs chez eux. Les bancs actuels sont bien plus petits, en comparaison.

– Oui, et à l'époque les chevaux étaient gros comme des maisons et n'importe qui soulevait deux cents kilos de fonte », dit Jari, et Antti pouffe. Le père fronce les sourcils, mais on voit une lueur au coin de son œil.

La mère de Jari essaie de faire manger Tiina, mais celle-ci se débat, secoue la tête d'un côté et de l'autre et envoie valser la cuillère par terre. De la purée vole sur le mur et sur la porte du réfrigérateur, la chaise tangue et se balance, au point qu'elle a le plus grand mal à maintenir sa fille en place.

« Tiina chérie, tu vas renverser ta chaise. Essaie de manger un peu. Allez, s'il te plaît.

– Titi donner manzer ! » crie Tiina, furieuse.

Antti se lève et, sans un mot, change de place avec la mère de Jari. Tiina se calme aussitôt. Il prend une cuillerée de purée et de sauce et fait sautiller la cuillère comme si c'était un cheval au galop : « Hue, le dada veut rentrer à l'écurie ! Ouvre la porte ! »

Tiina ouvre grand le bec comme un oisillon. Il prend une nouvelle cuillerée et, cette fois, imite la vache. La mère de Jari ébouriffe au passage les cheveux d'Antti, déjà un peu trop longs, et ressert du lait à tout le monde.

« Titi zentil ! » La bouche de Tiina s'étire en un sourire, ses yeux brillent. Antti essuie avec une serviette la sauce qui a coulé sur son menton.

« On a un contrôle de maths vendredi, dit Jari en regardant son père. Tu aurais le temps de nous aider sur un ou deux points ? »

Son père jette un coup d'œil à sa montre. « Aujourd'hui ? J'ai un plan de coupe à terminer pour demain », commence-t-il, mais il voit la mine de sa femme et ajoute : « Mais je devrais trouver le temps. De quoi s'agit-il ?

– De géométrie, dit Antti tout en continuant à faire manger Tiina. Je suis complètement perdu. »

Le père de Jari se lève et commence à ramasser les assiettes. « Disons qu'on va faire une demi-heure de maths ensemble tous les soirs jusqu'à l'examen. On devrait s'en sortir. »

Les garçons passent le reste de la soirée assis sur le canapé, devant la cheminée, à faire des exercices dans leur cahier. Jari aide Antti, et chaque fois qu'ils sont face à un calcul difficile qu'aucun des deux ne sait résoudre, ils vont voir son père, qui leur donne des conseils. La mère de Jari essaie d'empêcher Tiina de les embêter, mais sans grand résultat. Elle cherche sans cesse à grimper sur le dos d'Antti, et il est obligé de jouer deux ou trois fois au cheval sauvage pour avoir un peu de tranquillité.

« Dada, Titi, dada ! »

Par moments, elle joue aussi toute seule au cheval, se promène à quatre pattes et s'ébroue. Le haut de sa couche dépasse de l'élastique de son pantalon.

À neuf heures, quand il est temps pour Antti de rentrer chez lui, Jari le raccompagne. Ils pédalent dans le calme soir de mai. Bien que le soleil soit déjà couché, il fait encore clair. L'air résonne d'une multitude de chants d'oiseaux. Le trajet est court, à peine quelques centaines de mètres, mais curieusement il leur a toujours paru plus long. Leurs maisons semblent séparées par une distance incommensurable. Ils vérifient que Virtanen n'est pas posté sur son balcon et pédalent jusqu'à la porte de l'escalier. Antti attache son vélo au rack. Ils restent encore un instant dans la cour à bavarder, même s'il commence à faire frais.

« Demain, on va dessiner la carte et écrire les lettres, déclare Jari.

– Je connais un bon endroit, dit Antti, à Paratiisinmäki, sur la colline, il y a un gros rocher fendu. Il a déjà la forme d'un X.

– Je suppose que tu sais qu'on n'indique les trésors par une croix que dans les films et les contes.

– Et comment est-ce qu'on les indique dans la réalité ?

– L'information est cryptée pour que seuls ceux qui sont assez intelligents et valeureux puissent l'interpréter.

– Mais on indiquera notre endroit par un X, parce que… ?

– Parce que nous sommes stupides et sans valeur ?

– Non, parce que le X symbolise l'amitié.

– Plus vrai tu meurs, rigole Jari. Et si l'Hippopotame a parlé de *L'Univers de l'érotisme* à tes parents, ou leur a dit que tu lui avais montré ton cul ?

– Il ne risque pas, déclare Antti. Et de toute façon, peu importe. Même Jésus a un cul, mais moins joli.

– Et on peut témoigner que le Père Noël aussi. Sacrément musclé, en plus. »

Au-dessus d'eux, on entend des bruits et de faibles cris, puis une des portes de balcon s'ouvre. Le père d'Antti sort et allume une cigarette.

« Ta gueule, salope, tu entends ! crie-t-il par la porte ouverte. Ferme-la, ou c'est moi qui m'en charge ! »

La porte claque et le père d'Antti reste à tirer sur sa cigarette, appuyé à la rambarde. De là où ils sont, les garçons voient monter les bouffées de fumée. Ils se regardent, puis attendent qu'il finisse sa cigarette et rentre. Ce n'est qu'ensuite qu'Antti ouvre la porte de l'immeuble, allume dans l'escalier et monte les marches quatre à quatre. Jari saute sur son Tunturi et repart en pédalant vers chez lui. Il fait étonnamment clair. Derrière la forêt pointe une lueur orangée, comme si le ciel entier était en feu.

14

Rami Nieminen éteint la lumière de sa chambre et écoute les bruits de la maison. Son père bouge au rez-de-chaussée, le plancher grince. Ça veut dire qu'il va du séjour à la cuisine et retour, ou l'inverse. Il dit quelque chose, mais Rami n'entend aucune réponse de la part de sa mère. À cette heure de la soirée, elle a en général déjà bu plusieurs coups de trop.

Bien qu'il soit déjà dix heures, on y voit encore clair dehors. Rami ouvre la fenêtre de ventilation et sort un paquet de Marlboro du tiroir de son pupitre d'écolier. Ça sent l'herbe fraîchement tondue, un oiseau chante. Il se fige encore une fois, mais n'entend que la télévision. Il allume une cigarette, souffle la fumée par la fenêtre. De nombreuses questions tournent dans son esprit. Ce qui le préoccupe le plus, c'est le garde-boue tordu de son vélo. Il n'en a pas parlé à son père, mais il sait qu'il le découvrira bientôt. Ça l'inquiète. Il est certain de prendre encore des coups de ceinture. Sûrement au moins autant que quand il a raté ses examens de maths et de grammaire, et redoublé son année. Il avait alors pris une sérieuse raclée, et ce pourrait être pire cette fois, car le vélo a coûté cher. Son père a dit qu'il avait dû se saigner le cul à blanc pour l'acheter.

« Alors écoute-moi, s'il lui arrive quoi que ce soit, si tu fais l'imbécile et que tu l'abîmes, je te promets que ce sera au tour de ton cul de saigner. C'est clair ? Bien, parce que tu sais que je tiens toujours mes promesses, toujours. »

La ceinture est accrochée à un clou dans l'entrée. Un vieux ceinturon militaire en cuir que son père a acheté dans un surplus de l'armée et qu'il utilise quand il va à la chasse à l'élan – *et chaque fois qu'il ne sait pas quoi faire avec lui.*

Dans ce cas, il va décrocher la ceinture de son clou.

« Je dois malheureusement te corriger, mon garçon. Je dois te corriger parce que je ne sais pas ce que je pourrais faire d'autre avec toi. »

L'odeur de cuir de la ceinture (que son père graisse souvent dans la cuisine avec une paraffine qu'il appelle de la graisse de youpin) monte aux narines de Rami. Il se rappelle le bruit qu'elle fait en fendant l'air, le bruit qu'elle fait en frappant sa peau nue – et à quel point il est difficile, les jours suivants, de s'asseoir et de dormir.

L'évocation de la ceinture le fait frissonner de tout son corps.

Mais il a déjà une solution. Un avorton de cinquième année, Tuominen, ou Tapanila, a le même vélo que lui. Il sait où il habite. Il s'agit juste de savoir s'il aura le temps de lui faucher son garde-boue avant que son père s'aperçoive que le sien est cabossé.

Il inspire la fumée, qui pénètre dans ses alvéoles pulmonaires et apaise son esprit. Il y a une solution à tout. Il est débrouillard, il l'a toujours été, et il s'en sortira cette fois encore. Ses pensées se mettent à vagabonder. Et s'arrêtent sur le visage de Henriikka. Il la veut. Il la veut plus que tout au monde. C'est un sentiment étrange. Vouloir quelque chose qu'on n'aura jamais. Ça vous laisse sans force. Rami se remémore le sourire de Henriikka, les taches de rousseur de ses pommettes et de l'arête de son nez. Ses cheveux : épais, bouclés, irréels.

Il se rappelle aussi autre chose. Les regards que Henriikka a échangés en classe avec cette tronche de cul de Jari Paloviita. Une vague de jalousie comme il n'en a jamais connu le balaie. Il donnerait n'importe quoi pour un seul de ces regards. Il veut Henriikka. Il ne sait pas pourquoi, mais il la veut.

La porte grince et son père entre dans la chambre. Rami sursaute, balance d'une pichenette sa cigarette par la fenêtre et laisse échapper la fumée de ses poumons. L'odeur douceâtre du tabac reste à flotter dans la pièce. Les poils de Rami se dressent. Son père le regarde, sourit. Son gros ventre déborde de l'élastique de son pantalon de flanelle. Rami ne comprend pas comment il a pu ne pas entendre grincer les marches. Elles hurlent presque sous le poids de son père. Sauf qu'il sait parfaitement pourquoi il n'a rien entendu. Les marches n'ont pas protesté parce que son père les a montées en répartissant également son poids à chaque pas et en posant le pied sur les côtés plutôt qu'au milieu, très lentement, parce qu'il voulait le surprendre. Un triomphant sourire de victoire illumine le visage de Kari Nieminen, malgré ses sourcils froncés.

« Tu fumes ? »

Le paquet de cigarettes gît sur la table à côté des livres de classe que Rami n'a pas ouverts. Le regard de son père se rive dessus, puis revient lentement vers lui. Son sourire s'élargit. « Qu'est-ce qu'on a dit, à propos des cigarettes ? »

Rami, impuissant, affronte le regard de son père. Celui-ci se frotte le visage et soupire :

« Je ne sais vraiment pas ce que je pourrais faire avec toi. J'ai essayé, essayé de toutes mes forces, mais tu n'écoutes pas. Nous en sommes très tristes, ta mère et moi.

– Pardon, bégaie Rami. C'est la dernière fois. »

Kari Nieminen actionne l'interrupteur électrique. La lumière brûle les rétines.

« Pardon qui ?

– Pardon, papa.

– Qu'est-ce que j'ai dit, à propos des cigarettes ?

– Que… que si tu me voyais fumer, tu en serais vraiment triste. »

Le père hoche la tête, les rides de son front se lissent. « Et je suis vraiment triste que tu n'écoutes pas. Je sais comment ça se passe. Il n'y a pas loin de la cigarette au vol de voitures, et j'ai promis à ta mère que tu ne tournerais pas mal.

– Ça ne risque pas, papa. Je t'assure !

– Je dois malheureusement te corriger, mon garçon. Je dois te corriger parce que je ne sais pas ce que je pourrais faire d'autre avec toi.

– Pas la ceinture, papa, s'il te plaît.

– J'ai été éduqué à tenir mes promesses, et je les tiens toujours. Tu le sais. »

Le père retourne dans l'escalier. Cette fois les marches grincent, geignent et hurlent. Rami entend son père dire quelque chose à sa mère, qui n'est apparemment pas encore ivre morte, et remonter à l'étage. L'odeur familière du cuir remplit la chambre.

« Je ne fais pas ça par plaisir, crois-moi. »

Le chant nuptial d'un merle pénètre par la fenêtre de ventilation ouverte. Par moments, ses trilles sont couverts par les coups de ceinture qui pleuvent, longtemps et régulièrement, accompagnés des grognements de Kari Nieminen :

Je (chlaf)... suis (chlaf)... vraiment (chlaf)... triste (chlaf)... et (chlaf)... je ne (chlaf)... sais pas (chlaf)... ce que (chlaf)... je (chlaf)... pourrais (chlaf)... faire (chlaf)... avec (chlaf)... toi...

15

« C’est quoi ce truc ? » demande Antti en voyant la vieille radio à lampes posée sur l’établi du garage des parents de Jari, dont l’antenne a été remplacée par un fil de cuivre de cinq mètres de long. Jari se tient sur une échelle et enroule le fil autour du plafonnier.

Il saute à terre. « Une radio », répond-il, et il branche la prise et allume l’appareil. Il ne sort du haut-parleur mono qu’un sifflement et de la friture. Jari tourne le bouton de sélection des canaux. Chuintements et grésillements se font en alternance plus forts ou plus faibles, avec par moments des craquements quand le fil de cuivre capte dans l’air des ondes radio.

Antti se penche en avant. « Sérieusement, dis-moi ce qu’on fait ? On regarde une radio ?

– On voyage dans le temps, répond Jari.

– Avec une vieille radio ?

– En quelque sorte, oui. »

Jari continue ses réglages jusqu’à ce qu’il tombe sur une station presque audible. Au milieu des crachotements, on entend parler à voix basse. Les garçons sont sûrs que c’est une langue étrangère, peut-être du suédois ou du norvégien.

« On ne peut pas voyager dans le temps, dit Antti. Les machines à voyager dans le temps n’existent pas, et elles n'existeront jamais. Et si quelqu'un en avait inventé une, il serait sûrement venu nous faire un petit coucou depuis longtemps, non ?

– Je ne parlais pas de machine à voyager dans le temps, mais du temps lui-même. Il est relatif. C'est Einstein qui l'a découvert. D'après la théorie de la relativité, on peut voyager dans le temps, mais seulement en avant. Si on quitte la terre à la vitesse de la lumière, le temps s'écoule plus lentement à l'intérieur de la fusée. Et quand on revient sur terre, on a avancé dans le temps. »

Antti reste silencieux un moment puis dit : « Ça ne peut pas être vrai. Voyager dans le temps est impossible.

– C'est pourtant la vérité », assure Jari, et il montre le tube à cartes orange posé à côté de la radio. « Si on enterre cette capsule temporelle demain, qu'on saute dans une fusée et qu'on voyage à travers l'espace, disons par exemple pendant deux mois, eh bien quand on reviendra, vingt-sept ans se seront écoulés et on pourra immédiatement la déterrer sans avoir vieilli de plus de quelques mois.

– Et quel intérêt ?

– Imagine, ce serait fantastique de savoir ce qui se passera dans le futur. Il y aurait des voitures volantes, des téléportails et des casques pour lire dans les pensées.

– Je ne vois pas ce que ça a de fantastique, si on ne peut pas revenir pour le raconter. On serait toujours des écoliers, mais tous nos proches seraient morts ou enfermés dans des maisons de retraite. Ce serait beaucoup plus amusant de trouver un trou de ver qui permettrait de jeter un coup d'œil à différentes époques.

– Et comment expliques-tu les types qui ont réussi à prédire l'avenir ? demande Jari.

– Ce sont des charlatans. Dix marks la minute plus le prix d'un appel téléphonique local. Ils te racontent juste ce que tu as envie d'entendre. Tu auras beaucoup d'argent, de pouvoir et de belles femmes.

– Non, je veux parler de gens comme, comment il s'appelle déjà… Nostradamus ou je ne sais quoi, qui a prédit les avions déjà longtemps avant notre ère.

– Il avait sniffé des champignons, il a vu des petits bonshommes voler dans le ciel et il s'est dit, tiens, c'est forcément l'avenir. Et mille ans plus tard, tout le monde pense que Nostradamus était un génie, alors que c'était juste un junkie avec un peu plus d'imagination que les autres. »

Les garçons rient.

Jari tourne le bouton de la radio jusqu'à ce qu'on perçoive dans les grésillements des hauts et des bas réguliers. Les garçons essaient d'y distinguer des paroles ou de la musique.

« Papa dit que quand on regarde les étoiles, on regarde en réalité le passé, parce que leur lumière met des millions d'années à arriver sur la terre. Certaines d'entre elles sont peut-être déjà éteintes, mais on les voit quand même. Il y a aussi des gens qui croient qu'il existe un rayonnement, en chacun de nous, qui reste à voyager à travers le temps, et qu'on peut quelquefois le voir, un peu comme par une fenêtre, comme un fantôme ou un truc de ce genre…

– C'est n'importe quoi.

– C'est la même chose avec ce grésillement. Papa me l'a expliqué. Il dit que l'espace est plein d'ondes radio qui proviennent de par-delà les étoiles et ont voyagé pendant des millions d'années. Et que si on construisait un récepteur assez grand, on pourrait entendre les émissions radio de civilisations extraterrestres.

– *Beam me up, Scotty !* s'exclame Antti.

– Papa dit qu'une partie de ce grésillement vient de l'espace et que c'est un murmure cosmique. Des messages du passé.

– Ton père commence à perdre les pédales.

– Comment ça, commence ? Ç'a toujours été un geek. Il était président du club d'échecs de son école. »

Antti rit. « C'est peut-être le truc le plus pitoyable que j'aie jamais entendu.

– Demain, on va enterrer ça. » Jari montre la capsule et ajoute : « N'oublie pas d'écrire ta lettre. » Il reprend sa navigation d'une station à l'autre jusqu'à ce qu'il trouve un nouveau grésillement intéressant.

« Chut », dit Antti, et il tourne la tête.

« Quoi ?

– Chut ! »

Ils écoutent.

« Jariii…, chuchote Antti. Anttiii… c'est moi, Dieu… j'ai soif, apportez-moi une bière… »

Jari donne un coup de coude dans les côtes d'Antti. Ce dernier fait semblant de s'effondrer et se tient le ventre. Jari éteint la radio. Le silence se fait. Antti dévisse le couvercle du tube à cartes et renifle l'intérieur. « Tu es sûr que c'est étanche ?

– Oui, il y a un joint en caoutchouc.

– C'est complètement idiot. Je ne sais pas quoi écrire.

– Peu importe, tu peux même dessiner une chatte si tu veux. Ce sera aussi marrant dans vingt-sept ans que maintenant, dit Jari avec un sourire. L'essentiel, c'est qu'on déterre ça ensemble.

– N'empêche, ce n'est pas un vrai voyage dans le temps.

– Non, mais d'un autre côté, si. Il suffit qu'on le voie comme ça. C'est un peu comme la lumière des étoiles, ou ce murmure cosmique. Ils voyageront encore dans l'espace quand nous ne serons plus là.

– Sauf que si on meurt personne ne saura jamais rien de nos lettres.

– On ne va pas mourir, putain ! On va vivre éternellement, toi et moi ! »

PARTIE III

Tombes béantes

16

Automne 2018

La lumière du couloir s'était éteinte. Jari Paloviita ferma à clé la porte de son bureau, baissa les stores et tira les rideaux devant la fenêtre. Il s'abstint d'allumer le plafonnier, se contentant de la lampe de table, et ouvrit la chemise cartonnée qu'il avait prise sur le bureau de Henrik Oksman. Elle s'ornait d'une étiquette, sortie d'une imprimante Dymo, sur laquelle il était écrit : *Rami Sakari Nieminen, antécédents.*

On voyait tout de suite qu'Oksman avait fouillé avec le plus grand soin dans le passé de la victime. Il ne faisait d'ailleurs jamais rien à moitié. Ce que Paloviita appréciait en général énormément, mais qui, cette fois, le fit grincer des dents. Sur la première page figurait l'état civil de Rami Nieminen : né à Pori le 25/05/1977. Célibataire, sans enfants. Officiellement domicilié à Harjavalta. Sur la page suivante, son visage bouffi par la dope et l'alcool fixait Paloviita. La photo avait été prise lors de sa dernière arrestation, trois ans plus tôt. Nieminen avait changé, en vingt-sept ans, mais Paloviita le reconnut sans peine. Ses cheveux gras se dressaient en désordre, une barbe de trois jours lui mangeait les joues et le menton, ses yeux injectés de sang étaient cernés de poches noires. En fixant ce visage curieusement familier, mais en même temps totalement inconnu,

Paloviita, qui ne croyait pourtant pas aux fantômes, eut soudain l'impression qu'ils existaient peut-être, malgré tout. Ce n'étaient pas des cadavres défiant les lois de la nature, mais des traces du passé. Des cicatrices et des blessures – des stigmates qui pouvaient à tout moment se mettre à saigner.

Paloviita ôta le trombone qui maintenait la photo, la posa sur son bureau et entreprit de lire le texte.

Oksman et Linda lui avaient déjà fait part des antécédents de Nieminen, sous forme d'un résumé qui en était réellement un. La vie de Rami Nieminen, bien que relativement courte, avait en effet été bien remplie, mais sans qu'aucun travail honnête n'y trouve place. Son casier judiciaire, en revanche, avait pris une ampleur respectable. Rien d'étonnant à ça. Si on avait demandé à Paloviita, vingt-sept ans plus tôt, quel genre d'existence mènerait Rami Nieminen, il aurait sûrement répondu : violente et brève. Et c'était bien le cas.

La carrière criminelle de Nieminen avait commencé dès l'adolescence. La première mention de son casier datait de mai 1992, quand il avait, à l'âge de quinze ans, volé dans la cour de son école une minimoto Honda Monkey. L'engin était protégé par un antivol de direction, mais il avait résolu le problème en le mettant dans un chariot qu'il avait piqué au supermarché voisin. Le spectacle de Nieminen poussant son chargement dans les rues des quartiers ouest de Pori avait bien sûr engendré de nombreux coups de téléphone à la police, et il n'avait pas eu le temps d'aller bien loin avant qu'une patrouille ne le cueille.

Sa première amende lui avait été infligée un an plus tard, à la suite d'une tentative de vol. Il avait grimpé, avec deux copains, sur le toit d'un hypermarché, cassé une verrière et déclenché l'alarme antivol. À partir de là, son casier judiciaire s'était étoffé avec la régularité d'un métronome. Des vols de voiture, du chapardage, du vandalisme, des violences, une fraude aggravée et ainsi de suite, jusqu'à ce que la société siffle la fin de partie et le condamne à sa première peine de prison. Quatre mois avec sursis, devenus fermes au bout de deux mois car il avait alors, en état d'ivresse, volé une Volkswagen Golf bleu foncé, pris la fuite devant la police et terminé sa route dans le fossé. Il avait purgé sa peine à la prison de Kerava.

En détention, la drogue était venue compléter le tableau.

Dans le casier de Nieminen, Paloviita releva en tout trente-sept affaires de stupéfiants. Principalement des détentions en vue d'usage, mais aussi de revente. De 1998 à 2010, il avait été incarcéré quatre fois, pour seize délits différents. Au cours des dix dernières années, il avait en pratique passé son temps à purger des peines dans les prisons finlandaises ou à attendre l'exécution de nouvelles condamnations.

Paloviita interrompit sa lecture pour regarder la photo posée sur son bureau. Le dossier brossait un portrait très clair de Rami Nieminen, et il n'était pas très différent de l'image qu'il s'en était faite dès le départ. Il existait des individus, tels que Mr Muscle et Nieminen, sans lesquels la société se serait nettement mieux portée. Sa mort, songea-t-il, n'était pas une bien grande perte pour l'humanité.

Il y avait aussi eu, en décembre 2013, une affaire intéressante sur laquelle Paloviita se rappelait avoir lu des articles dans la presse, mais sans avoir eu l'idée, à l'époque, de l'associer à Nieminen. Celui-ci avait alors été arrêté, car suspecté du meurtre de Milja Eveliina Wallin. Le corps de cette femme de trente-cinq ans avait été découvert à vingt kilomètres de chez elle dans le fossé de drainage d'un champ, une balle dans la tête. Des petits garçons qui jouaient là avaient vu un bras dépassant du ruisseau gelé et avaient couru prévenir leurs parents. Les techniciens de scène de crime avaient été obligés, pour dégager la victime, de découper à la scie la glace épaisse de trente centimètres. Sa disparition ayant été signalée, la police disposait déjà d'une liste d'éventuels suspects. Rami Nieminen avait été interrogé. Au cours de l'enquête, on avait entre autres trouvé dans les draps de Milja Wallin du sperme de Nieminen. Il avait admis leur relation, mais nié l'avoir tuée. Au bout du compte, il avait été libéré faute de preuves. D'après les pièces du dossier, l'auteur du meurtre de Wallin n'avait toujours pas été arrêté, et l'enquête n'était pas close.

Paloviita se leva, marcha de long en large, s'étira et gonfla la poitrine pour faire circuler l'oxygène dans son corps. Un bâillement le secoua, tandis que les larmes lui montaient aux yeux. Rouvrir de vieilles tombes n'était pas facile. Il y avait des choses qu'il valait mieux laisser enterrées.

Oksman avait gardé la pire fange pour la fin. Elle s'y était accumulée comme les éléments chimiques les plus lourds dans le noyau de la terre. Il y avait là tout le fer, le nickel et l'uranium qui restaient de la vie de Rami Nieminen.

En février 2009, dans un appartement du quartier de Suvela, à Espoo, il avait tué son colocataire. D'après le dossier, il s'agissait d'un crime finlandais classique. Pas très différent de celui qui avait scellé son propre sort. Là aussi, le meurtre avait été précédé d'une longue beuverie à laquelle avait participé une bande de fêtards hétéroclite. Beaucoup d'allées et venues, de l'alcool et de la drogue. À un moment, Nieminen et son colocataire s'étaient pris le bec. La dispute avait toutefois semblé réglée, et la soirée s'était poursuivie, toujours aussi arrosée. Mais la querelle avait ensuite repris, encore plus virulente. Le colocataire, qui faisait vingt centimètres et quarante kilos de moins que Nieminen, lui avait sauté dessus, mais avait vite été maîtrisé par plusieurs autres personnes. L'affaire était cependant restée en travers de la gorge de Nieminen, au point qu'il était allé dans la salle de bains, avait décroché la tringle métallique du rideau de douche, était revenu avec dans le séjour et avait tendu la main de la réconciliation à son colocataire. Mais au lieu d'aller au bout de son geste, il avait brandi la tringle et lui avait brisé l'avant-bras. Le coup avait été si violent que les os avaient craqué comme des branches de sapin. Puis Nieminen l'avait frappé à l'épaule gauche, lui fracturant la clavicule. C'était le troisième coup qui l'avait tué en l'atteignant à l'arrière du crâne, qu'il avait fracassé tel un vase en porcelaine. Nieminen avait malgré tout continué encore longtemps à cogner et lui avait notamment cassé l'autre bras et éclaté la rotule gauche et la pommette. Au tribunal, le procureur avait requis une condamnation pour assassinat, qualification qui ne faisait aucun doute aux yeux de Paloviita, mais Nieminen n'avait finalement été jugé coupable que de meurtre et avait pris six ans de prison, qu'il avait purgés à Sörnäinen.

À cet endroit, Oksman avait noté en marge, de son écriture difficilement lisible, une remarque concernant d'éventuels liens avec Antti Mielonen : *Incarcérés au même moment à Sörnäinen. Ont-ils eu des contacts ?*

Paloviita refixa avec son trombone la photo de Rami Nieminen sur la première page du dossier, le referma et en prit un second, identique. Dans le coin était imprimé à la Dymo : *Antti Johannes Mielonen, antécédents.*

Paloviita regarda longuement la chemise cartonnée et le nom inscrit dessus. Il avait peur de l'ouvrir. Il savait qu'elle contiendrait une photo de Mielonen semblable à celle de Nieminen, et il se demandait quelle réaction la vue de son visage provoquerait en lui. Et quelle vague de culpabilité le balaierait à la lecture du dossier, ou si elle éveillerait en lui le moindre sentiment. Et s'il restait de marbre ? C'était le plus effrayant. Puis il tourna la couverture et regarda son vieil ami dans les yeux. Comme pour Nieminen, il s'agissait d'une photo d'identité judiciaire datant de quelques années – et là aussi, il se rendit compte qu'il connaissait ce visage, même s'il avait changé, forcément. Un homme de quarante ans ne peut pas avoir la même tête qu'un garçon de treize. Et pourtant, sous toutes les couches déposées par les années, des yeux familiers le fixaient. Il avait lui-même changé, mais Antti non, ou en tout cas pas autant. Il tenta de déterminer quelle réaction la photo déclenchait en lui, mais rien ne vint. Il fut en revanche pris d'une soudaine envie de dire à ce visage quelque chose comme « salut, mon pote », « comment ça va, ça faisait longtemps », ou un autre bonjour amical, mais n'en fit bien sûr rien. Il se contenta de regarder longuement ce fantôme du passé, le deuxième de la journée.

Puis il commença sa lecture.

Les documents étaient rangés par ordre chronologique, comme dans le dossier de Nieminen. C'était si typique d'Oksman que Paloviita ne put s'empêcher de sourire. Il songea qu'à coup sûr, son collègue deviendrait fou s'il soustrayait à l'ensemble ne serait-ce qu'un papier, et passerait sûrement le restant de sa vie à le chercher.

Tout au long de ces années, Paloviita s'était souvent demandé ce qu'il était arrivé à Antti après l'été 1991. Cet été qui lui faisait toujours l'impression d'un rêve, mais qui était hélas bien réel. Et qu'il aurait voulu oublier, tout en sachant que ses fantômes le hanteraient jusqu'à la fin de ses jours. Pourquoi n'avait-il jamais cherché à savoir ce qui était arrivé à Antti ? Ç'aurait été facile, dans sa position. Oksman l'avait prouvé en constituant en vingt-quatre heures un dossier complet. Paloviita prit conscience qu'il avait eu peur de tomber sur des choses qu'il lui aurait été impossible d'ignorer. Des choses qui l'auraient fait… quoi ? Se sentir coupable ? C'était un sentiment dont il se méfiait. La culpabilité.

Antti Johannes Mielonen. Né à Pori le 14/01/1978. Célibataire depuis toujours, sans enfants, sans domicile fixe.

Le premier pincement au cœur vint aussitôt. À la suite de ces renseignements, Oksman avait ajouté à la main la dernière adresse connue de Mielonen, quelque part à Nakkila. Elle était vieille de trois ans et il avait, depuis, mené une vie de vagabond, fait de la prison, dormi dans des foyers, chez des copains, dehors – ici ou là.

Parmi les papiers, il y avait une photo qu'Oksman avait prise sur le lieu du crime. On y voyait un duvet trempé et un sac en toile d'où débordaient des vêtements. Il y avait là tous les biens terrestres d'Antti Mielonen, baignant dans une flaque d'eau.

Les pensées de Paloviita s'égarèrent malgré lui vers sa propre maison, à Viikinäinen. Il songea à leurs deux voitures, à l'abri côte à côte dans le garage, qu'ils remplaçaient tous les trois ans. Aux chambres des filles et au piano à queue, dans un coin du séjour, qu'ils n'avaient acheté que parce qu'il figurait dans le projet de l'architecte. Il avait coûté douze mille euros et personne n'en avait jamais joué. Leur parcelle de terrain affichait le prix le plus élevé de tout le quartier, malgré son sous-sol argileux et sa mauvaise orientation, mais ils avaient tenu à l'acquérir car elle se situait au bord d'un étang de quelques hectares. Ils avaient été prêts à payer cher pour la vue, au bout du jardin, et l'avaient fait. Leur offre avait dépassé la suivante de vingt mille euros.

Il repensa à la bibliothèque vitrée du séjour, au téléviseur à écran plat de soixante pouces et à la cave à vins qui sortait d'une trappe dans le sol de la cuisine grâce à un moteur électrique. Il songea à Terhi, à Sini et à Sara et au nombre impressionnant d'invités présents à leur mariage. À leur lune de miel de deux semaines à Puerto del Carmen et à tous les autres voyages que Terhi et lui avaient faits. Aux week-ends prolongés à Budapest, Berlin et Rome, aux vacances au soleil à Alanya et sur la Costa del Sol, tout de suite après la naissance des filles.

Il regarda encore la photo du sac de couchage et des vêtements, et se sentit de nouveau mal. Cette fois, ce n'était pas la culpabilité, mais la honte. Que faisait-il de tout ce qu'il possédait ? Rien, absolument rien. Et d'ailleurs, sans la caution du père de Terhi, ils n'auraient rien pu acheter de tout cela.

Où se trouvait Antti Mielonen pendant qu'il se prélassait avec Terhi sur la plage à Benalmádena, un cocktail à la main ?

Paloviita savait que les réponses l'attendaient dans les pages suivantes, et il n'était pas particulièrement pressé de les découvrir. Il n'y trouverait rien de bon. Cette seule photo suffisait à le prouver. Un duvet et un sac de sport sur le plancher d'un vestiaire de sauna.

Il tourna la page et poursuivit sa lecture.

Comme pour Nieminen, le dossier commençait par les plus anciennes mentions du casier judiciaire de Mielonen. Au soulagement de Paloviita, son enfance n'était pas rapportée en détail, il était juste noté qu'il avait été retiré à sa famille en juillet 1991, sur décision des services sociaux. Il avait alors treize ans. Le motif de cette mesure n'était pas indiqué.

De 1991 à 1993, il avait été placé dans différentes familles d'accueil, avant d'être hébergé, à partir de l'âge de quinze ans, dans un foyer pour adolescents situé à Varkaus, où il était resté jusqu'à ses dix-huit ans. Paloviita se demanda ce que ce pouvait être de grandir au milieu d'étrangers dans une ville inconnue. Il ne parvenait pas à se le représenter. Il y avait des sphères que l'imagination ne pouvait atteindre.

La drogue et la délinquance avaient fait très tôt leur apparition dans la vie de Mielonen. Par moments, Paloviita avait l'impression de relire le dossier de Nieminen, tant leurs parcours étaient similaires. Comme dans le cas de ce dernier, la première mention du casier judiciaire de Mielonen concernait un vol de moto. Ou plus exactement une série de vols à la suite desquels, avec deux autres pensionnaires du foyer, il démontait les engins et revendait les pièces détachées. La plaisanterie n'avait cependant pas duré longtemps. Mielonen avait été condamné à des amendes et au versement de dommages-intérêts. Il avait arrêté l'école le jour de ses quinze ans, et n'y était jamais retourné. Après les motos, il avait volé des voitures, en compagnie de garçons plus âgés. La bande fabriquait de l'alcool maison et sniffait de la colle, et avait donc besoin d'argent. Elle le trouvait en piquant dans les voitures des chaînes stéréo, des haut-parleurs, des outils, des pneus, des jantes et des batteries – bref, tout ce qu'on pouvait démonter. Paloviita se rappelait qu'Antti était déjà bon bricoleur dans son enfance. Apparemment, l'affaire était rentable, car les vols de voiture avaient bientôt pris des dimensions professionnelles. Mais la bande était trop nombreuse, et tous ne savaient pas tenir leur langue. C'est ainsi qu'un soir où Antti et ses copains étaient en train de dépecer un Transit volé la nuit précédente, la police avait frappé à la porte du garage qu'ils louaient. En tant que mineur, il avait été condamné à trois mois de prison avec sursis pour ces nombreux vols, aggravés par le fait qu'il était le cerveau de la bande et s'occupait seul, en pratique, du travail de démontage et de la vente des pièces détachées.

Ce coup de semonce n'avait toutefois pas suffi à briser la spirale infernale. Dès l'année suivante, Mielonen avait purgé à Kerava sa première peine de prison ferme, pour plusieurs vols et tentatives de vol. Par moments, Paloviita était obligé de lever les yeux et de se masser le visage. Il épiait les bruits du couloir, mais tout était calme. Ça rendait la lecture encore plus pénible, car le silence, mystérieusement, exacerbait toutes ses sensations. Paloviita avait l'impression qu'on lui déversait du sable mouillé sur la tête.

Une fois adulte, Antti avait changé de décor presque aussi souvent que Rami Nieminen. De Varkaus, il avait déménagé à Joensuu, puis à Ilomantsi, et avait ensuite habité un temps à Kuusamo avant de revenir dans le Sud. Il était resté une année entière à Helsinki avant de partir pour Kotka, Kouvola et de nouveau la capitale. Il avait changé d'adresse si souvent que Paloviita avait l'impression de lire l'annuaire. La consommation d'alcool, en revanche, était une constante. On trouvait, parmi les mentions du casier de Mielonen, de nombreuses arrestations en état d'ébriété avancée.

Ensuite, soit il était resté dans le droit chemin, soit il avait eu de la chance, car rien n'était venu s'ajouter à son casier pendant près de cinq ans. Puis, le 8 décembre 2016, la police avait mis fin à la série de cambriolages de conteneurs dont Oksman avait parlé. Le jugement figurait parmi les documents. Dans un autre contexte, il aurait été intéressant à lire, mais là, c'était juste désolant. Mielonen, qui à ce moment-là était apparemment sans domicile et perpétuellement dans la dèche, s'était laissé entraîner dans un gang qui réalisait un assez gros chiffre d'affaires en vendant au marché noir de la marchandise volée : des outils haut de gamme, de l'électroménager, du matériel informatique et des vêtements de marque. Ils avaient même pour clients des grossistes et des entreprises de BTP de taille moyenne. L'affaire avait fini par prendre de telles proportions que la Police judiciaire centrale y avait mis le nez. Les nerfs de certains avaient alors lâché. On avait l'impression, à lire le rapport, que l'arrestation du gang n'était plus qu'une question de temps. Il avait fallu trouver un bouc émissaire, et le rôle avait échu à Mielonen, que ses camarades avaient envoyé au casse-pipe. Il était le seul à s'être fait pincer lors d'une descente de police opérée dans le port de Rauma. Les preuves étaient irréfutables et la peine avait été lourde. Antti aurait très bien pu la réduire en dénonçant ses complices. Mais malgré leur trahison, il s'était tu jusqu'au bout et avait tout pris sur ses épaules, alors qu'il n'avait joué qu'un rôle minime dans l'affaire. Il avait été incarcéré à Köyliö et libéré en juillet 2017, puis avait repris sa vie de nomade, qui l'avait finalement conduit au chalet de Korpholma, à Ahlainen, au même moment que Rami Nieminen.

Dans le dossier de Mielonen aussi, il y avait une note manuscrite de Henrik Oksman concernant la brève période où il avait séjourné à la prison de Sörnäinen en même temps que Nieminen. Leurs chemins auraient effectivement pu se croiser à l'intérieur de ces murs. Et ce n'aurait pas été la première fois qu'il se serait passé, en taule, quelque chose qui serait resté en travers de la gorge de quelqu'un. Mais Henrik Oksman ignorait une chose, et Paloviita espérait qu'il ne la découvrirait jamais : les routes d'Antti Mielonen et de Rami Nieminen s'étaient croisées bien avant Sörnäinen. Et cette fois-là aussi, le sang avait coulé.

Quand Paloviita referma enfin le dossier, il frissonnait de froid. Il était même complètement gelé. Une seconde évidence lui était apparue. Comme à Henrik Oksman et Linda Toivonen. Il ne faisait guère de doute qu'Antti Mielonen avait tué Rami Nieminen.

Paloviita fixa la porte de son bureau. Ses pensées tourbillonnaient pêle-mêle, tentant d'atteindre la lointaine réalité où se trouvaient Terhi et les filles, leur maison et leurs voitures, mais incapables de se détacher du passé, d'une prairie où poussaient des hautes herbes, des angéliques sauvages et des épilobes – et de ce qui s'était produit, longtemps auparavant, la veille de la Saint-Jean. Quand Paloviita se leva enfin, le pire de la tempête s'était calmé. Non parce que ses idées s'étaient éclaircies, mais parce que malgré toutes les contradictions et les effrayantes probabilités, il avait pris une décision. Il aiderait Antti Mielonen. Il ne savait pas encore comment, mais il trouverait. Il le lui devait.

17

Le quartier de Paviljonki, entre ceux de Musa et de Vähärauma, était constitué d'un étrange mélange de bâtiments de tous âges et de toutes tailles. Entre les rues, les parcelles asymétriques formaient un patchwork désordonné couvert de cabanes de jardin et de constructions plus bizarres les unes que les autres. Parmi de vieilles maisons en bois défraîchies pouvait soudain se dresser un immeuble flambant neuf, avec juste à côté une baraque en planches à moitié pourrie.

La maison de Kari Nieminen se trouvait au bout de Friisintie. C'était un pavillon de deux étages dont la façade était crépie de gris. Il paraissait en bon état, et le jardin était bien entretenu. Au pied du perron, il y avait une Toyota Avensis vieille d'une dizaine d'années. Linda se gara dans la rue, à l'ombre d'une haie d'aubépine. La nuit avait été fraîche et il gelait encore, l'asphalte était sec et la pelouse givrée. Les colonnes de fumée des cheminées montaient droit dans le ciel avant de s'étaler en de curieux tapis en rencontrant de l'air plus froid. Linda et Oksman traversèrent le jardin et montèrent les marches jusqu'à la porte. Linda sonna.

On entendit du bruit à l'intérieur, la serrure cliqueta. La porte s'ouvrit sur un septuagénaire bedonnant aux cheveux gris, vêtu d'un pantalon droit soutenu par des bretelles. Malgré son gros ventre, sa poitrine, ses bras et son visage étaient maigres et secs.

« Kari Nieminen ? » s'assura Oksman.

L'homme les toisa de la tête aux pieds et acquiesça. Ils lui montrèrent leurs insignes et Linda les présenta, elle-même et son collègue.

« Tiens donc, la police… », constata Kari Nieminen, et, après avoir jeté un coup d'œil dans la rue pour vérifier qu'il n'y avait personne, il les invita à entrer. La maison sentait le vieux, un mélange de fuites urinaires, de nourriture oubliée dans le réfrigérateur et de vêtements sales. Linda remarqua qu'Oksman, tout en s'en cachant soigneusement, évitait de toucher quoi que ce soit. Nieminen les précéda dans le séjour et s'assit dans un fauteuil tandis qu'ils prenaient place sur le canapé, face à lui. La télévision était allumée et rediffusait *Les Feux de l'amour*.

« Nous avons malheureusement de mauvaises nouvelles », commença Linda en regardant Kari Nieminen dans les yeux. Elle n'y détecta rien. Aucun mouvement, absolument rien. « Nous avons une triste nouvelle. Votre fils Rami est mort. Nous sommes désolés », poursuivit-elle.

L'homme resta silencieux pendant un long moment, se contentant de fixer tour à tour les deux enquêteurs. Linda eut le temps de conclure qu'il était sourd, et elle se préparait à répéter quand il bougea légèrement et réagit :

« Ah.

– Il s'agit d'un meurtre. Il a été poignardé vendredi soir à Ahlainen. Un suspect a été arrêté, sur la base de preuves à première vue solides, toutes nos condoléances. »

Linda tenta de lire les sentiments de Kari Nieminen sur son visage. Il resta totalement impassible.

« Ah », répéta-t-il. Une pause, puis : « Alors ça y est, ça a fini par arriver.

– Vous n'avez pas l'air surpris. »

Kari Nieminen eut un petit rire et une première expression passa sur son visage. Elle était si méprisante que c'en était choquant. « Surpris ? Je devrais être surpris ? Ne dites pas de conneries. »

Oksman et Linda échangèrent un coup d'œil. Kari Nieminen les regarda. Ses yeux jetaient des éclairs. « Ce garçon ne m'a… ne nous a causé que des ennuis. Je savais depuis longtemps que ça finirait comme ça. Il avait déjà lui-même tué quelqu'un.

– Quand l'avez-vous vu pour la dernière fois ? » demanda Linda.

Kari Nieminen fit la moue, son regard se tourna vers le calendrier mural comme pour y chercher de l'aide. « Il y a sept ans, assez exactement, je crois. C'était à l'automne.

– Il vous a rendu visite ?

– Non. Je l'ai croisé au supermarché.

– Vous vous êtes parlé ? »

Kari Nieminen secoua la tête. « Non. On s'est vus, mais c'est tout. Nous avons tous les deux passé notre chemin.

– Et avant ça ? demanda Oksman.

– Quand est-ce qu'on s'est parlé, vous voulez dire ? Je ne m'en souviens pas. Rami a quitté la maison quand il a eu dix-huit ans. C'était déjà une vraie crapule à l'époque. » Kari Nieminen regarda Oksman et Linda dans les yeux. « Mais vous ne nous mettrez pas ça sur le dos, à Riikka et moi. On a essayé d'en extirper tout ce qui pouvait ressembler à ça. Vous ne pouvez pas comprendre ce que c'est, avec un garçon pareil. J'ai vraiment essayé, mais rien n'y a fait. C'était un fumier dès la naissance, et il ne s'est jamais transformé en or. »

Linda remarqua que la mine d'Oksman s'assombrissait et qu'il s'éloignait autant que possible de Nieminen. Alors qu'il restait en général totalement inexpressif, elle se rendit soudain compte qu'il avait du mal à se maîtriser.

« Vous n'imaginez pas combien de nuits Riikka et moi avons passées éveillés à cause de ses conneries. Des centaines, croyez-moi. Et c'est sûrement aussi à cause de lui que Riikka a eu son cancer, à force d'avoir peur pour lui.

– Vous voulez savoir ce qui s'est passé ? » demanda Linda.

Kari Nieminen tourna les yeux vers elle. « Vous l'avez déjà dit. Un coup de couteau, c'est ça ? Il s'est sûrement battu, et cette fois, il n'avait pas de barre de fer à portée de main, comme quand il a tué son copain. Vous n'imaginez pas la honte que j'ai eue, qu'il nous fasse un coup pareil. J'aurais dû essayer encore plus, quand il était petit, mais on voyait déjà qu'on n'en tirerait rien de bon. On lui avait acheté un vélo et tout…

– Est-ce que le nom d'Antti Mielonen vous dit quelque chose ? »

Kari Nieminen regarda Oksman et secoua la tête. « Non, qui est-ce ?

– L'homme qui est suspecté du meurtre. Votre fils a été poignardé dans le dos et le cou. D'après le médecin légiste, il est mort tout de suite et n'a pas souffert. L'agression n'a été précédée d'aucune bagarre. »

Kari Nieminen continuait de fixer Oksman, mais son regard était maintenant aussi attentif que celui d'un chat qui a repéré une bergeronnette sautillant dans le jardin.

« Il y a quand même bien eu une querelle, non ? Les gens ne se poignardent pas pour rien. Même moi, je sais ça. Rami a forcément dû faire quelque chose.

– Nous enquêtons encore sur les événements qui ont conduit au meurtre. Il se peut que votre fils et ce Mielonen se soient déjà rencontrés. Ils avaient tous les deux… », Oksman jeta un coup d'œil à Linda, cherchant son soutien, « … des antécédents criminels et il se peut qu'il s'agisse d'un vieux compte à régler.

– Ça ne m'étonnerait pas. Il était déjà comme ça tout gamin, toujours à voler des trucs. Et ses copains étaient du même genre. Ce sont eux qui lui ont appris. Je ne voudrais pas me vanter, ce n'est pas dans mes habitudes, j'ai été éduqué comme ça, mais je le surveillais, ce garçon. Soyez-en sûrs. Je le corrigeais, croyez-moi, mais rien n'y faisait.

– Vous n'avez donc eu aucune nouvelle de votre fils depuis plusieurs années ? »

Kari Nieminen secoua la tête. Sur son visage s'était glissée l'ombre de quelque chose de plus pesant. « Il ne nous téléphonait jamais… sauf bien sûr de temps en temps pour quémander de l'argent, au début, quand il est parti. Riikka se rongeait les sangs, elle est même allée le voir une fois en prison à Helsinki. Moi, je refuse de mettre les pieds dans ce genre de nids à négros où les types se violent les uns les autres. Mais Dieu merci, Riikka n'est plus là pour assister à ça. »

Les muscles des joues d'Oksman se crispèrent. Linda laissa son regard faire le tour de la pièce, où tout semblait s'être arrêté dans la seconde moitié des années quatre-vingt-dix. Les rideaux et les tapis n'avaient pas été changés depuis une éternité, il n'y avait dans la bibliothèque que deux ou trois livres, aux côtés d'une foule de bibelots, d'oiseaux en verre et de babioles provenant de magasins de souvenirs de différentes régions de Finlande. Les livres étaient faciles à reconnaître à leur dos : les trois tomes d'*Ici, sous l'étoile polaire* ; *Soldats inconnus*, de Väinö Linna ; *Mein Kampf* ; et enfin une bible, comme amoureusement appuyée contre ce dernier. Sur l'étagère du bas se trouvait une rangée de photos, avec, au milieu, celle du mariage de Kari et Riikka Nieminen. Lui avait une coupe mulet, une épaisse moustache et un énorme nœud papillon. Elle portait une sobre robe moulante soulignant son ventre déjà légèrement arrondi par un début de grossesse. De part et d'autre, deux photos en noir et blanc, à gauche celle du maréchal Mannerheim, à droite celle de Kari Nieminen lors de son service militaire. La veste de son uniforme gris s'ornait de pattes de collet de caporal-chef.

On voyait aussi sur l'étagère des portraits d'autres membres de la famille, mais aucun de Rami.

Linda se leva, alla à la bibliothèque et examina la collection. Elle pointa du doigt la photo de mariage et demanda : « Je peux ?

– Allez-y », répondit Kari Nieminen. Son expression s'adoucit un peu. Linda prit la photo.

« Votre femme était belle », constata-t-elle, même s'il était difficile, en réalité, de trouver dans son visage quoi que ce soit justifiant l'adjectif. Enfin, peut-être y avait-il quelque chose dans les yeux.

Kari Nieminen sourit. « On s'est mariés à l'automne 76. Rami était déjà en route, mais ce n'était pas la seule raison… j'étais vraiment amoureux d'elle.

– Vous disiez qu'elle était morte d'un cancer ?

– Oui, un truc stomacal. Un jour elle a eu mal au ventre… Enfin, elle se plaignait depuis déjà quelques années, mais tout d'un coup elle n'a plus rien pu avaler sans que ça ressorte. Elle avait une tumeur de la taille d'une orange. » Kari Nieminen montra son poing serré. « Ils l'ont ouverte, mais aussitôt refermée. Il paraît qu'il n'y avait rien à faire. Elle n'a pas vu Noël.

– Toutes mes condoléances », dit Linda, et le regard de Kari Nieminen rayonna de chaleur.

Linda reposa la photo et demanda comme en passant : « Est-ce que vous auriez une photo de Rami ? Que nous pourrions emprunter pour l'enquête ? »

La chaleur dans le regard de Nieminen s'effaça en un instant. Il retrouva sa froideur d'acier. « Qu'est-ce que vous voulez faire d'une vieille photo moisie ? J'imagine que vous en avez de chacune de ses années de prison. »

Oksman aussi se leva et alla à la bibliothèque. « L'enquête risque d'être longue, elle n'en est en fait qu'à ses débuts. Nous avons certes un suspect, mais nous nous intéressons surtout à ses liens éventuels avec votre fils. »

Kari Nieminen se leva à contrecœur et ouvrit le tiroir du bas de la bibliothèque. Il débordait de tirages non classés. Certains se trouvaient dans des enveloppes de laboratoires photo, mais la plupart traînaient juste en vrac. « On n'était pas trop du genre à mitrailler nous-mêmes, avec Riikka. Il y a peut-être quelques clichés de Rami bébé, mais on avait autre chose à faire que de l'emmener chez le photographe. On chouchoute bien trop les enfants, de nos jours, si vous voulez mon avis. »

Linda s'accroupit pour examiner les photos, les sortit par paquets du tiroir et entreprit de les ranger en piles sur le sol. Elle commença par le fond du tiroir, progressant ensuite vers les couches plus récentes. Oksman regardait le mouvement agile de ses doigts. La plupart des photos étaient anciennes. La majeure partie avaient été prises en vacances et représentaient des paysages : un lac, des collines ou des rapides, des rennes sur une route, un bâtiment, une statue. On ne voyait que rarement Rami, sur le côté d'un cliché. Il n'avait pas mérité qu'on gâche de la pellicule pour lui. Oksman se fit la réflexion que c'était un bel enfant. Plus les photos étaient récentes, plus elles se faisaient rares. À partir des années quatre-vingt-dix, il n'y en avait pratiquement plus. On n'en avait plus pris, l'effort était trop grand, à moins qu'elles n'aient disparu, pour une raison ou une autre. Linda avait gardé pour la fin une grande enveloppe ornée d'un aigle, dont il ne faisait aucun doute, à ses yeux comme à ceux d'Oksman, qu'elle contenait des photos de classe.

Elle en sortit une douzaine de tirages de tailles différentes. En voyant sur le dessus de la pile le visage de Rami, âgé d'environ dix ans, Kari Nieminen quitta la pièce. Linda et Oksman l'entendirent, dans la cuisine, prendre un verre dans le placard, le remplir au robinet, le boire et le remplir à nouveau.

Rami Nieminen, sur ce portrait pris à l'école, avait l'air d'un garçon de dix ans parfaitement ordinaire, à l'exception de son regard, qui semblait étrangement mort. Sa bouche souriait, comme il se doit pour toute photo, mais pas ses yeux fixant l'objectif, aussi inexpressifs que ceux d'un poisson. C'était la même chose sur les autres clichés. Année après année, un regard sans sourire braqué sur l'objectif. L'ensemble avait quelque chose d'effrayant. Sans avoir besoin de l'exprimer à haute voix, Oksman et Linda le percevaient tous les deux.

Sur trois des photos, Rami portait le même T-shirt jaune, la première année bien trop grand, la suivante à sa taille et la troisième bien trop petit. Le logo de Star Wars, qui, au début, brillait comme un sou neuf sur sa poitrine, était à la fin complètement craquelé et délavé.

De retour dans le séjour, Kari Nieminen resta appuyé au chambranle de la porte.

Il y avait aussi dans le tas des photos de classe de cinquième et sixième année. Rami Nieminen était facile à repérer dans la masse grâce à son T-shirt jaune et à sa grande taille.

Linda montra à Kari Nieminen le portrait de Rami pris en sixième année. Il y paraissait beaucoup plus vieux que son âge. Ses rondeurs d'enfant avaient pratiquement fondu, laissant place à des traits plus anguleux, presque adultes. Sa lèvre supérieure s'ornait déjà d'un fin duvet. « Est-ce que nous pouvons emprunter celle-ci ? Nous en ferons une copie et nous vous rendrons l'original.

– Et celles-ci ? » demanda Oksman en montrant les photos de classe de cinquième et sixième année.

Kari Nieminen eut l'air de réfléchir, puis hocha la tête. « Vous pouvez aussi bien toutes les prendre. Et inutile de me les rendre. Je n'en voulais déjà pas au départ, elles coûtaient la peau des fesses, mais Riikka tenait à les collectionner. Elle ne les a pourtant jamais regardées, ni alors ni plus tard. »

Linda mit les photos dans son sac, en sortit sa carte de visite et la tendit à Kari Nieminen. « Nous devons malheureusement y aller. Je vous laisse mon numéro. Vous pouvez m'appeler à tout moment, ou n'importe lequel des autres enquêteurs. »

Kari Nieminen les raccompagna à la porte.

« Encore une fois toutes nos condoléances. Vous avez peut-être quelqu'un qui pourrait venir ici, ou chez qui vous pourriez aller ? »

Kari Nieminen éclata d'un gros rire. « À qui voulez-vous que je téléphone, et qui voulez-vous qui vienne ici ?

– Si vous le souhaitez, nous pouvons demander à quelqu'un de la paroisse ou des services sociaux de passer.

– Jamais je ne laisserai ces punaises de sacristie et autres casse-couilles franchir le seuil de cette porte, croyez-moi. Ils n'ont de toute façon jamais pris la peine de venir. Pas même quand Riikka est partie. »

L'atmosphère, dehors, était bleutée, comme si la lumière avait essayé d'emplir le paysage mais s'était écroulée, incapable de supporter son propre poids. Linda songea que l'automne était comme un rapide inspir-expir. Suffisant pour rester en vie, mais guère plus.

Oksman et elle s'attardèrent un instant sur le perron car Kari Nieminen, au lieu de refermer la porte derrière eux, était resté debout dans l'embrasure.

« J'ai tout essayé avec ce garçon. Croyez-moi, j'ai essayé, ça ne vient pas de là. Mais putain ! il ne voulait rien savoir, quand bien même on l'aurait battu jusqu'au sang. Et c'est devenu une saleté d'assassin. »

Il eut soudain l'air de ravaler des larmes. « Mais ce qui est sûr, c'est qu'aucun Somali ni autre négro ne l'a jamais emmerdé. Ni en prison ni ailleurs. Il a appris à se défendre et à ne pas se laisser enculer. »

Nieminen pleurait maintenant à chaudes larmes. Linda était à court de mots. Elle présenta encore une fois ses condoléances et retourna avec Oksman à leur voiture. Le trajet se fit à nouveau en silence, mais celui-ci semblait avoir une autre signification qu'à l'aller. Ce n'est que quand ils furent de retour à l'hôtel de police qu'Oksman dit : « Quand tu feras des copies des portraits, fais-en aussi des photos de classe.

– Qu'est-ce que tu veux en faire ?

– Sans doute rien. Mais à tout hasard. »

18

Paloviita descendit au rez-de-chaussée. Alors qu'il sortait de l'ascenseur, le chef de poste de l'unité de police administrative lui fit signe d'entrer dans son bureau vitré. L'homme, dont il avait oublié le prénom mais qui s'appelait Grönroos (c'était écrit sur la poitrine de son uniforme), tenait à la main un coupon de loto et une boîte à café en fer-blanc.

« Dis-moi, commissaire, tu veux mettre au pot pour le loto ? Il nous manque encore deux ou trois participants.

– Combien ? demanda Paloviita en tirant son portefeuille de sa poche.

– Cinq euros, pour dix semaines. »

Paloviita lui donna un billet de cinq, tout en tentant désespérément de se rappeler son prénom. Rien ne lui vint. Grönroos lui tendit son bulletin de participation comme si c'était un verre de lait chaud.

« J'ai proposé à Linda et au Bœuf de jouer avec nous, rien que pour rire. Tu aurais dû voir la tête d'Oksman. Il a complètement disjoncté, je ne sais pas pourquoi. Même Linda a levé les yeux au ciel avec l'air d'en avoir un peu marre. Comment est-ce que tu as fait pour le supporter si longtemps ? »

Grönroos prit soudain conscience de ce qu'il venait de dire et retrouva son sérieux. « Mais vous serez bientôt de nouveau équipiers, quand Heinonen reviendra, à moins qu'il ne revienne pas ? J'ai entendu dire qu'il pourrait rester pour de bon à la Police judiciaire centrale.

– Je ne sais pas », dit Paloviita. Le prénom de Grönroos lui revint soudain, Olavi. Comme son père. « Personne ne m'en a informé, en tout cas. »

Paloviita se dirigeait déjà vers la porte des locaux de la police scientifique quand Grönroos lança dans son dos : « Il y a quatre millions et demi en jeu cette semaine. Avec les gars, on a déjà commencé à prévoir notre pot de départ. Ça fait cinq cent mille par personne, pour info. »

Paloviita agita la main dans sa direction, passa son badge devant la serrure électrique et ouvrit la porte coupe-feu. Le laboratoire était une unité fermée dans laquelle on n'entrait pas comme dans un moulin. Le seul fait de respirer y introduisait de l'ADN étranger qui risquait de compromettre les échantillons prélevés. C'était pour ça qu'on regardait en général de travers les visiteurs occasionnels. Paloviita jeta un coup d'œil dans le bureau de Ville Raunela, constata qu'il était vide et continua vers la salle de pause, au bout du couloir. Assis à la table, Raunela déjeunait en compagnie d'une collègue. Elle mangeait de la pizza tandis qu'il piochait de la salade directement dans un Tupperware. Ils lui firent signe de s'asseoir. Paloviita obéit et prit une chaise.

« Café ? » demanda la technicienne, et elle essuya les taches de gras des coins de sa bouche, froissa sa serviette et la jeta à l'autre bout de la pièce, où elle atterrit droit dans la corbeille à papier.

Paloviita secoua la tête.

« Et qu'est-ce qui fait descendre monsieur le chef d'unité au pays des Morlocks ? » demanda Raunela, puis il but une gorgée d'eau et rota. Paloviita ne manqua pas de remarquer l'ironie cachée, ou plus exactement mal cachée, de son propos.

« C'est toi que je suis venu voir, tu as une minute ? » Il jeta un coup d'œil à la technicienne, qui comprit l'allusion et sortit dans le couloir.

Paloviita attendit encore quelques secondes et dit : « En même temps, ça n'a rien de secret. » Il essaya de sourire, mais ne parvint pas à avoir l'air naturel.

« Vas-y, je t'écoute », déclara Raunela en plantant sa fourchette dans un morceau de feta.

« À propos de cette attaque au couteau », commença Paloviita, et il jeta un coup d'œil à la porte avant de continuer. « Vendredi. Le temps était vraiment épouvantable, non ?

– Et alors ?

– J'ai cru comprendre, d'après ce que Henrik et Linda ont dit, que les conditions étaient difficiles. »

Raunela posa sa fourchette sur la table et regarda Paloviita d'un air grave. « Exact, un vrai temps de merde. La plus grosse tempête de l'année, putain ! »

Paloviita ne se laissa pas démonter par la brusquerie de Raunela. Il était habitué à ses éclats de voix. « Henrik était inquiet pour deux ou trois trucs… Ce n'est pas du tout une critique, mais il se peut que l'on recommande au procureur la qualification d'homicide volontaire avec préméditation, et dans ce cas…

– Oui, oui, on sait. On en a déjà parlé avec Linda et Henrik. C'était un chantier invraisemblable. Il faisait nuit noire, il pleuvait à seaux et il y avait autant de monde qu'un jour de fête sur la place du marché, mais vu les circonstances, je pense qu'on a correctement fait notre boulot. Tout était réuni pour une catastrophe.

– Parfait, c'est exactement ce que je voulais entendre », mentit Paloviita.

La mine de Raunela se radoucit, mais à peine. « Si tu veux vraiment savoir la vérité, on n'a rien pu récupérer dans le jardin. Tout nageait dans la boue.

– Et à l'intérieur ?

– Ce n'était pas top non plus. Il aurait fallu virer tous ces gens, mais on ne pouvait pas les jeter dehors avec le temps qu'il faisait. On ne peut que féliciter Henrik pour les avoir fait évacuer.

– Mais le déroulé des faits est clair ? »

Raunela soupesa Paloviita du regard. Ce dernier ne voulait rien laisser paraître et gardait un visage totalement impassible.

« J'ai déjà rendu mon rapport à Henrik et Linda. Pourquoi est-ce que tu ne le leur demandes pas ?

– Ils étaient déjà partis, mais ensuite Vesalainen est passé. Il voulait des détails, justement sur la question de savoir s'il y a eu préméditation ou non. Et puis j'aime bien entendre les choses directement de ta bouche, c'est plus simple, c'est resté comme une habitude. »

Paloviita savait que le technicien aimait les compliments et il s'efforçait d'en instiller une bonne dose dans ses phrases.

« Les faits sont plutôt clairs, oui, répondit Raunela.

– Comment ça, *plutôt* clairs ?

– Ce qui est sûr, c'est que ce Mielonen était à l'intérieur du chalet au moment des faits. Sa chemise était couverte du sang de la victime. On a aussi trouvé dans le chalet une paire de rangers lui appartenant.

– Qu'est-ce que ça prouve ?

– Tu vois beaucoup de monde partir dans la forêt sous une pluie battante sans enfiler ses chaussures ? Et voilà. Il avait le feu aux fesses.

– Et le couteau ?

– Lui, comme tu le sais, on ne l'a pas trouvé. Mais c'était un couteau de cuisine à lame effilée. Donc pas un couteau militaire, ni un couteau de chasse, ni un outil quelconque, genre Mora ou autre.

– Il vient du chalet ?

– Personne ne sait. La propriétaire est incapable de dire s'il manque ou non un couteau, mais ce qui est sûr, c'est que ce n'est aucun de ceux qui ont été saisis au chalet. On les a tous examinés, ils sont propres.

– Et on ne l'a pas trouvé dans le jardin ?

– Je te l'ai déjà dit ! grogna Raunela.

– Ce n'est pas une critique. C'est juste qu'à ce stade, l'arme du crime vaudrait de l'or. Le suspect prétend qu'il ne se souvient de rien, de même que la plupart des supposés témoins. On a sérieusement besoin de plus de preuves. »

Raunela fixa Paloviita, la lèvre supérieure agitée d'un tic, et ses yeux se rétrécirent en fente. « Quelles preuves ? Un suspect couvert de sang et des gens qui le pointent du doigt en disant que c'est lui, ça ne te suffit pas ?

– Tu ne trouves pas bizarre qu'il n'y ait de sang sur les vêtements ou les mains de personne d'autre ? demanda Paloviita.

– Qu'est-ce que tu veux dire ?

– Un homme est poignardé, et personne ne se précipite à son secours. Le chalet est bondé, mais ils restent tous à se tourner les pouces pendant que le sang jaillit d'un de leurs copains comme d'une fontaine.

– Je fais ce travail depuis si longtemps que plus rien ne me surprend, dit Raunela. Il y a des années, un homme est mort au cours d'une beuverie dans une baraque. C'était finalement une bête crise cardiaque, mais les gens ne s'en sont aperçus qu'au bout de cinq jours. Ils croyaient qu'il dormait, ivre mort. Ce n'est que quand il a commencé à sentir qu'ils ont compris que quelque chose clochait et qu'ils ont appelé une ambulance. Il n'y a pas grand-chose à espérer des gens qui se trouvaient dans ce chalet.

– Eh bien moi, je trouve ça bizarre, déclara Paloviita, tout en sachant que Raunela avait parfaitement raison. Il est aussi possible que Mielonen ait été le seul à essayer de ranimer la victime et que ce soit comme ça qu'il s'est taché de sang. »

Raunela éclata de rire. « C'est ça… mais c'est vrai qu'il y en a pas mal qui croient aux ovnis, et encore plus en Jésus. Mais dis-moi, Sherlock, pourquoi Mielonen aurait-il d'abord aidé son copain puis se serait enfui dans la forêt ?

– Ce ne sont que des spéculations », répondit Paloviita, et il se sentit totalement idiot en poursuivant : « Je n'y crois pas vraiment, bien sûr, mais au tribunal ils sont capables de sortir toutes sortes de théories, y compris extraterrestres. Et nous devons alors avoir des réponses… Mais par hypothèse, le meurtre peut très bien avoir été commis par une autre personne présente au chalet, ou ils peuvent l'avoir fait à plusieurs. J'ai cru comprendre que Mielonen ne faisait pas partie du noyau de la bande, qu'il venait de l'extérieur. Ils ont très bien pu l'accuser, ou alors il s'est enfui parce qu'il craignait d'être la prochaine victime. »

Raunela frappa dans ses mains et rejeta la tête en arrière. « Ouh là ! Tu aurais dû être écrivain.

– Comme je l'ai dit, ce ne sont que des idées en l'air, mais à supposer que ça se soit passé comme ça, ils auraient eu le temps de maquiller la scène de crime. De se laver les mains, de se changer, de faire disparaître le couteau… Tu as dit toi-même qu'il faisait un temps effroyable. D'ailleurs, un seul de ces supposés témoins a reconnu Mielonen sur photo. »

Raunela s'appuya au dossier de sa chaise et croisa les mains sur son ventre. Sa voix s'épaissit : « Je ne suis pas sûr qu'il faille cultiver ce genre de théories. Elles ont la mauvaise habitude de prendre racine et de faire sortir de terre des mauvaises herbes. La vérité, tempête ou pas, c'est que Mielonen a tué ce type. C'est votre problème de savoir si c'était un meurtre, un assassinat ou un accident, mais c'est lui qui a tenu le couteau. Il était soûl. Nieminen a peut-être bu dans une bouteille qu'il considérait comme la sienne, ou sa tête ne lui revenait tout simplement pas. Ou, s'ils se connaissaient déjà, il a définitivement réglé un vieux compte. C'est déjà arrivé des milliers de fois dans ce pays – et c'est encore une fois ce qui s'est passé. Il l'a tué et s'est enfui. Dans l'intervalle, il a eu le temps de jeter le couteau quelque part, mais on n'a pas toujours besoin d'avoir l'arme du crime pour obtenir une condamnation, si les autres preuves sont solides.

– Ce qu'elles ne sont pas », rétorqua Paloviita. Il vit la mine de Raunela s'allonger, mais il commençait à en avoir sérieusement assez de ses airs supérieurs. « Pour moi, vous avez salopé l'examen de la scène de crime. Et c'est ce que pensent tous les autres policiers de cette maison. Inutile de tourner autour du pot. Avec une bande de fêtards dont aucun, en gros, n'était capable de se rappeler son propre nom, le recueil des preuves matérielles doit être nickel. Là, c'est de la merde. Les déclarations de témoins aussi soûls n'ont absolument aucune valeur. Au tribunal, même le plus minable des avocats fera ressembler ces alcoolos à des singes bégayants. Et dans ce pays il ne doit pas y avoir le moindre doute sur la culpabilité de l'accusé, aucune faille n'est tolérée. »

Paloviita avait maintenant le visage et le cou rouges. Il poursuivit : « Vous me serinez tous que c'est une affaire de routine, pareille à des centaines d'autres. Quelqu'un a joué du couteau dans un chalet et il y a eu un mort. Affaire pliée, il n'y a plus qu'à transmettre au procureur, mais franchement, moi, en tout cas, je ne peux pas signer ça avec aussi peu de preuves. Si on ne trouve pas l'arme du crime, il se peut qu'on soit très près de voir toute l'enquête capoter, ce qui serait fichtrement embarrassant. Parce que devine qui on va montrer du doigt en premier ? »

Raunela, qui avait pourtant toujours la réplique facile, resta assis, totalement silencieux, à fixer Paloviita. Il ne l'avait jamais vu dans cet état.

Paloviita se leva. « Je veux tous les rapports sur l'affaire. » Comme Raunela ne faisait pas mine de bouger, il ajouta d'une voix d'une octave plus basse : « Maintenant. »

Quand il quitta le labo avec la pile de dossiers sous le bras, les yeux fixés au sol, sans jeter le moindre regard sur les côtés, sa colère était retombée et la honte, telle de l'eau froide, l'avait empli. Il savait qu'il s'était montré injuste et avait abusé de sa supériorité hiérarchique. Raunela et les autres techniciens avaient fait de leur mieux au vu des circonstances. Et il était parfaitement conscient d'avoir lui-même déserté le champ de bataille et laissé Oksman seul aux commandes. S'il fallait pointer quelqu'un du doigt, c'était lui. D'autant plus qu'il venait à l'instant de se mêler de l'enquête d'une manière totalement contraire à l'éthique.

19

À leur retour de chez Kari Nieminen, Linda Toivonen prit la direction de la cantine et Henrik Oksman celle des douches. Avant de se déshabiller, il vérifia qu'il n'y avait personne d'autre dans le vestiaire et la salle d'eau. Il plia ses vêtements en bon ordre sur un banc, ouvrit le robinet cinq fois et ne se plaça sous le jet que quand l'eau fut brûlante. Il se savonna, se frotta et se savonna de nouveau jusqu'à ce que sa peau soit rouge vif et les douches remplies de vapeur. Il voulait laver l'odeur qui flottait chez Kari Nieminen. Éviter qu'elle ne lui pénètre sous la peau. Il avait peur qu'avant peu, toutes les odeurs et les bactéries de tous ces logements ne s'insinuent par ses pores et se mettent à ramper en lui.

Mais il existait des odeurs dont il ne parvenait pas à se débarrasser. Telles que celle de la maison de Kari Nieminen. C'était une de celles qui avaient réussi à entrer en lui depuis longtemps déjà et qui ne partiraient jamais.

Oksman sursauta en entendant un robinet s'ouvrir derrière lui. Il se retourna et vit un jeune agent en train d'attendre que l'eau soit chaude. Celui-ci remarqua son regard, sourit et entra sous la douche. Oksman continua de se laver, et jeta de nouveau un coup d'œil à l'homme qui se tenait face à lui, les yeux fermés. L'eau coulait de son crâne sur sa poitrine velue et de là sur son ventre et ses cuisses, et le parfum de son shampoing se mélangea à celui du sien. Oksman coupa l'eau, attrapa sa serviette pendue à un crochet planté dans le mur et s'enroula dedans. Il passa dans le vestiaire, qui était lui aussi rempli de vapeur, et entreprit de s'habiller rapidement de vêtements propres, mais n'eut que le temps de mettre un slip avant que l'agent sorte de la douche. Ce dernier sécha ses cheveux raides, noir de jais, qui se dressaient en désordre, puis jeta sa serviette sur son épaule.

« J'en avais vraiment besoin », dit-il, et il regarda Oksman, dont le mouvement pour attraper une chemise propre sur l'étagère du haut de son casier contractait les longs muscles des bras et du torse, faisant saillir ses côtes.

« On a couru sur cinq cents mètres de voie ferrée derrière un tagueur de wagons, et on était sûrement partis pour le double s'il ne s'était pas tordu la cheville. »

Oksman songea que l'agent devait être nouveau à l'hôtel de police, car il ne l'avait jamais vu. Et aucun des anciens ne se serait lancé dans une telle conversation avec lui. Il enfila sa chemise.

« Tu fréquentes la salle de muscu ? » demanda l'agent en lorgnant les pectoraux et les abdominaux d'Oksman, soulignés par la lumière crue. Ce dernier se hâta de boutonner sa chemise.

« Parfois, répondit-il.

– Pasi Jaakola, je suis là depuis quinze jours », déclara l'agent en lui tendant la main.

Malgré son envie de reculer, Oksman la lui serra, contraint par la politesse. L'homme avait de grandes paluches et une poigne solide. « Henrik Oksman.

– Tu es dans quelle unité ?

– Judiciaire.

– Ah oui, génial. J'aimerais y entrer, moi aussi. Il va sans doute y avoir du mouvement, cet hiver, on se retrouvera peut-être collègues.

– Peut-être.

– Je me disais juste, si tu as envie de compagnie, à la salle, je ne connais encore personne. »

Oksman eut envie de répondre que lui non plus, alors qu'il était là depuis bientôt six ans. Il finit rapidement de s'habiller, rangea ses vêtements sales et sa serviette dans son sac de sport et le jeta en bandoulière sur son épaule.

Il était déjà à la porte quand l'agent lança dans son dos : « À plus ! »

Du monde commençait à sortir de la cantine, Oksman se réfugia de la foule dans un couloir latéral.

Une main se posa sur son épaule. « Salut, Henrik. »

Il pivota sur les talons et se trouva face à Ville Raunela. Son visage affichait un sourire, mais ses yeux brillaient d'un éclat furieux.

« Il y a du sport, chez vous », constata-t-il.

Oksman ne répondit pas. Il se contenta, impassible, de regarder Raunela.

« Le nouveau chef a décidé de mettre tout de suite de l'ambiance », poursuivit ce dernier d'un ton moins assuré.

Oksman ne réagissant toujours pas, il renonça à parler par allusions et en vint au fait. « Jari est venu au labo aujourd'hui. Il m'a passé un sérieux savon, le commissaire. Il m'a balancé direct qu'on avait salopé l'examen de la scène de crime dans ce chalet. Ma question, c'est qu'est-ce qui lui a mis cette idée dans la tête ? »

Oksman entendait certes les mots de Raunela, mais ils n'éveillaient en lui aucun sentiment. Il ne comprenait strictement rien à ce qu'il racontait. Sa mine s'assombrit.

Raunela, qui était maintenant lancé, n'avait plus l'intention de s'arrêter. Il déballa ce qu'il avait sur le cœur, d'une voix qui éveilla tous les échos du couloir. « J'aime qu'on soit franc. On pourrait croire que tu le sais, après toutes ces années. Et donc, si tu as des commentaires à faire, Henrik, je préférerais que tu me les dises en face plutôt que de m'envoyer ton chef, comme n'importe quel petit morveux.

– Je ne sais absolument pas de quoi tu parles », déclara Oksman d'un ton neutre. C'était vrai. Il n'avait pas la moindre idée de ce qui pouvait faire râler à ce point Raunela.

Ce dernier avait le visage et le cou cramoisis, ses poings s'ouvraient et se refermaient, des gens commençaient à sortir de leurs bureaux pour suivre l'algarade.

« Comment ça, tu ne sais pas de quoi je parle ? Eh bien du fait que votre chef est venu ce matin dézinguer notre travail. En gros, il a dit qu'on pouvait se torcher le cul avec notre rapport. »

Oksman commençait peu à peu à comprendre pourquoi Raunela était si énervé. Il dit : « Je n'étais pas au courant de cette visite.

– Pas au courant ? Mais dis-moi, comment est-ce qu'il aurait pu imaginer, sinon, qu'il y avait un problème avec l'examen de la scène de crime ? Tu as vu comment c'était sur place. Enfilez donc des combinaisons, avec Jari, et allez voir comme c'est facile de relever des traces de bottes avec un vent et une gadoue pareils. »

Quelques agents qui passaient s'arrêtèrent aussi pour écouter, et il y eut bientôt une demi-douzaine de personnes rassemblées pour suivre le spectacle. Ce qui rendait la scène particulièrement savoureuse était que la cible de la colère de Raunela était le Bœuf, un type que personne n'appréciait trop et dont on ne savait quasiment rien.

« Qu'est-ce qu'il a dit d'autre ? » demanda Oksman calmement, sans se soucier le moins du monde de l'assistance.

Raunela, qui ne s'était pas préparé à rapporter en détail la conversation qu'il avait eue avec Paloviita, mais juste à lâcher la vapeur, resta désarçonné : « Comment ça ?

– Qu'est-ce que Jari Paloviita a dit d'autre ? »

Le train de pensées de Raunela trouva le bon aiguillage et revint sur ses rails. La vitesse n'avait cependant pas ralenti d'un pouce. « Ce qu'il a dit ? Il a carrément dit qu'on était à deux doigts de ne pas avoir de preuves suffisantes pour le procureur. »

Pour la première fois depuis le début de la conversation, quelque chose passa sur le visage d'Oksman. « Répète-moi mot pour mot ce qu'il a dit. »

C'est à ce moment que Raunela s'aperçut lui aussi que des tiers les écoutaient. Sa colère baissa d'un cran. Il y avait sur sa droite une porte ouverte. C'était un bureau, mais son occupant était absent. Raunela tira Oksman à l'intérieur. Il le fixa droit dans les yeux, la pointe de sa lèvre supérieure s'avança pour former une moue.

« L'usage veut que les différentes unités ne se dénigrent pas mutuellement. Qu'est-ce que ça te ferait si je venais à tout bout de champ répéter à ton chef que vous êtes une bande d'incapables ? »

Oksman choisit de ne pas répliquer que c'était précisément ce qu'il faisait à longueur de journée, mais il voyait ce qu'il voulait dire. Raunela ne râlait jamais par pure malveillance ou pour nuire à quelqu'un. Il était juste comme ça. Il accélérait en un instant de zéro à cent. Oksman voyait aussi que cette fois, il était réellement ulcéré.

« Je ne sais vraiment pas de quoi tu parles, répéta-t-il. Raconte-moi maintenant ce que Paloviita a dit. Essaie d'être précis. »

Raunela l'examina, la tête légèrement penchée, se demandant s'il était sérieux ou s'il se moquait de lui. Il conclut apparemment qu'il ne plaisantait pas, et sa colère acheva de se dissiper.

« Il est descendu au rez-de-chaussée et a commencé à poser des questions sur l'examen de la scène de crime. Comme s'il ne croyait pas un mot de ce que je disais, et avec à chaque fois un contre-argument tout prêt.

– Comment ça, il ne te croyait pas ?

– Il pense qu'Antti Mielonen n'est pas forcément coupable, alors que nous savons tous les deux que ça ne fait aucun doute. Il a exposé des théories tirées de nulle part selon lesquelles le meurtrier pourrait être n'importe laquelle des personnes présentes dans le chalet, ou qu'ils pourraient tous avoir tué ce type ensemble. Le pire, c'est que j'ai eu l'impression qu'il était sérieux. »

Oksman fronça les sourcils.

« Merde, si c'était un complot, poursuivit Raunela, ils raconteraient tous la même histoire, au lieu de se rappeler chacun quelque chose d'un peu différent.

– C'est vraiment bizarre, constata Oksman, plus pour lui-même que pour Raunela.

– Et tu prétends que ni toi ni Linda ne savez rien de tout ça ? »

Oksman secoua la tête, les lèvres serrées. Ses pensées étaient déjà ailleurs, au loin. Puis elles revinrent à la conversation, et il déclara : « Je suis aussi surpris que toi. Nous avons bien sûr parlé du temps exécrable qu'il faisait, mais ça n'a pas semblé beaucoup le préoccuper. Il se peut qu'il soit juste nerveux parce que c'est son premier meurtre en tant que commissaire. Je vais lui parler. »

Raunela sortit dans le couloir. Il revint cependant en arrière et dit : « Ah oui, encore un truc, Paloviita nous a emprunté tous nos rapports sur l'affaire. Ça aussi, ça m'a paru bizarre, parce que je lui ai dit que tu avais déjà tout. Si tu le vois, demande-lui de nous rendre nos exemplaires le plus vite possible. »

Henrik Oksman ne mangeait jamais à la cantine de l'hôtel de police, préférant apporter son propre déjeuner, cette fois une fricassée de poulet sous vide. Il s'assura qu'il n'y avait personne d'autre dans la salle de pause et réchauffa le plat au micro-ondes. Il emporta son repas dans son bureau et ferma la porte. Après s'être restauré, il se lava les mains cinq fois avec de l'eau brûlante.

Le bureau de Jari Paloviita se trouvait à côté du sien. C'était auparavant celui d'en face, mais depuis le début du mois d'août, Paloviita occupait le bureau de Heinonen, et Linda, normalement logée au bout du couloir, avait provisoirement pris sa place. La porte de Paloviita était fermée, mais Oksman savait qu'il était là. De la lumière filtrait dans le couloir par l'étroite fenêtre au ras du plafond. Ça aussi, c'était exceptionnel. En général, Paloviita gardait sa porte ouverte, sauf quand il parlait au téléphone avec sa femme. Mais cette fois, on n'entendait aucune voix à travers la porte.

Oksman s'assit dans son fauteuil et réfléchit à la conversation qu'il avait eue avec Ville Raunela. Un truc clochait. Il le savait. En fait, il s'en était rendu compte dès la première fois qu'il avait parlé de l'affaire avec Paloviita. Il avait vu passer quelque chose dans ses yeux, mais sans pouvoir l'identifier sur le moment.

Pourquoi Paloviita était-il allé au labo et avait-il emprunté le dossier de l'affaire au lieu de le leur demander, à Linda ou à lui ?

Oksman l'entendit tousser dans son bureau, des clés cliquetèrent, puis sa porte s'ouvrit et il passa en trombe dans le couloir, enfilant son manteau. Oksman fronça les sourcils. Il se leva et alla à la porte de son bureau, juste à temps pour voir Paloviita disparaître dans l'escalier. Il jeta un coup d'œil à sa montre et constata qu'il était presque une heure. Il retourna s'asseoir, croisa ses mains sur son ventre et resta longtemps ainsi, immobile. Puis il se leva et regarda à nouveau dans le couloir. Il était vide, la porte de Paloviita était close. Il essaya la poignée et constata qu'elle était verrouillée. Il sortit son trousseau de clés de sa poche, choisit la bonne et ouvrit. Sans allumer la lumière, il s'arrêta un moment pour écouter, puis fit le tour du bureau. Ce dernier était en désordre, chose qu'Oksman avait toujours détestée. Paloviita prenait soin de sa personne, portait des tenues impeccables et faisait toujours preuve de la plus grande minutie, mais son bureau ressemblait à une porcherie. Des gobelets à café vides traînaient partout, empilés sur un coin de table, sur l'appui de fenêtre et même sur certains documents officiels. À ce spectacle, Oksman sentit un frisson lui parcourir le dos.

Les pièces du dossier de Mr Muscle s'étalaient en évidence. Paloviita et lui avaient enquêté ensemble sur cette affaire. Elle serait bientôt jugée et ferait les gros titres de la presse. Il repensa à la puanteur de l'appartement. L'odeur piquante du corps brûlé par la soude l'avait poursuivi longtemps et, pendant un moment, il avait cru qu'il ne parviendrait jamais à s'en débarrasser. Tout de suite sous les papiers de Mr Muscle, il y avait une chemise cartonnée. Oksman les écarta et lut sur la couverture : *Rami Sakari Nieminen.* Puis venait, inscrit au feutre, le numéro d'enregistrement de l'affaire. Il ouvrit le dossier et constata qu'il était identique à celui qu'il avait sur son propre bureau. Paloviita aurait pu à tout moment le leur demander, à lui ou à Linda. Il remarqua aussi autre chose. Paloviita avait fait des photocopies qui étaient, volontairement ou non, à demi enfouies sous un rapport budgétaire. La plupart étaient celles de clichés pris par les techniciens à l'intérieur du chalet et dans le jardin. On y voyait le désordre qui régnait à l'intérieur. Des bouteilles et des canettes vides, des paquets de cigarettes froissés étaient éparpillés dans tous les coins. Parmi les documents figurait aussi la transcription des dépositions des témoins que l'on avait enregistrées dès que les premiers policiers étaient arrivés sur les lieux.

La porte coupe-feu du couloir claqua et Oksman lâcha les papiers qu'il tenait à la main. Il les repoussa à la hâte sous le rapport budgétaire, referma la chemise cartonnée et retira sa main.

« Qu'est-ce que tu trafiques là dans le noir ? » demanda Linda Toivonen sur le pas de la porte. Oksman se tourna vers elle. Il avait l'air effrayé d'un enfant surpris la main dans le bocal de biscuits. Linda alluma le plafonnier et sourit en voyant sa tête. Elle mâchait un chewing-gum et se tenait appuyée au chambranle de la porte.

Oksman prit sur le bureau une note de frais kilométriques, qui se trouvait être la sienne, et l'agita dans sa direction. « J'essayais juste de retrouver mon formulaire », dit-il en reposant le papier, et il passa devant Linda pour regagner son bureau.

Elle éteignit la lumière derrière lui et ferma la porte.

Oksman se laissa tomber sur sa chaise. Son cœur battait encore la chamade. Le comportement de Paloviita, dans cette affaire, était loin d'être net. Quel que soit le problème, il tirerait ça au clair.

20

Chez lui, Oksman prit une douche et se changea pour la troisième fois de la journée. Il jeta ses vêtements sales dans le lave-linge, le mit en route, puis alla dans la cuisine réchauffer au micro-ondes un plat sous vide : boulettes de viande, purée et sauce à la crème. Il regarda par la fenêtre les gens qui partaient ou arrivaient en voiture, certains en tenue de travail, d'autres en habits du dimanche. Il vit des promeneurs de chien, des familles et des jeunes qui marchaient coude à coude au milieu de la rue comme si elle leur appartenait.

Il attendit que la machine ait fini de tourner, accrocha le linge à sécher, enfila son manteau et sortit sur le palier. Il était maintenant l'un de ceux qui allaient quelque part, ou en revenaient.

Il était six heures moins le quart. Les lampadaires étaient déjà allumés et le jour baissait rapidement. Oksman prit sa voiture et sortit de la ville. Les champs labourés étaient noirs, de même que les forêts qui les cernaient de toute part. Dans un pré sur deux sommeillait un cheval. Il traînait encore sur la route des branches cassées par la tempête. Le vent s'était remis à souffler, mais il était maintenant sec et venait droit du nord. Des étoiles brillaient. Oksman songea qu'avant la fin de la semaine, les premières neiges couvriraient le sol.

Ses parents habitaient à Lattomeri, loin de tout. C'était aussi là qu'il était né et avait vécu, jusqu'à ce qu'il déménage, à ses dix-huit ans. Le bâtiment d'habitation était une maison en brique des années soixante dont le crépi aurait eu besoin d'être refait. Le terrain était vaste, bordé d'un côté par une longue étable et de l'autre par un hangar à machines en tôle. L'espace entre la route et la maison était planté de pommiers, et l'allée était encadrée par d'énormes groseilliers. La pelouse était méticuleusement tondue et, malgré la tempête, pas une feuille morte n'y traînait. La cour était éclairée et de la fumée montait de la cheminée.

La Volvo de son père n'était pas là.

Il gara son Opel en bordure de la pelouse. Dans le chenil, le doberman Riki, qu'une malformation des hanches faisait lourdement boiter et dont les côtes saillaient à travers le poil comme les pieux d'une clôture, se mit à sauter contre le grillage en aboyant comme un fou, courant par moments en rond avant de se jeter à nouveau contre le grillage. Dans la cour planait une odeur d'os pourrissants, d'excréments et de nourriture pour chien. Le grillage vibrait. La niche en bois qui se dressait dans un coin du chenil avait l'air si petite qu'on se demandait par quel miracle le doberman pouvait y tenir.

De la lumière brillait dans la cuisine et dans le séjour, ainsi qu'au-dessus de la porte d'entrée, dont la plaque ne portait qu'un seul nom : Timo Oksman. Henrik gravit les marches du perron et sonna. Des bruits de pas, et sa mère ouvrit la porte. Elle était vêtue d'un pantalon noir et d'un épais tricot de laine. Elle avait l'air à la fois surpris et effrayé.

« Papa est là ?

– Non. Il est allé chez les Dahlman aider à réparer le tracteur.

– Je peux entrer ? »

La mère jeta un coup d'œil dans la cour où Riki aboyait et secouait le grillage, la bouche écumante, ses oreilles coupées couchées en arrière. « Oui, entre. »

Dans la maison régnait la même odeur que celle qu'Oksman avait sentie chez Kari Nieminen. Une odeur de vieux. Un mélange de médicaments, de nourriture et de fuites urinaires. Il ôta ses chaussures dans l'entrée, les posa près des bottes de son père et accrocha son manteau à côté de sa veste de chasse. Sous le tapis en plastique, le plancher s'enfonçait. Il y avait du feu dans le vieux poêle maçonné revêtu de tôle.

Il suivit sa mère dans la cuisine, où elle alluma la cafetière électrique. Elle jetait de temps en temps un coup d'œil dans la cour, où l'on entendait Riki japper de plus en plus paresseusement.

Oksman s'assit à la table et elle posa un mug devant lui. « Comment ça va, au travail ? »

Oksman la regarda tourner autour de la cafetière et fouiller dans ses placards. Elle était de plus en plus maigre et voûtée, les nodosités des os de ses poignets et de ses doigts se dessinaient sous sa peau marquée de taches brunes.

« Bien. Et toi ?

– Bien, répondit-elle en disposant des Pim's dans une assiette.

– Et papa ?

– Bien, très bien. » Elle jeta de nouveau un coup d'œil dans la cour puis continua de s'affairer sans regarder une seule fois son fils.

Oksman remarqua qu'elle n'avait pas pris de tasse pour elle-même. « Tu as toujours des brûlures d'estomac ? »

La cafetière se mit à gargouiller, et enfin sa mère se tourna vers lui. Elle esquissa un sourire qui n'en était pas un. « Ça va beaucoup mieux », dit-elle, et elle posa l'assiette de biscuits devant lui.

« Tu manges correctement, au moins ? Tu as l'air terriblement maigre. »

Oksman regarda les biscuits, mais n'en prit pas. « Tu as été voir le docteur ? »

Sa mère lui tourna de nouveau le dos et fit mine de chercher le sucre, dont il savait aussi bien qu'elle qu'il se trouvait dans le placard d'à côté. « Où est donc ce sucre ? » marmonna-t-elle en déplaçant des paquets d'épicerie.

Oksman se leva, attrapa la boîte de sucre en morceaux sur l'étagère du haut et la posa sur la table. Le café avait fini de passer. La mère remplit le mug de son fils.

« Je n'ai pas eu besoin d'y aller. Mon ventre va beaucoup mieux. Le dos de ton père, en revanche… Il le fait souffrir toutes les nuits et il a du mal à trouver le sommeil. »

Oksman goûta le café. Il était fort et brûlant. « Papa ne te laisse pas aller chez le docteur ? »

Elle eut un rire incrédule. « Ne dis pas de bêtises. Ton père m'emmène bien sûr chez le médecin quand je veux, mais je te l'ai dit, mon ventre va beaucoup mieux. Tu verrais son dos, par contre. Voilà ce que c'est, quand on trime toute sa vie. »

Ce fut le tour d'Oksman de laisser échapper un petit rire. Il reprit une gorgée de café.

Riki se mit de nouveau à aboyer et la mère se précipita à la fenêtre. La lampe à détecteur de mouvements placée à l'extrémité du hangar à machines s'alluma. Son vif faisceau révéla un lièvre, assis, qui ne savait s'il devait fuir ou rester immobile. Riki sautait, claudiquait, jappait. Enfin le lièvre bondit paresseusement hors de la lumière et disparut dans l'obscurité. Oksman se leva, ouvrit la porte du poêle, tisonna les braises et ajouta le reste des bûches dans le foyer.

Puis il alla dans l'entrée, enfila les bottes de son père et sortit dans la cour. Le chien, qui s'était calmé, se déchaîna de nouveau, courant en rond dans sa cage comme un renard dans un élevage de fourrure. La lampe au bout du hangar s'éteignit, mais se ralluma aussitôt. Oksman entra dans l'étable, remplit le panier à bûches et retourna dans la maison. Il ne jeta pas même un coup d'œil au chien, mais sentit au passage l'odeur écœurante du chenil.

À l'intérieur, il passa dans la salle de bains, pompa du savon sur ses mains, les lava, repompa. Quand il regagna la cuisine, sa mère était assise à la table. Il reprit sa place devant son mug et but le reste de son café, déjà refroidi. Sa mère se préparait à le resservir, mais il se leva et déposa sa tasse dans l'évier.

Sa mère se leva, elle aussi, fit aussitôt couler de l'eau dans l'évier et remballa les biscuits restés intouchés dans l'assiette. Oksman la regarda laver l'unique mug, l'assiette et la cuillère. Il dit : « Je vais y aller. Tu n'as pas besoin de raconter à papa que je suis passé. »

Sa mère se retourna, l'air froissé, mais en même temps teinté de soulagement. « Mais si, bien sûr. Pourquoi est-ce que je ne lui en parlerais pas ? »

Oksman lui adressa un sourire fatigué, sortit de la poche de son pantalon des billets de cinquante et vingt euros et les posa sur la table. « C'est pour toi. Cache-les quelque part. S'il y a quelque chose, quoi que ce soit, appelle-moi. »

Sa mère regarda les billets et se sécha les mains dans un torchon, mais ne dit rien. Oksman enfila son manteau et ses chaussures et sortit. Lorsqu'il recula en voiture dans la cour, il vit sa mère le regarder partir par la fenêtre de la cuisine, puis aller à la fenêtre de la chambre. Ses phares balayèrent l'obscurité, léchèrent le mur du hangar à machines et le chenil, puis la façade de la maison. Les aboiements de Riki ne se turent qu'après le premier tournant de la route, en même temps que disparaissaient les lumières de la maison familiale.

21

La sauce commençait à épaissir. Linda la goûta, ajouta du sel et un peu d'eau et mélangea. Puis elle se prépara encore une vodka-orange, mais y mit cette fois moins d'alcool et plus de jus de fruit. Elle ne voulait pas avoir l'air ivre quand Linnea rentrerait. Elle avait juste besoin d'un peu de détente, rien de plus.

La vodka lui monta à la tête. Quand cinq heures sonnèrent, elle entendit la porte d'entrée s'ouvrir et se refermer. Elle avala rapidement le reste de son verre, le rinça et le mit dans le lave-vaisselle.

En arrivant dans la cuisine, Linnea trouva sa mère en train de mettre le couvert. Celle-ci lâcha la vaisselle un peu trop vite sur la table, mais sans rien casser. « Oups », fit-elle en disposant les verres à côté des assiettes, et elle alla l'embrasser. Elle souleva sa fille, qui n'était plus beaucoup plus petite qu'elle, mais mince et légère comme un bâtonnet d'esquimau, et la fit tournoyer deux ou trois fois. Elle essaya de lui ébouriffer les cheveux, mais Linnea esquiva en protégeant sa coiffure.

« J'ai préparé ton plat préféré. Des spaghettis à la bolognaise. Ou plutôt des macaronis, parce qu'il n'y avait plus de spaghettis. Ça te va ? »

Linnea regarda les casseroles posées sur la table, puis sa mère, qui se heurta à la porte du réfrigérateur et sourit. Elle s'assit et se servit.

« C'est tout ce que tu as l'intention de manger ? protesta Linda. Tu ne grandiras jamais, comme ça. » Elle saisit la louche et ajouta dans l'assiette de sa fille moitié plus de sauce et de pâtes. « Tu veux du ketchup ?

– Inutile, dit Linnea. Le père de Johanna avait fait des lasagnes.

– Ah ? fit Linda, déçue. Tu aurais pu téléphoner ou m'envoyer un message, je me serais abstenue de cuisiner.

– Non, c'est bien comme ça. J'ai de nouveau faim, et en plus c'est meilleur. »

Linda se servit, elle aussi, et but deux ou trois verres d'eau. Elle était consciente que sa dernière vodka-orange avait été de trop et qu'elle devait se ressaisir. Quand elle se leva, ses cuisses heurtèrent le bord de la table, faisant déborder le verre de lait de Linnea.

« Oups », dit-elle, et elle alla chercher une lavette pour essuyer la table. Linnea but le reste de son verre, remercia pour le repas, fila dans sa chambre et ferma la porte. De la musique s'en échappa bientôt. Sanni Kurkisuo chantait *What the Fuck*. Linda s'aperçut que sa fille n'avait presque rien mangé, déplaçant juste la sauce et les macaronis sur les bords de l'assiette, comme quand elle était petite. Elle jeta les restes à la poubelle, vérifia du regard que la porte de la chambre de Linnea était fermée et ouvrit le placard d'angle. Elle en sortit la bouteille de vodka Stolichnaya, dont il ne restait plus qu'un quart, et but directement au goulot. Elle pensait l'avoir mérité. Elle avait, plus que personne, le droit de se détendre après le travail. Elle alluma la télévision pour regarder le journal et la météo, puis une émission d'actualité qu'elle eut du mal à suivre. Elle zappa ensuite d'une chaîne à l'autre jusqu'à ce qu'elle tombe sur une série policière qu'elle avait déjà regardée longtemps auparavant.

Ses pensées revinrent à l'attaque au couteau sur laquelle ils enquêtaient. L'affaire semblait réglée. Heureusement qu'ils avaient pu avoir des chiens, cette nuit-là. Sans eux, on n'aurait jamais retrouvé Antti Mielonen avant le matin, et il serait sans doute mort de froid. La perte aurait-elle été très grande pour la société ? Et qu'en était-il de la mort de Rami Nieminen ? Qui donc pleurerait un tel individu ? Elle n'avait pas la réponse, et jugea que c'était une bonne chose. Elle n'était peut-être pas encore aussi cynique qu'elle le craignait.

Il était près de sept heures. Elle alla à la porte de la chambre de Linnea et s'arrêta pour écouter. La musique jouait bien trop fort. Ce n'était plus Sanni. Peut-être Madonna, ou de l'eurodance. Linnea grandissait trop vite. Ses seins n'avaient pas encore commencé à pousser, mais dans deux ans tout au plus, elle commencerait à glisser de l'enfance vers l'âge adulte. Linda espérait que ce serait moins douloureux que pour elle. Mais après tout, même elle s'en était sortie, n'est-ce pas ?

Linda alla dans la salle de bains, s'assit sur le siège des toilettes, emplit ses poumons d'air et se massa le visage, curieusement insensible sous ses doigts. Elle tira la chasse, se lava les mains et se regarda un moment dans le miroir. Elle avait du mal à focaliser son regard sur ses propres yeux, qui avaient l'air très petits et noirs. Elle ouvrit la bouche, bâilla, se tapota les joues et se rendit soudain compte qu'elle était le portrait craché de sa mère – et que Linnea ressemblait trait pour trait à ce qu'elle était à onze ans.

Quelque chose, dans cette histoire de meurtre, la dérangeait. C'était lié à l'interrogatoire du suspect. Elle s'estimait bonne psychologue, et il y avait eu un moment où elle avait été sûre que Mielonen faisait semblant. Semblant de quoi ? D'avoir perdu la mémoire, bien sûr, comme la quasi-totalité des personnes interrogées dans ces locaux, mais ce n'était pas tout. Pendant un bref instant, elle avait perçu en lui quelque chose de calculateur, et elle était certaine qu'Oksman avait eu la même impression. Comme si l'affaire était plus complexe qu'elle n'en avait l'air. Il y avait aussi l'étrange réaction de Paloviita quand ils lui avaient appris les noms de la victime et du suspect. Il avait prétendu avoir la grippe, mais il mentait. Comme s'il avait su quelque chose et évité d'en parler. Linda se secoua et chassa ses soupçons. Elle était fatiguée, elle avait trop regardé de séries policières et laissé galoper son imagination.

Elle alla dans l'entrée, trouva le manteau de Linnea sur un cintre et fouilla ses poches, qui ne contenaient que quelques papiers de bonbons. Elle renifla le col du vêtement, l'écharpe, les gants, mais ne sentit rien d'autre qu'une odeur de shampoing. Elle se rappelait qu'elle avait fumé ses premières cigarettes à cet âge, mais la jeunesse était peut-être plus intelligente maintenant qu'à l'époque. Elle l'espérait, en tout cas.

Linda but encore dans la cuisine une gorgée réconfortante, se rinça la bouche avec du jus de fruit pour masquer l'odeur de vodka et alla à la porte de sa fille. Elle frappa et attendit d'être invitée à entrer. Linnea était allongée sur le dos sur son lit et consultait son portable. Le haut-parleur Bluetooth déversait effectivement du Madonna, mais dans un genre très différent de ce qu'elle chantait dans la jeunesse de Linda. Celle-ci tituba jusqu'au haut-parleur, baissa le volume jusqu'à ce que la musique soit à peine audible, et s'assit au bout du lit. Linnea se redressa et s'adossa au mur, jeta encore un coup d'œil à son téléphone et le posa sur la table de chevet, toujours ornée – mon Dieu ! songea Linda – de la lampe Winnie l'Ourson que Ville et elle avaient achetée huit ans plus tôt quand ils avaient installé leur fille dans sa propre chambre.

Elle s'efforça de respirer calmement, tout en se rendant compte qu'elle inspirait l'oxygène à grandes goulées. Une soudaine vague de tendresse la balaya une fois de plus, mais elle résista à l'envie de serrer Linnea dans ses bras.

« Qu'est-ce que tu dirais si on prenait des billets de dernière minute pour partir quelque part cet hiver ? » se surprit-elle à demander sans avoir rien prévu de tel. La question lui sembla malgré tout tomber à pic. Elle regarda Linnea, dont l'expression se fit prudente – si ce n'était pas un tour de son imagination.

« Des billets de dernière minute, mais pour où ?

– Je ne sais pas, la Grèce ou l'Espagne, par exemple. Un pays chaud. Les Canaries. »

Linnea s'assit plus droit et scruta sa mère du regard.

« On pourrait partir toutes les deux, toi et moi. Qu'est-ce que tu en dis ?

– Avec quel argent ? demanda Linnea.

– Avec quel argent ? Les billets de dernière minute ne coûtent pas très cher. Je trouverai bien l'argent nécessaire quelque part.

– Et papa ?

– Quoi, papa ? demanda Linda d'un ton dont elle se rendit compte qu'il était inutilement agressif.

– Il faudra bien lui demander son avis, non ?

– En quoi est-ce que ça regarde Ville, où nous allons et quand ? »

Linnea ne répondit rien, se contentant de fixer sa mère qui se balançait d'avant en arrière et respirait lourdement.

« Il sera d'accord, pourquoi ne le serait-il pas ? Vous êtes bien partis ensemble à Stockholm l'été dernier.

– Et l'école ? Je ne peux pas tout à coup manquer une semaine.

– Pourquoi pas ? Ce n'est rien, une semaine, d'ailleurs tu pourras emporter tes livres de classe. On pourrait aussi partir à Noël ou pendant les vacances d'hiver. »

Le visage et la voix de Linnea se firent ouvertement défiants. « Tu crois que tu trouveras des billets de dernière minute bon marché pour les vacances d'hiver ? Et puis on devait déjà aller l'été dernier ensemble au parc d'attractions de Linnanmäki à Helsinki, et qu'est-ce qui s'est passé ? »

Les mots de sa fille frappèrent Linda droit au plexus, la laissant sans air. C'était un coup bas, déloyal. Linnea était douée pour ça. Elle l'avait appris de son père.

« Tu t'en souviens encore ? Je t'avais promis de me rattraper. Un voyage à l'étranger ne te suffit pas ?

– J'ai attendu toute la matinée chez papa, avec mon sac tout prêt, que tu viennes me chercher. Je ne veux pas revivre ça. »

Deuxième coup. « On en a déjà parlé. J'ai eu une urgence au travail. C'est comme ça, dans mon métier, il peut parfois y avoir des imprévus, mais si des vacances avec moi ne t'intéressent pas, pars avec ton père, si c'est lui que tu préfères. »

Linda savait qu'elle était injuste en rendant les coups au moins aussi méchamment, mais elle était incapable de s'en empêcher. Et elle était réellement furieuse. Elle avait certes manqué à ses devoirs une fois, mais fallait-il sans cesse remettre la chose sur le tapis ? Apparemment oui. Il ne suffisait pas que l'excursion annulée soit devenue l'arme de choc personnelle de Ville. Il semblait en avoir également équipé sa fille.

Linda quitta la pièce, se laissa tomber sur le canapé et se mit à zapper d'une chaîne à l'autre sans rien voir ni entendre. Linnea referma la porte de sa chambre et monta le son de la musique. Linda éclata en sanglots et enfouit son visage dans ses mains. Elle sentit ses larmes, chaudes, lui mouiller les joues et les paumes. L'accès fut bref et rageur. Quand elle l'eut maîtrisé, elle alla au placard d'angle de la cuisine et versa le reste de la Stolichnaya dans un verre, qu'il remplit à moitié. Elle le compléta avec le jus d'orange, qu'elle vida jusqu'à la dernière goutte. Elle but un tiers du mélange et fit la grimace, puis emporta son verre dans le séjour. La série policière dont elle avait regardé le début était terminée mais une autre, américaine cette fois et encore plus mauvaise, lui avait succédé. Linda resta à fixer l'écran, adossée aux coussins du canapé, tenant sur son ventre la vodka, dont elle prenait toutes les minutes de petites gorgées.

C'est là qu'elle se réveilla, secouée par Linnea.

Son verre vide avait roulé entre les coussins, la télévision diffusait une émission dans laquelle une bande de jeunes Finlandais, jurant comme des charretiers, buvaient et baisaient dans un hôtel. Linnea se tenait à côté du canapé, en chemise de nuit, et lui secouait l'épaule.

Elle se redressa, et sentit la tête lui tourner. Le brusque mouvement avait perturbé son sens de l'équilibre. Elle ferma un œil pour ne plus voir double. L'horloge numérique du magnétoscope, dont les chiffres ondulaient, indiquait 22:14. Elle avait la bouche sèche comme du papier de verre.

« Je vais me coucher, annonça Linnea.

– Umph », répondit Linda en posant un regard strabique sur sa fille, qui ramassa le verre vide sur le canapé et le porta dans la cuisine. Elle essaya de se mettre debout, mais retomba aussitôt. Elle jeta un coup d'œil vers la cuisine pour voir si Linnea l'avait remarqué, mais celle-ci était occupée à faire couler de l'eau du robinet. Elle se massa le visage, inspira profondément et laissa l'air sortir en un long et chaud filet.

Linnea avait rincé le verre de vodka et l'avait rempli d'eau glacée. Elle le tendit à sa mère, qui en but d'abord la moitié, puis tout le reste. « Tu peux te lever ? demanda-t-elle, inquiète.

– Bien sûr », répondit Linda en saisissant la télécommande pour éteindre la télévision. « Je crois que je me suis endormie. » Elle s'étira et mima un bâillement, en déclenchant un réel.

« Je vais me coucher, répéta Linnea, je commence à huit heures demain. J'ai mangé un morceau. Bonne nuit. » Avec un sourire hésitant, elle fila dans sa chambre.

« Bonne… nuit », bafouilla Linda, et elle se leva. La lumière de la chambre de Linnea s'éteignit. Elle chancela jusqu'à la salle de bains, se lava le visage et se brossa les dents, puis gagna sa chambre. Elle repoussa le couvre-lit et, ne gardant que sa petite culotte, se glissa sous les couvertures. Quand elle eut éteint la lampe de chevet, il ne lui fallut que quelques secondes pour s'endormir.

PARTIE IV

Murmure cosmique

22

Été 1991

La fille a des cheveux châtains bouclés qui lui descendent en cascade dans le dos et brillent dans la lumière qui tombe de la fenêtre comme s'ils étaient en feu. Elle s'appelle Henriikka, elle porte un chemisier blanc et un gilet de laine noir boutonné sur le devant. Bien qu'elle ne regarde pas dans sa direction, Jari sait qu'elle a les pommettes et l'arête du nez parsemées de taches de rousseur qui ne feront que se multiplier au fil du printemps et de l'été. Ses boucles d'oreilles, des éléphants roses, sont cachées sous ses cheveux. Elle bouge le bras, saisit son crayon et commence à écrire. Sa main court avec agilité sur le papier, volant presque. Fasciné, Jari fixe son mouvement, ses doigts serrés sur le crayon – et ses cheveux, ses incroyables cheveux. Il se force à cesser de penser à elle, jette un coup d'œil à l'instituteur qui lit le journal, adossé à sa chaise face à la classe, et saisit son propre crayon.

Il reste une semaine d'école. Plus que cette épreuve de grammaire, et ce sera terminé. Les derniers jours seront consacrés à des excursions, au nettoyage des pupitres et à la préparation de la fête de fin d'année. Il se sent, à l'approche des vacances, euphorique et léger, mais l'atmosphère est aussi curieusement pesante. Tout va de nouveau changer. Les élèves de sa classe vont se disperser, certains partiront dans une autre école. Et le collège les attend. Ils ne seront plus les aînés, comme maintenant, mais de petits merdeux sur lesquels les plus âgés cracheront.

Jari regarde Antti, assis au pupitre voisin, penché sur sa feuille d'examen. La vision le rassure. Ils sont tous les deux arrivés au bout du cycle élémentaire. Antti a même réussi son dernier contrôle de maths. Ils sont, comme dit son père, tirés d'affaire – et ils ont devant eux de longues vacances d'été qu'ils vont passer à la piscine à regarder les filles ou dans la maison abandonnée à fumer des cigarettes. Antti a sur la pommette un sparadrap qui n'y était pas la veille. Il faudra lui demander pourquoi, songe Jari.

Il tourne les yeux vers sa feuille d'examen, complète les radicaux des mots par les bonnes désinences et continue. L'épreuve est facile, il a vite terminé. Il regarde de nouveau Henriikka, qui repousse une mèche de cheveux derrière son oreille, dévoile sa boucle d'oreille en forme d'éléphant et glisse entre ses lèvres le bout de son crayon noir.

Jari est amoureux de Henriikka depuis toujours, aussi loin que remontent ses souvenirs. Et une fois, ce printemps, il lui a écrit une lettre dans laquelle il lui avouait son amour, mais il n'a pas osé la signer. Il y disait qu'elle était la plus belle fille du monde et que ses yeux verts étaient comme des opales (il aurait voulu écrire bien d'autres choses encore : dire que plus que tout au monde, il aurait voulu l'embrasser et enfouir son visage dans ses épais cheveux, mais il n'a pas osé). Il a caché la lettre dans la trousse de Henriikka pendant qu'elle était occupée à aider l'instituteur à ranger. Mais il est à peu près sûr qu'elle sait que c'est lui qui l'a écrite, car depuis, leurs regards se sont en secret cherchés, au début des cours et pendant la récréation.

Jari remarque qu'un autre que lui porte sur Henriikka le même regard. Prolongé, insistant, plein d'admiration. Rami Nieminen a levé les yeux de sa feuille et les a tournés vers elle. Jari en déduit que lui aussi en est amoureux. Ça ne l'étonne pas, pas du tout, car il n'imagine pas que qui que ce soit puisse rester indifférent devant tant de beauté, mais en prendre conscience déchaîne néanmoins en lui un maelström sans précédent. D'étranges pensées se pressent dans son esprit telles des bulles de savon, qui, en éclatant, relâchent une bile amère.

Et si Henriikka était amoureuse de Rami ? Et si elle pensait que c'était lui l'auteur de la lettre ? Jari n'y croit malgré tout pas vraiment, car Rami, c'est de notoriété publique, ne sait pas lire correctement, et encore moins écrire le mot *opale*, dont il ignore sans doute même ce qu'il peut signifier. Et pourtant ce regard, ce regard rêveur empli de désir qui s'attarde sur Henriikka, le fait bouillir. Ce regard, c'est le sien, c'est son histoire, pas celle de Rami.

« Une demi-heure ! » annonce l'instituteur, et il plie son journal sur la table.

Jari rend sa copie parmi les premiers et reste à la porte principale à attendre Antti, qui sortira à son habitude dans les derniers. Mais avant lui, c'est Henriikka qui surgit dans la cour. Il fait doux, on n'a plus besoin de manteau. Elle s'avance entre deux autres filles, son sac sur l'épaule. Le vent se saisit de ses cheveux dès le haut du perron et dévoile la blancheur de son cou. Les filles se poussent du coude en riant.

Puis Henriikka remarque Jari. Ses lèvres dessinent un sourire qui brille tel un soleil au milieu de son visage constellé de taches de rousseur. Leurs regards se trouvent et restent rivés l'un à l'autre comme des aimants électriques jusqu'à ce qu'elle arrive à son niveau.

Au bas des marches, elle s'arrête, dit quelque chose à ses copines et se tourne vers lui. Elle a le rouge aux joues, mais le sourire qui éclaire son visage pénètre droit dans le cœur de Jari. Elle s'approche de lui, et son cœur s'emballe. Un étrange engourdissement l'envahit.

« Salut, dit Henriikka. Comment s'est passé le contrôle ?

– Salut. » Jari a les mains moites. Son visage le brûle et la chaleur s'étend à tous ses membres. « Plutôt bien. Et toi ?

– Tu viens ou quoi ! crie une des filles à Henriikka.

– J'arrive. Une seconde », lui lance cette dernière, et elle répond à Jari : « Bien, je crois, mais le dernier exercice était difficile. Qu'est-ce que tu as mis ?

– Euh… je… j'ai expliqué quelque chose à propos des participes.

– Moi aussi ! Ça doit sûrement être ça, alors !

– Comment ça ?

– Parce que tu es un crack en grammaire et en rédaction.

– Pas du tout », dit Jari, bien que le compliment lui aille droit au cœur. Bavarder avec Henriikka est de toute façon fabuleux. Il se sent presque adulte.

« Allez, viens ! » crie de nouveau l'autre fille.

« Je t'assure, j'attends toujours avec impatience qu'on lise tes rédactions en classe. Elles sont vraiment bien. Celle que j'ai préférée, c'était ton histoire de criquets géants. C'était drôle. »

Jari se rappelle très bien que Henriikka a ri tout haut à cette histoire qui se voulait humoristique et, au long de nombreuses soirées, ce souvenir lui a réchauffé le cœur.

« Il faut que j'y aille. Sanna m'attend. »

Henriikka tourne les talons et rejoint rapidement sa copine, qui lui donne un coup de coude dans les côtes et lui murmure à l'oreille quelque chose qui la fait pouffer. Jari les regarde s'éloigner, son engourdissement commence à se dissiper et sa peau à le picoter. Soudain, Henriikka se ravise et revient en courant vers lui. Il reste interdit quand elle lui dit :

« On passe *Danse avec les loups* au cinéma. Maman est d'accord pour me payer deux places, une pour moi et une pour quelqu'un de mon choix. Tu veux venir ? »

Le cerveau de Jari décroche. Les mots parviennent à sa conscience avec un temps de retard. Sanna fait un signe de la main à Henriikka et se dirige vers les vélos.

Jari et Henriikka restent seuls. La cour est déserte. Seul un élève ou un autre ayant terminé l'épreuve se précipite par moments dehors, sans leur accorder la moindre attention.

« Tu veux dire… avec toi… c'est ça ? »

Le sourire sur le visage de Henriikka se fait timide. « Je peux aussi y aller avec Sanna.

– Non, non… je veux, évidemment. Quand ?

– Vendredi, ça te va ? On peut venir te chercher chez toi. C'est interdit aux moins de seize ans, maman doit forcément nous accompagner. Ça t'embête ?

– Bien sûr que non, ça me va très bien », ment Jari, car il se rappelle qu'Antti et lui ont décidé d'aller à la pêche ce jour-là. C'est prévu depuis longtemps.

Mais Antti comprendra. Il comprendra et le charriera sans pitié, mais c'est ce qu'il fait toujours, de toute façon. L'idée d'être assis à côté de Henriikka dans la pénombre d'une salle de cinéma lui ouvre des horizons si infinis qu'elle emplit tout son esprit.

Soudain, quelqu'un le saisit par la nuque. Brutalement. Il est violemment poussé en avant et percute avec force Henriikka, qui chancelle mais ne tombe pas. Le sac de Jari vole sur l'asphalte de la cour.

« Alors, tronche de cul ?! » crie une voix qu'il reconnaît, celle de Rami Nieminen. On continue de le pousser, jusqu'à ce qu'il réussisse à se dégager et se retourne. Sa nuque le brûle, marquée de rouge par l'empreinte d'une main. L'adrénaline monte en lui, son cœur bat à tout rompre.

La bande de Rami lui fait face dans toute sa splendeur : à gauche, Santeri Aho, qui a des jambes aussi épaisses que des troncs d'arbre et les bras ballants comme ceux d'un singe. À droite, Petteri Kallio, sur le crâne rasé duquel se dresse une crête iroquoise d'un centimètre de haut. Et au milieu leur chef autoproclamé, seigneur et hidalgo, terreur et roi de la cour de récré, Rami Nieminen, qui les dépasse tous d'une tête.

Il porte un blouson de cuir usé aux coutures, dont les attaches sont négligemment ouvertes. Et, dessous, un T-shirt noir orné d'un crâne qu'il semble ne jamais quitter, été comme hiver. Rami et ses chiens de garde sourient, car ils ont senti l'odeur du sang et sont impatients de le laper.

« Arrêtez ! » crie Henriikka. Elle ramasse le sac de Jari et se place à côté de lui. Rami fait un pas en avant, ses poings se serrent. Il regarde d'abord Jari, puis Henriikka.

« Qu'est-ce que tu trafiques avec ce rat ? Ne me dis pas qu'il a une bite d'éléphant ! » lance-t-il en empoignant l'entrejambe de son jean.

« C'est dégueu, fiche le camp, Rami ! » réplique Henriikka.

Jari sait qu'il devrait dire quelque chose, montrer à Henriikka qu'il est capable de les protéger, mais il est totalement paralysé. Rami les fixe tour à tour d'un regard de serpent ayant repéré une proie. Sournois, calculateur.

« Pousse-toi, ordonne-t-il à Henriikka. Ce n'est pas toi qu'on veut. C'est cette tronche de cul.

– Jari n'ira nulle part.

– Tu te le fais, c'est ça ? » demande Rami. Santeri Aho et Petteri Kallio éclatent d'un gros rire.

« Fichez le camp ! crie Henriikka.

– Ou quoi ? intervient Santeri. La petite princesse va nous casser la gueule ?

– Laquelle des deux, de princesse ? » demande Petteri, et la bande se tord de nouveau. Mais Jari sent que le rire de Rami est forcé. Ses yeux sont maintenant aussi froids que ceux d'un reptile. Ses poings s'ouvrent et se ferment.

Deux garçons sortent de l'école, ils voient ce qui se passe et accélèrent le pas. Jari regarde du coin de l'œil la porte principale, espérant que le prochain à terminer son contrôle soit Antti ou qu'un des surveillants mette le nez dehors, mais elle reste close. Le regard de Rami la balaie aussi, puis se tourne avec l'assurance d'un harceleur expérimenté vers la fenêtre de la salle des professeurs.

« Pousse-toi, j'ai dit. »

Rami se rapproche encore, de même que ses chiens de garde, qui se placent de part et d'autre de Jari pour parer à toute tentative de fuite. Ce dernier le sait, ils ont l'expérience de la manœuvre. Il sait aussi qu'ils sont sans pitié. L'hiver dernier, Rami et sa bande ont déshabillé un garçon de cinquième année, l'ont obligé à enlever jusqu'à son slip, alors qu'il faisait moins dix, et ont pissé à tour de rôle sur ses vêtements.

Il ne s'en sortira pas par des discours. La seule solution serait de fuir, mais il ne peut pas. Pas maintenant, pas en présence de Henriikka. Il serre les poings et se campe sur ses pieds pour encaisser les coups qui, à n'en pas douter, ne tarderont pas à pleuvoir. Il ne nourrit aucun espoir de gagner la bagarre, trois contre un, c'est trop, mais au moins il essaiera. Il essaiera, pour montrer à Henriikka qu'il n'a pas peur.

Et soudain Rami attaque. Le mouvement est rapide, résultat d'un long entraînement, mais le coup reste en suspens, car Henriikka s'est placée entre lui et Jari, le bras tendu, et elle hurle : « Arrête ! Arrête tout de suite ! »

Rami s'immobilise. Il fixe Henriikka, incrédule. « Tu es sérieuse ? Tu protèges ce rat ?

– Fichez le camp, ou je le dirai à l'instituteur. »

Un instant, Rami a l'air désarçonné, la situation est nouvelle. Son poing est toujours fermé. Il n'a pas l'habitude de rencontrer d'opposition, surtout de la part d'une fille, et qui plus est de cette fille-là – la seule au monde dont l'opinion ait une quelconque importance à ses yeux. Il regarde le visage parsemé de taches de rousseur de Henriikka, ses yeux verts qui lancent des éclairs et ses sourcils déformés par la colère. Même furieuse, elle est belle. Le regard de Rami balaie de nouveau la fenêtre de la salle des professeurs, fait le tour de la cour pour vérifier que la scène n'a pas de témoins qui pourraient plus tard le traiter de froussard ou de dégonflé, et revient sur sa cible initiale : les yeux de Jari.

« On s'occupera de toi plus tard, tronche de cul », dit-il, et un large sourire s'épanouit sur son visage. « On s'occupera soigneusement de toi quand ta petite copine ne sera pas là pour t'aider. Et je te jure que ça va faire mal. Très mal. On va t'arracher le nez et le donner à manger au rottweiler caractériel du beau-père de Petteri. Tu entends, tronche de cul ? »

Henriikka prend Jari par le bras et l'entraîne vers la grille de l'école. Elle lui tend son sac, dont il secoue le plus gros de la poussière. Un des garçons, Santeri Aho d'après la lourdeur des pas, tente encore un simulacre d'attaque dans leur dos, mais aucun des deux ne se retourne pour regarder.

« N'oublie pas, tronche de cul, crie Rami. Je tiens toujours mes promesses. Toujours. »

23

Rami Nieminen est allongé sur son lit et se masturbe. Il écoute les bruits qui lui parviennent à travers le mur. Des grincements de sommier, des gémissements de femme. Le pilonnage s'intensifie jusqu'à devenir continu. La tête de lit cogne la paroi. On croirait qu'il va bientôt y avoir de la casse. Rami accélère son propre rythme, son sexe se dresse comme un poteau de béton armé planté dans le sol. Il fait coulisser en cadence son prépuce et sent qu'il va bientôt jouir. Sa mère gémit maintenant plus fort, hurle presque, et, mêlés à ce vagissement dément, les grognements rauques de son père commencent à se faire entendre. Rami mord la housse de couette Dark Vador délavée par le temps qui recouvre sa couverture. Son corps s'arque et il éjacule sur son ventre et sa poitrine. Quelques violents chocs sourds résonnent encore dans la chambre à coucher voisine, puis c'est le silence. Il dure un certain temps, puis le lit grince et la porte s'ouvre. Deux séries de pas traversent le couloir, de l'eau coule au robinet. La mère se gargarise, quelqu'un tire la chasse d'eau. Le père dit quelque chose, le silence retombe.

Rami s'essuie la poitrine et le ventre sur l'envers de sa housse de couette. Il attend que le ronflement de son père perce à travers le mur. Ce n'est jamais très long, et cette fois non plus. Rami se lève, ouvre la fenêtre et allume une cigarette. Il souffle la fumée dehors et contemple la claire nuit d'été. Curieusement, à regarder le jardin de la maison et ceux que l'on aperçoit derrière, il se sent dérisoire. Vide, comme si on l'avait creusé de l'intérieur. L'impression est oppressante, angoissante. Il écrase son mégot sous le rebord en tôle de la fenêtre, l'enveloppe dans une feuille d'essuie-tout et le jette dans la corbeille à papiers.

Il pense à Henriikka. Dieu sait pourquoi, il a beaucoup pensé à elle ces dernières semaines. Et maintenant, elle s'incruste dans ses rêves. Elle y est toujours nue, et quand il se réveille, son sexe est si dur qu'il en est douloureux. Une fois, il a eu un accident pendant la nuit et s'est réveillé avec le pantalon de son pyjama poisseux.

Henriikka… Ses pensées dérivent vers la tronche de cul. Il y a quelque chose entre eux. Ça se voit.

À leurs regards.

Il veut d'elle le même genre de regard.

Il pourrait tuer pour l'obtenir.

Les ronflements de la chambre voisine se sont interrompus. Rami se raidit, attentif aux éventuels grincements du plancher dans le couloir. Son père recourt parfois à la ruse et attend derrière la porte. Il ferme doucement la fenêtre, retourne dans son lit et tire la couverture sur lui. Une odeur de cigarette flotte dans la pièce. Il attend, le cœur battant. On dirait que quelqu'un marche dans le couloir.

Puis les ronflements reprennent et Rami se détend. Il se lève et jette un coup d'œil dans le couloir. La maison est plongée dans la pénombre. Ses parents ont laissé leur porte ouverte. Son père ronfle comme une bétonnière. Personne ne peut faire semblant d'émettre un tel bruit. Rami descend au rez-de-chaussée en prenant garde de ne pas faire grincer les marches, et s'arrête par moments pour écouter, mais ne perçoit aucun changement dans la respiration de son père et continue jusqu'en bas. Il n'allume pas, bien sûr. Ce serait idiot. La lumière qui tombe par les fenêtres peint des images fantomatiques sur les murs.

Il s'arrête de nouveau pour écouter. Le tic-tac de la pendule, au mur, est incroyablement fort. Il se demande pourquoi il ne l'entend pas dans la journée. Une bouteille de Glenfiddich traîne sur l'évier. Elle est à moitié pleine, sa mère n'a pas réussi à la boire en entier. Il examine l'étiquette. Ce pourrait être un traquenard. Peut-être son père a-t-il marqué le niveau du whisky dans la bouteille. Il fait ça, quelquefois, tendre des pièges. Rami dévisse le bouchon métallique, le bruit ne ressemble à aucun autre. Spire de métal contre verre. L'odeur est puissante. Il lèche le goulot de la bouteille. Le goût sur sa langue, amer et vraiment dégueulasse, le fait reculer un instant. Il regarde à nouveau la bouteille, la porte à ses lèvres et en lampe une grande gorgée. Quand il l'avale, une brûlure insensée ravage ses muqueuses. Comme si quelqu'un lui enfonçait un fer chauffé à blanc dans le gosier.

Rami grimace, repose la bouteille sur l'évier et revisse le bouchon. La brûlure est suivie d'une vague de chaleur qui se répand dans son ventre, où elle reste à le chatouiller. Il ne sent plus ses jambes, son visage le pique. Un étrange sentiment d'engourdissement l'envahit, proche du rêve, joyeux. Le vide dont il souffrait se comble. Il ouvre à nouveau la bouteille et avale une deuxième gorgée. Elle passe déjà plus facilement.

Son sang bourdonne à ses oreilles, son regard accommode avec un temps de retard, son odorat s'aiguise. Et comme il se sent soudain fort – et grand !

Les ronflements de son père s'entendent jusqu'en bas. Rami les écoute un instant, prend l'escabeau de la cuisine et se hisse jusqu'à l'étagère du haut du placard à provisions, où on lui a toujours interdit de regarder. Son père y conserve ses papiers. Il les a examinés il y a déjà plusieurs années. Des paperasses inutiles, en rapport avec des emprunts, des assurances, la maison. Il les écarte. Derrière, il y a la collection de cassettes porno de son père. Il les a aussi regardées plusieurs fois. Ce qu'il cherche se trouve tout au fond du placard. Il attrape la boîte en fer-blanc et descend de l'escabeau.

Dans la vieille boîte de café Paulig repose un Tokarev TT 33 noir mat, de fabrication soviétique. La peinture usée du canon laisse voir l'éclat brillant du métal. La crosse striée est frappée en son centre d'une étoile. Rami saisit le pistolet, sent son poids froid et inerte, caresse le canon, laisse courir ses doigts tout du long de l'arme, de sa bouche à l'arrière de sa crosse.

C'est ce que son père appelle un truc de Bolchevik. D'après lui, rien de bon ne peut venir de Russie, à part la vodka, le cul et les armes. Le pistolet est ancien et Rami ne sait pas d'où il le tient, mais il a servi, et beaucoup. Il le lui a montré, une fois. Rami s'en souvient encore. Il avait peut-être huit ans. Ce jour-là, son père sortait du sauna, une serviette autour des reins, et l'a vu jouer avec un pistolet d'enfant dans la cuisine. Il a grimpé prendre l'arme dans le placard, l'a tenue un moment en main, puis a visé la fenêtre et raconté qu'elle avait appartenu à son père, qui était major et était tombé au combat pendant la guerre de Continuation. Rami sait que c'est faux. Son grand-père était chauffeur de taxi et il est mort d'un cancer du poumon l'année de sa naissance. Sa mère le lui a dit.

Mais même s'il n'a pas fait la guerre, le pistolet, lui, l'a sans doute faite et a réellement servi à tuer des gens. C'est dans ce but qu'il a été fabriqué. Cette pensée a quelque chose de glaçant, mais aussi de séduisant. Quel effet cela fait-il de prendre la vie d'un autre ? De temps en temps, Rami va chercher l'arme dans le placard, la regarde, la soupèse, vise par la fenêtre les voitures qui passent et imagine qu'il presse la détente quand il a dans sa ligne de mire la tête du conducteur.

Il sort le chargeur, qui glisse de son logement aussi facilement que s'il était monté sur roulement à billes. Les cartouches sont étonnamment lourdes, d'un froid presque brûlant. Mortelles. Il remplit le chargeur, le remet dans la crosse et tire la glissière. Le geste exige de la force. Ce pistolet, ça n'a rien d'un jouet. Il est maintenant encore plus lourd, mais en même temps plus stable. Les Russes savent effectivement fabriquer des armes, songe Rami. Des armes et des chiards.

Il ouvre de nouveau la bouteille de Glenfiddich, boit, puis monte l'escalier, le Tokarev dans une main, le whisky dans l'autre. Il répartit avec précaution son poids sur les marches et s'arrête par moments pour écouter. Son père ne ronfle plus, mais son souffle lourd prouve qu'il est profondément endormi. Rami s'arrête à la porte de la chambre de ses parents. Sa mère dort nue. L'un de ses seins pendouille sur la couverture, l'aréole est brune et large. On dirait un pâton borgne, ou une créature rampante sortie d'un film de science-fiction. Son père est couché sur le dos, sa poitrine velue se soulève, des râles s'échappent de sa gorge.

Rami entre dans la pièce, renifle l'odeur de renfermé de l'haleine de ses parents. Le rai de lumière qui passe entre les rideaux trace une ligne sur le visage de son père. Un mince filet de bave s'étire du coin de sa bouche à sa joue, mouillant l'oreiller.

Rami contourne le lit, s'approche de son père et regarde ses parents. Dans la pénombre, il voit briller dans le miroir le reflet éburnéen de son propre torse nu. Il avale une gorgée de Glenfiddich, fait la grimace, lève le pistolet et vise la tête de son père. Son doigt s'insinue dans le pontet, sa main serre plus fort la crosse. Il approche le canon si près du front de son père qu'il touche presque sa peau. Un sourire s'élargit sur son visage.

Sa mère claque des lèvres, se retourne, et le second de ses énormes seins émerge des couvertures. Rami recule lentement vers la porte et descend l'escalier. Il retire les cartouches du chargeur, remet l'arme sur l'étagère du haut du placard à provisions et va se coucher. Il dort jusqu'au matin d'un profond sommeil dans lequel il se sent entier.

24

Jari se sent des ailes. Comme si ses pédales tournaient d'elles-mêmes et que son vélo planait dans les airs.

Je vais vendredi au cinéma avec Henriikka Joensuu.

Le ravissement extatique dans lequel cette pensée le plonge emplit chacune de ses cellules. Il a l'impression de pouvoir atteindre tout ce dont il a jamais rêvé. Tout ce qui paraissait lointain se trouve soudain à portée de main. L'idée de révéler à Henriikka que c'est lui qui a écrit cette lettre lui tourne dans la tête. Et avec elle, beaucoup d'autres. Des idées vertigineuses, enivrantes, qui pénètrent au plus profond de son esprit et y tourbillonnent un moment avant de céder la place à de nouvelles.

Il laisse son vélo descendre en roue libre vers le passage souterrain, penche la tête en arrière, lâche le guidon et écarte les bras. Le vent souffle du sud, chargé de la promesse de chaudes journées d'été ensoleillées.

Il pourrait peut-être aller à la piscine avec Henriikka. Ou l'inviter, un jour de pluie, à déjeuner chez lui.

Je vais vendredi au cinéma avec Henriikka Joensuu.

La pensée ne cesse de jaillir dans son esprit. Brûlante, étincelante.

Vendredi. Avec Henriikka.

Dans le tunnel, il pousse un cri de joie, reprend le guidon et pédale en danseuse dans la montée. Les pneus crissent sur les gravillons que l'on n'a pas encore eu le temps de balayer après la fonte des neiges.

Il est si plongé dans ses pensées qu'il ne s'aperçoit pas qu'on l'observe de derrière le transformateur qui se dresse au milieu de la longue ligne droite. Un jour normal, il se tiendrait sur ses gardes et remarquerait les volutes de fumée qui montent des cigarettes de la bande de Rami Nieminen. Et, un jour normal, il distinguerait les reflets du soleil sur les garde-boues des vélos couchés dans l'herbe. Mais ce n'est pas un jour normal, car il va vendredi au cinéma avec Henriikka Joensuu.

Il sort du virage et fonce à toute vitesse, jusqu'à ce qu'il soit trop tard pour se raviser. Il voit, comme au ralenti, Rami Nieminen et Santeri Aho surgir de derrière le transformateur et se placer en travers de la piste cyclo-piétonne, suivis par le troisième de la bande, Petteri Kallio, dont la crête iroquoise noir d'encre a l'air, de loin, d'une piste d'atterrissage miniature.

Jari freine, tente de faire demi-tour, mais avant même que sa vitesse ait eu le temps de diminuer, Rami empoigne son guidon. Le vélo stoppe net, et les trois garçons l'encerclent.

Santeri l'arrache à sa selle. Il lâche les cornes du guidon et atterrit sur l'asphalte. Il s'écorche la peau des paumes, des gravillons pénètrent dans la chair. Rami traîne le vélo sur le bas-côté et le jette dans les hautes herbes, où il échoue dans un bruit de ferraille. Petteri remet Jari debout par le col de son sweat. Une couture craque. Santeri le secoue comme un sac de farine. Les yeux de Jari s'écarquillent de terreur. Il ne croit pas sérieusement que la bande se prépare à lui arracher le nez, mais il n'en est pas non plus totalement sûr. Quoi qu'il en soit, sauf miracle, il va se faire casser la gueule. Ce n'est pas la cour de l'école, et il est seul. La raclée ne se limitera pas, cette fois, à une petite paire de gifles.

« Je te l'ai dit, tronche de cul, je tiens toujours mes promesses », lance Rami, et sur son visage s'étale un sourire si béat qu'on pourrait croire qu'il a éjaculé dans son pantalon.

« Lâchez-moi », supplie Jari, bien qu'il sache que c'est vain. Sa voix tremble d'effroi.

« Tu as abandonné ta copine ? demande Santeri. Tu n'aurais peut-être pas dû. »

Rami saisit Jari par le devant de son sweat et approche son visage du sien. Son haleine a l'odeur de charogne du puits de la maison abandonnée. « Tronche de cul, murmure-t-il. Crois-moi, on va bien s'amuser ! »

Bref coup d'œil alentour. Personne à l'horizon, personne pour les voir. Et tout de suite, le premier coup. Fulgurant, fort, précis. Le poing de Rami atteint Jari au plexus. Il n'a le temps de rien faire. L'air s'échappe de ses poumons, il se plie en deux. Sa vue s'obscurcit, son diaphragme tente de se contracter, sa bouche s'ouvre mais n'avale que du vide.

« En plein dans le mille ! » s'écrie Santeri et il accompagne ses mots d'un élan de sa grosse jambe. La pointe de sa ranger s'enfonce dans le ventre de Jari. Celui-ci gémit, roule sur le flanc et se recroqueville en position fœtale. Il cherche désespérément de l'air, mais ses poumons refusent de se remplir. Son champ de vision se réduit à un trait, les bruits s'éloignent et se brouillent.

« Il est dans les vapes ! » proclame Petteri Kallio, mais un peu d'inquiétude perce dans sa voix. « Rami, tu l'as étendu pour le compte ! »

Jari oscille à la limite de l'inconscience, mais peu à peu, molécule après molécule, l'oxygène commence à pénétrer de nouveau dans ses poumons et le ramène à lui. Il lutte pour reprendre son souffle, tel un nageur rescapé de la noyade.

« Mettez-le debout ! » ordonne Rami.

Les deux autres le relèvent par les aisselles. Rami s'approche de nouveau, lui saisit le visage d'une main, lui serre les joues et lui entaille la peau de l'ongle noir de cambouis de son pouce. Puis il lui tourne la tête d'un côté à l'autre comme pour choisir où le frapper.

« Je vais t'arracher le nez, tronche de cul.

– Non », gémit Jari.

Rami lui assène une gifle sur l'oreille, qui se met à sonner, tympan déchiré. « Ta gueule !

– À mon tour ! » s'écrie Petteri en lui balançant la semelle de sa chaussure dans le bas du dos. Jari fléchit des genoux, mais la poigne de Santeri le maintient debout.

« Tu te crois quelqu'un parce que ta mère est médecin. Mais tu n'es qu'une merde. Et en plus, tu n'as rien à faire avec cette pute de Henriikka. Si je te vois encore lui parler, ou même la regarder, je te mange le cœur. Compris ? »

Jari hoche la tête. Il a compris, et espère que ce sera tout. Rami a eu sa vengeance et dit ce qu'il avait à dire. Si maintenant il acquiesce, lui lèche le cul et s'aplatit comme une carpette, ça suffira peut-être.

Mais il se trompe. C'est très loin d'être fini.

Rami le frappe au visage. Le sang jaillit de son nez comme d'un robinet laissé ouvert.

« Oh ! Putain ! Merde ! » s'exclame Santeri, débordant d'admiration et peut-être aussi d'un peu de peur.

Petteri et lui traînent dans le sillage de Rami depuis bientôt deux ans et ont participé au tabassage d'innombrables minus. Au début, il s'agissait plus de leur faire peur que de les blesser réellement, mais leur chef, ces derniers temps, se montre d'une violence de plus en plus préoccupante. Rami s'est mis à parler de tuer des gens – à dire qu'il aimerait savoir l'effet que ça fait. Et puis il y a eu cette histoire, deux semaines plus tôt, qui a failli les faire renvoyer de l'école et qui les a obligés à s'interposer quand Rami, dans l'aire de jeux derrière l'établissement, a réellement failli mettre le feu aux cheveux d'un élève de quatrième année avec un briquet. Il brillait alors dans ses yeux le même regard froid que maintenant. Et aussi bien Santeri que Petteri sont depuis sur leurs gardes. Ils ont peur que Rami aille un jour vraiment trop loin. Pas forcément qu'il tue, mais qu'il fasse quelque chose qui les mette tous dans la merde.

Rami frappe de nouveau Jari au visage. Le coup est moins fort cette fois, mais son angle est tel qu'il lui fend la lèvre supérieure. Santeri lance à nouveau un cri, en partie de joie, mais aussi de soulagement car il n'y a rien de définitif – comme des dents – de cassé.

Puis Rami repousse Jari d'une bourrade et dit, la voix tremblante d'excitation : « À vous. »

Santeri balance une nouvelle fois sa grosse jambe et atteint Jari à la cuisse. Celui-ci flanche, tombe à genoux, et c'est au tour de Petteri de pousser un cri d'enthousiasme. Imitant Santeri, il prend de l'élan et shoote dans les fesses de Jari comme s'il tirait un coup franc, le faisant tomber le nez sur l'asphalte. Les garçons rient. Une flaque de sang s'étale dans la poussière, Jari sanglote.

« Il chiale, putain ! » se moque Petteri, et Santeri éclate d'un gros rire.

Mais Rami ne rit pas. À ses yeux, ça n'a rien de drôle. Il a une mission et il a l'intention de la mener à bien.

« Debout ! » ordonne-t-il.

Santeri s'apprête à relever brutalement Jari quand Rami l'interrompt : « Ne l'aidez pas ! J'ai dit debout, putain ! »

Jari se redresse sur les genoux. Des gouttes jaillissent de son nez comme d'un arroseur automatique. Il est sûr qu'il va mourir.

« Debout, tronche de cul ! »

Jari se relève en chancelant. Son visage n'est plus qu'un masque rouge, le col de son sweat est presque noir. À ce spectacle, Santeri et Petteri prennent peur. Cette fois, Nieminen est vraiment allé trop loin. Ne serait-il pas temps de siffler la fin de la partie ?

« Allez, on laisse tomber. Fichons le camp avant que quelqu'un arrive », dit Petteri, mais Rami n'a pas la moindre intention d'arrêter. Il examine son œuvre comme un artiste une peinture inachevée.

« Allez chercher le sac ! » ordonne-t-il.

Santeri et Petteri ne comprennent d'abord pas de quel sac il parle. Ils restent comme pétrifiés, prêts à fuir au cas où une voiture ou un cycliste apparaîtrait au bout de la rue.

« Le sac derrière le transformateur, bande de crétins ! »

Cette fois ils comprennent. Santeri sourit. C'est pour ça qu'il a toujours bien aimé Rami. En matière de harcèlement, il a non seulement des couilles, mais aussi toujours des idées de génie. Petteri trotte jusqu'au transformateur et revient avec un sac de congélation fermé par un lien. Il contient une grosse merde de chien décomposée à la chaleur du soleil. Le sac traîne au moins depuis l'hiver au pied du transformateur, il a gelé, fondu et regelé jusqu'à ce que le printemps le réveille de son hibernation et le gonfle de gaz.

Quand Jari voit ce que Petteri tient à la main, il comprend ce qui va se passer et tente de fuir en courant, mais sa cuisse affaiblie par le coup de pied de Santeri se dérobe sous lui et stoppe net sa course. Rami le rattrape facilement, lui tord le bras gauche derrière le dos et l'immobilise par une clé d'étranglement. Jari crie de douleur, essaie de se dégager, mais Rami resserre sa prise et il doit cesser de se débattre sous peine de se déboîter l'épaule.

« Frottez-lui la figure avec ! » commande Rami.

On entend quelque part le grondement d'une voiture qui approche. « Vite. »

Petteri déchire le sac, l'odeur piquante de la merde pourrie les prend à la gorge.

« Ah ! Berk ! » s'écrie-t-il avec un hoquet, mais il ne lâche pas le sac. Rami se penche en arrière et pousse Jari en avant.

« Oh ! Putain ! Bordel ! » Santeri, pris d'un haut-le-cœur, recule d'un pas.

Petteri frotte le visage de Jari avec le sac, qu'il presse pour faire jaillir la merde de chien ramollie par la fermentation. Malgré ses nausées, Petteri continue d'étaler le contenu du sac jusqu'à ce qu'il soit vide, puis le jette. Le grondement de moteur approche, mais ensuite la voiture tourne et le bruit s'éloigne et disparaît.

Un début de vomissement remonte dans la bouche de Santeri, mais il le ravale.

« On y va ! » lance Rami, et il donne une bourrade dans le dos de Jari.

Les garçons reprennent leurs vélos couchés dans l'herbe. Santeri saute encore un moment sur celui de Jari. En partant, Rami crie :

« Je tiens toujours mes promesses, tronche de cul ! Si tu racontes à qui que ce soit qui t'a fait ça, tu es mort, tu as compris ? Mort ! »

Jari reste planté au milieu de la piste cyclo-piétonne. Il s'essuie le visage dans sa manche, sent le goût et l'odeur de la merde de chien et vomit. Il pleure comme jamais il ne se rappelle l'avoir fait. Il ôte son sweat ensanglanté et s'en nettoie la figure. Il retrouve son vélo piétiné près du transformateur. Son père lui en a fait cadeau pour ses douze ans, à l'automne précédent. Il redresse le garde-boue arrière et les cornes, regarde la grande entaille dans le cuir de la selle. Il pleure, mais pas de douleur. Ses larmes viennent de beaucoup plus profond. Il ne sait pas exactement d'où, mais il est conscient que c'est bien pire.

PARTIE V

La dette

25

Automne 2018

« Bonjour », dit Paloviita en entrant dans le bureau d'Oksman. Ce dernier leva les yeux et regarda son chef qui, habillé avec plus d'élégance que d'habitude d'un blazer, d'un jean foncé et de chaussures de ville en cuir, tenait un dossier sous le bras.

« Bonjour, répondit-il.

– À propos de cette attaque au couteau », dit Paloviita en brandissant le dossier.

Oksman le reconnut, c'était celui qu'il avait feuilleté dans le bureau de son chef. Il resta silencieux, attendant que celui-ci poursuive.

Paloviita s'assit sur la chaise qui lui faisait face. L'expression de son visage avait changé depuis la veille, il paraissait plus sûr de lui. Il posa ses papiers sur le bureau devant Oksman.

« Est-ce que tout s'est vraiment passé comme il aurait fallu ? » demanda-t-il sans visiblement s'attendre à une réponse. Oksman se contenta de le fixer des yeux, et il lui rendit son regard.

Il poursuivit : « Est-ce que tu pourrais aller chercher Linda, je voudrais revenir sur un certain nombre de points qui me préoccupent. »

Oksman se leva, fit le tour de son bureau et sortit dans le couloir. Quelques secondes plus tard, il revint avec

Linda. Elle mâchait un chewing-gum, les traits de son visage fatigué pendaient et elle avait les paupières rougies. Elle s'assit à côté de Paloviita, après avoir d'abord éloigné sa chaise.

« Rien à faire, je suis vraiment en train de couver une grippe, expliqua-t-elle en remarquant les regards surpris des deux hommes.

– Dis-le, si tu n'es pas en état de travailler.

– Non, ça va aller. Aspirine, caféine, vitamine C et ail. Ça devrait suffire. »

Paloviita regarda encore un moment Linda d'un air perplexe, puis commença : « Je voudrais que nous examinions ensemble le meurtre de Rami Nieminen. Je suis tombé par hasard sur Raunela à la cantine et on en a discuté. L'examen de la scène de crime n'a pas l'air d'avoir été une grande réussite, comme sans doute tout le reste de l'enquête, non ? »

Linda échangea un regard avec Oksman. Celui-ci s'était préparé à cette conversation. Il avait acquis la conviction qu'elle viendrait, mais n'imaginait pas que ce serait aussi vite. Pour Linda, en revanche, c'était une surprise totale, qui se lisait sur son visage.

Oksman feuilleta les papiers posés par Paloviita sur son bureau. C'étaient des photos et des dépositions de témoins qu'il connaissait parfaitement, il les reposa donc. Linda se contenta de jeter un coup d'œil dans leur direction. Ils attendirent.

« Je ne voudrais pas que vous preniez ça comme un reproche, commença Paloviita, mais nous sommes sûrement d'accord sur le fait qu'il vaudrait mieux prendre le temps d'enquêter plus en profondeur et de réfléchir à la manière de sauver cette affaire avant que les dommages ne soient irréparables. »

Linda, qui tombait des nues, avait l'air d'avoir été frappée en pleine face avec un torchon à vaisselle. « Comment ça, pas une grande réussite ? »

Paloviita s'éclaircit la gorge pour donner plus de poids à ses mots : « Premièrement, vous m'avez brossé de l'enquête un tableau tout à fait différent de celui peint par Raunela. À vous entendre, je m'imaginais que les choses étaient claires et que le suspect était coupable et sous les verrous, mais d'après Raunela, ce n'est pas le cas. Pour lui, l'affaire est toujours totalement en suspens.

– Totalement en suspens ? Mais… je suis larguée, là. J'ai raté quelque chose ? » demanda Linda, et elle regarda Oksman, qui resta impassible. « L'affaire ne serait pas pliée ?

– C'est ce que vous m'avez seriné, mais le labo n'est pas de cet avis. Ça va poser des problèmes, de gros problèmes.

– J'ai parlé pour la dernière fois avec le labo hier, et ni Raunela ni personne d'autre n'a laissé entendre qu'il pourrait y avoir des zones d'ombre. Il reste encore bien sûr beaucoup de choses à préciser, mais il commence vraiment à y avoir suffisamment de preuves. »

Paloviita joua les étonnés. « Là, c'est moi qui ne comprends pas. Si tout est clair, pourquoi est-ce que Raunela m'a raconté ça ? Que la pluie avait effacé les traces et que les dépositions des témoins sont bancales ? Il y a quelqu'un qui ne dit pas la vérité.

– Mais il y en a, des traces ! » s'exclama Linda. Sa mine s'assombrit. « Et nous avons un suspect qui était couvert du sang de la victime, jusque sous les ongles.

– Il paraît que ce… » Paloviita fit mine de vérifier le nom du suspect dans ses papiers. « Ce Mielonen ne se rappelle rien des faits, et que beaucoup des personnes présentes ne se rappellent pas grand-chose non plus. Une partie n'a même rien vu de la scène.

– Et alors ? demanda Oksman, prenant pour la première fois part à la conversation. Au moment des faits, certains étaient sortis fumer sur la terrasse. Ils ont tous entendu des cris à l'intérieur, après quoi ils ont vu Antti Mielonen se précipiter dehors par l'autre porte et s'enfuir dans la forêt, les vêtements couverts de sang et sans chaussures. Et on a aussi deux descriptions du meurtre par des gens qui étaient à l'intérieur, qui concordent toutes les deux avec le rapport du légiste. »

Paloviita engagea un bref duel visuel avec Oksman, mais s'aperçut vite qu'il serait perdant et détourna le regard. « Est-ce que vous ne trouvez pas étrange que personne n'ait essayé d'aider Nieminen ? Il a fallu presque une demi-heure pour que l'ambulance soit sur place, et personne n'aurait eu l'idée de tenter d'arrêter l'hémorragie ou de le ranimer ? Raunela, en tout cas, a été surpris, c'est bizarre que vous ne l'ayez pas été. »

Oksman sortit de son propre dossier les photos que les techniciens avaient prises à l'intérieur du chalet à leur arrivée. Sur l'une d'elles, Rami Nieminen était allongé face contre terre dans une énorme flaque déjà noircie. Il avait au cou une grande entaille d'où le sang avait giclé sur le plancher et les murs.

« Je ne suis pas médecin, et personne au chalet ne l'était non plus, mais son sort était réglé dès le premier coup, comme le légiste l'a constaté. Une telle quantité de sang suffirait à faire reculer n'importe qui, soûl ou pas soûl. »

Paloviita se mordit la lèvre inférieure. « Il y a quelque chose qui cloche dans cette affaire. Ça sent le cafouillage à plein nez. C'est curieux que vous ne vous en rendiez pas compte, alors que d'après moi, comme d'après Raunela, rien n'est d'équerre. »

Linda et Oksman attendaient que Paloviita poursuive, mais il s'en tint là.

« Si tu nous disais franchement où tu veux en venir, déclara Linda, parce que je suis perdue. Tu veux dire qu'on a été trop vite en besogne et qu'on a besoin de plus de preuves contre Mielonen, ou qu'on a tout foiré ?

– Que vous avez tout foiré, asséna Paloviita. Au vu de ce dossier, le coupable peut être n'importe laquelle des personnes présentes au chalet – ou toutes en même temps. Franchement, l'enquête est un vrai gruyère. Vous ne vous êtes tous les deux concentrés que sur Mielonen, et vous avez oublié tout le reste. Ce n'est pas digne de bons policiers. Au bout du compte, c'est moi qui en porterai la responsabilité si l'enquête n'aboutit pas, et pour l'instant, ça en a sérieusement l'air. En tant que commissaire, je vous ordonne de prolonger les investigations et de prendre en compte tous les autres scénarios possibles. Je veux qu'on vérifie les liens éventuels de la victime avec toutes les personnes présentes, et qu'on les réentende toutes. Chaque pierre doit être retournée. »

Linda faillit protester, mais se retint.

« Mielonen peut attendre, déclara Paloviita, il ne va pas s'évaporer. Et nous n'avons toujours pas l'arme du crime. Où est-elle ? Si on veut condamner quelqu'un, on doit au moins savoir avec quoi Nieminen a été tué. Il se peut très bien qu'on ne puisse établir la culpabilité de personne. Ça s'est déjà vu je ne sais combien de fois dans l'histoire criminelle. Pensez par exemple aux meurtres du lac Bodom. Le suspect avait beau s'être vanté de son crime à un compagnon de cellule, les preuves ont été jugées trop faibles. Ou à Olof Palme, putain ! Le but avait beau être proche, rien à faire !

Christer Pettersson a avoué le meurtre, mais même ça, ça n'a pas suffi ! Rappelez-vous que vous êtes des flics et pas des bibliothécaires en train de trier des polars ! Excusez-moi, je m'énerve. J'ai cru comprendre que ce Mielonen était un pauvre type. Est-ce qu'il aurait été capable d'un meurtre aussi brutal ? »

Oksman haussa les épaules. « Si tu penses qu'il faut élargir l'enquête, on va l'élargir.

– En plus, déclara Paloviita, la lecture des antécédents de Rami Nieminen n'a rien d'agréable. Il n'y aura pas grand monde pour le regretter, il a peut-être enfin eu ce qu'il cherchait depuis des années. La société est en tout cas plus sûre maintenant qu'il n'est plus dans le paysage. »

Il se leva pour partir. Il remarqua le regard noir de Linda et le lui rendit. « N'oubliez pas que je suis votre supérieur jusqu'à la fin de l'année – et peut-être même pour bien plus longtemps, qui sait. D'ailleurs je ne vous demande rien d'autre que d'élargir l'enquête et d'ôter vos œillères, ne serait-ce qu'un instant. »

Il n'attendit pas les protestations et, abandonnant ses papiers sur le bureau d'Oksman, sortit en le laissant en tête à tête avec Linda. Pendant un moment, ils restèrent à se regarder sans un mot. Ils entendirent Paloviita passer devant son bureau sans y entrer et continuer jusqu'aux ascenseurs, au bout du couloir.

Finalement, Linda grogna : « Nom de Dieu ! Il ne lui a pas fallu longtemps pour avoir la tête enflée. À moins qu'il ne l'ait perdue ? Il est vraiment bizarre. Et pourquoi est-ce qu'il a dit qu'il n'y aurait pas grand monde pour regretter Nieminen ? Qu'est-ce que ça a à voir avec quoi que ce soit ? »

Oksman haussa de nouveau les épaules. « Je ne sais pas, mais Jari est commissaire et c'est lui qui décide, alors on va se retrousser les manches et réfléchir à d'autres scénarios.

– Tu es sérieux ?

– Tu as entendu ses ordres.

– Je vais quand même lui en reparler en privé. Je sais qu'il est sous pression chez lui. J'arriverai peut-être à le ramener à la raison. Mais on ne me fera pas avaler que Raunela est allé dire ça. Ou alors il a lui aussi perdu la tête.

– Tu peux toujours essayer, ça ne peut pas faire de mal, mais d'un autre côté, Jari a peut-être raison.

– Qu'est-ce que tu as l'intention de faire ?

– Relire le dossier et essayer de voir les choses sous un autre angle. »

Linda secoua la tête. « C'est fou. C'est complètement fou. Je n'aurais jamais cru dire ça, mais j'aimerais que Heinonen soit de retour. »

26

Été 1991

Le père d'Antti pose le vélo à l'envers et entreprend de retirer la roue arrière. « Pas de souci, on va le remettre en état », dit-il, et il adresse un clin d'œil à Jari, qui lui rend son sourire. « Ton père ne s'apercevra de rien. »

Tapani Mielonen serre l'étau autour de la jante et s'applique à redresser les rayons avec une pince à bec, tout en fredonnant une chanson qu'aucun des deux garçons ne connaît. Une cigarette fume au coin de sa bouche.

Après l'agression, Jari a poussé son vélo jusque chez lui et jeté ses vêtements ensanglantés à la poubelle. Puis il a pris une longue douche chaude. Une fois le sang et la merde lavés, son visage n'était finalement pas si amoché. Pas d'œil au beurre noir, juste une écorchure à la lèvre supérieure. Le genre de choses qu'on peut se faire en jouant au ballon ou en grimpant aux arbres.

Pour le vélo, c'est plus grave.

Le Tunturi a coûté cher et son père le lui a acheté à la condition expresse qu'il ne fasse pas l'idiot avec. La jante arrière est voilée, le garde-boue cabossé et la selle entaillée. Si son père le voit dans cet état, il ne pourra espérer aucun cadeau avant longtemps.

« Vous devriez porter des casques, vous allez vous fendre la tête, dit Tapani.

– Jari a la tête si dure qu'on pourrait casser des noix avec », réplique Antti.

Tapani se concentre sur le vélo, demandant par moments à Antti de lui passer un outil ou un autre. Alors que Jari ignore le nom de la moitié d'entre eux, ce dernier semble tous les connaître et choisit toujours le bon. Jari examine l'impressionnante boîte à outils de Tapani Mielonen et prend de temps en temps un instrument en main.

« Qu'est-ce que c'est ? » demande-t-il en montrant une grosse pince coupante dont les pointes ressemblent à un bec de perroquet.

Antti, qui tient le vélo d'aplomb pendant que son père redresse au maillet les bosses du garde-boue arrière, répond : « Des cisailles à tôle.

– Et ça ?

– Une clé dynamométrique. Ça sert à serrer les roues.

– Ça ?

– Une clé à bougies. Pour changer les bougies d'allumage des bagnoles. »

Tapani regarde Jari, amusé, souffle la fumée par le nez et se sèche les mains dans de la bourre de coton. « J'ai l'impression que ton père ne passe pas trop de temps dans son garage, ou je me trompe ? »

Jari secoue la tête. « Non, il ne fait que dessiner. Une fois, il a essayé de réparer la tondeuse, mais ensuite, on l'a portée à la décharge et on en a acheté une neuve. »

Tapani rit, tire une nouvelle Pall Mall de la poche de poitrine de sa salopette et l'allume à la précédente. Il laisse tomber le mégot dans une bouteille de bière vide posée sur le coin de l'établi. La fumée monte en fines volutes du goulot vers le plafond.

« Ton père travaille à domicile ?

– Oui. Il était chez Küttner avant, mais ils ont réduit les effectifs. Maintenant il dessine à la maison. Maman dit qu'il devrait avoir son propre bureau, pour ne pas avoir à rester assis dans le séjour dans une mauvaise position et avec une mauvaise lumière.

– Vous n'avez pas suffisamment de pièces, chez vous ? » demande Tapani d'un ton dont Jari perçoit l'ironie.

« Et voilà », ajoute-t-il, et il abaisse la béquille du vélo. « Essaie, pour voir. La selle est un peu plus large, mais ça devrait aller. Ton père ne remarquera rien. »

Jari prend le vélo, le pousse hors du garage, écoute le cliquetis du dérailleur. Il saute sur la selle, fait quelques tours de parking et revient. Il ne peut retenir un large sourire.

« Alors ? » demande Tapani, bien qu'il voie, au visage de Jari, que la mission est accomplie.

« Comme neuf.

– Parfait, le héros a récupéré sa fusée. J'en ai profité pour retendre la chaîne et régler le frein avant. » Le père d'Antti prend une bouteille dans sa caisse de bières, l'ouvre avec la pointe d'un tournevis. La capsule roule en cliquetant dans un coin. Il boit la moitié de la bouteille, rote et la pose sur l'établi. Il regarde les garçons, leur adresse un clin d'œil et déclare : « L'ouvrier mérite toujours sa récompense. »

Antti saute sur son vélo.

« Et où allez-vous, maintenant ?

– On va juste rouler un peu.

– Rouler ? Rouler des mécaniques devant les filles, oui. Enfin, tant que vous ne faites pas de bêtises. » Puis il se rappelle quelque chose, retourne dans le garage, et quand il revient, c'est avec un clin d'œil. Il lance un objet à Antti, qui l'attrape au vol. « Apprenez donc plutôt à jouer au poker. »

Antti regarde ce qu'il a dans la main, sourit et montre à Jari le jeu de cartes porno dont l'étui s'orne d'une femme aux cheveux permanentés, vêtue d'un corset blanc qui laisse ses seins nus.

« Mais on est d'accord, pas un mot à maman, hein ? poursuit Tapani.

– Promis, assurent les garçons d'une seule voix. On ne dira rien.

– Parfait. »

Le père d'Antti sort son portefeuille, en tire un billet de vingt marks et le tend à Jari, mais avant que ce dernier puisse le saisir, le reprend. « C'est pour vous deux, pour la douleur, les blessures et l'honneur, mais à une condition : gardez un œil sur cette cour. Au cas où il y aurait des voitures inconnues ou des hommes qui parleraient à maman. Si vous en voyez, vous me prévenez, d'accord ?

– D'accord », dit Jari, et Tapani lâche le billet.

Antti glisse le jeu de cartes dans sa poche, et ils enfourchent leurs vélos. Jari commence à se sentir mieux. Avec Antti, il s'est toujours su en sécurité.

27

Les garçons dépensent l'argent donné par le père d'Antti pour s'acheter à l'épicerie un sachet de bonbons, deux beignets à la confiture, une bouteille de Coca-Cola et un paquet de chewing-gums à la réglisse. Puis ils pédalent jusqu'à Paratiisinmäki, cachent leurs vélos dans les hautes herbes et traversent la forêt en direction de la maison abandonnée. En chemin, ils passent devant le rocher fendu sur le flanc duquel Antti a gravé un X avec un bout de fer à béton. Savoir leur capsule temporelle enterrée là est un sentiment étrange. Comme si eux deux, simples écoliers, avaient réussi à défier les lois de la nature et à envoyer des lettres dans le futur à travers les plis du temps.

La maison abandonnée est déserte. Ils fument à l'intérieur les cigarettes volées par Antti, puis ressortent. Le soleil brille. Ils ôtent leurs T-shirts et fauchent avec des bâtons les vieilles fleurs desséchées des anthrisques, se ruent à travers les hautes herbes et coupent les têtes, bras et jambes de l'ennemi.

« Tu es vraiment tombé de vélo ? » demande Jari en pointant du doigt le sparadrap sur la joue d'Antti. Ils sont assis sur le perron à manger leurs beignets à la confiture et à boire à tour de rôle du Coca au goulot.

« Oui, j'ai essayé de descendre la rampe de la supérette sur la roue arrière. »

Jari hoche la tête. Il sait quand Antti ment, et Antti sait qu'il sait. Et réciproquement. C'est pourquoi, en pratique, ils ne se mentent jamais.

« Au fait, qu'est-ce que c'est que cette histoire de ton père ? De devoir surveiller je ne sais quels mecs ou voitures ?

– Ça lui prend chaque fois qu'il a bu quelques bières. Mais qu'est-ce que tu as l'intention de faire pour Rami et ces autres connards ? » demande Antti.

Jari lui a raconté ce qui s'est passé. La tentative avortée de Rami Nieminen de l'attaquer dans la cour de l'école et la manière dont le lendemain, pour se venger, il lui a doublement cassé la gueule sur la route. Il a tout expliqué en détail, mais a passé sous silence le rôle de Henriikka dans l'affaire, et aussi omis de mentionner la merde de chien. Ça, il n'en parlera jamais à personne. Ni à Antti ni à qui que ce soit.

« Comment ça, ce que j'ai l'intention de faire ? Je ne vais en tout cas pas aller me plaindre d'eux, si c'est ce que tu veux dire. Ils me tueraient. »

Une expression que Jari a déjà brièvement vue une ou deux fois passe sur le visage d'Antti. Un regard fixe, sombre et inexpressif, impénétrable, qu'il rive sur le sien avant de déclarer d'une voix creuse, épaisse :

« Tu es mon meilleur copain et tu sais que je ferais n'importe quoi pour toi, quitte à y laisser ma peau, mais tu es juste tellement naïf, parfois. Tu vas encore souvent te faire tabasser si tu n'apprends pas à te rebiffer.

– Facile à dire, pour quelqu'un qui me dépasse d'une tête », se défend Jari.

Antti saisit la bouteille, boit quelques gorgées du Coca déjà tiède et éventé et la tend à Jari, qui finit le reste.

« Avec des connards comme Rami Nieminen, Santeri Aho et Petteri Kallio, parler ne sert à rien. » Antti a toujours la mine aussi sombre et, pendant un instant, Jari a peur qu'il ne soit soudain devenu quelqu'un d'autre. Ce n'est plus son meilleur copain, âgé de treize ans, qui est assis à côté de lui, mais quelqu'un de beaucoup plus vieux sur lequel on a juste tendu une peau d'enfant. « Ça ne fait que les exciter davantage. Il faut les stopper net. Frapper si fort qu'ils n'essaieront plus jamais. Papa dit que c'est aussi comme ça qu'on dresse les chiens. Il faut les priver de toute volonté.

– Ils sont trois et nous deux. On ne fera jamais le poids, même avec des battes de base-ball. »

L'expression d'Antti s'adoucit, et il retrouve soudain son visage habituel. « Je vais t'aider à régler ça », dit-il, et il engloutit la fin de son beignet, froisse le sac en papier et le jette dans un coin de la terrasse. « Je vais trouver quelque chose. »

Ils font quelques parties de poker avec les cartes données par Tapani Nieminen, puis se contentent de regarder les images et de les comparer entre elles.

« Ton père est génial. Jamais le mien ne nous aurait donné un truc pareil. »

Sans répondre, Antti met une carte de côté et dit : « Celle-là, c'est ma préférée. »

Jari en choisit une à son tour, s'aperçoit que les cheveux de la femme de l'image ressemblent aux boucles de Henriikka, et en change pour qu'Antti ne le remarque pas.

« On va chez toi ? » demande ce dernier.

Jari secoue la tête. « Non. Le kiné de Tiina doit passer. Maman dit qu'il vaut mieux ne pas le déranger. Tiina fait quelquefois des colères terribles.

– Je la trouve super.

– Elle l'est, mais par moments papa et maman sont vraiment fatigués. Tiina porte encore des couches alors qu'elle a six ans, et maman dit qu'elle ne sera jamais propre. Elle a aussi dit qu'ils pourraient l'envoyer quelque part en cure pour deux semaines, pour pouvoir se reposer un peu.

– J'aimerais bien avoir une petite sœur, moi aussi, déclare Antti.

– Et moi, j'aimerais que Tiina soit normale, et pas handicapée. Ne serait-ce que pour elle. Parce qu'il y a des tas de trucs géniaux qu'elle ne fera jamais, et que tout le monde se moque d'elle et l'imite. » Les larmes montent aux yeux de Jari, et il détourne le regard.

« Oui, mais ils sont cons, pas comme nous. Je pourrais mourir pour Tiina, dit Antti.

– Et moi pour toi », répond Jari.

28

Rami Nieminen lance un caillou dans l'eau. Il vole bien plus loin que ceux de Santeri Aho et de Petteri Kallio et lui arrache un sourire satisfait. Santeri a beau être un véritable géant pour ses douze ans et paraître, par sa taille, en avoir dix-sept, il est lent et maladroit comme un petit enfant. Rami se dit parfois que quelqu'un lui a vissé les jambes à l'envers sous le cul, qu'il a aussi large qu'un pare-chocs de voiture américaine.

Il ramasse un nouveau caillou, le fait tourner entre ses doigts jusqu'à trouver la meilleure prise et le lance. Cette fois, il décrit une courbe en cloche au-dessus de l'étang et frappe le transformateur en tôle, de l'autre côté.

« En plein dans le mille ! » s'écrie-t-il, et il sourit à ses copains. Santeri lui rend son sourire, mais on voit sur son visage qu'il est déçu par la médiocrité de ses propres performances.

Rami se compare avec satisfaction à ses camarades. Santeri est certes grand et large, mais lui est élancé. D'un an plus âgé, il mesure près d'un mètre soixante-dix et, à côté de lui, a l'air d'un échalas. Il est pourtant convaincu qu'en cas de bagarre, il aurait le dessus. Et les autres le savent aussi. C'est pour ça qu'il est le roi de la bande, sans que ç'ait jamais été proclamé tout haut. Mais c'est ainsi, comme dit son père : la meute suit le plus fort.

Il tourne les yeux vers Petteri, qui a aussi ramassé un caillou et se rue en avant puis balance le bras sans aucune coordination. Le caillou quitte sa main sous un mauvais angle, monte haut dans le ciel et retombe presque à la verticale au milieu de l'étang. Sur son visage s'affiche une expression stupide de petit garçon déçu. Rami sourit intérieurement. Il songe qu'à un moment ou un autre il devra laisser tomber Petteri. Il est trop mollasson, trop pétochard. Il dit rarement non, bien sûr, mais vient toujours un moment où il se met à paniquer. Rami observe depuis longtemps Antti Mielonen avec intérêt. C'est un dur. Il a beau traîner avec cette tronche de cul de Jari Paloviita, il se dégage de lui quelque chose qui fait que même les plus costauds se tiennent à l'écart. Quand il sera temps de renoncer à Petteri, il aimerait le remplacer par Antti.

Les garçons continuent encore un moment à lancer des cailloux dans l'étang, puis traversent le terrain de foot en direction de la forêt de Musa. Sans même en avoir conscience, ils sont sans cesse à la recherche de quelque chose. Ce sont des prédateurs qui se déplacent en meute, courant d'un endroit à l'autre à la recherche d'odeurs de sang. Ils sont en quête d'excitation, d'action, de garçons plus jeunes, de n'importe quoi qui puisse renforcer leur ego.

Il y a dans la forêt une petite clairière où des adolescents plus grands ont installé des bancs et aménagé une aire de feu de camp. Une nombreuse bande de garçons et de filles de quinze à dix-sept ans s'y réunit les vendredis et samedis soir pour boire et baiser. Rami a été admis une fois à s'asseoir un moment avec eux. Ils l'ont même laissé goûter de la bière et, quand il a fait la grimace, ont éclaté de rire. Mais il ne veut pas y penser, tant le souvenir est encore cuisant.

La forêt est silencieuse et il y fait étrangement tiède, le vent ne parvient pas à s'infiltrer entre les troncs. Les oiseaux chantent. Les garçons frappent les arbres avec des bâtons et, de temps en temps, l'un d'eux casse une basse branche pourrie d'un coup de pied de karatéka.

Soudain Petteri donne un coup de coude dans les côtes de Rami. « Eh ! il y a quelqu'un qui dort, là-bas ! »

Ils s'arrêtent et regardent dans la direction qu'il indique. Et en effet un homme est allongé sur un des bancs entourant l'aire de feu. Un clodo, de toute évidence. Il porte d'épais vêtements fripés, sa barbe grise est hirsute et il a rabattu sur ses yeux sa casquette publicitaire tachée de gras.

« C'est Jori », murmure Santeri. Les autres acquiescent. C'est bien lui, une bouteille d'alcool lave-vitre dans le creux du bras comme un doudou d'enfant. Ils s'approchent sur la pointe des pieds, entendent ses ronflements et sentent son odeur rance, si piquante qu'ils doivent se placer dos au vent.

Tous les enfants du coin connaissent Jori. L'été, il dort dans les parcs et les forêts ou sous les ponts, mais l'hiver, quand il gèle, il se réfugie parfois pour se réchauffer dans les cages d'escalier et les halls d'immeubles de bureaux. De temps en temps, il lui arrive d'arrêter un enfant et de lui proposer de l'argent pour qu'il aille lui acheter une bouteille de lave-vitre, car les stations-services locales, sachant qu'il le boit, refusent depuis longtemps de lui en vendre.

Et voilà que Jori dort là. La casquette sur les yeux, la peau sale et ridée. Il pue. Putain ce qu'il pue !

« Beurk ! Il a chié dans son froc ? demande Petteri.

– Sans doute, et pas qu'une fois. Quand est-ce qu'il a bien pu prendre une douche pour la dernière fois ?

– Mon père m'a raconté que quand Jori était jeune, il était marin. Il était fort comme un bœuf, paraît-il, et il a même joué dans un film. Papa dit que dans le port de Tahkoluoto, il a jeté sur son épaule un rouleau de cordage que deux hommes avaient d'abord essayé en vain de hisser sur la plate-forme d'un camion, et l'a porté à l'autre bout du quai comme un oreiller de plumes.

– C'est bien fini, ça, maintenant. Et putain ! regardez, il ne lui reste que deux ou trois dents. Toutes noires. »

Les garçons s'approchent, et l'odeur de charogne pourrissante les prend de nouveau à la gorge.

« Fouillez-lui les poches, ordonne Rami. Il a peut-être de l'argent. »

Ils jettent un coup d'œil autour d'eux. La forêt est silencieuse, on ne voit personne. L'idée d'examiner les poches de Jori est tentante. Le risque de se faire prendre est pratiquement nul. Jori ne s'apercevra sans doute même pas qu'on le fouille – et s'il s'en aperçoit, alors quoi ? Rien. Il ne risque pas de les attraper, et il serait bien incapable de faire une déclaration sensée à la police ou à qui que ce soit d'autre.

Ils restent immobiles à écouter. Quelque part au loin passe une voiture, sinon, on n'entend que le chant des oiseaux et les ronflements intermittents de Jori.

« Je ne peux pas, ça pue trop. Je vais dégueuler », dit Petteri en reculant d'un pas. Tous se regardent, aucun ne semble vouloir commencer. Rami sent la peur de ses camarades.

« Putain, il faut tout faire soi-même, ici ! » grogne-t-il, et il entreprend de fouiller les poches de Jori. Ses vêtements sont poisseux, leur simple contact lui soulève le cœur. Tout l'homme est répugnant. Rami glisse la main dans sa poche de poitrine, constate qu'elle est vide, puis tâte son pantalon. Un puissant cocktail de pisse, de merde et de vomi lui monte aux narines et lui tord l'estomac. Il sort de la poche du pantalon une blague à tabac, du papier à cigarettes et des filtres. Il les tend à Santeri, à côté de lui, qui sourit, et continue sa fouille.

À un moment, Jori pousse un grognement. Rami s'immobilise un instant, puis continue. Arrivé à la poitrine, il sent une bosse, devine que c'est un portefeuille et commence à ouvrir la fermeture éclair de la veste molletonnée. Il a beau y aller lentement et avec précaution, son geste fait s'agiter Jori. Rami marque une nouvelle pause, attendant qu'il se calme, puis reprend. Il réussit à ouvrir la veste et l'écarte, découvrant le pull le plus crasseux que les garçons aient jamais vu. La puanteur tiède qui s'en échappe est indescriptible.

« Merde, putain ! Je vais gerber », grogne Santeri, et il recule en chancelant. Même Rami doit tourner la tête. Il remplit ses poumons d'air frais, glisse la main sous l'aisselle chaude de Jori et trouve sa poche intérieure. Elle contient un portefeuille. Il s'apprête à l'en sortir doucement quand on lui agrippe soudain la main. Si subitement et avec une telle force qu'il gémit de peur et de douleur.

Jori s'assied et repousse sa casquette. Son visage est fripé comme un raisin sec, ses rides strient la saleté de sillons plus clairs. Ses yeux sont d'un gris terne, mais son regard inexpressif ne fléchit pas quand il croise celui de Rami.

« On peut savoir ce que tu trafiques ? »

Rami tente de se dégager, mais la main de Jori lui enserre le poignet comme un étau. Il voit ses dents noires plantées de-ci de-là dans ses gencives, de traviole comme les pieux d'une clôture, et sent l'odeur de chair pourrie et de vieil alcool.

Malgré la poigne qui l'immobilise, il ne lâche pas le portefeuille auquel ses doigts sont agrippés comme les serres d'un aigle. Jori réussit à prendre une meilleure position et le saisit aussi de l'autre main, cette fois par l'épaule. Rami prend conscience que sa force n'est pas qu'une légende. Rien que la façon dont ses doigts se sont refermés sur lui prouve qu'il a encore de la puissance dans les bras.

« Sales morveux ! » aboie Jori en postillonnant sur la joue de Rami. Celui-ci essaie de nouveau de se libérer, sans succès. Contre toute attente, l'emprise sur son poignet se resserre même. Il sent plier ses os, prend peur et ne peut retenir un cri.

« Au secours ! Les mecs ! » Il cherche ses copains du regard, les trouve, mais Santeri et Petteri se sont transformés en statues de sel.

« Lâche ce portefeuille ou je te casse le bras ! grogne Jori. Je sais comment faire !

– Lâche-moi ! À l'aide ! » crie Rami, et il comprend alors que Jori est réellement capable de lui casser l'avant-bras. Non seulement *capable*, mais *décidé* à le faire s'il ne lâche pas le portefeuille. Il obéit, gémit et tente encore une fois de dégager son bras. Cette fois Jori le lâche, et il tombe par terre sur le dos. Les yeux écarquillés d'effroi, il se propulse à coups de talon loin de l'homme hirsute et puant qui se redresse de toute sa taille.

« Et maintenant, foutez le camp ! » grogne Jori qui vérifie que son portefeuille est bien dans sa poche intérieure. Puis ses doigts tremblants tâtonnent à la recherche de la fermeture éclair de sa veste et commencent à remonter le curseur.

« Allons-y ! » crie Petteri en reculant prudemment. Santeri saisit Rami par les aisselles et le remet debout.

« Vous feriez mieux, oui ! » dit Jori en agitant le poing et en faisant quelques pas en direction des garçons. « Ou vous allez prendre une raclée ! »

Les garçons se sauvent dans la forêt. Ils parcourent quelques dizaines de mètres et tournent la tête. Jori ne s'est pas lancé à leur poursuite, bien sûr, il tient à peine sur ses jambes.

« Stop ! » ordonne Rami. Ils s'arrêtent. Jori les suit du regard, chancelant. Pendant un moment, personne ne dit rien, puis il crie de nouveau :

« Foutez le camp, ou je vous colle une rouste ! »

C'est alors que Rami comprend quelque chose qui, en pratique, change sa vie. Il a l'intuition que Jori bluffe. L'homme a réussi à le surprendre, à l'effrayer et à lui faire croire qu'il était dangereux. Mais maintenant, à le voir de plus loin, il est clair que ce clodo tremblant n'est pas une réelle menace. Ils sont trois contre un vieux type merdeux déglingué par l'alcool.

« On y retourne, déclare Rami.

– Hein ? demande Petteri en le fixant d'un regard étonné.

– Il m'a fait mal », explique Rami, et il se masse le poignet, marqué d'une trace rouge. « Je veux son portefeuille.

– Laisse tomber, dit Santeri. On s'en va.

– Non ! On va prendre son portefeuille. » Rami ramasse dans le sous-bois une grosse branche morte, la casse en deux d'un coup de genou et se dirige lentement vers Jori.

« Vous feriez mieux de filer, les garçons, ou vous allez prendre une raclée ! » menace de nouveau ce dernier, mais Rami voit la situation d'un œil neuf et tout lui apparaît plus clairement. Le voile entre l'enfance et l'âge adulte s'est écarté, il ne brouille plus l'image. Rami note que les imprécations de Jori ont perdu de leur force. L'avantage de la surprise s'est évaporé. Ils le savent tous les deux. Jori garde les yeux rivés sur Rami, qui ne s'approche pas frontalement, mais comme un chat, en décrivant lentement une courbe par la gauche. Santeri et Petteri se munissent aussi de branches mortes. Ils sont curieux de voir ce qui va se passer. Rami sait qu'il ne doit pas sous-estimer Jori. Ils n'ont que douze ou treize ans et c'est un homme adulte, qui a du muscle. Mais il est vieux et soûl comme un cochon. C'est tout juste s'il tient sur ses pieds.

Rami attire sur lui l'attention de Jori. Pendant ce temps, Santeri et Petteri se déploient sur les côtés, exactement comme quand, dans la cour de l'école, ils prennent dans leur nasse des garçons plus petits qu'eux. Cette fois, la proie est juste un peu plus grosse que d'habitude.

« Putain, les mômes ! » tonne Jori plus fort que jamais. Normalement, un cri pareil dans la bouche d'un adulte suffirait à les faire fuir, mais ils sentent qu'il s'agit de la dernière tentative d'un homme aux abois pour donner le change.

Rami ralentit, attend que Jori baisse les yeux ou les détourne un instant. Ils ont déjà exécuté d'innombrables fois la manœuvre, ils la connaissent par cœur. Petteri passe derrière Jori, qui se retourne. C'est l'instant qu'attendait Rami. Il bondit en avant et frappe. Le coup atteint Jori à la joue, éveillant les échos de la forêt silencieuse, sa tête part sur le côté, sa casquette vole, et il laisse échapper un cri de détresse, suivi d'un hourra de Santeri. Jori chancelle, porte la main à sa joue, son pied cherche un appui et le trouve.

« Nom de Dieu ! » crache-t-il, et il fixe Rami d'un regard chargé de haine et de fureur. Mais derrière ce regard, celui-ci perçoit la prise de conscience de Jori de sa défaite. Lui qui s'est souvent battu par le passé avec d'autres marins dans les bars et les ruelles du quartier du port de Mäntyluoto et qui avait l'habitude d'en sortir vainqueur vacille maintenant au bord de la débâcle. Ses grossières tentatives d'intimidation sont restées sans effet et il court à sa perte.

« Vas-y, cogne ! » s'enthousiasme Santeri, et il se livre à un simulacre d'attaque par le flanc. La feinte réussit, comme toujours, et Jori se tourne pour le regarder. Rami en profite pour lui asséner de toutes ses forces une bourrade dans la poitrine, et lui fait perdre l'équilibre aussi facilement qu'on fait chuter un verre vide d'une table. Il tombe assis dans la mousse, essaie de se relever mais en est empêché par Santeri qui, d'une balayette de sa basket, fauche ses bras sous lui.

Rami le frappe de nouveau, cette fois à l'arrière de la tête, d'un coup de branche si violent que celle-ci casse. La moitié brisée vole dans la forêt. Jori tombe sur le côté, hurle quelque chose d'incompréhensible et lève les bras pour se protéger la tête. Petteri se joint aux autres et lui frappe les cuisses avec son bâton. Ce dernier se rompt, mais il continue avec ce qui en reste. Les coups pleuvent sur les jambes et le dos de Jori. Quand il semble acquis qu'il ne se relèvera pas, Rami ordonne : « Tenez-le par les bras ! »

Il retourne Jori sur le dos et sa puanteur atroce le prend de nouveau à la gorge, mais cette fois il s'en moque et s'assied à califourchon sur son ventre. Jori geint, des bulles de sang lui sortent du nez, ses yeux écarquillés de terreur le fixent. Santeri lui saisit le bras droit, essaie de le déplier, mais s'aperçoit vite qu'il est plus fort que lui. Il ramasse une pierre et le frappe à l'oreille. Jori hurle comme un chien errant ayant reçu un coup de botte, son bras se relâche, inerte, et il éclate en sanglots. Santeri lui cloue le bras au sol avec ses genoux et Petteri fait de même de l'autre côté. Rami ouvre la fermeture éclair de sa veste, tire son portefeuille de sa poche intérieure et le glisse dans la poche-revolver de son jean.

« Ne le lâchez pas ! » lance-t-il, et il ramasse une branche pourrie. Il la fourre entre les dents de Jori qui tousse, crache et secoue la tête, mais il continue d'appuyer jusqu'à ce qu'il cède et que la branche passe par-dessus sa langue et s'enfonce dans sa gorge.

« Suce ! crie Rami. Essaie un peu de me casser le bras, maintenant, ordure ! Suce, putain ! »

Jori est secoué de spasmes, sa tête roule de droite à gauche et s'arque vers le haut tandis qu'il essaie désespérément de respirer, les yeux exorbités. Ses bras, ses jambes, son corps entier sont agités de soubresauts comme un poisson soudain tiré sur la terre ferme.

« Putain tu pues ! On devrait tuer tous les types dans ton genre. Ce que tu pues ! Suce, putois ! »

Rami se penche sur Jori. Il veut voir ses yeux, car il y a quelque chose de fascinant dans leur regard. Ils semblent vitrifiés et reflètent une impuissance totale, comme ceux d'un bébé. De la morve mêlée de sang coule de ses narines.

« Arrête ! » crie Santeri, et il repousse Rami. Petteri libère le bras de Jori et ce dernier roule sur le côté, le bâton baveux glisse d'entre ses dents et reste à pendre au coin de sa bouche tandis qu'il cherche, tremblant, à reprendre sa respiration.

« Tu vas le tuer, putain ! »

Rami se redresse d'un bond, le visage tordu de fureur, les yeux brillants de rage, mais en même temps, l'air totalement absent. « Il n'est pas mort. Si on ne peut plus plaisanter ! »

Santeri le regarde, mais ne dit rien. Ils partent en courant dans la forêt, traversent la route et se dirigent vers l'aire de jeux nichée au milieu des bois. Là, ils s'assoient sur un banc et ouvrent le portefeuille. Il est vieux, déchiré et avachi. Rami entreprend de le fouiller, compartiment après compartiment. Il y a quelques cartes plastifiées – identité et sécurité sociale – et d'autres en carton – bibliothèque et associations sans intérêt –, ainsi que des coupons de l'Armée du Salut. Rami les jette dans la forêt. Dans le compartiment à billets, il y en a deux de cent marks et quelques-uns de vingt. Rami les empoche, ainsi que la petite monnaie.

Petteri roule à chacun une cigarette du tabac de Jori. Il est beaucoup plus fort que ce à quoi ils sont habitués et il les fait tousser. Il y a aussi dans le portefeuille deux vieilles photos. L'une est pliée en deux et on y voit Jori en personne. Elle est en couleurs, mais déjà jaunie. À l'arrière-plan, il y a une avenue en bord de mer, avec une plage et des palmiers. Jori porte une chemise en coton à manches courtes dont les quatre boutons du haut sont ouverts. Sa barbe est noire et ses dents d'un blanc éclatant. À côté de lui se tient un homme à la peau couleur d'ébène qui a lui aussi une chemise claire en coton et des bras au moins aussi gros que ceux de Jori. Ils se tiennent par l'épaule et sourient à l'objectif. Rami retourne la photo et lit les mots à demi effacés, au dos : *Tangier, 1968. To my friend Jori. See you soon. – Bob –*

L'autre photo a été prise à l'école. Elle aussi est très ancienne. On y voit une fille, peut-être de leur âge, peut-être plus jeune de quelques années. Elle a de longs cheveux châtains, des yeux bruns et un joli sourire. Quelque chose, dans la photo, fait que les garçons restent à la regarder plus longtemps que d'habitude. Puis Rami les déchire toutes les deux et jette les morceaux aux quatre vents. Il balance le portefeuille vide dans la forêt, aussi loin qu'il peut.

Les garçons se lèvent et se dirigent d'un pas traînant vers la supérette qui se trouve au pied des immeubles voisins. L'argent leur brûle les poches, ils veulent le dépenser au plus vite. Rami ne cesse de penser à ce qui s'est passé. Il sent qu'il a, comme par effraction, franchi un mur invisible. Une barrière entre l'âge adulte et l'enfance est tombée. Des idoles ont été brisées et il se rend confusément compte que les adultes ne sont finalement pas si différents des enfants. Ils obéissent tous à la même loi de la violence.

29

Automne 2018

Debout à la fenêtre, Henrik Oksman regarda Jari Paloviita monter dans sa voiture et quitter le parking. Il resta encore un moment là, plongé dans ses pensées, puis se rassit à son bureau et ouvrit le dossier du meurtre de Rami Nieminen.

Dès la première page, une odeur de roussi l'assaillit. Elle montait maintenant à ses narines de partout. Il était conscient de ne pas être le plus sociable des hommes, mais il avait, tout comme Linda Toivonen, une solide connaissance de la nature humaine. Et ils sentaient tous les deux les relents de cramé qui flottaient dans les couloirs, en provenance du bureau de Jari Paloviita. Oksman le connaissait depuis trois ans, dont deux en tant qu'équipier. Ils n'étaient pas proches pour autant, mais ils se comprenaient. Ils étaient différents, vivaient chacun leur vie, avaient leurs propres objectifs, mais qui ou quoi qu'ils soient, ils étaient tous les deux de bons policiers. Différents, mais bons.

Quelque chose clochait, rien n'était normal.

Paloviita avait menti à propos de Raunela. Ce dernier ne lui avait pas mis ces idées bizarres en tête. C'était l'inverse.

Paloviita ne savait pas qu'il savait.

Oksman feuilleta paresseusement le dossier, s'arrêtant par moments pour relire un passage qu'il avait déjà plusieurs fois étudié. Il s'efforçait de trouver entre les lignes ce que Paloviita l'avait engagé à chercher, mais en vain. À chaque page, la culpabilité d'Antti Mielonen sautait un peu plus aux yeux. Il s'était d'ailleurs déjà livré au même exercice, passer en revue tous les scénarios possibles, et était parvenu à une seule et unique conclusion. Personne d'autre, au chalet, n'aurait pu tuer Rami Nieminen sans laisser aucune trace. Il existait un principe, le rasoir d'Occam, selon lequel l'explication la plus simple était en général la bonne. Dans les polars, pour découvrir le meurtrier, un héros supérieurement intelligent devait assembler un puzzle abstrait d'une incroyable complexité, et à la fin, le coupable s'avérait être le suspect le plus improbable. Sauf qu'on n'était ni dans un film ni dans un roman, mais dans la vraie vie. L'hypothèse la plus simple, et par conséquent la vérité, était qu'Antti Mielonen était le meurtrier, merde ! Oksman en était sûr, et Paloviita aussi. Que fabriquait-il au juste ? Il avait pourtant raison sur le fait qu'il y avait eu dès le début pas mal de cafouillage, et qu'il fallait, pour le bien de leur réputation, donner à l'enquête une apparence un peu plus professionnelle. On ne pouvait pas tout mettre sur le compte de la tempête, et il était injuste de n'accuser que les techniciens. Beaucoup d'autres choses auraient dû être faites autrement. Mais porter un jugement rétrospectif était ce qu'il y avait de plus stupide au monde. Tout un chacun en était capable.

Paloviita avait qualifié Mielonen de pauvre type et jugé que personne ne regretterait Nieminen. Ce n'était pas un langage digne d'un policier. Oksman savait que beaucoup de ses collègues pensaient ça des coupables, et souvent aussi des victimes, mais personne n'avait besoin de le dire tout haut.

Et surtout pas le directeur d'enquête.

Dans la balance, toutes les vies étaient d'égale valeur aux yeux de la justice, ou du moins auraient dû l'être. Qu'il s'agisse d'une mère de famille dévouée ou d'une crapule dans le genre de Rami Nieminen, tous étaient des êtres humains. La crapulerie n'était jamais une circonstance atténuante.

Poursuivant sa lecture, Oksman se replongea dans les antécédents de Nieminen et de Mielonen. Ils étaient presque identiques. Les deux hommes avaient à peu près le même âge, Nieminen n'avait qu'un an de plus que Mielonen et tous deux étaient tombés très jeunes dans la délinquance. Leurs voies vers la prison étaient pavées des mêmes éléments : drogue, violence et infractions. Une même vie d'errance où les différentes villes et adresses se succédaient à un rythme rapide, et, dans chaque nouvelle localité, les mêmes problèmes – jusqu'à leur collision finale, dans un chalet de Korpholma.

Il y avait parmi les documents les trois clichés qu'Oksman et Linda Toivonen avaient empruntés à Kari Nieminen : les photos de classe de cinquième et de sixième année et le portrait de Rami, pendant cette dernière. Oksman regarda son visage. Beau gosse. Il repensa à la bibliothèque de Kari Nieminen, où il n'y avait pas une seule photo de son fils.

C'était un fumier dès la naissance, et dans le fumier, il ne pousse que des mauvaises herbes.

Oksman songea que Rami Nieminen avait réellement été contraint à pousser dans le fumier, et que cette petite pousse y avait été de nombreuses fois piétinée. Il savait par expérience à quel point il était difficile de s'en relever. Pour le reste aussi, leur visite chez Kari Nieminen avait à nouveau tout fait remonter à sa mémoire. Ce n'était pas seulement l'odeur de la maison, mais l'ensemble. La façon dont Kari Nieminen avait parlé de son fils, les livres et les photos sur l'étagère. Le fumier était le même partout dans le monde, constata-t-il, et il avait la même odeur, que la famille soit riche ou pauvre.

Je lui ai dit, déjà tout petit, que je ne laisserais jamais squatter chez moi des saletés de négros, de youpins, de cocos et autres.

Ses souvenirs tombèrent sur Oksman comme un tas de briques. Il se revit en mars 1992, quand son père l'avait secoué au milieu de la nuit et lui avait ordonné de descendre sur-le-champ au rez-de-chaussée. Il s'était habillé et s'était traîné jusque dans le séjour, où la télévision diffusait une édition spéciale – en direct de Los Angeles. Un hélicoptère tournait dans le ciel et filmait les incendies qui faisaient rage dans une banlieue et les gens qui couraient dans les rues en jetant des pierres et des bouteilles sur les voitures et sur la police. Sa mère était assise sur le canapé en chemise de nuit, elle aussi réveillée par son père. Lui marchait de long en large devant la télévision avec un étrange éclat dans les yeux.

Quand son père l'avait vu arriver, il l'avait saisi par la nuque et obligé à regarder les policiers en tenue anti-émeute avancer dans les rues, équipés de fusils à pompe et de matraques. Par moments, ils essuyaient des jets de projectiles, et on entendait à l'arrière-plan des crépitements et des détonations d'armes à feu. « Regarde bien, fiston. Regarde et mets-toi dans la tête, mettez-vous tous les deux dans la tête, ce qui se passe quand on donne le moindre pouvoir aux négros. Ils se mettent aussitôt à s'entretuer. Et pourquoi ? Parce qu'ils ont arrêté ce singe, Rodney King, et qu'ils lui ont un peu fait tâter de leurs matraques. Regardez bien ces négros brûler et piller une ville blanche. Ils se conduisent comme des rats, putain ! »

Oksman posa le portrait de Rami Nieminen sur la table et prit les copies agrandies des deux photos de classe. Rami Nieminen s'y tenait debout au dernier rang, avec sur chacune le même T-shirt Star Wars. Oksman se rappelait son propre T-shirt à l'effigie de l'extraterrestre Alf, qu'il avait dû continuer à porter en entrant au collège. Il avait été obligé de rouler les manches pour qu'on ne voie pas qu'elles étaient trop courtes.

Les souvenirs, ces démons perfides.

Il examina un par un les visages des photos. D'abord le rang du bas, puis celui du milieu et enfin celui du haut. Deux fois de suite pour chacune des années, mais sans y trouver de différences. Vingt-six élèves y figuraient. Oksman put facilement vérifier que tous étaient les mêmes. Sur le côté des photos se tenait aussi la même institutrice aux cheveux déjà grisonnants, au visage sec et au sourire crispé. Sur la pancarte tenue sur les deux photos par la même fille, apparemment la plus petite de la classe, il était écrit, sur l'une :

École élémentaire de Käppärä, 5e A
1989

Et sur l'autre :

École élémentaire de Käppärä, 6e A
1990

Oksman se massa le visage et revint à l'historique de Mielonen. Contrairement à Nieminen, on ne savait pratiquement rien de ses jeunes années, si ce n'est qu'il était né à Pori et qu'à la mort de son père, il avait été retiré à sa famille sur décision des services sociaux. Il était bien sûr possible que les routes de Nieminen et de Mielonen se soient croisées dès l'enfance, mais ils s'étaient en tout cas rencontrés à la prison de Sörnäinen en 2014. Si le meurtre avait un motif sérieux, il remontait peut-être à cette époque.

Mais il y avait forcément autre chose, vu le comportement bizarre de Paloviita. Comme s'il avait eu un motif personnel d'orienter l'enquête. Oksman ne parvenait pas à se défaire de cette sensation, son instinct lui murmurait qu'il devait tirer la chose au clair. Il fixait la photo de classe de Nieminen quand il eut soudain une idée. Il reprit le dossier de Mielonen et l'ouvrit. Il y manquait quelque chose. Il relut le passage indiquant qu'il avait été retiré à sa famille à l'âge de treize ans. Il n'y figurait aucun détail, ni le motif, ni rien de plus. On y disait juste qu'il avait été placé dans une famille d'accueil, dans une autre ville.

Il s'arrêta sur l'année de naissance de Mielonen, et soudain une autre illumination lui vint. C'était la même que celle de Jari Paloviita. Même date et même ville. Nieminen avait un an de plus qu'eux, mais un an seulement. Oksman tenta de se rappeler ce qu'il savait de Paloviita, autrement dit pas grand-chose. Ils avaient passé des centaines d'heures à enquêter ensemble sur différentes affaires, mais n'avaient jamais rien partagé de personnel.

Ce dont il était sûr, c'était que son chef était entré à l'école supérieure de police tout de suite après son service militaire et, une fois diplômé, avait travaillé comme gardien de cellules dans un commissariat jusqu'à ce qu'il obtienne un poste d'enquêteur remplaçant à Rauma. Il était arrivé dans la police de Pori en 2007, avait passé le concours de l'encadrement et été promu inspecteur en 2010. Il avait ensuite poursuivi sa formation et passé le concours de commissaire. Il était marié et avait deux filles qu'Oksman n'avait jamais vues que sur la photo qu'il gardait sur son bureau. Sa femme était institutrice, et très belle. Ils habitaient à Viikinäinen, en bordure de l'étang, dans une immense maison moderne. Oksman était une fois passé devant en voiture, par curiosité. C'était tout ce qu'il savait de son collègue.

Il ne s'agissait peut-être pas de liens entre Mielonen et Nieminen, mais entre Mielonen et Paloviita, ou Paloviita et Nieminen… ou, et Oksman leva les yeux du dossier… entre eux trois.

L'idée semblait aussi tirée par les cheveux que la théorie du complot sortie de son chapeau par Paloviita, mais quelque chose, en elle, se refusait à mourir. Elle ne le quittait pas, obsédante, telle une mouche bourdonnant dans une pièce et parvenant sans cesse à échapper au journal qui menace de s'abattre sur elle. Oksman savait par expérience qu'il ne parviendrait pas à se débarrasser de cette sensation tant qu'il n'en aurait pas découvert la cause. Son regard revint au passage du dossier de Mielonen qu'il venait de lire. À cette décision prise en juillet 1991 de le retirer à sa famille, et sur laquelle il n'y avait aucun détail. Il devait se procurer les documents originaux. Il devait aussi en apprendre plus sur l'enfance de Paloviita. Où lui et Mielonen étaient-ils allés à l'école, et connaissaient-ils Nieminen ? Il savait qu'il marchait sur une fine couche de glace printanière sous laquelle coulait une eau noire. Et elle pouvait se rompre à tout instant.

Il empila les papiers, enfila son manteau et sortit.

Paloviita déposa son manteau dans son bureau et alla voir Oksman, mais ne trouva qu'un bureau vide. Les papiers du meurtre de Rami Nieminen traînaient sur la table. Il s'approcha et écarta ceux du dessus. Il trouva dans la pile les deux photos de classe et le portrait de Rami Nieminen. Il regarda longuement son visage. Tous les poils de son corps se hérissèrent. Il reposa les photos et replaça les autres documents par-dessus. Il sentait au creux de son estomac le poids froid et mortel d'un bloc de béton.

30

Été 1991

Jari rêve qu'il embrasse Henriikka. Ils sont dans une vieille maison en madriers, peut-être le chalet de vacances où il allait avec ses parents avant la naissance de Tiina, mais ce peut être ailleurs aussi, car ses souvenirs du chalet se sont estompés.

Henriikka se tient debout devant les grandes fenêtres et le rayon de lune qui tranche l'étendue de la mer argente ses cheveux, qui semblent brûler de flammes de glace. Il lui prend les mains, il sent son parfum, lourd et enivrant, puis leurs lèvres se touchent. Douces, pleines, humides.

Quelque chose vient frapper la vitre et Henriikka se détache de lui. Ils se regardent, puis regardent dehors dans l'obscurité éclairée par la lune, mais ne voient rien. Un autre gravier heurte le carreau et le rêve commence à se dissiper. Le chalet s'étire sous leurs pieds, la silhouette de Henriikka disparaît dans le noir. Jari se réveille, s'assied dans son lit. La nuit est claire. Il regarde les chiffres rougeoyants du radio-réveil. Une heure et demie du matin.

Il allume la lampe de chevet, bâille et s'étire. Un troisième caillou, qui touche cette fois le rebord métallique de la fenêtre, résonne si fort qu'il le tire de son lit. Il va à la fenêtre. Antti est dans la rue, sous le lampadaire, appuyé à son vélo, et agite la main. Jari lui rend son salut et ouvre la fenêtre. La nuit sent l'herbe humide.

« Viens, on y va ! chuchote Antti.

– Où ça ?

– Chut !

– Où !

– C'est une surprise, habille-toi.

– Il fait froid ?

– Non, on crève de chaud. Dépêche ! »

Jari ferme la fenêtre. Il a sommeil, mais la curiosité est plus forte. Il enfile un jean et un sweat à capuche et ouvre la porte de sa chambre. Le palier est plongé dans la pénombre. Les ronflements de son père montent du rez-de-chaussée, la porte de la chambre de Tiina est fermée. Il descend l'escalier sur la pointe des pieds, les ronflements s'interrompent mais reprennent aussitôt. Jari ouvre la porte, la referme doucement et ne noue ses lacets qu'une fois dehors.

Antti l'attend à la grille, son sac sur le dos.

Ils poussent leurs vélos jusqu'au carrefour puis sautent en selle. Jari n'est jamais sorti aussi tard, et Antti non plus. Pas une seule voiture alentour, les fenêtres des maisons luisent d'un sombre éclat. Quelque part au loin, un chien aboie. Rien n'est comme en plein jour. L'odeur aussi est différente, lourde et riche, mais la nuit n'est pas silencieuse. Les arbres et les buissons sont pleins d'oiseaux. Un chat noir traverse la rue en courant et les deux garçons crachent par-dessus leur épaule gauche.

C'est comme s'ils grandissaient trop vite. Jari a l'impression que l'âge adulte est là, quelque part, à portée de main, mais encore masqué par un rideau. Il ne reste que deux jours d'école. Ils sont en train, songe Jari, de couper les fibres ténues du temps. À chaque instant, ils laissent quelque chose derrière eux, et, à chaque instant, découvrent quelque chose de nouveau.

Antti se tait, mais il est clair qu'il a une idée derrière la tête. Jari espère que ce n'est rien qui risque de les mettre en difficulté, mais il lui fait confiance.

« Dis-moi où on va.

– Tu vas bientôt voir. C'est une surprise. »

Ils dépassent le terrain de foot et tournent dans Musantie. Au croisement de Friisintie, Antti s'arrête et met pied à terre. Ils laissent leurs vélos contre une haie d'aubépine et c'est alors seulement que Jari comprend où ils sont, qu'il reconnaît la grille qui se dresse devant eux.

« Qu'est-ce que tu mijotes, putain ? »

Antti sourit. La lumière indirecte des lampadaires fait paraître effrayant son visage plongé dans l'ombre. « Je t'ai dit que je trouverais quelque chose.

– Qu'est-ce que tu mijotes ? insiste Jari sans bouger d'un pouce.

– Tu veux te venger ? demande Antti. Pense à ce qu'ils t'ont fait, et à ce qu'ils ont fait à ton vélo. Je t'ai dit qu'ils n'arrêteraient jamais si on ne les stoppe pas net.

– Qu'est-ce que tu comptes faire ? » redemande Jari.

Sans répondre, Antti va à la grille et se glisse dans le jardin. Jari reste dans la rue. Il se plaque contre la haie d'aubépine et tente de respirer calmement. Son cœur bat, dans son ventre s'est formée une flaque de béton qui commence à prendre rapidement. La peur de rester seul devient vite trop pesante, il se force à bouger et à franchir la grille à la suite d'Antti. La lumière des lampadaires ne parvient pas jusqu'au jardin, les pommiers jettent de longues ombres profondes sur la pelouse. Une Toyota Carina poussiéreuse est garée dans l'allée à côté d'une moto. Jari est sur le point de regagner la rue en courant quand un chuchotement, au pied du perron, l'arrête :

« Par ici. »

Il se tourne. Il distingue la silhouette d'Antti penchée près du mur de la maison et l'entend ouvrir la fermeture éclair de son sac à dos. Il s'accroupit près de lui et comprend alors ce qu'il fait. Il a sorti de son sac un coupe-boulon qu'il place entre les rayons du VTT Nishiki attaché au rack à vélos. Le Nishiki de Rami Nieminen.

« Aide-moi un peu. Tiens-le, qu'il ne bouge pas.

– Tu es fou !

– Chut ! »

Antti appuie de toutes ses forces sur la pince. Il semble d'abord ne rien se passer, mais il rectifie sa position, place les bras du coupe-boulon sous son ventre, se couche pratiquement dessus et pèse de nouveau de tout son poids. Quelque chose cède, et l'antivol se brise dans un cliquetis métallique. Pendant un instant, les garçons se tiennent totalement silencieux, sans même oser respirer. La nuit reste muette.

Ils se redressent. Antti fourre le coupe-boulon dans son sac, pousse le vélo de Rami Nieminen jusque dans la rue et l'enfourche.

Jari saute sur la selle de son Tunturi, attrape le Helkama d'Antti par les cornes et le suit. Ils pédalent aussi vite qu'ils le peuvent, traversent Tommilantie et s'enfoncent dans la forêt de Musa. Ce n'est qu'une fois à l'abri des arbres qu'ils osent s'arrêter. Leur souffle est brûlant, leurs cœurs galopent. Puis Antti éclate d'un rire qui gagne aussi Jari, et, au bout d'un moment, ils hurlent tous les deux si fort qu'ils ont du mal à s'arrêter. Ils poussent les vélos plus loin dans la forêt, Antti pose son sac dans la mousse et en sort des outils. Deux coupe-boulons, un marteau et deux scies à métaux.

« Allons-y », dit-il, et bien que dans la pénombre Jari ne voie pas son visage, il sait qu'il sourit. Et lui aussi. Ils se mettent au travail. Antti se saisit d'une scie et commence par le milieu du cadre. La lame mord dans l'aluminium comme une cuillère chaude dans de la crème glacée. Le grincement du métal résonne entre les arbres.

Jari essaie lui aussi de manier la scie, mais vu le piètre résultat, il entreprend de couper un par un les rayons des roues à la pince. Les morceaux se détachent du vélo de Rami comme des quartiers d'orange.

Antti s'arrête par moments pour se reposer les bras, puis recommence à scier. Il fend le vélo en deux, puis s'attelle à découper la fourche avant. Jari détache la selle à coups de marteau, casse le dérailleur, coupe les chaînes, retire les garde-boues. Quand ils en ont fini, le jour se lève déjà. La pâle lumière qui pointe entre les arbres augmente lentement, comme un ballon de baudruche se remplissant d'air. Et avec elle, le chœur des oiseaux se renforce. Les garçons se redressent, reculent de quelques pas et admirent leur œuvre. Leurs fronts luisent de transpiration, leurs mains sont comme des spaghettis. Le vélo de Nieminen a été débité en au moins dix morceaux qui brillent dans la bruyère. Ils se serrent la main en l'honneur du travail bien fait et éclatent de nouveau de rire. Ils cachent les morceaux dans un fossé peu profond, les couvrent de branchages et rentrent chez eux. De temps à autre, leurs mâchoires se raidissent en un bâillement.

« On va à la pêche demain ? demande Antti.

– Ah non, je suis trop épuisé », dit Jari, qui pense à son rendez-vous avec Henriikka. Les menaces de Rami

Nieminen semblent en cet instant très lointaines. « On a tout l'été pour taquiner le poisson. »

Antti ne répond pas. Une voiture solitaire les croise au carrefour de Haapasaarentie et Liikasentie, le conducteur ralentit en les voyant mais ne s'arrête pas. Ils se lancent un au revoir et tournent chacun dans sa direction. Chez lui, Jari se remet en pyjama et grimpe dans son lit, mais n'arrive pas à se rendormir. Son corps et son esprit s'agitent, il repense aux événements de la nuit. Et si quelqu'un les a vus ? Et si quelqu'un trouve le vélo désossé et appelle la police ? Il est couvert de leurs empreintes digitales.

L'autre moitié de son cerveau jubile. Jari songe que dans un instant Rami se réveillera, prendra son petit déjeuner et partira pour l'école, mais ne trouvera à la place de son vélo que les restes de l'antivol. Il voudrait voir sa tête. Devinera-t-il qui a pris son VTT ? Sans doute pas. Rami ne le croit pas capable d'une chose pareille. Mais il comprendra avant longtemps.

Quand son réveil sonne, Jari est déjà habillé et en train de petit-déjeuner dans la cuisine. Il est allé chercher le journal dans la boîte aux lettres et est occupé à lire les comic strips quand Tiina le rejoint, les cheveux ébouriffés, son lapin en peluche sous le bras.

« Tatine. »

Jari lui beurre une tranche de pain de mie, la garnit de fromage et de concombre et fait chauffer du chocolat chaud dans le micro-ondes. Tiina grimpe sur ses genoux, il lui lit les bulles des bandes dessinées et lui caresse les cheveux. C'est ainsi que leur mère les trouve quand elle entre à son tour dans la cuisine.

31

Le matin du dernier jour d'école s'ouvre, frais et lumineux. Jari sait qu'il aura un bon bulletin. Dans certaines matières, comme la grammaire et les maths, il aura même d'excellentes notes, mais ce n'est pas ce qui l'intéresse pour le moment. Il pense à la soirée de la veille, quand il était assis avec Henriikka dans la pénombre du cinéma. Ils étaient collés l'un contre l'autre, et il sentait l'odeur de shampoing de ses cheveux. Ils n'ont pas beaucoup parlé, car ils ne savaient pas ce qu'il convenait de dire, mais ce n'était pas un problème. Henriikka lui a confié qu'elle détestait les perturbateurs comme Rami Nieminen, Petteri Kallio et Santeri Aho qui passaient leur temps à harceler plus petits qu'eux. Puis elle lui a parlé de sa famille et du poney dont elle s'occupe, Pommi, dans un manège d'Yytteri.

Lui a évoqué Tiina, la pêche, Antti – des choses du quotidien qui n'avaient guère d'importance, mais qui en cet instant signifiaient tout. Il voulait avouer que c'était lui qui avait écrit cette lettre, mais il n'a pas osé, et il mourait d'envie de raconter ce qu'ils avaient fait avec Antti dans la nuit, mais il s'est retenu. Il aurait aussi aimé parler de la maison abandonnée et des lettres qu'ils avaient enterrées, mais il savait que ce devait rester leur secret. Il y avait des choses, des sphères closes, qui n'étaient pas destinées à d'autres, et il lui semblait parfois que le monde entier reposait dessus. Sur ces cercles d'initiés et sur les bulles qui se créaient en leur sein et sur tous ceux qui en restaient exclus. Antti et lui avaient leur propre sphère, tout comme il y en avait une à la maison, une à l'école, une avec chaque ami. Et il avait l'impression qu'il s'en était aussi formé une autour de lui et de Henriikka. Une bulle d'où l'on voyait l'extérieur, mais dont personne ne pouvait voir l'intérieur.

La journée d'école commence à huit heures. Les élèves sont de bonne humeur. Ils sont mieux habillés que d'habitude, leurs cheveux sont bien coiffés. Quand Jari et Antti arrivent, il y a déjà beaucoup de monde dans la cour. Le soleil commence à chauffer et les manteaux tombent. Ils distinguent dans la foule leurs camarades de classe et de nombreuses têtes familières. Des élèves de classes de même niveau, ou plus jeunes, des enseignants. Il y a ici leur instituteur, là leur professeur de musique, là le directeur. Et là Rami Nieminen et sa bande, à l'écart, tirant une gueule d'enterrement.

C'est étrange de penser que tout ça sera bientôt du passé. Cette vie, cette cour d'école et les gens avec qui ils ont passé six ans, presque toute leur enfance. Jari repère aussi dans la foule Henriikka, qui porte une robe d'été à fleurs rouges. Ses cheveux sont rassemblés en une seule tresse qui tombe entre ses omoplates comme la queue d'un dragon. Elle a un cou de cygne, long et fin. Autour d'elle papillonnent des filles qui rient et s'embrassent, partageant le même sentiment. Le sentiment qu'à l'automne tout changera, mais pas aujourd'hui, pas encore.

Henriikka le voit arriver et sourit. Jari lui rend son sourire, mais détourne les yeux pour ne pas trop en révéler. Antti et lui rangent leurs vélos dans le rack et se mêlent aux autres. Ils sont impatients. La foule s'agglutine plus près du perron, les mines sont réjouies.

C'est là que ça se produit.

Ils le devinent à la première exclamation qui perce l'atmosphère d'attente de la cour. Le silence se fait. Après un moment de flottement, les regards convergent tous vers le même point. Un petit groupe s'affaire autour du mât à drapeau. Il y a le concierge de l'école, et deux ou trois professeurs accourus à la rescousse. Il a entre les mains un drapeau finlandais, mais personne n'y prête attention, tous n'ont d'yeux que pour ce qui a été hissé en haut du mât.

Un éclat de rire fuse, quelqu'un crie quelque chose. Puis c'est une clameur ouvertement goguenarde. La nouvelle du vol du vélo de Rami Nieminen a déjà fait le tour de l'école, et personne n'en est vraiment fâché. Tous connaissaient de vue son VTT Nishiki violet foncé, dont les morceaux s'entrechoquent maintenant au sommet du mât comme le gréement d'un bateau.

La vague de rires s'étend, élève après élève, et bientôt toute la cour s'esclaffe et hurle. Les professeurs essaient de calmer le jeu et d'éloigner la foule du mât, mais sans succès. À ce stade de l'année scolaire, ils ont perdu toute autorité. Le concierge entreprend de ramener au sol l'entrelacs de métal d'où pointent, comme d'une sculpture moderne, des cornes de guidon, des garde-boues et des jantes tordues. Les regards cherchent Rami, qui se tient sous le préau avec sa bande. Sa mine est sombre comme une nuée d'orage, et celles de Santeri et de Petteri ne valent guère mieux, si ce n'est que Jari croit apercevoir aux commissures des lèvres de ce dernier un fugitif soupçon de sourire, aussitôt effacé.

La ferraille atterrit bruyamment sur le gravier et le concierge s'attaque à démêler l'écheveau de corde qui maintient l'ensemble. Le regard de Rami balaie la foule, s'arrête sur les visages hilares de Jari et Antti. Ce dernier tend le bras et dresse le majeur, son sourire s'élargit encore. Jari aussi lui fait un doigt d'honneur, d'abord timidement, puis avec la même assurance qu'Antti. Rami donne un coup de coude dans les côtes de ses acolytes ; pendant un instant, tous se toisent à travers la cour. Rami fait de la main le geste de se trancher la gorge. Une grimace de fou furieux lui tord le visage. La cloche sonne, invitant tout le monde à entrer. Antti s'emplit la bouche de salive et crache par terre, les yeux plantés dans ceux de Rami Nieminen.

PARTIE VI

Les dents acérées du temps

La mère d'Antti est au volant, le capot de l'Ascona avale l'asphalte sec. La banquette arrière sent la poussière et la cigarette, car le père d'Antti, assis à l'avant, fume à la chaîne. Il fait chaud, les volutes de fumée s'échappent par la fenêtre entrouverte dans la claire journée d'été. Les haut-parleurs mono déversent de la musique, Rauli Somerjoki chante Le Paradis.

Antti est assis en silence à côté de lui, le regard tourné vers la vitre. La route sinue à travers les forêts et les champs, traverse des villages anonymes et des pâturages, le soleil brille entre les arbres. Ils franchissent des ponceaux et des ruisseaux à sec, et Tiina, sa petite sœur morte, lui manque terriblement, mais il n'arrive pas à pleurer. Ils traversent un hameau constitué de deux ou trois maisons, plus une baraque à hot-dogs et une épicerie. Des gens sont rassemblés autour d'un mât de la Saint-Jean à fumer et à faire circuler une bouteille de vodka.

Le père d'Antti décapsule une bière et la porte à ses lèvres. La route se rétrécit, devient chemin de terre, à la fin si étroit qu'il ne peut y passer qu'une seule voiture à la fois. Derrière les arbres apparaît un lac. Le père d'Antti a presque fini sa bière, il fait clapoter ce qu'il en reste dans le fond de la bouteille et la vide d'un trait, se tourne vers la banquette arrière et adresse un clin d'œil aux garçons.

32

Automne 2018

Paloviita gara sa voiture le long du trottoir et regarda la maison qui se trouvait en face. Une force étrange l'avait conduit là. Il avait sauté au volant et roulé sans but dans la ville. Ses pensées tourbillonnaient, et soudain il s'était aperçu qu'il se trouvait dans la rue où il avait habité enfant.

Elle était là. La maison dans laquelle il avait passé son enfance et sa jeunesse. Elle était toujours aussi belle. D'autres maisons de mêmes dimensions avaient été construites depuis dans le voisinage, mais elle continuait de se camper fièrement parmi elles. Des murs de béton blanc, un toit de tôle à joints debout, de grandes baies vitrées donnant au sud. Son père était sans conteste un architecte de talent. En un sens, même s'il ne se l'était jamais avoué, la maison qu'il partageait avec Terhi à Viikinäinen ressemblait à celle-ci.

La Lexus de son père était garée dans le jardin. Il avait pris sa retraite dix ans plus tôt, deux ans avant sa femme. Paloviita tenta de se rappeler quand il avait pour la dernière fois rendu visite à ses parents. Ça devait faire deux ans. Et eux n'étaient venus qu'en de rares occasions chez lui, pour les anniversaires des filles. Ne pas se voir était un excellent moyen d'éviter de parler de choses dont on ne voulait pas parler.

De Tiina, songea Paloviita. Le jour viendrait-il jamais où le sujet serait abordé ? Sans doute pas. Il y avait dans le monde des choses si dures que même la dent du temps ne pouvait les entamer. Des choses auxquelles il valait mieux ne pas toucher.

Il fit demi-tour, roula jusqu'au bout de la rue et tourna vers la colline de Paratiisinmäki. Il passa sur le pont de Suntinoja, qui avait été construit dans les années quatre-vingt-dix. Avant, on ne pouvait franchir la petite rivière à cet endroit que par une passerelle en bois. Maintenant, les hauteurs et les champs environnants étaient sillonnés de routes goudronnées. Ralentissant dans un virage, Paloviita regarda la forêt. Il en restait encore un peu sur le flanc sud de la colline, mais tout le reste avait changé, le sommet déboisé s'était couvert de rues et de maisons individuelles, de même que les anciennes terres agricoles. Paloviita s'engagea dans l'une des voies semi-circulaires qui escaladaient la pente. Les maisons avaient déjà de l'âge mais étaient toujours belles, de quelque point de vue que ce soit. Paloviita se rappelait qu'au moins deux ou trois des plus grandes avaient été dessinées pas son père, mais il ne savait plus lesquelles.

Il roula jusqu'au bout de Paratiisintie, puis s'égara dans le lacis des nouvelles rues et erra un moment, ayant perdu le sens de l'orientation, jusqu'à ce qu'il se retrouve, de l'autre côté de la colline, dans la zone de Klasipruuki, elle aussi entièrement lotie. Il se gara et descendit de voiture. Le vent, sec et glacé, sentait la neige.

C'était là qu'elle se dressait, jadis. La maison abandonnée au milieu d'une prairie, peut-être à l'emplacement exact de cet abri à voiture. À moins que ses ruines n'aient été recouvertes par la chaussée. Impossible à dire plus précisément, car il ne restait aucun des anciens repères. Sans doute était-ce aussi bien. Si des choses devaient disparaître, autant que ce soit complètement. Chacun pouvait alors s'en faire ses propres souvenirs. Les napper de teintes et de couleurs qu'elles n'avaient jamais eues dans la réalité. Car les souvenirs n'étaient rien d'autre que des mensonges semblables aux sourires des photos. Le reflet de choses qui n'étaient pas réelles.

Mais toi, tu l'étais.

Paloviita songea à Henrik Oksman et aux photos de Rami Nieminen sur son bureau. Son collègue soupçonnait quelque chose, mais tentait de s'en cacher. Chacun d'eux subodorait chez l'autre un secret. Oksman connaissait son métier, Paloviita ne se rappelait pas l'avoir jamais vu commettre une erreur. Il ne lui faudrait pas longtemps pour dénicher la vérité. Tout serait alors découvert, lui – et eux.

Paloviita se demanda jusqu'où il était prêt à aller pour aider un vieil ami qu'il n'avait pas vu depuis des années. Raisonnablement, il aurait dû laisser tomber. Il ne s'était encore rien produit d'irréparable. Mais d'un autre côté, que se passerait-il si Oksman apprenait qu'Antti Mielonen et lui se connaissaient dans leur enfance ? Rien. Absolument rien. Quant aux événements de la nuit de la Saint-Jean 1991, Oksman ne les découvrirait jamais, et même s'il parvenait à mettre la main sur certaines informations, il ne pourrait jamais comprendre – il en était incapable.

La réponse était claire : il soutiendrait Antti jusqu'au bout. Il le lui devait.

Paloviita remonta en voiture et moucha son nez que la bise avait fait couler. Il devait retourner au travail. Il monta le chauffage, s'éloigna de Klasipruuki, alluma la radio et la laissa émettre des grésillements.

33

Henrik Oksman décida de faire à pied le trajet de l'hôtel de police au centre-ville. Le trafic était dense à cette heure de la journée, et ce n'était pas très loin. Il tourna dans Itsenäisyydenkatu et continua vers le nord par Eteläpuisto. Quelques rares feuilles ayant résisté à la tempête s'accrochaient encore aux arbres de l'avenue, mais bientôt viendraient l'hiver et sa pesanteur, et même les dernières devraient capituler.

Les services de protection de l'enfance de la ville se trouvaient dans l'hypercentre, au-dessus d'une galerie commerciale morte depuis longtemps. Négligeant l'ascenseur, Oksman monta à pied au cinquième. Il appuya sur le bouton de l'interphone. Il fallut un moment pour qu'une employée vienne ouvrir et le conduise à une salle d'attente qui n'était qu'un renfoncement agrémenté d'une fenêtre, au milieu d'un couloir. Il était meublé de deux canapés placés en vis-à-vis. Oksman s'assit sur l'un d'eux, croisa les jambes et regarda par la fenêtre. En bas, dans la rue, passaient des autobus, des voitures et des gens. En face de lui, une très jeune femme, qui avait des dents en mauvais état et le visage couvert de l'acné typique des consommateurs de méthamphétamines, attendait elle aussi, absorbée dans son téléphone. Elle était en toute fin de grossesse, son ventre avait l'air prêt à éclater. Une fillette d'environ trois ans, avec de fins cheveux roux et un survêtement rose, jouait par terre avec des cubes qu'elle empilait en une construction que l'imagination d'Oksman ne parvenait pas à identifier. Par moments, elle allait tirer sa mère par la manche pour lui demander de regarder son œuvre, mais celle-ci la repoussait sans lâcher une seconde son portable des yeux.

Quand elle remarqua le regard d'Oksman, elle le fixa en retour si longtemps qu'il tourna la tête.

Une employée, plus âgée que la précédente, entra dans la salle d'attente et regarda Oksman. « Police judiciaire ? »

Il se leva et plia son manteau sur le bras.

« Suivez-moi », dit-elle, et elle reprit le couloir par lequel elle était venue. Oksman remarqua que la femme enceinte lui jetait des regards à la fois apeurés et hostiles.

L'employée le conduisit à son bureau, tout au bout du couloir. Oksman referma la porte derrière lui et constata avec soulagement que son interlocutrice n'avait pas la moindre intention de lui serrer la main. Il s'assit sur le siège réservé aux visiteurs. La pièce était exiguë, mais tous les papiers étaient soigneusement rangés et il n'y avait pas un grain de poussière. Sur des étagères ouvertes, des dossiers noirs étaient alignés tels des rangs de soldats.

« Vous vouliez des renseignements sur une ancienne affaire de placement d'un mineur ? demanda l'employée.

– Oui. Antti Johannes Mielonen. » Oksman lui donna le numéro national d'identification de Mielonen, qu'il avait noté sur un papier. « Retiré à sa famille en juillet 1991.

– Les documents relatifs à des affaires aussi anciennes ont tous été transférés aux archives centrales du centre de santé. Ils ne sont même pas numérisés », dit l'employée, et elle entra le numéro de Mielonen dans son ordinateur.

« Mais ils existent toujours ? demanda Oksman.

– Ces décisions sont conservées pour l'éternité. Je peux vous trouver le numéro du dossier afin que vous puissiez le demander aux archives. »

Elle continua de taper sur son clavier, Oksman attendit. Soudain, elle fronça les sourcils. « La décision a été prise à Pori ?

– Pour autant que je sache, oui.

– Les décisions des autres communes n'apparaissent pas dans notre système, il faut les demander aux autorités locales concernées.

– Il y a un problème ? »

L'employée jeta un coup d'œil à Oksman, examina son écran et cliqua sur sa souris. « Vous êtes tout à fait sûr que le nom et le numéro d'identification sont exacts, et que la décision a été prise par les services sociaux de Pori ?

– Oui.

– Dans ce cas je ne comprends pas qu'on ne trouve rien qui corresponde à ces références. La décision est bien devenue définitive ? Connaissez-vous sa date exacte ? Je peux essayer avec.

– 2 juillet 1991 », lut Oksman sur son papier.

L'employée entra la date dans l'ordinateur, cliqua une ou deux fois et dit : « Un instant… j'ai quelque chose… » Elle se pencha plus près de l'écran. Encore quelques clics, un coup d'œil à Oksman, puis ses doigts coururent à nouveau sur son clavier.

« Il y a un petit problème, dit-elle en se redressant. Les renseignements que vous cherchez se trouvent bien aux archives centrales, mais ils ont été classés confidentiels et ne peuvent pas être communiqués sans une autorisation du tribunal.

– Classés confidentiels ? Qu'est-ce que ça veut dire ? »

Elle haussa les épaules. « Ça peut vouloir dire n'importe quoi. En général, c'est lié au motif de la décision. Le classement a pour but de protéger l'enfant, notamment en cas d'inceste ou d'affaire criminelle.

– D'affaire criminelle ?

– Par exemple quand l'enfant a été victime de violences.

– Vous ne savez donc pas pourquoi certains renseignements sont classés confidentiels ?

– Non, nous ne disposons pas de cette information. Et même si nous en disposions, je ne pourrais pas vous la communiquer.

– Mais je suis de la police. Ces renseignements pourraient avoir une importance capitale dans le cadre d'une enquête criminelle, fit valoir Oksman.

– Nous sommes bien sûr prêts à remettre les dossiers à la police, mais vous devez pour cela demander une décision judiciaire. Sans elle, nous ne pouvons… »

Oksman se leva. Il était incapable de dissimuler sa déception. « Merci de m'avoir reçu. »

Dehors, il tomba sur la femme enceinte qu'il avait vue dans la salle d'attente. Elle parlait au téléphone et semblait dans tous ses états, sa cigarette sautillait au coin de sa bouche. La fillette, qui portait maintenant une combinaison d'hiver mais ni gants ni bonnet, sautait dans une flaque recouverte d'une fine pellicule de glace, sur le bord du trottoir. Quand la femme vit arriver Oksman, elle lui tourna le dos et s'éloigna pour poursuivre sa conversation. La fillette le regarda et sourit. Pris au dépourvu et ne sachant que faire, il lui rendit son sourire. Puis il traversa la rue en courant et prit à grandes enjambées la direction de l'hôtel de police.

On était le 11 novembre. Dans le ciel commençaient à s'amonceler de lourds nuages qui semblaient pendre dans les airs tels des écheveaux teints à la main.

La voiture s'arrête devant le chalet en rondins. Le vent creuse des entailles à la surface du lac. Deux couples, qui se trouvaient au bord de l'eau, remontent la colline pour les accueillir. Tous se saluent et s'embrassent. Antti prend la main de Jari et la serre dans la sienne. Tapani Mielonen rit et embrasse ses frères Jukka et Sami, propriétaires de la maison, et leur donne de grandes claques dans le dos. Sa cigarette tressaute au coin de sa bouche, des éclaboussures de bière tombent sur son pantalon.

Puis tous regardent Jari, mais personne ne dit rien. À ce garçon qui vient de perdre sa sœur – et qui a été envoyé loin de chez lui pour que ses parents puissent pleurer en paix.

Le tenant toujours par la main, Antti le conduit dans le chalet. Les murs sont décorés d'animaux empaillés, de lièvres et de têtes d'élan. Jari a l'impression que même leurs yeux sans vie le fixent d'un air accusateur, comme ceux de tous les adultes, et suivent chacun de ses pas. Une collection de fusils et de couteaux de chasse est accrochée au-dessus de la cheminée. Dessous, il y a la photo d'un groupe d'hommes en gilets rouges et d'un ours mort. Jari reconnaît celui accroupi au milieu, l'un des oncles d'Antti, Jukka, et, derrière lui, Sami. La carabine de Jukka est posée sur ses cuisses, tous lèvent leurs tasses de camping en bois en direction de l'objectif.

34

Automne 2018

L'odeur familière assaillit les narines d'Oksman dès que Kari Nieminen lui ouvrit la porte. Ils se regardèrent sans rien dire, puis l'homme s'écarta pour le laisser entrer.

« Vous avez oublié quelque chose ? demanda-t-il.

– Non. Je suis venu vous rendre les photos de votre fils. » Oksman les lui tendit. Nieminen les regarda, mais ne fit pas un geste pour les prendre, et Oksman les posa sur la table du téléphone de l'entrée.

« Vous êtes juste venu me rendre ces photos ? Ne me prenez pas pour un idiot. Vous auriez pu les poster. Et je vous l'ai dit, inutile de me les rendre. Vous auriez aussi bien fait de les garder.

– J'aurais surtout aimé jeter un nouveau coup d'œil à toutes les photos de classe, en fait, dit Oksman.

– Quelles photos ? Ah oui, celles du tiroir. Qu'est-ce que vous voulez en faire, et qu'est-ce que ça a à voir avec quoi que ce soit ?

– Sans doute rien, mais les vieilles photos peuvent parfois être utiles.

– Vous n'avez pas déjà arrêté le coupable, l'affaire n'est pas bouclée ?

– Nous avons une enquête préliminaire à mener. »

Kari Nieminen le précéda dans le séjour et lui montra le meuble. « Allez-y. »

Oksman ouvrit le tiroir. Il savait précisément ce qu'il cherchait, et il ne lui fallut pas longtemps pour le trouver. L'enveloppe ornée d'un aigle traînait sur le dessus. Il sortit toutes les photos de Rami Nieminen et les étala côte à côte sur le tapis. Nieminen le regarda faire un moment, puis se retira dans la cuisine.

Oksman examina tour à tour les photos de classe et les portraits, sur lesquels les petits yeux sans sourire de Rami le fixaient d'un regard désagréable. Les clichés se ressemblaient tous, sauf un. Oksman le sortit du lot. Rami Nieminen y portait un vêtement différent. Un sweat à capuche zippé à motif camouflage sous lequel on apercevait un T-shirt à tête de mort. Oksman le compara aux autres. Rami avait l'air plus vieux. Il pensa d'abord qu'elle avait été prise au collège, mais en comparant sa tenue à celles des photos de classe de l'époque, il ne trouva aucune correspondance. Pas plus qu'avec sa coupe de cheveux, qu'il avait plus longue sur le portrait.

Oksman se leva et alla dans la cuisine. Il trouva Kari Nieminen assis à la table en train de regarder dehors. Dans la pièce, l'odeur de la maison était, si possible, encore plus forte.

« Excusez-moi, pourriez-vous m'aider ? » demanda Oksman, et il posa sur la table le portrait avec le sweat à capuche et toutes les photos de classe qu'il avait trouvées de la cinquième à la neuvième année.

Kari Nieminen détourna à contrecœur les yeux de la fenêtre pour regarder les photos. Oksman remarqua que ça lui était difficile. « En quoi ? »

Il désigna le portrait, puis les photos. « Celle-là, où il porte un sweat à motif camouflage. Quand est-ce qu'elle a été prise ? Sur les photos de classe, il est habillé autrement et il a les cheveux plus courts. »

Kari Nieminen examina le portrait puis parcourut du regard chacune des photos de classe. Il comprit ce qu'Oksman voulait dire, réfléchit un moment puis secoua la tête, mais interrompit soudain son mouvement. « Je ne sais pas… mais…

– Mais quoi ?

– Elle date peut-être de l'année où Rami a redoublé, en fin de primaire.

– Il a redoublé ? »

Kari Nieminen le regarda. Il avait dans les yeux un éclat dans lequel Oksman crut voir le reflet de l'homme qui, plus jeune, avait été si souvent triste à cause de son fils.

« S'il a redoublé ? Oh que oui, putain ! Vous ne pouvez pas savoir comme on a eu honte, avec Riikka. J'ai pourtant essayé de lui apprendre à vivre, à ce garçon, mais sans aucun résultat.

– Vous n'auriez pas la photo de classe de cette année ?

– Si elle n'est pas dans ce tiroir, elle n'est nulle part. »

Oksman hocha la tête, ramassa les photos et remit l'enveloppe dans le tiroir. Puis il quitta les lieux. Kari Nieminen ne l'accompagna même pas à la porte. Ils n'échangèrent pas un mot, ce n'était d'ailleurs pas nécessaire. Chacun d'eux en fut soulagé.

35

La femme cessa de taper sur son clavier, regarda Oksman et dit : « C'est passionnant. Savez-vous que je suis une grande lectrice de romans policiers ? Je ne m'en lasse pas. Pouvez-vous me dire si c'est lié à une affaire de meurtre ? »

Oksman eut envie de sourire, mais n'en laissa rien paraître. Il baissa la voix pour avoir l'air plus mystérieux. « Je ne peux malheureusement rien dire. »

Un sourire s'élargit sur le visage de la femme. « C'est ce que je craignais. Dans l'intérêt des investigations en cours, bien sûr. Vous lisez beaucoup ? »

Oksman se sentit rougir sous le regard qui s'attardait ouvertement sur son physique. Puis elle reporta son attention sur l'écran et secoua la tête.

« Je n'ai en tout cas rien dans mon ordinateur, mais nous avons bien sûr tout aux archives, elles… »

Au même moment, un homme passa en hâte dans le couloir devant le bureau. Elle se leva de sa chaise et le héla : « Heikki ! Attends ! »

L'homme aux cheveux gris passa la tête par la porte, puis entra. La femme fit le tour de son bureau et lui présenta son visiteur.

« Henrik Oksman est de la police judiciaire. Il a besoin d'informations sur un enseignant de sixième année de l'école élémentaire de Käppärä en 1990-1991. » Elle se tourna vers Oksman et désigna son collègue. « Heikki est le secrétaire administratif chargé de l'éducation et il est ici depuis, quoi, trente ans ?

– Trente-deux », corrigea l'homme tendant la main à Oksman. Celui-ci hésita, mais la lui serra malgré tout. L'homme semblait énergique, mais sa poignée de main était molle et visqueuse. On aurait dit un poulpe mort.

« Heikki connaît le nom de tous les enseignants, même vieux de plusieurs décennies, s'empressa de poursuivre la femme.

– Peut-être pas tous quand même, en tout cas plus maintenant », se défendit le secrétaire administratif avec un sourire. Puis il reprit son sérieux. « De quelle classe s'agit-il ? »

Oksman ouvrit la bouche, mais la femme fut plus rapide que lui. « Käppärä, 6e B, 1990-1991. Il s'agit d'une affaire policière urgente. » Elle haussa un sourcil d'un air éloquent.

« Puis-je vous demander de quoi il s'agit ? »

La femme s'apprêtait de nouveau à répondre, mais cette fois Oksman la prit de vitesse : « Je ne peux pas vous le dire, mais je peux vous assurer que nous n'avons rien à reprocher à cet enseignant.

– Tu te les rappelles tous, n'est-ce pas, Heikki ? insista la femme.

– En fait, une photo de classe de cette année me suffirait, ajouta Oksman.

– Nous n'en avons pas, malheureusement, on ne les a jamais archivées, mais je me souviens très bien de l'instituteur en question. Il s'appelle Pentti Riiho. Il est parti à la retraite au tournant du millénaire.

– Il est donc en vie, auriez-vous son numéro de téléphone ?

– Je ne sais pas, je ne pense pas… les renseignements téléphoniques pourront sûrement vous le donner. Mais il habite à quelques rues d'ici, dans Pohjoispuisto, ce n'est pas loin. Je l'ai croisé en ville il n'y a pas très longtemps. On ne croirait jamais qu'il est octogénaire. Il continue à skier et à nager cinq fois par semaine et chante dans une chorale de retraités.

– Et il habite juste à côté ?

– Oui, à quelques centaines de mètres d'ici. » Heikki alla à la fenêtre et montra un immeuble derrière le square de l'hôtel de ville. « Son appartement se trouve juste au-dessus du restaurant Andalucia, au premier étage. L'entrée est au coin de la rue.

– Croyez-vous que…

– Certainement, assura l'homme. Il ne se formalisera pas. Si vous le trouvez chez lui, transmettez-lui mes amitiés, je m'appelle Heikki Männistö.

– Je n'y manquerai pas.

– Mes amies du cercle des amateurs de romans policiers de la bibliothèque vont être vertes de jalousie quand je leur raconterai ce qui s'est passé aujourd'hui. J'espère que vous coincerez celui que vous cherchez, dit la femme.

– Je l'espère aussi », dit Oksman, et il rajusta son écharpe avant de prendre congé. Heikki Männistö tenta de lui serrer une dernière fois la main à la porte, mais il esquiva ses doigts de pieuvre et se glissa dehors. Il traversa en courant Hallituskatu, descendit les marches menant au square et le traversa en direction de Pohjoispuisto. Les branches des gigantesques ormes se déployaient au-dessus de lui tels de grands doigts osseux. Son regard monta vers le ciel où s'étaient amassés des nuages moutonnants.

La porte lui fut ouverte par un vieillard chauve au dos droit qui portait un pantalon de ville et une chemise de flanelle à carreaux rouges, noirs et blancs. Il avait plié sous son bras un journal, le *Helsingin Sanomat*, et ses lunettes de lecture pendaient à son cou. Oksman se présenta, et l'homme l'invita à entrer. Il avait eu peur de se heurter à nouveau à l'odeur de vieillesse et de mort qui régnait chez Kari Nieminen, mais l'appartement de Pentti Riiho en était exempt. Il sentait au contraire le café et l'après-rasage, et rappela à Oksman le lointain souvenir de l'odeur de la maison de sa grand-mère.

L'appartement était vaste. Au moins trois fois plus grand que le sien. Le mobilier était vieillot. Il y avait aux murs de lourdes tapisseries de haute laine et des peintures à l'huile représentant des paysages de lacs ou de forêts.

« Café ?

– Non merci. »

Riiho fit entrer Oksman dans le séjour, où ils s'assirent l'un en face de l'autre dans des fauteuils de cuir. Riiho croisa les jambes et laissa sa cheville se balancer. Le fond de la pièce était entièrement occupé par une bibliothèque qui débordait de romans et d'ouvrages scientifiques, une horloge de parquet tictaquait près de la porte du balcon.

« Inspecteur principal Henrik Oksman », dit Riiho, et il le regarda. Ses sourcils se froncèrent, son front constellé de taches brunes se plissa. « Puis-je vous demander en quelle année vous êtes né ?

– 1980.

– Vous êtes originaire de Pori ?

– Lattomeri. »

Riiho hocha la tête. « Vous avez donc eu pour première institutrice Taina Juusela ou Virpi Yli-Härmä.

– Yli-Härmä », acquiesça Oksman.

Riiho sourit et glissa la branche de ses lunettes entre ses lèvres. Le contact entre sa bouche et le plastique sale fit frissonner Oksman. « Alors, inspecteur principal Henrik Oksman de Lattomeri. Pourquoi êtes-vous là aujourd'hui ? »

Oksman était incapable de dire ce qui, dans la façon d'être de Riiho, le mettait à l'aise. L'homme était déjà sec et fragile, mais il émanait de lui une tranquillité de chef d'État qui inspirait immédiatement confiance. Oksman s'étonna lui-même de son propre calme.

« J'ai eu votre nom et votre adresse à la direction de l'éducation et de la culture de la mairie. Vous avez été instituteur à l'école élémentaire de Käppärä en 1990-1991. Nous enquêtons sur une affaire qui concerne peut-être l'un de vos anciens élèves, ou même plusieurs d'entre eux. »

Riiho se carra dans son fauteuil, la branche de ses lunettes toujours dans la bouche. Il fit la moue, le regard rivé sur Oksman. Sa cheville se balançait toujours à un rythme irrégulier. « 6e B, dit-il.

– Exactement. » Oksman sortit de sa poche le portrait de Rami Nieminen et le tendit au vieillard, qui se pencha et le prit. Il le regarda attentivement et le lui rendit.

« Rami Nieminen, dit-il.

– Vous vous souvenez de lui ?

– Je me souviens de tous mes élèves. Je les vois de temps en temps en ville. Certains passent devant moi comme s'ils ne me connaissaient pas, mais la plupart s'arrêtent pour bavarder.

– Combien de temps avez-vous été instituteur ?

– Quarante ans. J'ai commencé en 1966 comme remplaçant à l'école communale de Tuorila, à Merikarvia. Puis j'ai enseigné dix ans à Reposaari, jusqu'à ce que j'obtienne un poste à l'école de Käppärä en 1980. J'y ai enseigné jusqu'en octobre 2000, quand j'ai pris ma retraite. Je suis veuf depuis dix ans.

– Belle carrière.

– Beaucoup de souvenirs. Nous n'avons pas eu d'enfants, avec Leila, nos élèves en ont un peu fait office.

– Votre femme aussi était institutrice ? »

Un léger sourire juvénile étira les commissures de Riiho. « Avec Leila, nous partagions le journal du matin, la chambre à coucher et la salle des professeurs. Pendant un moment, elle a également été ma cheffe au travail. »

Oksman sourit à sont tour et dit : « Rami Nieminen.

– De quoi s'agit-il ?

– Il a été tué vendredi dernier à Ahlainen. »

Le visage de Riiho se fit grave. « L'attaque au couteau dont les journaux ont parlé ? »

Oksman acquiesça.

« Vous disiez que l'affaire pourrait aussi concerner un autre de mes élèves.

– Auriez-vous une photo de classe de l'année 1990-1991 ? J'aimerais la voir.

– J'ai les photos de toutes mes classes depuis 1966. »

Riiho se leva, et Oksman remarqua que malgré son âge, ses mouvements étaient souples et vifs. Il ne présentait pas le moindre signe d'arthrose ou de fonte musculaire. Riiho ouvrit un des tiroirs de la bibliothèque, sortit un album relié de cuir et le posa sur les journaux et magazines qui couvraient la table basse.

Oksman se leva et s'approcha. L'album était plein de coupures de presse déjà jaunies parlant de l'école de Riiho ou de l'un ou l'autre de ses élèves. Les premières photos de classe étaient en noir et blanc, mais passaient à la couleur dès les années soixante-dix. Oksman constata que Riiho avait aussi conservé les résultats des compétitions de ski et d'athlétisme des enfants, et quelque chose, dans ce geste, l'émut inexplicablement. On voyait que l'instituteur s'était réellement intéressé à ses élèves et à leurs activités, telle une figure paternelle attentive. Oksman se rappelait qu'il avait une fois, quand il avait dix ans, demandé à son père l'autorisation de participer à un cross-country régional, parce que son propre instituteur le lui avait recommandé, mais n'avait récolté en retour qu'un accès de colère et une interdiction formelle.

« La voilà », dit Riiho en se redressant, et il s'écarta pour permettre à Oksman d'examiner librement la page. En haut, il était écrit : *École de Käppärä, 6e B, 1990-1991*. La photo de classe était collée sous le titre, suivie des noms de tous les élèves. Le reste de la double page était consacré à des résultats sportifs et autres articles de journaux. Oksman se pencha plus près de la photo de classe et posa le portrait de Rami Nieminen dessous. Il n'eut pas besoin de le chercher longtemps car, comme sur les autres photos, il avait été placé au dernier rang et dépassait d'une demi-tête. Il ne portait plus son T-shirt Star Wars jaune, mais un sweat à capuche à motif camouflage. Riiho aussi regarda la photo, mais ne dit rien.

Oksman examina les enfants rangée par rangée, visage après visage. Le jeune Riiho se tenait à droite de ses élèves. Il était déjà totalement chauve vingt-sept ans plus tôt. Mais ses joues étaient plus rondes et plus roses, ses épaules plus larges. Négligeant les filles, Oksman se concentra sur les garçons, les examina à tour de rôle, puis recommença depuis le début. Riiho ne faisait toujours aucun commentaire, le laissant regarder tranquillement. À la troisième fois, alors qu'Oksman ne trouvait toujours rien de familier dans les visages des garçons, il eut l'idée de lire les noms inscrits sur la page. Ils suivaient l'ordre de la photo, en commençant en haut à gauche.

Antti Mielonen se tenait lui aussi au dernier rang. Le cœur d'Oksman se mit à battre plus vite. Entre Mielonen et Nieminen, il n'y avait que deux filles, dont l'une avait sans doute les plus belles boucles châtains qu'Oksman ait jamais vues. Il se concentra sur le visage de Mielonen et, cette fois, réussit à y trouver des traits familiers. Il existait donc bien un lien entre eux. Il avait pensé le trouver à la prison de Sörnäinen, mais il remontait nettement plus loin. Personne ne pouvait plus nier que Nieminen et Mielonen se connaissaient. Il poursuivit sa lecture, jusqu'à ce que ses yeux s'arrêtent sur un troisième nom familier. Il eut l'impression que de minuscules fourmis descendaient en courant le long de sa colonne vertébrale. Jari Paloviita était assis au premier rang à côté de la fille qui tenait l'écriteau. Petit et frêle, il avait l'air plus jeune que tous les autres garçons. Oksman avait du mal, en l'examinant, à l'associer à l'homme avec lequel il travaillait depuis trois ans. Mais Jari Paloviita était bien assis là, timide et fluet, fixant l'objectif. Oksman regarda la photo encore un moment et se redressa.

« Vous avez trouvé ce que vous cherchiez ? » demanda Riiho.

Oksman tenta de répondre, mais il avait le palais si pâteux que sa langue s'y colla. Il dut s'humecter la bouche pour réussir à parler. « Oui. J'aimerais vous emprunter cette photo. Je vous la rendrai, bien entendu. »

Riiho retira délicatement le cliché de ses coins. Oksman le prit avec précaution, comme s'il avait pu le brûler. Il s'attendait à ce que Riiho lui pose des questions, mais celui-ci resta silencieux. Oksman se prépara à partir et se dirigeait vers le porte-manteau quand soudain il changea d'avis et revint dans le séjour.

« Vous n'avez pas l'intention de me demander de quels autres élèves il s'agit ?

– Je pense que ça ne me regarde pas et que vous me le direz de vous-même si vous le jugez utile », répondit Riiho, qui ferma l'album et le rangea dans le tiroir. « Mais je crois deviner, de toute façon. »

Oksman haussa les sourcils.

« Il y a sur cette photo plusieurs garçons et filles que je connaissais qui sont devenus des hommes et des femmes que je connais. J'ai suivi leurs carrières avec intérêt. Ce garçon au premier rang, par exemple. Jari Paloviita. Il est maintenant policier. Il n'y a pas si longtemps, je l'ai vu à la télévision parler de ce meurtrier qui a essayé de faire disparaître un corps dans une baignoire. »

Riiho regarda Oksman dans les yeux, et celui-ci hocha gravement la tête. « Et au dernier rang, à gauche de Nieminen, il y a un garçon, un grand. Antti Mielonen, le meilleur ami de Jari Paloviita. Ils étaient comme cul et chemise, à l'époque. J'ai souvent pensé à lui après cet été 1991. Je ne sais pas ce qu'il est devenu, mais rien de bon, apparemment, à vous voir, et j'en suis triste. »

Oksman hocha de nouveau la tête. Il déglutit. La sécheresse s'était étendue de sa bouche à ses glandes salivaires, qui semblaient s'émietter comme des crackers. Il toussota pour parvenir à émettre ne serait-ce qu'un filet de voix. « Que s'est-il passé pendant l'été 1991 ? »

Riiho retourna à son fauteuil et croisa de nouveau les jambes. Oksman s'assit également, puis ils restèrent à se regarder. Riiho tournait et retournait ses lunettes entre ses doigts, puis il glissa leur branche dans sa bouche. Oksman attendit tranquillement.

« Ce que vous m'avez dit sur Rami Nieminen n'était pas une surprise. J'ai lu dans le journal que l'alcool avait joué un rôle dans l'affaire. Triste histoire.

– Mais pas surprenante ? »

Riiho secoua la tête. « Non, pas du tout. Je n'ai eu Rami dans ma classe que cette seule année, parce qu'il avait redoublé, mais je savais bien sûr déjà à quoi m'attendre. C'était depuis toujours un perturbateur, et il l'est resté jusqu'à ce que nos routes se séparent, même si je sais qu'on a essayé de l'aider de toutes les façons possibles. Moi y compris.

– Quel genre de perturbateur était-ce ?

– Ce n'était pas un des pires, parce qu'il n'était pas idiot. Dans l'ensemble, il se tenait correctement en cours et c'est pour ça qu'il a réussi à éviter la classe spéciale. Mais le reste du temps, il harcelait ses camarades, démolissait le matériel et taguait les murs. Ses résultats étaient bien en dessous de ses capacités. Il était intelligent, mais rien ne l'intéressait.

– J'ai rencontré son père, Kari Nieminen. »

Riiho soupira. « Ah oui… je l'ai rencontré une fois, moi aussi, je suis allé chez eux un jour après l'école. J'ai entendu la mère de Rami tousser à l'étage, mais elle n'est pas descendue. Kari Nieminen et moi, nous nous sommes violemment heurtés. Je m'en souviens, parce que ça n'arrive vraiment pas tous les jours. Rami est ensuite resté deux semaines à la maison, prétendument avec la grippe, mais il boitait encore quand il a repris l'école, si vous voyez ce que je veux dire. »

Oksman hocha la tête. Il voyait. Il voyait même très bien.

« C'est là que j'ai décidé de laisser hors jeu les parents de Rami. Par la suite, sa carrière, si on peut appeler ça comme ça, a été facile à suivre à travers la presse. Je n'ai jamais découpé ces articles, mais comme je vous l'ai dit, ce qui lui est finalement arrivé n'est pas une surprise.

– L'été 1991, rappela Oksman.

– J'y viens. Parce que si Rami Nieminen avait des problèmes chez lui, c'était aussi le cas d'Antti Mielonen. J'en ai bien perçu des signes, mais… » Riiho haussa ses épaules osseuses et son calme sembla un instant sur le point de voler en éclats. « Si je me mettais à regretter tout ce que je n'ai pas su faire, je regretterais bientôt ma propre naissance. Les signes étaient là, mais je n'ai rien fait, parce que je ne pensais pas que c'était si grave, parce que Antti était… » Riiho fit une pause. « Un bon garçon. Franc du collier. On voyait qu'on pouvait lui faire confiance. En classe, il n'était pas très brillant, mais il se maintenait à niveau. Les enseignants et les autres élèves l'appréciaient, malgré son côté un peu brut. Il lui arrivait sans doute aussi de se bagarrer.

– Vous voulez dire que Mielonen était populaire ? »

Riiho fit la moue, serrant les lèvres autour de la branche de ses lunettes. « Peut-être, oui… ou plutôt non. Antti n'était pas très sociable, mais on pouvait compter sur lui. C'est difficile à expliquer. C'était vrai aussi bien pour les enseignants que pour les élèves. C'est dommage, ce qui s'est passé. »

Oksman songea à l'allure de Mielonen, dans sa cellule, et à son odeur de vieil alcool, sans parvenir à faire le lien avec la description de Riiho. Il remarqua en même temps que ce dernier hésitait clairement à poursuivre. C'était curieux, car il avait jusque-là semblé prêt à parler. Il ne commençait sans doute que maintenant à comprendre la direction que prenait la conversation, et se refermait comme une huître.

« Vous avez dit que Mielonen et Paloviita étaient comme cul et chemise.

– J'ai dit ça ? Ils étaient amis, oui, mais c'était il y a longtemps. Je ne peux pas tout me rappeler.

– Je sais qu'Antti Mielonen a été retiré à sa famille, cet été-là, mais le dossier est classé confidentiel. Je sais aussi que son père est mort à cette époque. Est-ce que Rami Nieminen a un rapport quelconque avec cette affaire ? »

Le pied de Riiho s'arrêta et son regard se mit à errer de droite à gauche. « Je ne sais pas. C'est arrivé pendant l'été. Nous l'avons bien sûr appris par la suite et nous en avons été bouleversés. Antti a été placé dans une famille d'accueil quelque part en Finlande centrale, et il a disparu de mon radar. »

Riiho se leva, jeta un coup d'œil à l'horloge de parquet et déclara : « J'oubliais, c'est bientôt l'heure de mon atelier de menuiserie à l'université populaire. Nous sommes plusieurs anciens professeurs à y participer.

– Dites-moi pourquoi Mielonen a été retiré à sa famille. Je sais que Paloviita et Rami Nieminen ont quelque chose à y voir. Je le découvrirai de toute façon, vous pouvez donc aussi bien me le dire. N'oubliez pas que je vous demande ça en tant que policier. » La voix d'Oksman s'était faite autoritaire, mais cela resta sans effet sur Riiho, qui entreprit de le raccompagner presque de force dans l'entrée.

« Il vaut parfois mieux laisser le passé où il est. Vous êtes encore jeune, mais plus vous prendrez de l'âge, plus vous accorderez de valeur au temps. C'est comme la vase qui s'accumule au fond d'un fleuve. Ça ne sert à rien de la remuer, parce qu'il peut, avec elle, remonter à la surface des choses qui mettront des années à se redéposer. »

Oksman comprit que l'ancien instituteur s'était totalement retiré dans sa coquille. Il n'en obtiendrait rien de plus sans un interrogatoire officiel, et encore. Il glissa la photo de classe dans la poche intérieure de son manteau. Finalement, il avait trouvé ce qu'il était venu chercher, et même plus. La photo, vieille de près de trente ans, de trois jeunes garçons. Il aurait dû être satisfait, mais éprouvait au contraire un sentiment de vide. Quelque chose, dans les paroles du vieil homme, l'avait troublé – ou plutôt, ce à quoi il s'était refusé à répondre. Les blancs étaient plus parlants que les mots. Les fils du temps étaient ténus, mais coupants.

Dehors, Oksman jeta au ciel des coups d'œil de plus en plus inquiets. Le vent s'était de nouveau levé. Les bourrasques faisaient tournoyer dans les rues des détritus et des feuilles d'automne. Il s'arrêta devant la vitrine d'un grand magasin. Une vendeuse habillait un mannequin d'une robe fourreau rouge et blanche à l'encolure incrustée de pierreries. Quand elle remarqua qu'il la regardait, Oksman releva son col et poursuivit sa route.

Au bord du lac se dressent un grand sauna et un ponton, et à côté, un bûcher de la Saint-Jean qui attend d'être allumé. On a installé les garçons dans le cabanon d'amis, à mi-pente de la colline, au milieu des pins. Ils y portent leurs affaires et se jettent sur leurs lits. La cabane sent le bois vert et le vernis couvre-nœuds. Antti sort un paquet de Pall Mall de son sac à dos, le montre à Jari. Ils se lèvent et sortent. Bien que le soleil brille, il fait frais. Jukka ajoute du bois dans le foyer du sauna, une douce odeur de fumée de bouleau plane dans le jardin.

Ils descendent en riant au bord du lac. Jari s'étonne d'être capable de rire. Il y a encore quelques jours, il était sûr que ça ne lui arriverait plus jamais. Mais il est avec Antti, et en sa compagnie, il se sent moins en miettes.

36

Automne 2018

Dans la soirée, le vent tourna au nord. Il ne soufflait pas encore en tempête, mais il était glacial. Il ne tarderait pas à geler. Les gens s'enfermaient chez eux, tiraient les rideaux devant les fenêtres et allumaient du feu dans la cheminée. Ce soir-là, les premières neiges apparurent en Finlande, chevauchant le vent. Elles venaient de l'Arctique en épais paquets de nuages qui s'étendaient tel un tapis gris au-dessus de la ville.

Henrik Oksman se tenait à la fenêtre de sa cuisine et regardait les lourds flocons épars se poser sur le bitume plein de trous de la cour de l'immeuble. Quelques instants plus tard, ils tombaient déjà dru. Les nuages pendaient presque jusqu'au sol tels des draps déchirés, le vent grondait et secouait la tôle de l'appui de fenêtre. À dix heures et demie, il neigeait si fort qu'on ne voyait plus au travers. La bise faisait tourbillonner la poudreuse le long du mur des garages.

Oksman songea qu'il ne restait plus beaucoup de temps pour retrouver le couteau et que l'enquête risquait d'en pâtir.

À deux heures et demie du matin, les chutes de neige commencèrent à se calmer, et à quatre heures, elles avaient totalement cessé. À cinq heures et quart, Oksman était dans son bureau, vêtu d'une combinaison et de chaussures d'hiver. La lumière de la pièce était la seule de l'étage à rompre l'obscurité de la façade de l'hôtel de police. Pour le reste, il n'y avait que le rez-de-chaussée d'éclairé. Les patrouilles restaient à l'intérieur, sauf pour de rares incursions dans les rues du centre, où ne tournaient que les gyrophares orange des chasse-neige.

À sept heures, toutes les forces disponibles étaient rassemblées dans la salle de dispatching du rez-de-chaussée. Oksman avait passé les petites heures de la matinée à les rameuter. Il y avait là des laborantins et des techniciens, dont Raunela, Salminen et quelques autres, des enquêteurs de la financière et de l'unité des stupéfiants, quatre patrouilles de la police administrative et une équipe canine spécialement réquisitionnée, aux côtés de permanenciers des services de secours aux paupières rougies par une nuit trop courte, qu'Oksman était allé arracher à leurs couchettes dès six heures du matin. Le chef de poste de la police administrative, Grönroos, se tenait debout face à la salle, en compagnie d'Oksman en tenue d'hiver, et regardait l'assistance assise devant lui, aussi bigarrée qu'une courtepointe en patchwork.

Il avait protesté contre l'organisation de ce show. Les ressources de la police administrative étaient déjà quasi inexistantes, et la seule mobilisation quotidienne d'un effectif minimum exigeait des efforts. Réunir une telle foule dans cette petite salle était totalement disproportionné. Grönroos n'avait pourtant pas eu le choix. Il avait d'abord tenté de s'opposer au Bœuf, et avait réussi à formuler quelques paroles bien senties, mais sans aucun résultat. C'était comme si Oksman ne les avait même pas entendues. Il ne l'avait jamais vu dans cet état. Tout en lui respirait l'intransigeance. Grönroos sentait qu'il s'agissait de quelque chose d'exceptionnel, mais en regardant l'équipe qu'Oksman avait réunie, il ne pouvait que se gratter la tête. Il n'avait pas la moindre idée de ce qui se préparait.

Quand sept heures sonnèrent, et alors qu'Oksman n'avait toujours pas révélé le but de la réunion, des murmures de mécontentement commencèrent à s'élever. Grönroos songea que si l'assistance n'obtenait pas bientôt quelques explications, la grogne s'étendrait. À sept heures trois, la porte s'ouvrit une dernière fois et Linda Toivonen entra. Elle était visiblement partie de chez elle en hâte, car elle avait noué ses cheveux à la va-vite en queue-de-cheval, et il n'y avait pas trace sur son visage de son habituel maquillage. Quand elle eut refermé la porte derrière elle, Oksman souhaita à tous la bienvenue.

« La police judiciaire a un besoin urgent de votre aide. Il y a eu un meurtre vendredi à Ahlainen. Beaucoup d'entre vous en ont d'ailleurs sûrement entendu parler. Un homme a été poignardé dans le dos, et nous avons arrêté un suspect. Il reste cependant encore beaucoup de points d'interrogation. Le plus gros est l'arme du crime. »

Les yeux d'Oksman s'arrêtèrent sur Raunela, qui lui lança un regard noir.

« Nous avons un suspect, mais pas le couteau avec lequel le meurtre a été commis. On a déjà ratissé deux fois les environs, sans résultat. Au départ, les preuves paraissaient suffisantes même sans l'arme du crime, mais plus l'enquête avance, plus il semblerait qu'elle soit indispensable. Et l'hiver approche. Nous en avons eu un premier avertissement cette nuit, et il y a aujourd'hui de premières neiges sur le sol. Si on ne trouve pas ce couteau maintenant, il sera bientôt trop tard. Je demande donc à chacun de voir s'il lui est possible de se rendre à Korpholma dès le lever du jour pour participer aux recherches. »

Oksman laissa son regard faire le tour de l'assistance. Soudain, Linda se rendit compte que Paloviita n'était pas là, et elle comprit pourquoi on les avait convoqués si tôt, et sans préavis, dans la salle de dispatching. Elle hocha presque imperceptiblement la tête. La fatigue qui, un instant plus tôt, engourdissait encore ses membres s'évanouit. Oksman avait raison, ils devaient agir vite. Il n'avait pas seulement peur de l'hiver, mais aussi de Paloviita. Elle avait elle aussi trouvé son attitude louche. Oksman craignait visiblement qu'il ne leur mette des bâtons dans les roues et tente d'empêcher la recherche du couteau – ou en tout cas, la complique.

Grönroos prit la parole. Les ressources avaient été drastiquement réduites, mais dans la police, la règle voulait qu'on n'abandonne pas un collègue. Il déclara :

« En ce qui me concerne, c'est bon. La journée devrait être plutôt calme à part un peu de tôle froissée, et donc à l'exception d'un équipage, les autres peuvent y aller s'ils le veulent. »

Les chefs des stups et de la financière se regardèrent. Ils n'avaient que rarement l'occasion de travailler sur le terrain. Le premier annonça : « Je ne veux forcer personne, mais s'il y en a qui souhaitent abandonner un instant leurs paperasses pour l'air frais du delta du fleuve, c'est O.K. pour moi.

– Parfait », déclara Oksman, puis il regarda le chef des pompiers de permanence et demanda : « Est-ce qu'il serait possible de disposer de quelques plongeurs, dans un délai aussi court ?

– Des plongeurs ?

– Je voudrais qu'on fouille les eaux du rivage. »

La chef des pompiers regarda autour de lui, sans trouver aucun écho. « Aussi vite, je crains que non… mais je peux bien sûr me renseigner, si c'est indispensable.

– Ça l'est, assura Oksman.

– Je ne peux rien promettre, mais on va essayer. Mikko a une formation de sauveteur-plongeur héliporté et il est de permanence. Je peux lui demander s'il est prêt à y aller.

– Et si possible encore quelqu'un d'autre. Il y a au moins deux cents mètres de côte à couvrir, dit Oksman.

– Je vais voir ce que je peux faire, dit le chef des pompiers, qui avait déjà l'air plus sûr de lui.

– Parfait. Plus il y aura de monde, plus on aura de chances de réussir. Il fait froid et il y a de la neige, habillez-vous en conséquence. »

Il avait nettement moins neigé à Ahlainen que dans le centre-ville. Oksman se sentit soulagé. Il y avait à peine assez de poudreuse pour cacher le sol ou couvrir les branches des arbres. Et dans la forêt, encore moins.

Quand ils arrivèrent au chalet, il faisait jour. Le vent avait chassé les nuages, le soleil levant dorait les troncs. La mer était toujours haute et les vagues balayaient le rivage. Les rubalises mises en place le vendredi précédent ondoyaient tels des tentacules de méduse. Oksman répartit ses troupes en une chaîne assez lâche, qui s'étendait du niveau du chalet jusqu'à mi-chemin de la mer. À leur tête, deux chiens policiers à qui on avait donné à flairer le pull de Mielonen tiraient déjà avec impatience sur leur laisse. Le groupe prit la direction de la forêt, avec Oksman à un bout de la chaîne et Linda à l'autre.

Les plongeurs des services de secours arrivèrent un peu après les autres dans un pick-up Ranger, d'où ils portèrent leurs bouteilles et le reste de leur barda dans le sauna. Puis ils revêtirent leurs sous-vêtements thermiques et leurs combinaisons étanches. Personne ne les enviait, grelottant torse nu sur la terrasse du sauna. Tous avaient déjà le visage glacé par le vent, qui cherchait à pénétrer à travers les vêtements jusqu'à la peau. On voyait tout de suite qui avait su s'habiller en conséquence, et qui non.

Oksman reconnut parmi les agents de la police administrative celui avec lequel il avait brièvement bavardé après la douche dans les vestiaires, Pasi. Leurs regards se croisèrent un instant, à travers les troncs, et l'homme lui sourit. Oksman lui rendit son sourire, mais se reconcentra aussitôt sur sa tâche.

La forêt était belle. Il y avait ici et là des plaques de neige, l'air sentait l'hiver et la résine. À l'endroit où l'on avait trouvé Mielonen dans la nuit, poussait un grand sapin dont les basses branches touchaient le sol. Oksman les souleva et constata qu'elles formaient comme une petite grotte au pied de l'arbre. Dans l'obscurité, se réfugier là avait pu sembler une bonne idée, mais à la lumière du jour, on aurait dit la tentative d'un enfant de se cacher des monstres sous sa couette.

Près du sapin, les chiens devinrent comme fous, sautant et tournant en rond, puis reprirent la direction du chalet. À mi-chemin, l'un d'eux se mit soudain à aboyer. Oksman et Linda se précipitèrent, chacun depuis un bout de la chaîne, et se mirent à ratisser la mousse et à en arracher de grosses mottes, mais sans rien trouver.

« Il y a un trou, constata le maître-chien. L'homme est peut-être tombé à cet endroit, ou bien il s'est reposé un instant. Il suffit de peu de choses pour que les chiens marquent l'endroit. »

Linda caressa et félicita l'animal et le laissa lui lécher le visage. Il essaya aussi de donner un coup de langue à la main d'Oksman, mais celui-ci la retira et s'éloigna.

Au bout de deux heures, ils firent une courte pause. Les plongeurs avaient eu le temps d'explorer le fond de l'eau sur près de cent mètres et poursuivaient lentement, sans prendre de repos. À onze heures, Paloviita appela une première fois Oksman, qui ne décrocha pas, et une minute plus tard, quand le portable de Linda sonna, il interdit à celle-ci de répondre. Presque aussitôt, son téléphone bipa, annonçant un message. Il provenait de Paloviita, qui lui demandait de le rappeler dès qu'il en aurait le temps. Oksman décida qu'il n'en aurait pas le temps de toute la journée et rangea l'appareil dans sa poche.

Vers midi, le plus gros de la troupe déclara forfait, et il ne resta sur place qu'une poignée d'hommes et l'une des équipes canines. La forêt avait été fouillée plusieurs fois et tous étaient sur les nerfs. Les visages et les nez étaient rouges de froid, les mines fermées. Les conversations, déjà rares, se tarirent peu à peu totalement. Tous n'avaient qu'une idée, se concentrer sur leur tâche et lutter contre le froid. Vers deux heures, les plongeurs sortirent de l'eau et entreprirent de se changer. L'air épuisé, ils rangèrent sans un mot leurs bouteilles. Quand Oksman les interrogea sur le couteau, ils se contentèrent de secouer la tête.

Le peu de chaleur que le soleil leur avait accordé dans la matinée se dissipait derrière de nouveaux nuages. Des flocons de neige épars se remirent à tomber. Le vent semblait n'avoir aucune intention de se calmer, les rafales ne faisaient au contraire que se renforcer et se multiplier. Il paraissait de plus en plus probable qu'on ne trouverait pas le couteau. La lumière était maintenant grise, mais le paysage marin n'avait rien perdu de sa beauté. Il changeait juste de costume.

Il était trois heures et quart. Il n'y avait plus sur place, en dehors de l'équipe canine, que Pasi et son équipière, ainsi que Linda, qui sautillait sur place et bougeait les bras.

L'un des maîtres-chiens demanda : « Vous avez des suggestions ? » De la morve coulait de son nez sur sa lèvre supérieure, où il l'essuya avec le dos de son gant.

Linda regarda Oksman. Ils savaient que tous attendaient qu'il siffle la fin de la partie. « Essayons encore une fois, dit-il. Linda et moi allons suivre le bord de mer, vous, faites des zigzags entre le chalet et nous. Rendez-vous près du sapin. » Oksman jeta un coup d'œil à l'horloge de son téléphone, constata que Paloviita avait essayé de l'appeler six fois, et poursuivit : « À quatre heures et demie. Il fera de toute façon déjà si sombre qu'on sera obligés d'arrêter. »

Personne ne protesta contre la décision, mais Oksman était conscient de la déception générale. Peu après, tandis qu'ils prenaient avec Linda le sentier conduisant à la mer, ils entendirent l'équipière de Pasi lui glisser à voix basse : « Putain de Bœuf ! Pas de déjeuner, pas de pause, pas même un café de toute la journée. »

Le chien repartit à la recherche d'une piste. D'abord derrière le chalet et, de là, vers son maître. Oksman, qui n'aimait pas les chiens, ni en général aucun animal, se fit cependant la réflexion qu'ils étaient infatigables. Ils ne maugréaient pas comme les humains et continuaient sans se décourager. En cela, il y avait beaucoup à apprendre d'eux.

« Ça suffit peut-être, non ? dit Linda alors qu'ils prenaient le chemin des toilettes sèches. L'intention était bonne, mais il faut parfois savoir laisser tomber, même toi. Et il va encore falloir se taper le sermon de Paloviita. Il va péter les plombs quand il saura qu'on a monté tout ce cirque sans son accord. »

Oksman ne répondit pas, il gardait le regard vissé au sol, scrutant les pierres, les racines et la mousse, cherchant les endroits où on aurait pu retourner la terre. Il savait que Linda avait raison. Ils auraient dû abandonner depuis longtemps, mais il ne voulait pas donner cette satisfaction à Paloviita. Il pouvait certes compter sur le soutien de Linda, mais de fait, c'était son idée et il en assumerait les conséquences. Si Paloviita leur tombait dessus, il était prêt à en endosser l'entière responsabilité.

Linda se contenta de hausser les épaules, comme toujours quand Oksman avait décidé de se taire. En général, ça ne la dérangeait pas, mais cette fois, elle trouva son silence vexant. En cet instant, elle aurait mérité une réponse.

Il neigeait de plus en plus fort, et ce n'étaient même plus vraiment des flocons, mais des cristaux de glace que le vent leur jetait au visage telles des épingles. Les nuages s'alourdissaient et il ne faudrait pas longtemps pour que l'averse se transforme en tempête. La pénombre régnait dans la forêt, on voyait à l'œil nu l'obscurité s'épaissir. La mousse vert foncé du sol avait l'air presque noire.

Soudain Oksman s'arrêta, se tourna vers Linda et dit : « Allons-nous-en. Je suis désolé que ça n'ait rien donné. »

Linda le fixa. Elle ne l'avait jamais vu comme ça. Sur son visage maigre, rougi par le vent et le froid, flottait un air si misérable qu'elle eut envie de le prendre dans ses bras, mais n'en fit bien sûr rien. Elle n'avait pas la moindre idée de la manière dont il aurait réagi.

« Il n'y a pas de quoi être désolé. L'idée était bonne, mais tu as gagné le droit de m'offrir un café.

– Et même un donut en prime », dit Oksman avec un sourire.

Le chien se mit à aboyer, pas très loin. Tous deux s'immobilisèrent. Puis la voix du maître-chien retentit, pleine d'exultation contenue : « Ici ! On l'a trouvé ! On a trouvé le couteau ! »

Le sentier se termine à la pointe d'une langue de terre. Un gros rocher s'y dresse, à côté d'un sapin déraciné dont la cime trempe dans le lac. Une barque est amarrée à l'arbre, ses avirons reposent au fond. Les garçons s'asseyent au pied du rocher et s'y adossent, Antti sort ses cigarettes. Ils fument en regardant le lac. L'eau est noire et sent l'humus. Des nuées d'insectes dansent au bord, quelque part un poisson saute. On entend dans le chalet, sur la colline, de la musique et des chants. Sami joue de la guitare. Les bûchers s'allument un à un sur les rives du lac dont la surface tranquille n'est troublée ici ou là que par des poissons.

« J'aurais quelquefois voulu que Tiina meure quand elle était encore bébé, dit Jari. C'était vraiment difficile par moments, mais en fait, je l'aimais de tout mon cœur.

– Je sais. Moi aussi je l'aimais.

– Je l'ai tuée.

– Non. C'est Rami qui l'a tuée, et je vais le tuer. Je le jure. »

Jari fond en larmes. Antti passe son bras autour de ses épaules.

« Je ne sais pas si je pourrai jamais rentrer à la maison. Ils me détestent, en ce moment. Je voudrais être mort moi aussi.

– Personne ne te déteste, dit Antti, et il le serre contre lui. En tout cas pas moi. Nous sommes amis.

– On va prêter serment. »

Ils se font face, placent leurs bras en croix entre eux et se saisissent les mains.

« Toujours ensemble, dit Antti.

– Quoi qu'il advienne, répond Jari.

– Quoi qu'il arrive », confirme Antti.

PARTIE VII

Bagarre au bord du fleuve

37

Été 1991

Jari se met debout sur les mains, attend d'avoir trouvé son équilibre et se laisse tomber de la plate-forme. Il rectifie sa position, effectue dans les airs une rotation de cent quatre-vingts degrés et entre dans l'eau les pieds devant. Les bruits disparaissent, il s'enfonce. Des bulles d'air, petites et grandes, telle de l'écume. Enfin la descente s'interrompt et il remonte en battant des pieds jusqu'à ce que sa tête émerge à la surface au milieu d'un bouillonnement blanc.

Les couleurs reviennent, les bruits. Le ciel bleu, les pelouses et la pinède qui entourent la piscine. Les cris des enfants, les éclaboussures. Il regarde le haut du plongeoir et voit ses amis accoudés à la rambarde. Il agite la main et crawle vers l'échelle. Le maître-nageur donne un coup de sifflet et le garçon suivant plonge ; il prend son élan, saute aussi loin que possible et replie les jambes sous lui juste avant de toucher l'eau.

Jari reste au pied du plongeoir à attendre le tour d'Antti. Ce dernier se place à l'extrême bord de la plate-forme en béton, écarte les bras et bascule en avant, le corps droit. Jari regarde avec un pincement de jalousie sa silhouette déjà presque virile. Les muscles de ses bras et de son torse se dessinent clairement, son visage est devenu plus anguleux. Lui a toujours, du moins à ses propres yeux, un corps de petit garçon, des bras minces et des côtes visibles sous la peau.

Ils passent un moment au sauna puis vont dans le vestiaire des hommes. Jari fait la courte échelle à Antti, qui grimpe sur le toit plat. Il rampe si loin que seules ses plantes de pied dépassent encore du rebord en bois.

« Tu vois quelque chose ? chuchote Jari.

– Non. Si, attends, voilà quelqu'un !

– C'est qui ?

– Chut !

– Tu vois quelque chose ?

– Une mémé.

– Elle est nue, on voit ses nichons ?

– Tais-toi.

– Je veux regarder moi aussi. »

Un cri de femme, et, aussitôt après, une voix plus âgée : « Eh ! Les garçons ! »

Antti se laisse glisser à terre. Le revêtement de planches lui griffe le ventre. Ils éclatent de rire et traversent en courant les douches pour surgir dans la vive lumière du soleil. Ils ne parviennent à s'arrêter de pouffer qu'en arrivant au petit bain. Le père de Jari, de l'eau jusqu'à la taille, soutient Tiina qui barbote avec des brassards. Bien qu'il fasse vingt-cinq degrés à l'ombre, il a les lèvres toutes bleues et claque des dents. Les garçons regardent un moment les tentatives de natation de Tiina et sautent au milieu des petits. Elle les voit et se met à agiter les bras et les jambes avec une telle force qu'elle éclabousse tout autour d'elle.

Jari entend un autre père, qui fait nager une fillette d'environ trois ans et reçoit quelques gouttes, dire à sa femme : « Est-ce qu'on ne pourrait pas réserver leur propre créneau aux handicapés ? Un éléphant de combat de ce genre risque de noyer les plus petits. »

Jari lui jette un regard noir, mais l'homme ne lui accorde aucune attention. Son père guide Tiina vers la partie la moins profonde du bassin, là où elle a pied, et la lâche. Tiina se précipite sur Antti. Il la prend sur ses épaules et la fait tournoyer. Ils jouent un moment aux crocodiles avec elle, puis rejoignent le père de Jari sur la couverture à côté de laquelle sa mère, dans un transat, lit un roman. Ils mangent un morceau puis s'apprêtent à retourner dans le grand bain. Tiina pleurniche pour les accompagner et s'accroche d'abord au bras de Jari, puis à sa jambe.

« Tiina chérie, tu ne sais pas encore nager. Tu ne peux pas aller plonger », dit sa mère, et elle essaie de lui faire lâcher prise. « On va aller ensemble dans le petit bain.

– Veux gand bain. Veux plonzer vec Titi ! » La voix de Tiina monte et les gens regardent dans leur direction. Son père tente de la calmer, mais elle attrape le sac de plage et le jette sur la pelouse. La crème solaire, les couches et les vêtements de rechange se répandent. Sa mère s'empresse de les ramasser.

« Calme-toi, maintenant, Tiina, reprend son père. Tu m'entends ? Si tu ne te calmes pas, on va devoir partir.

– Veux gand bain ! Laisse-moi ! » hurle Tiina.

Sa crise de colère éveille de plus en plus d'attention. Jari a honte. Il ne veut pas qu'on l'associe à sa petite sœur, tout en ayant mauvaise conscience de cette pensée. Il réussit enfin à se dégager et s'écarte de quelques pas. « Et si Tiina venait un peu nous regarder plonger ? propose-t-il, mais sans résultat.

– J'en ai marre de plonger, déclare Antti. C'est fatigant. Je veux jouer au crocodile avec Tiina.

– Tu as entendu, Tiina ? » demande la mère, et elle jette un regard reconnaissant à Antti. On va tous aller dans le petit bain. Les garçons aussi vont venir. »

La colère de Tiina s'apaise. Antti la prend sur ses épaules et la porte dans le bassin. Ils se pourchassent et sautent du bord dans l'eau. Quand Tiina commence à tellement s'amuser qu'elle cesse de s'intéresser aux garçons, ils sortent discrètement du petit bain et courent au plongeoir.

Jari voit que Henriikka est là. Il en a des papillons dans le ventre. Elle est assise sur le bord du bassin de plongeon avec deux autres filles, les pieds dans l'eau. Elles ont les cheveux mouillés et des formes galbées. Elles ne ressemblent plus aux écolières qu'il a côtoyées en classe pendant six ans, mais déjà presque à de jeunes femmes – et soudain il a de nouveau honte de son corps.

Ils montent sur le plongeoir. Jari constate que les filles se sont placées exprès de manière à voir ceux qui en sautent et à être vues par ceux qui y grimpent. Jari reste derrière les autres garçons, à l'abri des regards, mais, quand vient son tour, il est contraint de s'avancer. Instinctivement, son regard cherche Henriikka, qui lève la main et lui fait signe. Il lui rend son salut et, au même moment, le sifflet retentit. Il décide de tenter un saut périlleux avant, qu'il réussit déjà bien depuis le troisième niveau, mais n'a encore jamais osé risquer du cinquième. Le mouvement part dès le début de travers, il n'a pas pris assez d'élan et tombe à plat dos dans l'eau. La douleur est celle, cuisante, d'un coup de fouet, mais ce n'est rien à côté de la honte. La voix d'Antti résonne depuis la plate-forme :

« Magnifique ! Où est-ce que tu as appris ça ? »

Des rires, et un autre garçon continue : « Eh, Jari, nous aussi, on veut la recette ! »

Jari crawle jusqu'au bord, se hisse hors de l'eau et s'assied ; il a le dos tout rouge. Il jette un coup d'œil à Henriikka. Il est sûr qu'elle va éclater de rire d'un instant à l'autre, mais au lieu de ça, elle se laisse glisser dans l'eau et traverse le bassin à la nage jusqu'à lui. Son cœur bondit et bat plus fort. Il l'aide à se hisser sur le bord. Elle s'assied à côté de lui, et, pendant un instant, leurs peaux se touchent. Elle est un tout petit peu plus grande que lui. Il ne peut s'empêcher de regarder son corps bronzé et son seyant maillot de bain.

Jari note que les autres garçons le lorgnent avec envie. Une étrange vague de satisfaction le balaie. Il est là à bavarder comme si de rien n'était avec la fille la plus populaire de l'école. Et c'est elle qui est venue à lui. Les garçons plongent les uns après les autres. Chacun exécute son saut le plus téméraire et, bien qu'elle les suive des yeux, Henriikka ne cesse de parler à Jari – et soudain il comprend qu'elle ne s'intéresse réellement à personne d'autre que lui. Cette prise de conscience est si fulgurante et claire qu'elle semble presque magique. Et de nouveau un fil entre l'enfance et l'adolescence se rompt. Il lui vient le vague pressentiment que le monde n'est finalement pas aussi compliqué qu'il en a l'air. La fille à côté de lui n'est qu'une fille, et lui ressemble à n'importe lequel de ces garçons.

Leur conversation porte sur des banalités, le cinéma, l'été et l'entrée au collège. Le soleil brille et c'est la première journée chaude de l'été. L'une des nombreuses à venir. Ce n'est pas ce qui se dit qui est important, mais ce qui se cache entre les lignes. Qu'il serait sympa de se revoir – en tête à tête.

Rami aussi est à la piscine. Jari et Antti ne l'ont pas vu, mais il est assis là, en haut des gradins du public à fumer des cigarettes avec Santeri et Petteri. Ils ne sont pas venus pour se baigner, mais pour passer le temps et regarder les filles – et peut-être extorquer un peu d'argent de poche à quelques morveux qui s'aventureraient trop près. Depuis la fin de l'école, ils viennent pratiquement tous les jours. Santeri et Petteri en ont assez, ils préféreraient traîner dans le centre-ville ou dans le parc de Kirjurinluoto, mais Rami tient à aller à la piscine, donc ils y vont.

Ils sont entrés sans payer en passant sous le grillage, se tiennent paresseusement appuyés sur les coudes et observent la foule bigarrée des baigneurs. Rami a repéré Henriikka dès son arrivée et, depuis, la suit du regard. Il ne s'explique pas pourquoi, mais il n'arrive pas à détacher les yeux de cette fille qui s'insinue sans y être invitée dans ses rêves et dans ses pensées. Il a constaté que penser à elle le faisait se sentir faible et malade, et il déteste ça. La regarder le soulage, mais, en même temps, fait tout paraître pire. Au fond, il sait que Henriikka restera toujours pour lui inatteignable.

Il a aussi remarqué les deux garçons dont la vue le fait bouillir de rage. La tronche de cul et son costaud de copain. Il n'est pas tout à fait certain (mais en fait si) que ce sont eux les coupables du vol de son VTT. Et encore, ce n'est rien à côté de l'humiliation qui a suivi – et de la raclée que son père lui a infligée. Il n'a, une fois de plus, pas lésiné sur les coups de ceinture.

L'affront exige réparation – il crie vengeance.

La tronche de cul est inoffensive, mais Antti Mielonen est dangereux. Rami a toujours su, d'instinct, à qui l'on pouvait s'attaquer sans risque. C'est un don – le seul qu'il ait. D'un coup d'œil, il est capable de repérer l'individu le plus faible du troupeau. Il sait, tout simplement, qui ne se rebiffera pas, ni ne se plaindra par la suite. C'est la base de sa crédibilité. Là, tout son être lui hurle qu'il vaut mieux ne pas s'en prendre à Antti, que ce serait suicidaire. Il se cache en lui comme une sombre et terrible menace. Rami l'intégrerait volontiers dans sa bande, mais il sait qu'il n'acceptera jamais. Ça aussi, il le sent. Ils sont, d'une certaine manière, parfaitement identiques, mais en même temps aussi éloignés que possible l'un de l'autre. Rami a du reste remarqué que personne ne tentait jamais rien contre Antti. Ni les garçons plus âgés ni personne. Ce n'est pas un hasard. Il flotte autour de lui une aura dont tous sont conscients, mais dont la nature exacte lui échappe.

Il serait facile de régler son compte à la tronche de cul, il l'a d'ailleurs déjà fait une fois, soigneusement, mais il en a subi de graves conséquences qui le font hésiter. Tant qu'Antti et Jari sont ensemble, il est pris entre le marteau et l'enclume. Soit il décide de vérifier qui est le plus fort, soit il laisse tomber – et ça, il ne l'a encore jamais fait.

Il tient toujours ses promesses, comme son père.

Rami fixe le dos bronzé et les cheveux dégoulinant d'eau de Henriikka et s'imagine l'effet que ça ferait de lui toucher le genou et la cuisse. Elle plonge dans le bassin et le traverse à la nage. Il observe les mouvements de ses bras et de ses jambes, et sent quelque chose de lourd lui serrer la gorge et la poitrine.

Puis il voit vers qui elle se dirige.

La tronche de cul.

Il écrase sa cigarette dans l'herbe, l'épais goudron de la colère se répand dans ses veines. Il cherche Antti des yeux, au sommet du plongeoir, puis revient vers Jari et Henriikka.

Ce regard admiratif, caressant, qu'elle porte sur lui. C'est le pire. Il donnerait n'importe quoi pour un tel regard.

Il observe à nouveau Antti qui plonge de la plate-forme, un peu maladroit. Il n'a finalement pas l'air si dangereux. Pourquoi donc hésite-t-il ? Il s'est déjà fait une bonne douzaine de morveux de ce genre. Et il va aussi se faire ces deux-là. C'est son devoir, car il est Rami Nieminen et il tient toujours ses promesses.

38

Dès l'instant où le père d'Antti lui ouvre la porte, Jari voit que quelque chose cloche. Bien qu'il soit déjà midi, Tapani Mielonen porte un peignoir à la ceinture défaite. Son ventre velu dépasse de l'élastique de son caleçon. Il a les yeux injectés de sang, le visage mangé par un début de barbe bleu-noir et le regard qui se traîne paresseusement, en retard d'un temps sur les événements. La cendre de la cigarette qui fume au coin de sa bouche n'a pas été secouée une seule fois depuis qu'il l'a allumée.

Tapani s'écarte et le laisse entrer. La mère d'Antti, Sirpa, est assise de dos à la table de la cuisine, qui croule sous les bouteilles de bière vides. Elle aussi fume une cigarette, mais Jari ne voit pas son visage, juste les volutes de fumée qui montent vers le plafond.

Antti est dans sa chambre, assis sur son lit, les coudes appuyés sur les genoux. Quand Jari entre, il lève un instant les yeux, mais les baisse aussitôt vers ses mains, qui pendent, inertes, entre ses jambes. Jari remarque tout de suite qu'il n'est pas habillé pour aller à la pêche.

« On y va ? » demande-t-il.

Antti secoue la tête. « Pas envie.

– Il fait un temps parfait, nuageux, et l'eau du fleuve est basse.

– Vas-y tout seul. J'ai la flemme. »

Une bouteille de bière s'ouvre dans la cuisine.

« On peut aussi aller chez moi… »

« Si c'est si pénible, tu peux aussi bien aller te faire foutre ! » tonne la voix de Tapani à travers la porte.

Jari se raidit, Antti serre les poings.

« C'est bien ce que tu fais avec tous les mecs de passage, et pour pas cher. Mais ce n'est pas pour ça que tu es bonne.

– Arrête, Tapani, c'est complètement idiot... »

Une gifle claque et, pendant un moment, c'est le silence. Antti se lève. Son visage s'est figé et dans ses yeux passe à nouveau le regard que Jari y a vu sur le perron de la maison abandonnée, mais avec quelque chose d'encore plus dur. « Tu ferais mieux de rentrer chez toi », dit-il d'une voix blanche.

La porte de la chambre s'ouvre et la mère d'Antti entre. Elle a la joue rouge. Elle esquisse un sourire, bien que ses yeux brillent de terreur. « Vous ne deviez pas aller à la pêche ? Le temps s'y prête. Allez-y.

– Ça ne me dit rien, déclare Antti.

– Mais si, allez-y. Papa est un peu fatigué.

– Je n'irai nulle part avant que ce type soit parti. »

Le visage de sa mère se fait grave. « Ce sont des histoires d'adultes. Vous êtes trop jeunes pour comprendre. »

Jari va dans l'entrée et remet ses chaussures. Tapani est assis dans la cuisine, il fait tomber la cendre de sa cigarette dans le cendrier. Son peignoir est toujours ouvert, sa poitrine osseuse brille d'un blanc de lait, mais son ventre recouvert d'un enchevêtrement de poils noirs déborde sur ses genoux tel un broussin de bouleau. La mère d'Antti a suivi Jari.

« Viens là, mon garçon », dit Tapani en lui faisant signe. Il a les traits figés, atones. Alors que Jari hésite, il insiste, cette fois d'un ton plus impératif. Antti rejoint sa mère dans l'entrée, mais celle-ci lui barre la route de la cuisine.

Jari s'approche timidement de Tapani qui sourit, lui pose lourdement la main sur le sommet du crâne et lui ébouriffe les cheveux. Le geste, paresseux et maladroit, lui secoue la tête en tous sens.

« Tu es un garçon intelligent, n'est-ce pas ? » demande Tapani, et il tourne le visage de Jari vers lui, sans relâcher sa pression sur sa tête. Il ne lui tire pas franchement les cheveux, mais lui laisse comprendre à quel point ce serait facile.

« Oui, non, peut-être. »

Le père d'Antti rit. « Oui, non, peut-être. Vous en avez des façons de parler, vous les jeunes. Enfin, si oui, est-ce que tu es capable de résoudre un problème ?

– Arrête, Tapani, laisse-le », intervient Sirpa, mais sans résultat. Il continue : « Tu as sûrement déjà une petite amie ? Sans doute, ça va sans dire, et nous voilà donc entre hommes à discuter le bout de gras, si c'est ce que vous dites. D'où ma question : que ferait un type intelligent comme toi s'il apprenait que sa copine se fait sauter comme une crêpe par toute la ville ?

– Tapani, arrête ! »

Il souffle la fumée de sa cigarette dans la figure de Jari qui tousse, les yeux pleins de larmes.

« Ta gueule, salope. Quand les hommes parlent, les putes se taisent. Jari, vois-tu, c'est le genre de mec qui plaît même aux filles bien. Pas comme moi, qui ne dois pas être trop regardant. Et donc, que ferais-tu si tu savais que tes copains ramonent ta copine comme une cheminée pendant que tu es à l'école, hein ? »

Jari s'échappe hors de portée de Tapani. Celui-ci rote, vide sa bouteille de bière et la pose brutalement sur la table. Le bruit fait sursauter tout le monde.

Sirpa s'écarte pour laisse passer Jari. Antti en profite pour se faufiler dans la cuisine. Ses yeux lancent des éclairs, et on dirait qu'il a grandi. Ou peut-être est-ce juste Jari qui n'a pas remarqué plus tôt qu'il était déjà presque aussi grand que sa mère.

« S'en prendre à plus petit que toi, ça, tu sais faire », déclare Antti. Sa voix est calme, et pourtant d'une fermeté assumée. « Mais face à quelqu'un de ta taille, tu pisses dans ton froc. Fiche la paix à mes copains et à maman, c'est la dernière fois que tu la frappes.

– Laisse », dit Sirpa, et elle tente de retenir son fils, mais elle n'en a pas le temps, car Tapani est déjà debout. Antti recule d'un pas, dans une vaine tentative d'échapper à son père qui le saisit par le col. Il chancelle, la couture de son sweat craque.

« Non ! » crie sa mère en agrippant le bras de son mari. Celui-ci se dégage d'une secousse, lui attrape les cheveux de l'autre main et lui tord la tête. Elle pousse un cri de douleur et d'effroi, ses yeux se remplissent de larmes. De l'autre main, Tapani continue de tenir serré le col d'Antti.

Jari est totalement paralysé. Il n'a jamais rien vu de tel. Il n'y a en revanche pas la moindre trace de peur sur le visage d'Antti. Il fixe sans ciller les yeux d'ivrogne de son père.

« Figure-toi, dit ce dernier d'une voix tremblante, que je suis encore le chef de cette famille, et que les avortons dans ton genre n'ont pas intérêt à me chercher des crosses. Le premier qui essaie, je le tue. »

Il tire Sirpa à lui par les cheveux, sa cigarette sautille au coin de sa bouche. « Regarde ton fils, regarde-le bien.

Tu croyais vraiment que je ne m'en apercevrais pas ? Il ne me ressemble pas d'un poil. C'est une saleté de bâtard que tu me fais élever, putain ! »

Tapani resserre sa prise, Sirpa hurle. Jari ne sait que faire. Une moitié de son cerveau lui ordonne de courir chercher de l'aide, l'autre moitié de ne pas bouger. Il se rappelle ce qu'a dit son père, qu'on ne devait pas se mêler des affaires de famille des autres, mais peut-être ne voulait-il pas parler de ce genre de situation.

« Vas-y, grogne Antti, vas-y, tue-moi ! »

Tapani lâche Sirpa, qui tombe à terre, et saisit des deux mains la gorge d'Antti. Il le pousse violemment contre la porte du frigo. Sa tête le heurte avec un bruit sourd. Puis il le soulève contre le mur.

« Je vais te tuer, putain ! Je vais vraiment te tuer.

– Tapani ! » sanglote Sirpa. Son maquillage coule sur ses joues. « Ce n'est qu'un enfant. Arrête… »

Les yeux d'Antti brûlent d'un éclat glacé. Comme si toute chaleur en avait été balayée d'un souffle. Et autre chose y apparaît. Un regard calculateur – furieux.

« S'il est assez grand pour me menacer, il est assez grand pour en subir les conséquences », grogne Tapani.

Il repose Antti, attrape le mégot qui fume entre ses dents et approche le bout incandescent de son œil, presque à le toucher. « Je vais te crever les yeux », dit-il. Sa voix est toujours rauque de colère et il a du mal à l'empêcher de se briser. Il souffle de la fumée chaude dans le visage d'Antti. « Tu as intérêt à bien te tenir, ou je vais vraiment le faire. »

Le bout incandescent n'est plus qu'à quelques centimètres du globe oculaire d'Antti, qui ferme les paupières.

« Lâche-le, sanglote Sirpa. Lâche-le. »

Et soudain Tapani obéit. Il écrase son mégot sur la porte du frigo et cesse de serrer la gorge d'Antti, marquée de rouge par la trace de ses doigts. Il le fixe d'un air ahuri, titube jusqu'à la table et se laisse tomber sur une chaise.

Le regard d'Antti est vif et clair, le plus gros de sa colère a déjà disparu. Il s'approche de sa mère et essaie de l'aider à se relever, mais, trop ivre et sans force, elle le chasse d'un geste.

C'est alors qu'il remarque Jari, dans l'entrée. Ils se regardent. Antti ne dit rien, mais son ami peut lire dans ses pensées. Et elles sont pleines de honte.

Sirpa s'assied, voit Jari et dit : « Allez donc à la pêche, les garçons. D'accord ? Ça va aller, papa et moi… » Puis elle éclate de nouveau en sanglots, si violents qu'ils secouent tout son corps. Tapani Mielonen est assis, immobile, et fixe le cendrier, comme s'il était tout à coup tombé dans un autre monde.

« Allons-y », dit Antti à Jari qui acquiesce, et il va dans sa chambre changer de sweat et de pantalon. Alors qu'ils s'apprêtent à sortir, Tapani se secoue :

« Antti, écoute, je suis désolé. Pardonne-moi. Je ne voulais pas… je ne sais pas… pourquoi je… »

Sirpa s'est relevée et range les bouteilles vides dans le placard sous l'évier, qui déborde déjà de cadavres de bière et de vodka. Antti ouvre la porte, ils sortent sous le ciel nuageux de l'après-midi de juin.

39

Jari est assis sur son panier de pêche, il fait tourner entre ses doigts un leurre noir et or et regarde Antti, debout au bord du fleuve, qui lève sa canne au-dessus de sa tête et lance. Le moulinet se dévide, le leurre vole en arc de cercle et plonge dans l'eau près de la rive opposée, là où les feuilles des nénuphars jaunes forment un tapis vert.

À l'endroit où ils se trouvent, le Kokemäenjoki se divise en quatre bras pour former le plus grand delta des pays nordiques. Sur leur droite, on peut voir côte à côte de l'industrie lourde et de la nature sauvage. Derrière eux s'étend un patchwork de jardins ouvriers avec leurs cabanes. En amont, le cours d'eau s'engouffre en bouillonnant sous l'arche étroite d'un petit pont avant de s'élargir, là où ils se tiennent, en un bassin plus calme.

Les eaux sont basses. Antti fait nager dans le courant, au ralenti, son leurre en forme de poisson.

Leurs vélos sont appuyés au garde-fou du pont, la canne à pêche de Jari pointe hors de son sac à dos telle une antenne radio. Il n'a pas eu le courage de la sortir. Des nuages gris s'effilochent dans le ciel, le vent va et vient, mais il fait doux. C'est déjà le plein été. Les feuilles des arbres et des buissons brillent d'un vert vif, il y a des fleurs partout. Des insectes. Les hirondelles fendent l'air au ras de l'eau.

Le leurre sort bredouille du courant et Antti le lance à nouveau, cette fois un peu plus loin, et commence à rembobiner. Un héron solitaire surgit de derrière la cime des arbres, croasse et disparaît dans un méandre du fleuve. Jari ramasse un caillou, se lève et le lance dans l'eau. Il atteint presque la rive opposée.

Antti se retourne. « Tu vas faire peur aux poissons.

– Tant pis », dit Jari, qui ramasse un deuxième caillou et le lance, presque au même endroit que le premier. Antti s'accroupit devant son panier de pêche, cherche un autre poisson dans le fouillis de leurres et l'accroche à la place du précédent à l'extrémité de l'avançon. Jari ramasse un troisième caillou et le lance. Il heurte une des poutrelles métalliques du pont et ricoche dans les nénuphars.

« Arrête ! » grogne Antti, et il pose sa canne dans l'herbe.

« Ça ne mord pas, de toute façon », constate Jari, et il retourne s'asseoir sur son panier. Antti ramasse lui aussi un caillou et le lance. Il monte haut dans les airs et retombe dans l'eau presque à la verticale.

« Ça porte chance », dit Jari.

Antti se tourne et le regarde. « N'en parle à personne.

– O.K.

– Promis ?

– Promis. Ça lui est déjà arrivé d'être comme ça ?

– Je préfère ne pas en parler. »

Et ils n'en parlent pas. Le sujet est clos.

Jari va chercher son sac à dos et déplie sa canne à pêche. Il regarde le ciel comme pour évaluer sa couleur et choisit un leurre accordé au temps. L'eau qui, en général, est trouble et sent la vase, est aujourd'hui claire.

Dans ses tourbillons paresseux, les herbes du fond frissonnent tels des cheveux. L'ombre du pont enjambe le courant de sa ligne noire. Jari regarde un banc de petits poissons, presque immobile. Soudain l'ombre change, et il lève les yeux. Trois garçons se tiennent appuyés à leurs vélos, sur le pont, et les observent. Il reconnaît immédiatement la bande de Rami Nieminen. Ce dernier chevauche un antique vélo de grand-mère rouillé. Jari se redresse et cherche du regard Antti, qui a lui aussi vu les arrivants. Ils sont face au soleil et doivent plisser les yeux.

« Tiens, tiens… mais qui sont donc les tourtereaux qui roucoulent là ? » demande Rami, et, d'un claquement de Zippo, il s'allume une cigarette. Santeri et Petteri descendent en roue libre jusqu'au pied du pont, coupant toute retraite. Sans se presser, Rami cale son vélo sur sa béquille, saute par-dessus le garde-fou et s'approche de Jari et d'Antti. Sa cigarette sautille au coin de sa bouche, il recrache la fumée par le nez, puis par la bouche.

Jari se dit qu'il a choisi un mauvais jour pour leur faire peur.

« Vous nous avez fait faire tout le tour de Pori, dit Rami. Jusqu'à ce que quelqu'un nous dise que vous venez souvent pêcher ici.

– Qu'est-ce que tu veux ? demande Antti.

– Ce que je veux ? » répète Rami, et il jette un coup d'œil à ses camarades, qui ont aussi posé leurs vélos, et souffle de la fumée. « Bonne question. Qu'est-ce qu'on pourrait bien vouloir ? Et si on tuait cet avorton, et toi ensuite ? » Il pointe Jari de son briquet.

Celui-ci sent plus qu'il n'entend Santeri s'approcher de lui, tout comme Petteri, posté en renfort du côté de la route. Le cercle autour d'eux se resserre, la nasse se referme.

« J'ai une meilleure idée, dit Antti. Et si vous foutiez le camp ?

– Tiens donc ! dit Rami. Le mec a des couilles. »

Santeri laisse échapper un rire nerveux.

« Je sais que c'est vous qui avez volé mon Nishiki. C'était une erreur. Et vous aller le payer.

– Tu peux toujours essayer », constate Antti.

Son calme est si inattendu qu'il fait hésiter Rami et sa bande. Soudain la rive du fleuve se charge d'électricité. Tous le sentent. Comme si une bise glacée soufflait sur l'eau et pénétrait sous leur peau. Jari se rapproche d'Antti.

« Ce n'est pas toi qu'on veut, Mielonen. On n'a rien contre toi. La tronche de cul nous suffit. » Rami désigne Jari, auquel Santeri donne aussitôt une bourrade des deux mains dans le haut du dos. Il est projeté de quelques pas en avant, mais ne perd pas l'équilibre.

Les feuilles du saule voisin bruissent.

« Laissez-le tranquille ! tonne Antti. Si vous voulez vous battre, battez-vous avec moi. À la loyale, un par un. Je vais vous faire cracher vos tripes, bande de nœuds. »

C'est un défi direct. Ce que craignait Rami. Hors de question de reculer, ce serait saper sa propre autorité, abîmer son image, mais d'un autre côté ils risquent de prendre une branlée, ce qui serait encore pire. Rami y a certes déjà réfléchi. Antti est costaud, mais eux aussi, et ils sont trois. Quant à l'autre avorton, il compte pour du beurre.

« Si c'est ce que tu veux », déclare-t-il, et il claque des doigts. Au même moment, tel un boa constrictor, les gros bras de Santeri enserrent par-derrière la poitrine d'Antti. Mais celui-ci, sans lui laisser le temps d'assurer sa prise, se rue sur Rami. Déstabilisé, Santeri relâche son étreinte. Rami tente de tourner les talons pour éviter Antti, mais à peine a-t-il commencé à bouger que ce dernier le heurte de plein fouet comme une boule de démolition. L'air s'échappe de ses poumons, il tombe assis dans l'herbe en se tenant le ventre.

Santeri rattrape Antti, dont le coup de pied visant la tête de Rami rate son visage de quelques centimètres.

« Petteri ! » crie Santeri. Le troisième membre de la bande, qui observait la scène d'un peu plus loin, réagit à l'appel et se précipite au secours de ses camarades. Il est grand et utilise sa taille à son avantage. Il balance le poing en direction du visage d'Antti et atteint sa cible, mais en partie seulement. Ses jointures lui frôlent l'arête du nez sans guère lui faire de mal. Puis vient la riposte, un coup de pied d'une force terrible, en plein bas-ventre. Il pousse un hurlement et s'effondre, plié en deux. Se joignant lui aussi à la bagarre, Jari se jette sur le dos de Santeri et lui enfonce les dents dans l'épaule. Santeri crie de douleur, mais reste suffisamment au taquet pour ne pas lâcher Antti.

Rami réussit à reprendre son souffle. Il se lève, voit Petteri qui se tord au sol en se tenant l'entrejambe, puis les autres qui luttent, agglomérés en tas. Il prend aussitôt la mesure de la situation et attaque. Cette fois, il prend soin d'éviter les violents coups de pied d'Antti et s'approche par le côté pour lui balancer son poing en plein nez. Un craquement de planche ou de branche brisée retentit. Du sang coule des deux narines d'Antti, mais loin de se décourager, il se débat plus fort que jamais et réussit à se libérer.

« Sale berdeux ! grogne-t-il en crachant du sang. Viens là si tu l'oses ! »

Maintenant que Santeri a les mains libres, il secoue facilement Jari de son dos, le gifle et l'envoie bouler. Petteri a lui aussi repris du poil de la bête et s'assied.

« Tue-le ! s'enthousiasme Santeri d'une voix gonflée d'adrénaline. Tue-le ! »

C'est exactement ce que Rami a l'intention de faire. Il s'approche prudemment d'Antti, qui ne le lâche pas des yeux. Le manège dure quelques secondes, puis tous deux se ruent en avant, à une fraction de seconde d'intervalle, et se heurtent au milieu des hautes herbes comme deux béliers dans un pré. Commence une lutte dans laquelle chacun essaie de faire perdre l'équilibre à l'autre. Ils sont de force égale et le combat dure longtemps sans qu'aucun ne prenne le dessus. Santeri et Jari s'observent et suivent l'affrontement du coin de l'œil, prêts à se précipiter à la rescousse. Antti donne un coup de boule à Rami, dont le nez s'ouvre à son tour. Il pousse un cri et desserre sa prise. Antti en profite pour lui enfoncer profondément le genou dans le ventre. Rami lâche un faible *ououh* et se plie en deux. Et pour la deuxième fois en une minute, l'air s'échappe de ses poumons. Un second coup de genou suit immédiatement le premier, orienté avec force du bas vers le haut. Il atteint Rami à la bouche, lui fend la lèvre inférieure et lui ébrèche une incisive.

Santeri, constatant que son chef est en difficulté, abandonne Jari et court à son secours. Il réussit à attraper Antti par la manche et tire de toutes ses forces. Mais il a sous-estimé la puissance de son adversaire, qui lui rend la pareille. Santeri perd l'équilibre. Antti s'écarte et utilise son élan contre lui, le faisant trébucher et tomber dans le fleuve, soulevant une gerbe d'eau. Jari pousse un cri d'enthousiasme et de stress mêlés. La tête de Santeri jaillit à la surface et il se débat pour regagner le bord. Il tente maladroitement de crawler mais par moments s'enfonce entièrement sous l'eau. Petteri, qui s'est péniblement remis debout, plié en deux, se traîne dans sa direction.

Antti lui balance un coup de pied dans le flanc, et il se recroqueville encore plus, comme un chien la queue entre les jambes, se laisse tomber à quatre pattes au bord de l'eau et tend la main à Santeri, qui de son côté agite la sienne en tous sens. Enfin leurs doigts se rencontrent, s'agrippent et, bientôt, le corps mouillé de Santeri s'affale sur la rive. Des aigrettes de pissenlit s'envolent, le vent les pousse au-dessus du fleuve telle une nuée d'insectes. Santeri se hisse au sec. Des ruisseaux de sang coulent de ses narines et de son menton. Il se relève, de même que Petteri, et Jari se rend compte qu'il a perdu l'occasion d'aider Antti à s'imposer. Ils sont de nouveau deux contre trois.

Il lance néanmoins une attaque en direction de Petteri, mais celui-ci est en éveil et stoppe sa ruée d'une main balancée à l'aveugle qui l'atteint à la pommette. Puis il se joint à Santeri pour renverser Antti, sur la poitrine duquel ce dernier s'assied, le clouant au sol de tout son poids, avant de lui marteler frénétiquement le visage, aussi fort qu'il en est capable. Antti tente de parer les coups de ses bras, mais bon nombre l'atteignent au nez, le paralysant de douleur. Des gouttes d'eau tombent des cheveux de Santeri sur son visage, traçant des sillons clairs dans son masque de sang.

Petteri a immobilisé Jari dans son étreinte et crie à Santeri : « Vas-y ! Réduis-le en bouillie ! »

Rami les rejoint en clopinant, balance deux ou trois faibles coups de pied dans la cuisse d'Antti et ordonne d'une voix crachotante :

« Mettez-le debout. »

Santeri se relève avec précaution et saisit Antti par un bras, tandis que Petteri lui prend l'autre. Ils le remettent sur ses pieds. Jari les regarde, impuissant, sans oser intervenir.

« Allez, on laisse tomber, dit Santeri. Ils ont leur dose. On s'en va. »

Rami et Antti ont tous les deux le visage dans un état épouvantable. Les vêtements de Santeri pendent sur lui comme un tapis sur un étendoir.

« Ce n'est encore rien, dit Rami. Tenez-le !

– Arrêtez ! » crie Jari, mais sans résultat.

Rami s'approche d'Antti, leurs regards se rivent l'un à l'autre. Sur le masque sanglant d'Antti apparaît un sourire rouge, ses yeux brillent d'un éclat sauvage et rien, dans son attitude, n'évoque une quelconque capitulation. En voyant son expression, Rami recule.

« Si tu be frappes, je te bassacrerai, toi et tes copains. Je vous scierai en borceaux et je vous hisserai au sobbet du bât à drapeau. » Ses mots sont une bouillie mêlée de sang, mais ils ne sont teintés d'aucune hésitation. Aucun bluff, rien. Il s'agit plus d'un constat que d'une menace. Rami baisse les bras.

« On s'en va ! » gémit Santeri, et il lâche Antti. Petteri l'imite. Ils jettent un coup d'œil à leur chef, puis courent à leurs vélos. Rami, prenant conscience qu'il se retrouve seul, recule de deux pas, tourne les talons et remonte à leur suite sur le pont.

Jari, qui s'est précipité vers son ami, pousse un cri en voyant de près son état. Antti est pris d'une quinte de toux qui constelle de gouttes de sang les hautes herbes et, au passage, le visage de Jari.

« Ce d'est rien, dit-il, bais c'est déjà bon deuxièbe sweat aujourd'hui.

– Ta figure, elle est couverte de sang. »

Antti essaie de s'essuyer dans sa manche, mais la douleur l'arrête. « Berde ! Un sweat tout deuf.

– Tu dois avoir le nez cassé. Il y a eu un craquement. » Jari sort un mouchoir en papier de sa poche et le tend à Antti. Celui-ci le place sous son nez, mais il se trempe aussitôt de sang. Antti le jette, penche la tête en arrière et se pince les narines. Le moindre contact provoque une douleur qui lui traverse tout le visage, du front au menton. Jari le conduit sous le pont et l'aide à s'allonger sur son socle. Il ôte son T-shirt et le déchire en bandes. Le saignement met près d'une demi-heure à se tarir.

Quand ils rangent enfin leur matériel de pêche sur leurs porte-bagages et poussent leurs vélos jusqu'à la route, Jari demande : « Tu étais sérieux quand tu as dit que s'ils te frappaient encore une fois, tu les massacrerais ?

– Je ne sais pas. Je l'étais peut-être sur le moment, mais je ne tuerais personne, en vrai.

– Tu leur as foutu la trouille de leur vie.

– Ils tenteront sûrement encore quelque chose, alors sois prudent. Je ne peux pas toujours être là pour te protéger. »

40

Automne 2018

Paloviita éminça des oignons, déposa une noix de beurre dans la poêle en fonte et les fit revenir. Il ajouta du bouillon de viande, du vin rouge et du sucre roux et laissa la sauce épaissir. Il la goûta, sala, poivra : c'était parfait. Ce l'était toujours. La recette était facile – et c'était, à vrai dire, la seule qu'il connaissait.

Il bâilla, s'étira la nuque et sentit à quel point ses épaules étaient crispées. Il jeta dans une autre poêle les escalopes de bœuf qu'il avait laissées reposer à température ambiante. Elles se mirent aussitôt à grésiller et à se rétracter. L'odeur de la viande grillée et de la sauce au vin emplit la cuisine. Quand il fut certain d'avoir réussi à ne pas gâcher le repas, il alla à la porte de la cuisine et se sécha les mains dans un torchon. Sa femme et ses filles étaient dans le jardin. Terhi ratissait les dernières feuilles sous la mince couche de neige, Sara et Sini jouaient dans le bac à sable.

Paloviita bâilla de nouveau. Il songea que s'il n'arrivait pas bientôt à dormir suffisamment, son cerveau allait tout simplement griller, et il disjoncterait. Mais, le soir venu, ses pensées tourbillonnaient si follement qu'il avait l'impression d'avoir dans la tête un essaim d'abeilles bourdonnant. Son esprit échafaudait d'innombrables scénarios, possibles et impossibles, et ne lui laissait aucun repos. Comme s'il s'était tenu sur un promontoire rocheux d'où s'ouvrait une vue incroyable sur des forêts et des champs et, au-delà, un lac, mais que ses pieds ne cessaient de glisser vers l'à-pic et qu'il n'avait rien à quoi se rattraper. Le magnifique paysage n'était qu'une illusion, un mirage. Si la glissade ne s'arrêtait pas vite, il tomberait.

Il retourna à la cuisinière qui avait été commandée en Italie et avait coûté, avec le fret, plus de deux mille euros, et baissa le feu sous la poêle. Terhi avait absolument voulu une cuisinière à gaz, parce qu'elle avait lu un article sur cette merveille dans le supplément *Cuisine & Vins* du magazine *Gloria*. Le journal avait malheureusement omis de préciser ce que coûtait la consommation d'une bouteille de gaz par mois. Il aurait été bon que Terhi teste par elle-même, un jour, ce que c'était de soulever une bouteille de gaz de onze kilos sous une pluie de neige mouillée pour la mettre dans le coffre de la voiture, à la station-service. Ils avaient aussi dû acheter deux fours à mille euros, parce qu'un seul ne suffisait paraît-il pas. Paloviita se rappelait qu'ils avaient été allumés en même temps peut-être quatre fois, dont deux la veille de Noël, depuis huit ans qu'ils habitaient là. Deux fours géants, mais le plus petit micro-ondes du monde.

Paloviita songea aux plafonniers du séjour, qui avaient coûté six cents euros pièce. Il y en avait quatre et Terhi commençait déjà à dire qu'ils n'allaient en fait pas avec le reste du mobilier. Il pensa aussi au carrelage de la salle de bains, expédié par avion du Canada – deux fois, même, parce qu'il y avait dans la couleur du premier lot un défaut qu'il n'avait d'ailleurs pas remarqué, mais que Terhi et sa mère avaient immédiatement repéré. Il ne voulait même pas se rappeler son prix, qui lui restait encore en travers de la gorge. L'essentiel était bien sûr que Terhi soit contente. La sagesse populaire le disait bien, quand la mère de famille est satisfaite, tous le sont.

La surface des steaks commençait à prendre des couleurs, ils seraient bientôt prêts. Il éteignit le feu sous la sauce et alla de nouveau à la porte. Terhi s'était approchée de la haie et bavardait, par-dessus, avec la voisine. Chacune était appuyée à son râteau. Elles avaient l'air de bien s'amuser, car elles riaient de bon cœur. Paloviita chercha les filles des yeux, mais ne les trouva pas. Le bac à sable était vide. Il traversa le séjour pour jeter un coup d'œil par la fenêtre, d'où il ne les vit pas non plus.

Son regard fit le tour du jardin, qui descendait en pente douce vers l'étang, sur lequel ils avaient construit un ponton. Ce n'était pas un lieu de baignade, juste un plan d'eau boueux envahi par la végétation, mais il s'y était trempé une ou deux fois, ivre, avec des copains. Et ils avaient même une petite barque, qu'il avait tirée sur la pelouse et retournée pour l'hiver.

Soudain ses yeux tombèrent sur quelque chose de rouge au bord de l'eau. La combinaison de Sini. Un pic à glace lui transperça le cœur. Les filles jouaient au bord de l'étang, ce qui était strictement interdit, car aucune des deux ne savait encore nager – et Terhi leur tournait le dos. Elle pouffait avec cette fichue pipelette. Paloviita laissa tomber son torchon par terre, ouvrit brusquement la porte de la terrasse et se rua dans le jardin.

« Les filles, non ! » cria-t-il en traversant la pelouse de toute la vitesse de ses jambes. Il eut aussitôt les chaussettes trempées, et dans la bouche un goût de pièce de monnaie. « Les filles, pas dans l'eau ! Non ! »

Terhi et la voisine le regardèrent bouche bée courir en simple T-shirt, son tablier de cuisine détaché à la taille flottant à son cou comme la cape de Superman.

Il glissa, tomba à plat sur le dos et se cogna le coccyx. Le choc se répercuta dans tout son corps, des coudes aux orteils, mais sans même percevoir la douleur, il se remit debout et poursuivit sa course.

Les filles étaient à quatre pattes au bord de l'eau. Elles avaient chacune un bâton avec lequel elles cassaient la fine pellicule de glace qui s'était formée sur le bord. Elles se retournèrent pour regarder leur père qui se ruait vers elles, le visage blanc comme un linge, les yeux écarquillés. Il se laissa tomber à genoux, les prit dans ses bras et les serra contre lui. Il tremblait de la tête aux pieds, des larmes coulaient sur ses joues. Terhi, remise de sa surprise, se dirigea à grands pas vers eux. Paloviita se redressa, les filles dans les bras, et repartit vers la terrasse.

« Qu'est-ce qui te prend ? » demanda Terhi, et elle essaya de le délester de Sini, mais il la lui arracha, la serra plus fort contre lui et continua vers la maison.

« Tu as perdu la tête ? Les voisins nous regardent. Tu m'entends ? » demanda-t-elle, et elle essaya encore une fois de prendre l'une des filles, cette fois Sara, mais il ne fit qu'accélérer le pas sans rien dire.

Terhi le suivit à l'intérieur. Il laissa des traces de chaussettes mouillées sur le tapis persan clair du séjour. L'alarme d'incendie hurlait et la maison sentait la viande brûlée. Terhi alla dans la cuisine et éteignit le gaz. Les escalopes de bœuf gisaient, calcinées, au fond de la poêle. Elle ouvrit les fenêtres, prit l'escabeau de la cuisine et coupa l'alarme. Paloviita s'assit par terre dans l'entrée et ôta leurs combinaisons aux filles.

« Ça ne peut pas durer comme ça. Tu te comportes comme un fou furieux, tu me fais peur », dit Terhi, mais il ne sembla même pas remarquer sa présence. « Tu entends ce que je dis ? Ça ne peut pas durer comme ça. Nous allons partir d'ici, moi et les filles. »

Paloviita, qui avait fini de déshabiller Sara et Sini, resta assis par terre au milieu du tas de vêtements. Ce n'est qu'à ce moment que Terhi remarqua qu'il pleurait.

« Tu me fais peur. Tu vas rester au moins quelques jours à te reposer, d'accord ? Tu as failli mettre le feu à la maison. »

Paloviita hocha la tête, se leva et enleva ses chaussettes. Il fit la grimace et se tint le bas du dos, il avait du mal à tourner le cou. Terhi le regarda, le front plissé de profondes rides.

« Je suis tombé. Sur le dos », dit-il, et il pivota vers elle. Elle ne lui avait jamais vu le visage aussi gris, terne et triste. Mais le plus effrayant était ses yeux, qui paraissaient inhabités.

« La voisine est déjà sûrement en train de faire le tour du quartier en racontant ton cirque à tout le monde. Tu me fais honte. Qu'est-ce qui t'a pris ? Courir en chaussettes comme un dératé.

– L'eau, dit Paloviita. Les filles… j'ai cru qu'elles allaient tomber. Se noyer.

– Je ne les ai pas quittées des yeux une minute. Et il y a vingt centimètres d'eau, au bord. En plus, elles n'y vont pas, tu le sais. »

Paloviita ne répondit pas. Son tablier de cuisine pendait à son cou comme la musette de picotin d'avoine d'un cheval.

« Va te changer. Je vais essayer d'inventer quelque chose à manger », dit Terhi, et elle ôta son coupe-vent.

Le téléphone de Paloviita sonna, sur la desserte de la cuisine. Elle le prit et le lui apporta dans l'entrée, où il s'apprêtait à ranger les combinaisons, les gants et les chaussures des enfants.

« C'est ton bureau. Dis-leur que tu es malade, que tu vas prendre quelques jours de congé. »

Paloviita hocha tristement la tête, décrocha et porta l'appareil à son oreille. « Jari.

– Ici Linda. Tu as essayé plusieurs fois de m'appeler. »

Il se redressa et sa voix se raffermit. « Où est-ce que vous étiez toute la journée, putain ! Et pourquoi est-ce que vous ne répondiez pas au téléphone ?

– À Korpholma, et on y est encore. On a trouvé le couteau. »

Il fallut un moment pour que les mots atteignent le cerveau de Paloviita. Il fut à nouveau saisi de froid. « Où ça ?

– Dans la forêt. Près de l'endroit où on a découvert Antti Mielonen.

– Bravo, s'entendit dire Paloviita. L'affaire est dans le sac, alors. Beau travail.

– C'est grâce à Henrik. Si tu avais vu le monde qu'il y avait ici ce matin.

– Très bien, remercie-le de ma part », marmonna Paloviita, et il raccrocha.

Terhi regarda son mari qui fixait, dans le lointain, un endroit auquel elle n'aurait jamais accès.

Puis il se tourna. « Je dois aller au bureau.

– Maintenant ? Sûrement pas, ou tu pourras te chercher une nouvelle femme.

– Je suis obligé. Il s'est passé… ça ne peut pas attendre. »

Il se dirigea vers l'escalier, monta au premier et se changea. Quand il redescendit quelques minutes plus tard, les vêtements des enfants gisaient toujours en tas dans l'entrée, et Terhi avait disparu. Il enfila son manteau, prit ses clés de voiture et ferma la porte derrière lui.

Quand Paloviita arriva à l'hôtel de police, l'équipe de nuit avait déjà pris la relève. Il monta à pied au troisième, salua au passage deux ou trois agents et entra dans son bureau. Oksman et Linda étaient déjà partis, ou bien encore sur le chemin du retour d'Ahlainen. Il rafla quelques papiers pour se donner une contenance et retourna sur le palier. Il prit l'ascenseur pour descendre au rez-de-chaussée, slaloma dans les couloirs en ouvrant les serrures électriques des portes avec son badge. Il constata avec satisfaction que la permanence était tenue par Kolehmainen, un policier bedonnant et expérimenté, à quelques années de la retraite. Ils se connaissaient depuis longtemps. Paloviita savait qu'il ne poserait pas de questions inutiles et ne colporterait pas de ragots.

« Tiens, commissaire, dit Kolehmainen quand il frappa à la porte du poste de contrôle. En promenade du soir ? » L'homme tenait à la main un gobelet de café fumant. Sur les nombreux écrans de sa cabine vitrée carrée apparaissaient des images des caméras de surveillance de la galerie marchande de la gare, de la place du marché et de la principale rue piétonne. Chacune des cellules de l'hôtel de police était aussi équipée de sa propre caméra, de même que le hall et les cours, à l'avant et à l'arrière du bâtiment.

« Pas vraiment. Je viens interroger Mielonen, dans la trois. »

Kolehmainen souleva le sourcil gauche, mimique qui constituait sa marque de fabrique. « Ah… Où est-ce qu'on te l'amène ?

– Ce n'est pas un interrogatoire officiel. Je peux bavarder avec lui au bloc. Je veux juste vérifier un ou deux trucs, rien de plus. »

Le sourcil de Kolehmainen resta levé, il regarda Paloviita qui lui rendit son regard, l'air grave.

« Bien sûr », dit-il en se levant pour le suivre dans le couloir. Ils s'arrêtèrent devant la porte blindée, Kolehmainen vérifia par le guichet que tout était en ordre et tira les verrous.

« Je laisse ouvert ?

– Inutile. Je te ferai signe.

– Tu es sûr ? »

Paloviita hocha la tête.

« Comme tu voudras », dit Kolehmainen, et il ouvrit la lourde porte. « Vous avez de la visite. »

Le cœur de Paloviita cognait, il sentait son sang battre dans ses tempes. Il avait la gorge serrée et passa instinctivement un doigt dans son col, pourtant déjà déboutonné. Il entra dans la cellule et regarda la grande silhouette assise sur le matelas plastifié, la tête pendant entre ses genoux repliés.

Kolehmainen referma la porte derrière lui et il entendit le verrou cliqueter. « Salut, Antti », dit-il, et l'homme leva les yeux.

Le visage de Mielonen était mangé par une barbe de plusieurs jours, il avait les yeux injectés de sang et ses cheveux, qui auraient eu depuis longtemps besoin d'une coupe, se dressaient en désordre. Il dégageait une odeur écœurante que Paloviita associait automatiquement à tous les lieux de beuverie qu'il avait visités au fil des ans.

Mielonen le fixa, inexpressif. Paloviita tenta de sourire, mais il savait qu'il avait juste l'air nerveux.

« Comment ça va ? » poursuivit-il.

Mielonen continuait de le fixer et, pendant un instant, il crut voir passer quelque chose sur son visage, peut-être une réminiscence, mais si passagère qu'il ne pouvait en être sûr. Lui-même trouvait étrange de regarder dans les yeux son meilleur ami d'enfance, peut-être le seul véritable qu'il ait jamais eu. Son visage lui était totalement inconnu, mais en même temps aussi familier qu'un visage peut l'être.

« Tu te souviens encore de moi ? »

Sans répondre, Mielonen se contenta de le fixer un moment, puis ramena son regard entre ses genoux.

« Je suis policier, maintenant, au cas où tu ne le saurais pas. »

Aucune réponse, rien.

« On a trouvé le couteau, dit Paloviita, cette fois d'un ton plus officiel. L'équipe canine l'a découvert là où tu t'étais caché. »

Mielonen releva les yeux. Il avait le visage flasque, inerte et fatigué. « Ah », dit-il.

Paloviita tenta de croiser son regard, mais il semblait se dérober, volontairement ou non.

« Ça veut dire qu'il commence à y avoir assez de preuves pour te condamner.

– Ah, répéta Mielonen.

– Ah ? Tu n'as rien d'autre à dire que "ah" ?

– Qu'est-ce qu'il y aurait à dire ? On a trouvé le couteau.

– Tu ne me reconnais pas ? »

Cette fois le regard de Mielonen chercha le sien et y resta accroché un moment. Paloviita le lui rendit, tentant de trouver quelque chose dans ses yeux, mais ne put rien y lire. Ni signe qu'il l'aurait reconnu, ni rien d'autre. Ce n'était que le regard vide d'un homme dont l'alcool avait rongé le cerveau, comme il en avait vu des centaines. Des yeux qui n'avaient soif que d'une chose. Du prochain verre qui aiderait leur propriétaire à oublier tous les précédents qui l'avaient mis dans cet état.

« Tous les flics se ressemblent, déclara Mielonen, et il détourna le regard.

– J'ai essayé de t'aider, mais je ne peux rien faire si tu ne m'aides pas.

– Je ne coopère pas avec les flics.

– Dis-moi ce qui s'est passé au chalet. Rami Nieminen y était. Il t'a fait quelque chose ? Vous vous êtes querellés, il t'a attaqué, menacé ? »

Pas de réponse, pas même un mouvement de tête.

« Antti, si tu veux que je t'aide, tu dois me parler. Si les enquêteurs découvrent que tu connaissais Nieminen, tu risques d'être inculpé d'assassinat. Nous devons convaincre le procureur et les juges que tu n'as fait que te défendre. Ça pourrait alors être considéré comme un homicide involontaire, une légitime défense un peu excessive. »

Paloviita n'y croyait pas lui-même. Aucun avocat ne parviendrait à faire passer un coup de couteau dans le dos pour de la légitime défense. Mais un procureur habile pouvait réellement faire basculer l'affaire vers un homicide volontaire avec préméditation. Du moins si Mielonen ou son avocat ne présentaient pas un autre scénario.

« Je suis ton ami, tu le sais, mais je ne peux pas t'aider si tu ne coopères pas. »

Soudain Mielonen releva la tête. Le regard dans ses yeux était maintenant si impitoyable que Paloviita recula d'un pas. Il se rappela qu'il se trouvait dans une cellule de quelques mètres carrés avec un homme qui en avait tué un autre quelques jours plus tôt. L'Antti qu'il connaissait vingt-sept ans plus tôt était loin, tout comme le Jari de l'époque.

« Ce qui est fait est fait, dit Mielonen. Tant pis.

– Tu pourrais raconter que juste avant que tu ne le frappes, Nieminen brandissait le couteau, menaçant de t'ouvrir la gorge, et que c'est pour ça que tu as décidé d'agir. Tu pourrais dire que tu avais trop peur de lui, parce que tu savais qu'il avait déjà tué. »

Pour la première fois, il y eut dans le regard de Mielonen comme une lueur de compréhension.

« Eh oui, il avait déjà tué, dit Paloviita en s'accrochant à ce regard. Il a réduit son colocataire en bouillie à coups de barre de fer. Et il a tiré une balle dans la tête d'une femme, mais s'en est tiré sans être condamné. Il est resté jusqu'à la fin le salaud qu'il était quand il était gosse. Tu te rappelles ? » Paloviita vérifia instinctivement que son appareil auditif était bien en place. « Et je trouve que c'est une bonne chose qu'il soit mort. Il ne manquera à personne. »

Pour la première fois, Mielonen examina attentivement le visage de Paloviita. Celui-ci le laissa regarder tranquillement. « Nous n'avons pas beaucoup de temps. Demain, on prélèvera les empreintes digitales sur le couteau. Et si elles correspondent aux tiennes, ce sera cuit. C'est pour ça que tu dois me raconter précisément ce qui s'est passé au chalet, comment ça s'est produit. Je peux parler au procureur, c'est un vieil ami. Et je connais les inspecteurs chargés de l'affaire, ce sont en fait mes subordonnés. Je peux vraiment t'aider, mais tu dois me faire confiance.

– Va te faire foutre, pédé de flic ! dit Mielonen, et il cracha aux pieds de Paloviita. Fous le camp d'ici et laisse-moi tranquille !

– Antti…

– Fous le camp, j'ai dit ! Tu t'es toujours cru meilleur que moi. Laisse-moi et casse-toi. »

Paloviita resta encore quelques secondes planté là à regarder Mielonen, qui s'était de nouveau recroquevillé dans la position où il l'avait trouvé en entrant. Il tourna le visage vers l'œil de la caméra qui se trouvait dans un coin de la cellule et fit un signe de tête. Quelques secondes plus tard, le verrou cliqueta et Kolehmainen ouvrit la porte. « C'est fini, commissaire ? »

Paloviita hocha la tête. C'était bien ce qu'il lui semblait. Tout était fini.

PARTIE VIII

Le couteau

41

Automne 2018

Paloviita frappa au chambranle de la porte du bureau de Linda, qui leva les yeux de ses papiers. Elle posa ses lunettes de lecture et sourit. Paloviita lui rendit son sourire et remarqua encore une fois à quel point elle était belle. Il entra et prit une chaise.

« Je suis venu m'excuser d'avoir été brusque, c'est compliqué en ce moment, aussi bien au travail qu'à la maison. »

Le sourire de Linda illumina son visage. « Ce n'est rien, d'ailleurs ton discours a finalement été stimulant. C'est vrai que nous avons été un peu trop paresseux dans cette histoire, ça nous a réveillés. »

Paloviita secoua la tête. « Vous n'avez pas été paresseux, c'est moi qui l'ai été, ce qui s'est passé hier en est la preuve.

– Tout le mérite en revient à Henrik. Il a mouillé sa chemise, sans lui, nous n'aurions pas trouvé le couteau. »

Paloviita resta un moment silencieux puis dit : « Henrik est un bon policier, mais toi aussi. Ne te sous-estime pas. Il a ses limites, sans toi il serait comme un écolier perdu dans la forêt – et moi aussi. C'est toi qui nous fais tenir debout. »

Linda eut un petit rire. « Flatteur, va. Je t'ai dit que je te pardonnais.

– Où est Henrik, au fait ? D'habitude il est là dès le chant du coq.

– Je ne sais pas trop, en fait. Il a dit hier qu'il avait des choses à régler.

– Quelles choses ? »

Linda haussa les épaules. « Aucune idée, je ne lui ai pas demandé. Je pensais que tu étais au courant.

– Le couteau est au labo ?

– Oui, Salminen est en train de l'analyser. »

Paloviita se leva avec un sourire déprimé. « Parfait, très beau travail. » En quittant le bureau de Linda, il se dirigea d'abord vers le sien, mais changea d'avis et prit l'escalier. Il descendit au rez-de-chaussée et pénétra dans les locaux de la police scientifique. Tous étaient déjà plongés dans leur travail et personne ne sembla lui prêter la moindre attention. Ça lui convenait.

Les bureaux de Raunela et de Salminen se trouvaient face à face dans un large couloir. Ils étaient tous les deux vides, mais de la lumière brillait chez Salminen, tandis que dans le box de Raunela, même l'écran de l'ordinateur était éteint. Le couloir se terminait par une porte étanche donnant accès au laboratoire, doté d'une grande vitre qui permettait de regarder à l'intérieur comme dans un aquarium. Paloviita constata que Salminen et une technicienne, vêtus de combinaisons, étaient occupés à essuyer le manche du couteau avec un grand coton-tige et à y prélever des empreintes digitales, de même que sur la lame. Paloviita attendit pour entrer qu'ils aient fini de recueillir les échantillons et emballé le couteau dans du plastique. Les techniciens se regardèrent. Sans se laisser perturber par leur surprise, Paloviita alla droit à la table où les échantillons avaient été rassemblés et se retourna.

« C'est ça, le fameux couteau ? »

Salminen échangea un nouveau regard avec sa collègue. « C'est lui, dit-il. Il a fallu la moitié de l'hôtel de police pour le trouver, alors qu'il était sous notre nez depuis le début. On a prélevé l'ADN sur le manche et la lame. Il y a beaucoup de sang de la victime, mais je pense que nous avons aussi obtenu du tissu cellulaire du meurtrier. Les prélèvements et le couteau vont être envoyés demain à Helsinki, où on vérifiera l'ADN.

– Et les empreintes digitales ?

– Il en est couvert, répondit la technicienne. Au moins un index et un pouce. On peut même tout de suite savoir à qui elles appartiennent. »

Paloviita déglutit. « Parfait ! »

Salminen ôta ses gants et son masque et les jeta à la poubelle. « Il n'y a plus qu'à passer à l'analyse des empreintes, mais avant ça, moi en tout cas, je vais boire un café. »

Il sortit du labo, plantant là Paloviita et la technicienne. Elle se tourna vers celui-ci et souleva un sourcil.

« Ce sont ces empreintes qui m'intéressent, en fait, dit-il. Et si c'était possible… »

La technicienne soupira, retourna à la table et abaissa son masque sous son menton. Elle prit le couteau enveloppé de plastique et le lui montra. Il se pencha et distingua sur le manche les sillons noirs des empreintes que le traitement chimique avait fait apparaître.

« On a une empreinte de pouce à peu près complète sur le manche, et une presque aussi bonne de l'index. Elles ont déjà été transférées dans le système informatique. »

Paloviita hocha la tête. Ses mouvements s'étaient faits raides et contraints, il avait du mal à parler. Craignant que la technicienne ne s'en aperçoive, il se concentra sur chacun de ses gestes.

« Ce couteau est très important pour l'enquête. Il devrait permettre de lier le meurtrier à la victime. C'est notre seule preuve concrète », dit Paloviita, puis il se rendit compte qu'il s'expliquait trop et se tut. Sans faire de commentaires, la technicienne reposa le couteau sur la table et leva les yeux vers la pendule, qui indiquait neuf heures dix du matin.

Paloviita y jeta lui aussi un coup d'œil. « Pause café ? Je ne veux pas te retenir plus longtemps. C'est juste que je suis impatient de boucler l'affaire.

– L'ordinateur est là, dit la technicienne en désignant l'écran allumé. Si tu es pressé, en ce qui me concerne, tu peux commencer seul. Tu sais utiliser le logiciel ? Je dois vraiment avaler quelque chose, je suis là depuis six heures du matin. »

Paloviita sourit, se dirigea vers l'ordinateur et s'assit. « Je vais commencer, alors, dit-il. Va tranquillement boire ton café, pendant ce temps. »

Elle le fixa un instant pour s'assurer qu'il était sérieux, haussa les épaules et sortit du labo en le laissant seul.

Il attendit que la porte étanche se referme et se tourna vers l'ordinateur. Il appuya sur la touche d'entrée pour faire disparaître l'économiseur d'écran. Le bureau et ses icônes apparurent. Paloviita ouvrit le registre des empreintes digitales. Il trouva les photos numérisées des empreintes relevées sur le couteau dans le dernier dossier enregistré. Il n'était pas très à l'aise avec le logiciel, mais connaissait les bases de son fonctionnement. Il ouvrit les deux photos, les glissa sur le fonds de recherche et lança le programme, qui entreprit d'analyser les possibles correspondances avec les milliers de clichés du registre. Il jeta un coup d'œil vers la vitre pour vérifier que personne ne l'observait. Son pouls s'accéléra et sa bouche se dessécha. La barre de progression de l'en-tête avançait lentement sur l'écran.

Puis elle s'arrêta soudain et un pop-up surgit. Au milieu de la fenêtre figurait une grande empreinte de pouce en noir et blanc, constellée de points rouges indiquant les correspondances avec l'échantillon. À côté, en beaucoup plus petit, il y avait une photo du visage d'Antti. Paloviita avait beau avoir anticipé le résultat, ses forces l'abandonnèrent soudain. Tout son corps le picotait. Elle était là, la preuve qu'Antti Mielonen avait tenu le couteau avec lequel Rami Nieminen avait été tué. À partir de là, l'enquête roulerait toute seule. On enverrait le couteau et les échantillons à Helsinki et on y trouverait aussi bien l'ADN de la victime que celui d'Antti – en plus de tout le reste : les vêtements ensanglantés qu'il portait, les déclarations des témoins, sa fuite du lieu du crime pour se cacher dans la forêt. Dans le pire des cas, il risquait d'être condamné à la perpétuité, comme le serait Mr Muscle.

Paloviita jeta de nouveau un coup d'œil à la vitre. Ses frissons de froid avaient fait place à des vagues de chaleur. Le dos et les aisselles de sa chemise étaient trempés. Il saisit la souris et rouvrit le logiciel en mode dossier. Son cœur battait à tout rompre.

Un coup d'œil à la porte – personne.

Une goutte de sueur coula de ses cheveux sur son front et s'arrêta à son sourcil.

Paloviita déplaça le pointeur jusqu'au dossier des empreintes digitales, le sélectionna, lâcha la souris et posa le doigt sur la touche de suppression. Sa tension artérielle était maintenant si élevée que ses oreilles bourdonnaient. Son tympan abîmé lui faisait mal, comme chaque fois qu'il nageait, et une brusque odeur d'eau fétide lui emplit les narines.

Il laissa son doigt enfoncer lentement la touche.

Un léger clic, et le dossier des empreintes digitales disparut dans le cyberespace.

Il ferma rapidement le logiciel d'analyse, ouvrit la corbeille à papiers du bureau et en élimina aussi le dossier.

Au même moment, la porte s'ouvrit et, de frayeur, il tomba presque en arrière avec sa chaise.

« Alors, tu as trouvé une correspondance ? » demanda la technicienne. Elle avait sous le bras un dossier noir qu'elle alla ranger dans les étagères à côté de la porte.

Les mains de Paloviita tremblaient. Il voulut se lever, mais le vertige qu'il éprouvait était tel qu'il s'en sentit incapable et se contenta de faire pivoter sa chaise à roulettes. Il avait toujours la gorge serrée. Il tenta de sourire, sans pouvoir être sûr du résultat. « J'allais le faire, mais mon téléphone a sonné. » Il se leva, constata que ses jambes le portaient et se dirigea à grandes enjambées vers la porte. « Ce n'est pas si urgent, en fin de compte, tenez-moi au courant. »

Paloviita eut l'impression que le regard de la technicienne le transperçait tels des rayons X. Au même moment, le téléphone de cette dernière sonna. Elle répondit, sans lâcher du regard Paloviita qui s'arrêta pour écouter, la main sur la poignée de la porte. Le coup de fil fut bref, et quand elle eut raccroché, elle glissa son téléphone dans sa poche et dit :

« Il y a eu un piéton renversé au coin d'Yrjönkatu et Valtakatu. Le chauffard a pris la fuite. Tu vas peut-être hériter de l'affaire.

– C'est grave ?

– La victime est en vie, mais elle a les jambes cassées. J'y vais avec Salminen. »

Paloviita attendait toujours, la main sur la poignée.

« L'analyse des empreintes digitales devra attendre demain, à moins que tu veuilles… »

Paloviita fit un geste de la main. « Ça peut attendre. » Il ouvrit la porte, enfila le couloir et quitta les lieux.

42

Ce matin-là, Henrik Oksman se réveilla de nouveau tôt. Quand il arriva à Turku, le jour commençait seulement à se lever. Il ne connaissait pas la ville et erra longtemps en suivant les instructions de son GPS, jusqu'à ce qu'il l'éteigne et s'oriente seul à travers les embouteillages matinaux.

Les archives départementales se trouvaient dans Aninkaistenkatu, dans un vieil immeuble de bureaux rouge pâle empreint de la dignité des anciens temps. Ceux où l'on respectait encore les fonctionnaires et l'autorité. Oksman monta les marches jusqu'à la porte principale et entra. Il se présenta à l'accueil et expliqua quels documents il souhaitait consulter. L'employée entra les données dans son ordinateur et l'invita à la suivre. Elle l'introduisit dans la salle de lecture qui, contrairement à l'idée que s'en était faite Oksman, était d'une grande modernité. Des baies vitrées laissaient entrer à flots la lumière du jour. Le mur opposé était également vitré et donnait sur les archives. Oksman, qui était le seul visiteur, choisit une table dépourvue de lecteur de microfilms, près de la fenêtre.

« Attendez ici, je vais vous apporter les documents que vous demandez. Ça peut prendre un moment.

– Merci. »

Oksman parcourut la salle du regard. Ce n'était en rien un lieu inspirant, mais peut-être la recherche, quelle qu'elle soit, n'exigeait-elle pas d'inspiration. Les enquêtes judiciaires n'avaient elles non plus rien de romantique, même si c'était souvent ainsi qu'on les présentait dans les films et les romans. Le travail de la police était fait de routine et de statistiques. Le nombre d'affaires à traiter était si énorme qu'il dépassait l'entendement de la plupart des gens. Qui se fâchaient ensuite quand on leur disait franchement que la police n'avait tout simplement pas les ressources nécessaires pour enquêter sur le mystère du vol de leur vélo ou de leur portable.

Oksman repensa à son propre bureau et aux dossiers qui s'y empilaient. Il les avait tous négligés. Et la pile grossissait de jour en jour. Maintenant qu'il était assis dans la salle de lecture des archives départementales de Turku à attendre des documents, transférés là depuis une éternité, concernant les événements de la nuit de la Saint-Jean 1991 qui avaient conduit au placement d'Antti Mielonen dans une famille d'accueil, il n'était plus sûr de ce qu'il cherchait, ni de ses motivations. Après quoi courait-il ? La vérité ou autre chose ? La justice ? Des fantômes ?

La porte s'ouvrit et l'employée entra, poussant un chariot à archives métallique. Quatre dossiers étaient empilés dessus. Oksman soupira, la journée serait longue.

« C'est tout ce que nous avons sous ce numéro d'enregistrement. Comme je ne savais pas ce dont vous aviez besoin, j'ai tout apporté.

– Merci. »

L'employée posa les dossiers sur la table devant lui. « La photocopieuse est là-bas, elle permet aussi de scanner directement dans un courriel. »

Elle montra la Xerox flambant neuve qui trônait dans un coin. « Des cartes de photocopie sont en vente au guichet d'information.

– Merci.

– Je dois vous rappeler les règles de la salle de lecture. Les documents doivent être manipulés avec précaution et la tranquillité des chercheurs doit être respectée. Vous pouvez photographier avec votre propre appareil, mais sans déranger les autres.

– Merci.

– Quand vous aurez fini, vous pouvez laisser les dossiers sur la table. Prévenez-moi en partant, ou signalez-vous au guichet d'information.

– Merci. »

Oksman remarqua que l'employée hésitait à le laisser seul avec les documents. Elle se dirigea lentement vers la porte en le regardant par-dessus son épaule. Il attendit qu'elle soit vraiment partie, puis ouvrit le premier dossier. Rien qu'au nombre de documents, on voyait que l'enquête de police avait été massive. Elle avait été menée à une époque où il n'y avait pas encore d'ordinateurs et où tous les rapports et procès-verbaux étaient tapés à la machine. On voyait ainsi que quelqu'un avait réellement beaucoup travaillé, car en ce temps-là, on parvenait à tout dire de manière plus concise. Depuis l'arrivée de l'informatique, la quantité de papier avait décuplé, alors que ç'aurait dû être l'inverse.

Il fallut au total cinq heures à Oksman pour parcourir le tout. Il allait régulièrement aux toilettes, se lavait les mains et le visage et retournait à sa place. Il détestait manipuler les vieux documents. Non seulement à cause de leur odeur, qui lui rappelait celle de feuilles d'automne pourries, mais aussi parce qu'ils grouillaient vraisemblablement de microbes et de bactéries, au métabolisme desquels cette odeur était due. L'employée allait et venait dans le couloir vitré en poussant son chariot et en l'observant. Par moments, Oksman lui rendait son regard, rien que pour voir à quel point ça la mettait mal à l'aise. Vers midi, un autre visiteur vint s'installer dans la salle de lecture, un homme d'une soixantaine d'années aux cheveux gris ébouriffés. Sa barbe clairsemée était celle d'un entomologiste. Oksman songea qu'il ne fallait pas être un policier très averti pour conclure que c'était un professeur d'université, encore actif ou à la retraite.

Oksman prenait des notes, mais juste pour la forme, car il se rappelait en général mot pour mot ce qu'il lisait sans en avoir besoin. Il photographia quelques documents avec son téléphone portable, les replaça dans les dossiers et se leva. Son cœur battait la chamade, comme chaque fois qu'il découvrait quelque chose d'important. Ses pensées couraient sans point de repère, tels des chevaux échappés d'un enclos.

Antti Mielonen avait tué son père pendant la nuit de la Saint-Jean 1991, alors qu'il avait treize ans. Et Jari Paloviita était présent.

Le bûcher flambe, des gerbes d'étincelles montent vers le ciel. Le père d'Antti, debout nu dans la lumière des flammes, laisse éclater sa rage. Sa serviette de bain pend dans sa main comme un drap. Les lueurs orangées se reflètent sur son corps luisant de sueur. Les femmes se sont arrêtées sur le sentier qui mène au lac, aux côtés de Jukka et de Sami.

« Je ne suis pas idiot. Je sais ce qui se trafique ici pendant que je suis au sauna ! Je ne suis pas stupide, j'ai des yeux et des oreilles.

– Calme-toi, dit Sami. Ça ne sert à rien de crier. Il ne se trafique rien, tu le sais très bien. Quand veux-tu que qui que ce soit ait trafiqué quoi que ce soit, alors que personne n'a bougé d'ici.

– Ne dites pas de conneries ! Il y a eu du tripotage dans le sauna, j'ai entendu les gloussements. Vous croyez sûrement que je suis tellement dans le coaltar que je ne me rends compte de rien, mais bordel de merde !

– Arrête, et remets ta serviette. Je t'assure que personne n'a rien fait. Les femmes sont restées ici tout le temps. Ne sois pas stupide », dit Jukka.

Tapani n'a pas la moindre intention de se calmer. Il pointe Jukka du doigt. « Tu te crois sûrement supérieur aux autres, putain, parce que tu as ta propre boîte et ton propre chalet, mais est-ce que tu as besoin de baiser les femmes des autres, hein ?

– Arrête ! s'énerve Jukka. Ça suffit. Tu délires. Ni Sami ni moi n'avons touché à Sirpa, et on ne risque pas de le faire. Tu le sais très bien. »

Sami s'approche de Tapani et essaie de le prendre par l'épaule, mais il le repousse. « Ne me touche pas, bordel ! »

Sami insiste malgré tout, lui passe le bras autour des épaules et lui fourre une bouteille de bière dans la main. « On arrête ce cirque, maintenant, et on retourne au sauna. On va discuter de ça entre hommes. »

PARTIE IX

Tiina

43

Été 1991

« Il faut manger. Sinon, tu ne deviendras jamais aussi grande que moi.

– Pas manzer ! » dit Tiina, et elle serre les lèvres et tourne la tête vers le mur.

« Dans ce cas, pas de chocolat », prévient Jari en lui agitant une barre chocolatée sous le nez.

Elle écarquille brusquement les yeux. « Veux ocolat !

– Alors il faut manger un peu. Voilà l'avion ! » Jari imite un bruit de moteur et fait voler la cuillère vers les lèvres boudeuses de Tiina, mais elle garde la bouche fermée.

« Pas manzer ! »

Jari essaie encore un moment, mais renonce ensuite de guerre lasse et tend la barre chocolatée à Tiina. Il sait qu'elle piquera une colère s'il l'en prive, et il ne se sent pas en état de l'affronter. Sa mère lui a interdit de donner des sucreries à Tiina, mais nécessité fait loi. Elle mâchouille sa friandise, son visage brille tel un soleil, les commissures de ses lèvres se teintent de marron. Le spectacle est si comique que Jari rit tout haut. Il lui essuie la bouche avec une serviette humide et déballe sa propre barre.

Il regarde la pendule. Il ne s'est écoulé qu'une heure depuis que leurs parents ont dû s'absenter, les laissant seuls. Trois heures avec Tiina, c'est long. Il le sait par expérience. Parfois tout se passe bien, mais si elle est de mauvaise humeur, c'est difficile. Et c'est en général le cas. Elle est comme une mine antipersonnel armée, prête à exploser au moindre contact. Jari aimerait qu'Antti soit là. Il sait gérer bien mieux que lui ce genre de situation.

« Et si on regardait *Le Noël de Jiminy Cricket* ? » suggère-t-il, car il sait que Tiina l'aime par-dessus tout.

« Pas iminy ricket. Veux sotir ! »

Jari jette un coup d'œil dans le jardin. À deux semaines de la Saint-Jean, il n'y a pas un nuage dans le ciel. S'il n'avait pas besoin de garder Tiina, il filerait droit à la piscine, ou téléphonerait à Antti pour lui proposer d'aller pêcher au pont de Hevosluoto. Ils n'attraperaient rien avec ce temps, mais ce n'est de toute façon pas le plus important.

Une semaine s'est écoulée depuis la scène chez Antti et la bagarre au bord du fleuve avec la bande de Rami Nieminen. Ils se sont vus deux ou trois fois depuis, mais Jari a l'impression qu'ils se sont éloignés l'un de l'autre comme des bateaux voguant dans le brouillard qui se perdent lentement de vue. C'est, en un sens, naturel. Il ne regardera plus jamais les parents d'Antti comme avant. Un des fragiles brins de l'enfance s'est à nouveau rompu. S'en est-il déjà totalement arraché ? Il n'en est pas certain, mais il sait que malgré tous ses efforts pour l'empêcher, ce sera bientôt chose faite. C'est comme pour le bocal plein de pièces de monnaie qu'il a trouvé dans l'île quand il était petit. S'accrocher à une illusion est parfois plus facile que s'en défaire.

Il est peut-être encore un enfant aux yeux de ses parents, mais il n'est pas idiot, il y a des choses qu'il comprend sans qu'on les lui explique. Il ne croit pas que la scène dans la cuisine d'Antti ait été la première du genre – et il voit aussi à quel point ses parents sont fatigués. Tiina est réellement épuisante. Merveilleuse, mais épuisante. Ni son père ni sa mère ne le disent jamais tout haut en sa présence, mais tout le prouve. Leurs intonations, les conversations nocturnes qui ne lui sont pas destinées. Tiina a grandi physiquement, mais pas mentalement. Il faudra, toute sa vie, la faire manger, changer ses couches et supporter ses colères infantiles. Seules ses forces augmenteront, et celles de leurs parents diminueront.

Jari aime Tiina de tout son cœur, mais il lui arrive de souhaiter qu'elle ne soit jamais née. Elle a mis fin à tout ce qu'ils avaient de normal. Les séjours au chalet et la gaieté qui régnait dans la famille. Le bonheur est encore là quelque part – il le sent – mais la gaieté a disparu sous les consultations en neurologie, les séances de kiné et l'enfer des repas. Les nuits sont agitées et, à chaque instant, plane la peur que Tiina attrape la grippe ou se blesse ou qu'il se passe quoi que ce soit d'autre qui précipite la famille dans un état d'urgence.

« Encore. Veux encore ! réclame Tiina.

– Il n'y en a plus », explique Jari qui essaie de lui nettoyer les mains. Elle se débat et pique une colère. Sa chaise se balance et Jari doit la tenir pour qu'elle ne bascule pas.

« Encore ! Veux encore ocolat !

– Arrête, tu vas renverser ta chaise. Arrête ! »

Tiina saisit son assiette en plastique et la jette par terre. De la purée de pommes de terre éclabousse le papier peint.

« Merde ! Reste tranquille ! » s'énerve Jari, et il essuie d'un geste inutilement brusque les dernières traces de chocolat de la bouche de sa sœur, puis la prend dans ses bras pour la soulever. Mais les pieds de Tiina s'accrochent à sa chaise qui se renverse avec fracas, envoyant valser son gobelet à bec, du lait s'échappe sur le tapis.

« Merde ! » s'écrie Jari, et il laisse glisser Tiina par terre. « Regarde ce que tu as fait ! »

Tiina éclate en sanglots hystériques. Jari remet la chaise debout et s'occupe de nettoyer les dégâts, roule le tapis, essuie le sol et les murs. Tiina hurle comme une sirène de pompiers sans réussir à reprendre son souffle. Jari essaie de ne pas prêter attention à ses cris, mais quand son énervement commence à se calmer, la culpabilité le frappe. Il s'accroupit auprès de Tiina et la prend dans ses bras. Elle s'agrippe à lui comme un noyé à son sauveteur. Il lui caresse les cheveux, la berce et lui murmure à l'oreille :

« Tout va bien. Je te demande pardon, je ne suis pas vraiment fâché. »

Elle pleure si fort, serrée contre lui, qu'elle trempe son T-shirt. Il va chercher dans le placard une autre barre chocolatée, en croque la moitié et lui donne le reste. Il jette de nouveau un coup d'œil à la pendule, ses aiguilles ne semblent pas avoir bougé d'un pouce. Quand Tiina a fini son chocolat, il l'emmène dans la salle de jeux, où ils lisent ensemble des albums illustrés : *Boucle d'or et les trois ours*, *Le Livre de la jungle*, *Dumbo* et de nouveau *Boucle d'or*. Mais les livres s'épuisent vite, et Jari en a assez de relire encore et encore *Le Lièvre et la Tortue*. Il a envie de sortir, dehors Tiina se tiendrait tranquille, mais ses parents le lui ont interdit, bien qu'il ne comprenne pas ce qu'il pourrait y avoir de dangereux dans le jardin. Surtout en été, quand il suffit de lui mettre ses chaussures et son chapeau.

« Ipi, dit-elle.

– Tu veux lire *Lili la chipie* ? » demande Jari en regardant la pile de livres, mais ce n'est pas ça. En réalité, il sait parfaitement ce qu'elle veut dire. Elle a fait pipi dans sa couche. Jari espère qu'il n'y a pas eu de fuites et qu'il n'aura pas à lui trouver des vêtements propres. Au demeurant changer une couche mouillée n'est rien par rapport à un plus gros morceau.

Jari jette un nouveau coup d'œil à la pendule, puis il emmène Tiina dans la salle de bains et commence à lui enlever son pantalon. En pleine opération, le téléphone sonne. Jari pousse un juron et abandonne sa sœur, la couche sur les chevilles.

« Jari Paloviita à l'appareil.

– Salut, c'est Antti. Qu'est-ce que tu fais ? Je me disais qu'on pourrait aller pêcher sous le pont. »

Jari jette un coup d'œil vers la salle de bains, où Tiina est toujours debout, les fesses à l'air, et le regarde, la tête un peu penchée, l'index gauche dans la bouche. « Je dois garder Tiina.

– Et plus tard ? »

Jari étire le cordon du combiné jusqu'à ce qu'il puisse voir la pendule du séjour. Ses parents sont partis depuis près de deux heures et pourraient rentrer à tout moment. Et il l'espère vraiment, parce qu'il a donné rendez-vous à Henriikka à trois heures à la maison abandonnée. Dans quatre-vingt-dix minutes.

« Je ne crois pas que j'aurai le courage. Je ne me sens pas très bien », ment-il.

Antti reste un moment silencieux. « O.K., un autre jour, alors.

– Ouaip. On se rappelle. »

À peine a-t-il raccroché qu'un sentiment de tristesse l'étreint. Il regrette d'avoir menti à son meilleur ami et ne comprend pas pourquoi la vérité est si difficile à dire. Il attire Tiina dans le séjour, où il peut la surveiller tout en gardant un œil sur la pendule. La relativité du temps est une réalité. Les minutes qui se traînaient il y a un instant comme une tortue se sont mises à filer comme un lièvre.

Jari va chercher les coffres à jouets de Tiina et tente de l'y intéresser, mais en vain. Il a l'impression qu'il n'arrivera à rien, ni aujourd'hui ni jamais. Tiina ne cesse de jeter des objets, faire des caprices et vouloir ouvrir le frigo. La pendule tictaque. Jari la regarde de plus en plus fixement, tournicote d'une pièce à l'autre et surveille la rue depuis les fenêtres du séjour. Il est maintenant deux heures et demie. Que fabriquent ses parents ? Ils avaient promis d'être là à deux heures au plus tard.

À trois heures moins le quart, Jari perd patience. Ça fait maintenant vingt minutes qu'il est debout à la fenêtre et laisse Tiina sortir des jouets du placard sans s'en mêler. De quel droit ses parents lui font-ils ça ? Il saisit le téléphone et appelle chez Antti. Il est temps de lui dire la vérité, et tant pis s'il se moque de lui.

La mère d'Antti décroche presque aussitôt.

« Mielonen.

– Bonjour, c'est Jari. Antti est là ?

– Non, il est parti à la pêche. Je pensais que c'était avec toi.

– Il me l'a proposé, mais je ne pouvais pas. Si vous le voyez, est-ce que vous pourriez lui demander de me rappeler tout de suite… ou d'aller à la maison… non, rien. Je lui dirai moi-même quand je le verrai. »

Jari raccroche et fixe le mur peint en blanc, puis la pendule. À cet instant précis, trois heures sonnent. Henriikka est sûrement déjà à la maison abandonnée. Combien de temps aura-t-elle la patience d'attendre ? Dix minutes, vingt, trente ? Et ensuite ? Elle s'en ira, croyant qu'il lui a posé un lapin. Il a tout raté. Si seulement Antti avait été chez lui, il aurait pu l'envoyer à la maison abandonnée dire à Henriikka qu'il serait un peu en retard, mais ç'aurait été trop beau. Il joue de malchance. Antti est parti à la pêche, et il est coincé là avec Tiina.

Une fureur soudaine l'envahit.

« Qu'est-ce que tu dirais si on allait se promener ?

– Aller mener ! s'exclame Tiina, et elle applaudit.

– On pourrait aller dans la forêt.

– Veux mener forêt ! »

Jari va chercher son sac et y met les affaires de Tiina, comme il a vu sa mère le faire quand ils vont quelque part. De la crème solaire, quelques couches propres, des lingettes, un pantalon et un T-shirt de rechange. Il noue les lacets de Tiina et lui met sa casquette sur la tête. Elle est un peu trop grande et lui tombe sur les yeux. Il repousse derrière son oreille les cheveux qui dépassent et sourit à sa sœur, qui lui rend son sourire d'une façon dont lui-même est incapable depuis plusieurs années.

Il laisse sur la table un mot dans lequel il raconte qu'il n'a pas réussi à calmer Tiina et que c'est pour ça qu'il est sorti avec elle, mais qu'ils seront de retour à quatre heures au plus tard. Puis il éteint la télévision et ferme la porte à clé derrière lui, sans savoir que Tiina ne la franchira jamais plus.

Il l'aide à grimper sur son porte-bagages. Ils ont déjà essayé, et même une fois réussi. Tiina a toujours trouvé ça amusant. Il se donne de l'élan, un pied déjà prêt à pédaler, jusqu'à ce qu'il trouve son équilibre. Il pose alors l'autre pied sur les pédales et pèse dessus de tout son poids. Le Tunturi tangue comme un paquebot transatlantique. Tiina s'accroche à lui, la vitesse augmente et bientôt le vélo fonce sans vaciller. Tiina glousse. L'été embaume et bruisse autour d'eux, le soleil leur chauffe le visage, et Jari ne se rappelle pas quand il a été aussi heureux pour la dernière fois.

Dans la forêt, ils grimpent à pied la colline, l'un derrière l'autre. Tiina a du mal à suivre la cadence de son frère. Elle trébuche par moments et tombe, et il doit revenir en arrière pour l'aider. Le temps file, il ne cesse de regarder sa montre. Il aura bientôt une demi-heure de retard.

À mi-chemin, Tiina, fatiguée, s'immobilise.

« Veux pas mener ! Veux renter !

– Non, viens. Il y a une belle maison, tu vas voir », dit Jari, et il la saisit par le bras et l'entraîne.

« Veux pas ! Pas mener !

– Si tu ne viens pas maintenant, je ne te le pardonnerai jamais. Tu m'entends ? Si tu n'avances pas, je te laisse là pour toujours ! »

Il lui tire violemment le bras. Tiina tombe par terre, le nez dans la mousse, fond en larmes et reste couchée là.

« Et merde », grogne Jari, et il s'agenouille à côté d'elle. Il lui caresse les cheveux. « Pardon, Tiina, je ne voulais pas… »

Elle continue de sangloter. Jari sort de son sac une barre chocolatée. « Tu l'auras quand on y sera. Ce n'est plus très loin.

« A peur… Veux renter. »

Il reste quelques centaines de mètres. Il ne sait pas si Henriikka l'attend encore. Sans doute pas. Elle a sûrement pensé qu'il ne viendrait plus et s'en est allée. Il soupèse ses chances. Il pourrait laisser Tiina dans la forêt, à manger son chocolat, et courir jusqu'à la maison. Ça ne lui prendrait que quelques minutes. Il pourrait expliquer la situation à Henriikka et revenir, ou ils pourraient revenir ensemble. Il y songe un instant, manque même de partir, mais se rend aussitôt compte qu'il ne peut pas laisser Tiina seule. Il a déjà franchi toutes les limites. Il n'aurait pas dû sortir avec elle. Ce sera bientôt l'heure de ses médicaments. Leurs parents sont vraisemblablement rentrés à la maison, ont lu le mot laissé sur la table de la cuisine et sont furieux.

Jari sait qu'il a pris de mauvaises décisions. On lui avait confié des responsabilités. Mais il y a des choses qui passent avant tout le reste. Des choses importantes, telles que Henriikka. Et ses parents n'ont-ils pas eux-mêmes manqué à leur promesse ? Si. C'est une bonne raison.

Tiina sanglote. Jari regarde de nouveau sa montre, puis le sentier devant lui, qui descend et tourne vers la gauche. On ne voit pas encore la clairière, mais s'ils parcourent cent mètres, ils y arriveront et apercevront la maison.

Jari aide Tiina à grimper sur son dos. Elle pèse lourd. Il change de position, trouve son équilibre et s'engage sur la pente caillouteuse.

« Galop, dada ! »

Ils atteignent la prairie. Des fleurs partout. D'innombrables insectes, libellules, papillons, abeilles. Le sentier forme un étroit ruban au milieu des hautes herbes. Ils s'arrêtent un instant. Le cœur de Jari bondit. Henriikka est assise sur les marches de la maison, le regard tourné dans la direction opposée à la leur, les cheveux de nouveau tressés.

« Regarde, voilà la maison. Qu'est-ce que tu en dis ?
– Galop ! Dada, dada ! »

Et Jari galope dans les hautes herbes en hennissant. Tiina se presse contre lui, pose la joue sur son dos et rit. Henriikka les voit arriver, se lève et agite la main.

« Pardon de t'avoir fait attendre. J'ai dû garder ma sœur », dit Jari, et il pose Tiina par terre. « J'avais peur que tu sois déjà partie.

– Zolie ! » s'écrit Tiina en montrant Henriikka.

Et Henriikka est en effet jolie. Plus belle que jamais. Sa tresse à la française, qui commence haut à l'arrière de sa tête, contourne son oreille et lui descend sur l'épaule, longeant son visage parsemé de taches de rousseur. Son regard est si clair et si perçant que Jari est certain qu'il va s'évanouir.

« La vérité sort de la bouche de Tiina », dit-il en s'efforçant de ne pas dévorer Henriikka des yeux. Il a du mal. Au fond de lui, il espère être vu du plus de gens possible. La rumeur se répandrait aussitôt et ferait vite le tour de toutes ses connaissances. Le terme « petite amie » résonne dans sa tête. Henriikka l'est-elle, sont-ils maintenant ensemble ? Peut-être le sont-ils, peut-être est-ce ce dont il s'agit. Il devrait lui demander si elle veut sortir avec lui, se dit-il. Le risque est évidemment qu'elle refuse, mais il est décidé à vaincre sa peur. Il se rappelle les regards qu'elle lui a adressés à la piscine, ceux qu'ils ont échangés en classe. Peut-être attend-elle justement qu'il le lui demande, peut-être est-ce précisément pour cela qu'ils sont là aujourd'hui.

Henriikka s'accroupit devant Tiina, redresse sa casquette et repousse une mèche de cheveux tombée sur son visage. « Bonjour Tiina, tu es bien jolie. Je m'appelle Henriikka. »

Tiina regarde ses pieds et s'accroche à la jambe de Jari.

« Tu es entrée ? demande-t-il.

– Oui, mais c'est un peu effrayant. On est mieux dehors.

– Enter », dit Tiina, et elle montre la porte.

« Tiina est…

– Je sais. » Henriikka sourit. « Elle est adorable. »

Ils montent les marches. Un nuage passe devant le soleil, son ombre parcourt la prairie. Henriikka traverse la salle jusqu'à la cuisine, revient et demande soudain comme si de rien n'était : « C'est toi qui as écrit cette lettre ?

– Quelle lettre ? » Jari vire à l'écarlate.

« Celle où il est écrit que mes yeux sont comme des opales. »

Le rouge du visage de Jari s'intensifie encore, et il espère que la pénombre le cache. Il est incapable de répondre.

« J'ai tout de suite deviné que c'était toi. Tu écris si bien. »

Il regarde Henriikka, dont les yeux brillent dans l'obscurité. On dirait réellement des opales.

« J'ai trouvé que c'était merveilleusement dit. Personne ne m'avait jamais rien dit d'aussi beau. Mais si ce n'est pas toi…

– Si, si », dit Jari, et il déglutit. « Tu me plais. »

Le dire est peut-être la chose la plus difficile qu'il ait jamais faite, mais maintenant, c'est sorti.

« Toi aussi », répond Henriikka, et le rouge s'étend aussi sur son visage.

« Veux sotir », dit Tiina, et elle va à la porte.

« Non, c'est dangereux. Tu pourrais marcher sur un clou.

– Veux renter ! »

Jari voit qu'elle commence de nouveau à s'énerver. « Si tu veux, tu peux aller jouer sur la terrasse, mais pas plus loin. »

Tiina sort au soleil, s'assied en haut des marches et se met à dessiner avec le doigt dans la poussière de la terrasse. Jari vérifie qu'elle reste bien là, tourne à nouveau les yeux vers Henriikka et se sent comme drogué.

Depuis qu'Antti Mielonen lui a fendu la lèvre et cassé une incisive, Rami Nieminen est venu tous les jours à la maison abandonnée. Seul. Il ne sait pas exactement ce qu'il cherchait, mais en regardant Henriikka aller et venir entre le perron et les buissons de saule, attendant clairement quelque chose, il sait qu'il l'a trouvé.

Il a toujours cru au destin. Ce dernier lui a si souvent apporté la victoire qu'il serait idiot de prendre une telle force à la légère. Que ce soit précisément Henriikka qui se trouve là, parmi toutes les personnes au monde, ne peut pas être un hasard. C'est le destin, et il en est le dieu. Elle ne cesse de regarder en direction du sentier et, au fond de lui, l'excitation monte. S'il a raison – si le destin est encore une fois de son côté, comme toujours – les deux prochains à sortir de la forêt seront ceux pour lesquels il est dès le départ venu là. Henriikka n'est qu'un bonus, la récompense de toutes les souffrances qu'il a dû endurer.

Et qui voilà ? La tronche de cul, avec sa petite sœur handicapée sur le dos. Rami se raidit et attend de voir si Mielonen les suit, mais en voyant les arrivants rejoindre seuls Henriikka, il conclut qu'il ne viendra pas.

La tronche de cul mérite que l'on ait avec lui une conversation sérieuse.

Il va s'en charger.

C'est son devoir.

Il sort de sa poche le Tokarev TT 33 de son père, apprécie son poids inerte et caresse l'étoile qui orne sa plaquette de crosse. Il vérifie que le chargeur est plein et arme le pistolet. Son recul est-il puissant ? Quel bruit fait sa détonation ? La tentation est grande d'essayer. Et un jour, il le fera. C'est certain. Un jour, il l'essaiera.

Puis son regard se porte à nouveau sur Henriikka. Il ne comprend pas pourquoi sa présence lui pose un si gros problème. Elle est comme toutes les autres filles, tout à fait ordinaire… sauf qu'elle ne l'est pas. Rien qu'à penser à elle, il se sent faible. Et le pire est de voir cet avorton avec elle. Avec sa Henriikka. Ça le met dans une telle ébullition que tout en lui déborde.

L'ombre d'un nuage survole les hautes herbes, les criquets chantent en chœur. Il trouve beau le paysage qui l'entoure. La prairie en fleurs au milieu de la forêt, la vieille maison en bois gris et, dans le ciel, une flotte de nuages en train de se rassembler pour attaquer. La scène aurait sa place, à son avis, dans un film de Clint Eastwood. Il est Clint, un étranger anonyme, sans passé, en route vers son dernier règlement de comptes.

Rami reste encore un instant assis, l'arme sur les genoux, et regarde Henriikka, la tronche de cul et la petite gogole entrer dans la maison. Puis il se lève, passe le Tokarev à sa ceinture, sous son T-shirt, et s'enfonce dans les hautes herbes.

« Tu veux bien qu'on sorte ensemble ? » demande Jari. Son palais est rêche comme du papier de verre. Il est obligé de se pincer tant tout ça ressemble à un rêve.

Henriikka s'approche de lui. Il déglutit. Il jette un coup d'œil dehors pour vérifier que Tiina est toujours sur la terrasse. Elle est assise là et chante, bien que ça ne ressemble pas vraiment à une chanson. Henriikka se penche pour l'embrasser sur la joue et dit :

« Je veux bien. » Il la prend par la main et l'attire à lui. Leurs hanches se frôlent. Le contact est comme une décharge électrique, ses poils se hérissent.

« Tu me plais depuis toujours, dit Henriikka. J'espérais en secret que la lettre soit de toi, mais tu n'as rien dit, même quand on a été au cinéma, et j'ai cru qu'en fait, je ne te plaisais pas. »

Jari déglutit. « Tu me plais… terriblement. »

Le vent fait souffler à travers la maison la chaleur de l'été et bruire des détritus dans un coin de la salle. Tiina se lève, mais continue de fredonner.

« Tiina, pas dans le jardin, rappelle-toi. Je dois pouvoir te voir !

– Elle est sympa, ta sœur », dit Henriikka, et elle s'appuie contre l'épaule de Jari. Il sent l'odeur de shampoing de ses cheveux, la douceur de sa peau. Ils pressent timidement leurs lèvres les unes contre les autres. Celles de Henriikka sont douces et humides.

« Toi aussi tu es sympa, poursuit Henriikka quand leurs lèvres se séparent. Je suis vraiment heureuse, juste là. » Ils s'embrassent de nouveau, cette fois plus longtemps, explorent leurs sensations. Jari songe qu'il n'a jamais rien connu de tel. Tiina passe la tête à l'intérieur, glousse de rire et retourne sur la terrasse.

L'ombre d'un nuage obscurcit un instant la salle, Henriikka se laisse aller contre l'épaule de Jari. Ils restent là longtemps, à s'écouter respirer et à s'imprégner de leurs odeurs respectives. Le moment a quelque chose de délicieux. Le nuage s'éloigne et un flot de lumière entre à nouveau par la porte, mais, avec lui, deux longues ombres se dessinent sur le plancher.

Jari s'écarte de Henriikka. Rami se tient dans l'embrasure de la porte, la main posée avec nonchalance sur l'épaule de Tiina. Jari ne voit pas son visage, mais il sait qu'il affiche un sourire qui n'en est pas un, bien au contraire.

« Zentil monsieur, dit Tiina. A donné bonbon. »

Jari voit qu'elle a quelque chose dans la bouche. « Tiina, viens ici », ordonne-t-il, mais Rami, de sa main, la cloue sur place.

« Tout va bien », assure-t-il, et il lui caresse les cheveux comme si c'était un chat. Tiina se presse contre lui. « Du calme. On va juste bavarder un peu.

– Lâche-la ! » crie Henriikka, mais sans aucun résultat.

« Tiens, tiens, la tronche de cul a de nouveau sa gonzesse pour le défendre, pourquoi est-ce que ça ne m'étonne pas ? » Rami pénètre dans la salle. « Ça devient une habitude.

– Antti ne va pas tarder. On va te coller une raclée, dit Jari d'une voix tremblante.

– Il ne viendra pas. Et je n'ai pas peur de lui.

– Lâche Tiina, elle ne t'a rien fait !

– Eh oh ! on se calme. Ce n'est pas ce bout de chou qui m'intéresse. Je n'ai rien contre elle. » Il ébouriffe une nouvelle fois les cheveux de Tiina, cette fois avec une brusquerie inutile. « Ni contre toi. » Il désigne Henriikka, puis se tourne vers Jari. « Mais j'ai un vieux compte à régler avec toi. Tu as oublié que je tiens toujours mes promesses ? Et qu'est-ce qu'on a dit ? Que si tu regardais encore cette nana, je t'arracherais la langue. Et tu es là à la baisouiller comme si notre accord n'était que du vent.

– Lâche-la !

– Ou quoi ?

– Ou je te mets mon poing dans la figure ! »

La mine de Rami s'assombrit, mais son sourire revient aussitôt. Ses dents brillent dans l'obscurité comme une barre d'ivoire. « O.K. Je la lâche. »

Il saisit Tiina par les cheveux et tire. Elle pousse un cri de peur et d'effroi, puis fond en larmes. Rami la lâche et la pousse dehors. Elle descend les marches en courant. Jari essaie de se précipiter derrière elle, mais Rami lui coupe la route.

« Tiina, ne t'éloigne pas ! Tu m'entends ! Reste dans le jardin !

– Laisse-nous passer ! enrage Henriikka. Tu es vraiment une merde, Rami ! »

Les pleurs de Tiina résonnent dans le jardin, elle longe le côté de la maison et passe devant la fenêtre. Jari crie de nouveau. « Tiina, reste là. Attends-moi !

– Je ne sais franchement pas ce que je pourrais faire avec vous », dit Rami, et il se masse le visage. « Vous n'avez pas l'air de m'écouter et j'en suis vraiment triste.

– Fiche le camp ! » hurle Henriikka.

Rami fait mine de sérieusement réfléchir à la situation, puis déclare : « Je n'ai rien contre toi, mais cette tronche de cul et son copain m'ont salement amoché et je ne peux pas laisser passer ça. Je ne vois vraiment pas ce que tu trouves à ce connard. Ça me dépasse. On ferait un couple bien mieux assorti. »

Henriikka éclate d'un rire chargé de fureur. « Qu'est-ce que tu t'imagines ? Tu es débile ? Jamais je ne pourrais sortir avec toi. Jari te vaut dix fois. Tu ne sais rien faire d'autre que t'en prendre à plus petit que toi. »

Une ombre passe sur le visage de Rami. Par la fenêtre, Jari voit Tiina marcher dans le jardin, ses pleurs se sont transformés en sanglots. Il regarde à nouveau Rami.

« Tu peux me faire ce que tu veux, mais laisse Henriikka et Tiina tranquilles.

– Quel héroïsme ! Je n'ai pas l'intention de leur faire quoi que ce soit, mais je dois te corriger, parce que je l'ai promis.

– Tiina est handicapée, tu comprends ? Elle va se blesser dehors, ou se perdre, et ce sera de ta faute. Je dois la ramener à la maison. »

Jari prend Henriikka par la main et se dirige vers la porte. Rami semble d'abord vouloir s'écarter et les laisser passer, et peut-être en a-t-il même un instant réellement l'intention, mais soudain il leur barre de nouveau le chemin et envoie à Jari une violente bourrade dans la poitrine.

« La gogole peut bien se débrouiller toute seule le temps qu'on règle nos comptes. D'ailleurs, c'est toi qui l'as traînée ici. »

Jari comprend que Rami n'a pas du tout l'intention de les laisser sortir, du moins pas avant d'avoir mis ses menaces à exécution. Il tente de forcer le passage, mais Rami le repousse brutalement puis soulève son T-shirt et sort son Tokarev.

Jari et Henriikka écarquillent les yeux. Elle se réfugie dans son dos et s'accroche à lui des deux mains. Il croit au début que c'est un jouet, mais comprend presque aussitôt qu'ils fixent l'œil sans paupière d'un véritable pistolet.

« Tu ne sais pas ce que j'ai dû endurer à cause de ce vélo. Tu n'as pas la moindre idée de ce que ça m'a valu.

– Rami, s'il te plaît, range ça », dit Henriikka, et elle fond en pleurs. Il tourne les yeux vers elle, puis vers l'arme, et son regard se fait brumeux, comme s'il s'éloignait de ce lieu et de cet instant.

« S'il te plaît, je ferai tout ce que tu voudras. »

Dehors, la voix de Tiina s'est tue.

« Laisse-nous passer. Je dois absolument ramener Tiina à la maison. Mes parents vont bientôt partir à sa recherche. »

Rami pointe le pistolet vers Jari. « C'était l'arme de mon grand-père. Il était colonel pendant la guerre et il a descendu plusieurs Russes avec. Elle a vu beaucoup de sang.

– Tu es fou, arrête, dit Jari. Range-la, et on ne dira à personne que tu l'as. »

Henriikka se laisse tomber à genoux sur le sol. Des mèches de cheveux échappées de sa tresse se collent à son visage. Une nouvelle ombre traverse la prairie, une grosse mouche plonge dans la maison par la fenêtre et se met à bourdonner follement d'une pièce à l'autre.

« Écoute, Rami. » Jari essaie de parler d'une voix aussi égale que possible, bien qu'elle se brise entre les mots. « Range-la avant de tuer quelqu'un. Tu comprends bien quelles conséquences ça aurait ? »

Soudain Rami bondit en avant, l'attrape par le T-shirt et lui colle le pistolet sous le menton. L'acier froid lui mord la peau. Il sent l'odeur de graisse d'arme et de cordite brûlée. Son cœur bat si fort qu'il a peur qu'il éclate.

« Je vais te tuer, crache Rami. Te truffer de trous. »

Jari tombe à genoux.

Rami écarte le canon de l'arme du menton de Jari et le lui enfonce dans la bouche, perçoit le choc du métal s'introduisant entre les dents et prend conscience de la folie de son geste. Il sait qu'il a franchi toutes les limites écrites et non écrites et pénétré dans une zone indéterminée, mais il est incapable de s'arrêter, ne veut pas s'arrêter. Le sentiment de puissance qu'il ressent est enivrant. De la bave coule de la bouche de Jari, s'étire en une stalagmite et adhère à l'encolure de son T-shirt.

Rami a déjà vu plusieurs fois cette même expression suppliante, mais elle n'a jamais été aussi intense. Il y lit clairement la peur de mourir. C'est à coup sûr le regard qu'avaient tous les youpins gazés dont parle toujours son père. C'est précisément ce regard, et il a maintenant l'occasion de le voir.

Il peut décider qui meurt et qui vit. Seuls les dieux ont ce pouvoir.

L'arme n'a pas de cran de sûreté. C'est comme si son doigt savait quoi faire, bien que tout le reste, dans son cerveau, soit embrumé. Ses testicules se contractent, sa trachée se rétrécit en un fin conduit et son cuir chevelu le picote. Ss muscles se tendent et il perçoit tout avec plus d'acuité : le moisi, la poussière et la prairie qui entoure la maison.

« Rami, arrête », sanglote Henriikka.

Il glisse le doigt dans le pontet.

Rien de bon ne peut venir de Russie, à part la vodka, le cul et les armes.

S'il presse la détente à fond, le coup partira et Jari Paloviita mourra. Quelle quantité de sang en jaillira-t-il ? Éclaboussera-t-il tout ? Et lui, comment se sentira-t-il ensuite ? Grandes questions de la vie. Quel effet cela fait-il de tuer et d'avoir à en répondre ? Rami est à peu près certain qu'il ne ressentirait absolument rien.

La tronche de cul essaie de parler, de la bave coule en longs filets des commissures de ses lèvres. Rami enfonce le canon plus profond, étouffant Jari.

Dehors, un cri retentit. C'est Tiina, et le cri vient de loin, mais se tait aussitôt. Tous l'entendent, y compris Rami, qui jette un coup d'œil par la fenêtre. Il tend l'oreille, mais à part le bourdonnement de la mouche et les sanglots de Henriikka, tout est silencieux.

Henriikka se lève et repousse les cheveux collés à son visage.

« Arrête, hoquète-t-elle, s'il te plaît. »

Mais Rami n'a pas l'intention de s'arrêter. Pour la première fois, il se sent réellement vivant. Il a la bouche totalement sèche, la langue collée au palais et, dessous, un goût de pièce de monnaie. Il commence lentement à presser la détente, le regard rivé aux yeux de Jari, concentré sur la terreur qu'ils reflètent.

« Arrête, arrête. »

Dehors, un deuxième cri se fait entendre, mais de très loin. La détente est dure, il faut vraiment appuyer – et Rami appuie. Il ne compte pas reculer.

« Arrête, s'il te plaît. »

La mouche se pose sur le visage luisant de sueur de Rami. Il sursaute, la pression de son doigt sur la détente se relâche très légèrement. Il essaie de chasser la mouche en soufflant dessus, mais elle se met à grimper le long de sa joue. Il penche la tête, la secoue, mais l'insecte poursuit sa marche vers sa tempe. Il lève la main gauche, la mouche effrayée s'envole et reprend son vol erratique, se cognant follement de-ci de-là. Quelqu'un pleure quelque part. Le bruit est faible et vient de loin, mais c'est Tiina. C'est sûr.

La détente reprend son mouvement, cette fois avec plus de détermination. Les mains de Rami tremblent, l'arme tressaille de manière incontrôlée. Il raffermit sa prise, ferme les yeux et tourne légèrement la tête.

Henriikka le percute par le flanc.

La détonation leur bouche les oreilles, qui restent à tinter.

Elle est suivie d'une piquante odeur de poudre.

Rami chancelle, mais ne tombe pas.

Jari s'affale, sa tête cogne le plancher et un mince filet de sang coule sur les lattes. La balle lui a causé une longue éraflure à la limite du cuir chevelu, a poursuivi son chemin et s'est logée dans un madrier du mur.

Henriikka, en sanglots, s'effondre à côté de Jari et cherche à reprendre son souffle.

Rami fixe l'arme, du canon monte encore une mince volute de fumée. Son sentiment de puissance s'est dissipé avec la détonation. Il regarde Jari, étendu inconscient sur le sol, et le filet de sang qui rencontre une fente du plancher, change de direction et imbibe la poussière. Il tourne les talons et sort en courant de la maison. La lumière est si vive qu'elle lui brûle la rétine. Il court.

Court.

Court…

Les bruits reviennent, des sanglots, quelque chose de chaud sur son visage. Des gouttes, un bourdonnement dans l'oreille droite. Une odeur piquante, désagréable. Jari ouvre les yeux, sent le goût amer du fer et de la graisse d'arme.

« Tiina », murmure-t-il.

Henriikka sanglote. Jari s'assied. Tout tourne autour de lui. Il se tient immobile, mais le sol et les murs sont en mouvement. Il a mal à l'oreille, il la frotte, mais la douleur ne disparaît pas. Il essaie de tout stabiliser et respire profondément. Rami a disparu.

« Tiina ? demande-t-il de nouveau.

– Dehors, dit Henriikka. Rami a failli te tuer. »

Jari se concentre sur la porte ouverte et fixe l'horizon, qu'il sait immuable. La prairie est pleine de papillons, la lumière, irréelle. Peu à peu le tangage se calme, le bourdonnement de son oreille diminue, mais la douleur persiste. Il a l'impression qu'on lui perce le tympan avec une aiguille à tricoter chauffée à blanc. Il se redresse, d'abord sur les genoux, puis debout. Le monde tournoie, mais il réussit à garder son équilibre et se dirige d'un pas chancelant vers la porte.

« Tiina ! Tiina, où es-tu ! »

Dehors, personne. Il descend dans le jardin. Le soleil lui chauffe le visage. Au petit trot, il fait le tour de la maison, mais sa sœur n'est pas là. « Tiina ! »

Henriikka sort sur la terrasse. « Elle est peut-être rentrée chez vous ?

– Elle ne saurait pas. Si elle se perd, je ne me le pardonnerai jamais. Tiina ! »

Seul le gazouillis des hirondelles volant en rase-mottes lui répond.

Sur sa joue coule quelque chose de chaud, qu'il tâte du bout des doigts. Ils se teintent de rouge. Il se demande d'où vient ce sang.

« Elle n'a pas pu aller bien loin. J'ai entendu sa voix il y a quelques minutes à peine, dit Henriikka.

– Elle venait d'où ?

– Je ne sais pas, quelque part par là. » Elle montre la prairie. « Elle pleurait. »

Jari part en courant dans la direction indiquée. Il appelle Tiina – puis il l'entend. Sa voix monte des hautes herbes, étouffée, comme venant de sous terre, mais c'est bien la sienne. Un poids lui tombe de la poitrine.

« Par ici, Henriikka ! Par ici ! » crie-t-il, et il se précipite. Les hautes herbes lui griffent le visage, lui entravent les pieds. Il tombe, mais se relève aussitôt et reprend sa course.

« Tiina ! Crie quelque chose ! »

Puis il l'entend de nouveau, cette fois tout près. Sa voix résonne, effrayée, paniquée. Froide, chargée d'échos. Et soudain il comprend. Avant même d'arriver au vieux puits, il sait ce qui s'est passé. Il crie : « Ici, Henriikka ! Viens m'aider. Dans le puits ! »

Le puits est profond. Il y a jeté tant de cailloux et de pièces de monnaie qu'il sait exactement à quel point il est dangereux. Il aperçoit vaguement, dans l'obscurité, le T-shirt blanc de Tiina. Il se jette à plat ventre et passe la tête par-dessus le rebord. Une odeur de boue froide et de pourriture l'assaille.

« Tiina ! C'est Jari. Tout va bien. Tu as pied ? » demande-t-il, tout en sachant qu'elle est incapable de répondre et ne comprend sans doute même pas la question. Il voit qu'elle bat des pieds dans l'eau et s'agrippe à une racine qui s'est insinuée dans le puits entre deux anneaux de cuvelage.

« Jari ! A peur ! »

Il bondit sur ses pieds et voit Henriikka courir maladroitement vers lui, les joues mouillées. « Je vais chercher quelque chose de long. Une planche, ou une branche, ou… »

Henriikka le rejoint. « Reste là, essaie de calmer Tiina », dit-il, et il fonce vers la maison de toute la vitesse de ses jambes. Le temps semble filer comme l'éclair, et la bâtisse abandonnée n'a jamais semblé aussi loin.

Tout est relatif, songe-t-il soudain, sans savoir d'où lui vient cette pensée. Le temps, l'espace, les distances – tout. Il arrive à la maison, en fait le tour. Une planche du revêtement extérieur bâille. Il en saisit l'extrémité et tire. Les clous rouillés grincent, se détachent du bois vermoulu telles des dents pourries d'une gencive, dégageant un nuage de poussière de rouille. La planche s'arque comme une arbalète, rencontre une nouvelle paire de clous et casse avec un bruit sec. Jari jette le morceau trop court et reprend sa course. Il fait le tour du bâtiment sans rien trouver d'utile, ni planche à moitié détachée, ni autre chose. La panique cède à l'effroi, pétrifiant. Il monte sur la terrasse et tente d'arracher la rambarde vermoulue, mais elle ne bouge pas d'un pouce. Il essaie à coups de pied. Toute la terrasse tremble, mais la barre d'appui refuse de céder. Jari jette un coup d'œil en direction du puits et voit Henriikka penchée au-dessus de l'ouverture. Il crie :

« Dis à Tiina de s'accrocher ! J'essaie de trouver une perche. »

Il examine la salle et la cuisine, ne trouve aucun objet qui puisse servir, ressort en courant et se fraie un chemin à travers les buissons de saule jusqu'au soubassement en pierre de la vieille étable et en fait le tour, mais rien d'exploitable ne lui tombe sous les yeux. Il comprend que sans outils, il n'arrivera pas à détacher la moindre planche ou latte de la maison. La forêt est désespérément loin. Il pourrait peut-être y dénicher quelque chose, un arbre tombé ou une branche, mais le trajet aller-retour prendrait trop de temps. Il se décide, repart en courant et traverse la prairie jusqu'au puits.

Henriikka lui fait de la place à côté d'elle. Tiina sanglote, on l'entend se débattre lourdement dans l'eau nauséabonde. Jari prend Henriikka par les épaules, cherche son regard. Il est plein de terreur, mais alerte et déterminé.

« Cours chercher de l'aide. Cours aussi vite que tu peux et arrête le premier adulte que tu rencontreras, peu importe qui, et amène-le ici. Tu comprends ? »

Henriikka hoche la tête et file.

Jari la suit du regard pendant quelques secondes, puis saute sans plus réfléchir dans le puits. Il est beaucoup plus profond qu'il n'en a l'air, ou qu'il ne l'aurait jamais imaginé. C'est comme sauter de la plus haute plate-forme du plongeoir de la piscine. Enfin ses pieds touchent l'eau, sa tête s'enfonce, et la plongée se prolonge encore longtemps, jusqu'à ce que ses chaussures touchent le fond boueux. Il y a au moins deux mètres d'eau, aucune chance d'avoir pied. L'épouvante le transperce tel un pieu et le paralyse. Comment pourraient-ils se maintenir à la surface ?

Sa tête émerge, ses poumons se remplissent d'air, de l'eau aux relents de charogne pénètre dans sa bouche. L'air est froid et lourd, difficile à respirer. Tiina s'agrippe à lui et, pendant un bref instant, ils s'enfoncent tous les deux. Jari sent le poids de sa sœur qui le tire vers le fond, il est clair qu'il n'aura pas la force de les soutenir tous les deux. Quand ils remontent à la surface, Jari crie.

« Calme-toi ! »

Il essaie de détacher les doigts de Tiina, agrippés à son cou comme les serres d'un oiseau de proie. « Lâche-moi, ou on va se noyer ! » hurle-t-il, mais elle s'accroche, lui saisit les cheveux et enroule ses jambes autour de lui.

Ils s'enfoncent à nouveau sous l'eau.

Jari essaie de remonter à la surface, mais ses coups de pied manquent de force. La plongée se poursuit, et la panique le gagne. Il tente de se débarrasser de Tiina, mais plus il se débat, plus elle s'agrippe fermement à lui. Enfin, alors qu'ils touchent déjà le fond, il réussit à se libérer les jambes et les propulse d'un coup de pied vers la surface. Ils toussent, et pendant un instant la prise de sa sœur sur ses cheveux se relâche. Il en profite aussitôt pour tendre la main droite vers la racine à laquelle Tiina se tenait au début.

De toutes les minces racines qui se sont infiltrées dans le puits par les interstices des anneaux de béton, c'est la seule qui soit un peu plus épaisse. Jari s'y pend peu à peu et constate qu'elle supporte leurs deux poids. Il saisit Tiina par la taille et l'attire contre sa poitrine.

Elle s'agrippe à ses épaules et ils se pressent l'un contre l'autre.

« Accroche-toi bien. Tu ne dois pas lâcher, même si tu es fatiguée. Tu comprends ?

– A peur.

– Tout va bien. Henriikka est partie chercher de l'aide. Ça ne prendra pas longtemps. »

Mais il sait que c'est faux. Aussi vite que Henriikka coure, les premières maisons sont à au moins cinq ou six minutes. Le temps, ensuite, qu'elle essaie d'expliquer dans l'affolement général ce qui s'est passé… dans le pire des cas, il faudra une vingtaine de minutes aux secours pour arriver. Il ne parviendra jamais à maintenir Tiina à la surface aussi longtemps. Ses bras et ses jambes commencent déjà à s'ankyloser alors qu'il s'est écoulé, quoi ? Deux minutes ? Henriikka est-elle seulement arrivée en haut de la colline ?

Tiina commence à lâcher prise et à glisser de ses bras. Il grimace, rassemble toutes ses forces et parvient enfin à passer le bras solidement sous ses aisselles. Elle prend peur et se débat de nouveau. Pendant un instant, Jari lâche la racine, velue comme une terrifiante patte d'araignée. Il réussit aussitôt à s'y raccrocher, mais il sent qu'elle commence à lui glisser des mains, comme un câble graissé.

Il cherche du regard une autre racine à laquelle Tiina pourrait se tenir, mais il n'y a que celle-là, et elle lui échappera très bientôt. Sa main est engourdie, ses doigts faiblissent. Il serre les dents et se concentre sur une seule chose. Tenir bon. Plus rien d'autre n'a d'importance. Puis il lâche prise et ils tombent.

L'eau fangeuse bouillonne à ses oreilles, lui emplit la bouche. Il bat frénétiquement des pieds et de son bras libre, et réussit ainsi à les ramener à la surface. Il entreprend de faire passer sa sœur sur son dos.

« On va jouer au dada, hoquète-t-il. Grimpe. »

Tout se fait avec une facilité déconcertante. Tiina le prend par le cou, se balance sur son dos et l'entoure de ses cuisses dodues.

« Tiens-toi bien », halète Jari, et il avale de l'eau au goût de merde (et il sait exactement ce que c'est). « Tout va bien, tout va bien. »

Il a maintenant les deux bras libres et attrape de nouveau la racine, cette fois de la main gauche. Pendant un instant, il se sent soulagé. Dans son dos, Tiina pèse moins lourd, et il peut ainsi changer de main au besoin. Les secondes s'étirent en minutes, se figent – puis galopent de nouveau comme des chevaux de course.

Combien de temps s'est-il écoulé ? Difficile à dire. Cinq minutes, dix ? Pas plus, en tout cas. Henriikka doit déjà être sortie de la forêt. Il a mal aux jambes. Il essaie de trouver un appui, mais la surface des anneaux du puits est visqueuse. Plus il se débat, plus il se fatigue. Il sent la chaleur de son propre souffle. Sa prise sur la racine se relâche inévitablement. Il doit faire un effort pour changer de main, et il n'aura pas la force de le faire encore très souvent. Peut-être y arriverait-il s'il était seul, mais Tiina l'entraîne inexorablement vers les profondeurs. Et maintenant que l'effet de l'adrénaline commence à se dissiper, il sent le froid le saisir comme la main de la sorcière morte.

« Tiens… toi… je… change… de… position », halète-t-il, et il se prépare à changer de main. Il hisse Tiina un peu plus haut sur son dos, pose un pied contre la paroi du puits et y va. Puis quelque chose cède et l'élan qu'il s'est donné se brise. La racine casse d'un coup et ils tombent, s'enfoncent loin sous l'eau, jusqu'au fond.

De l'obscurité. Tiina lâche Jari, qui remonte seul à la surface. Une odeur d'œuf pourri se répand. Il brasse l'eau autour de lui, mais sans trouver sa sœur. Il plonge à nouveau, tâtonne. Ses doigts rencontrent quelque chose qui semble être un T-shirt et s'y agrippent. Il tire Tiina vers le haut, mais quand elle émerge, elle est inerte. Jari lui soulève la tête et se rend compte qu'elle ne respire plus. Une vague de panique le balaie à l'idée qu'elle pourrait mourir.

Il bat des pieds, la secoue, lui frappa le dos, mais rien ne se passe. C'est comme s'il tenait dans ses bras une poupée de chiffon. Jari fond en larmes. Ses pleurs, qui montent du plus profond de lui, pleins de fureur, sont presque des hurlements. Il continue de secouer et de frapper Tiina, et soudain elle se met à tousser. De sa bouche jaillit de l'eau noire, comme du sang, et elle aussi se met à pleurer.

Une ombre surgit au-dessus d'eux et Jari lève les yeux. Une tête se dessine dans l'ouverture du puits, devant le cercle de ciel bleu. Pendant un instant, Jari est certain que Rami Nieminen est revenu pour terminer à coups de pistolet ce qu'il a laissé en plan.

« Jari ! » C'est la voix d'Antti.

« Au secours !

– Qu'est-ce qui s'est passé ?

– Rami était là, il avait un pistolet et Tiina est tombée dans le puits. Henriikka est partie chercher de l'aide.

– Tu as quelque chose à quoi t'accrocher ?

– Non, il faudrait trouver une perche. »

La tête d'Antti disparaît. Jari sent monter en lui une poussée d'adrénaline qui lui injecte de nouvelles forces. Ils ont peut-être encore une chance. Soudain, il se rappelle avoir vu comment les sauveteurs ramènent les noyés et il retourne Tiina sur le dos. Il la saisit des deux mains sous les aisselles, se laisse aller en arrière. Tiina a cessé de se débattre et de donner des coups de pied. Le changement de position est un soulagement, mais Jari sait que comme ça aussi, il s'engourdira bientôt. Il sent le souffle de Tiina et la chaleur de son corps contre sa poitrine et se focalise sur une seule chose : les maintenir à la surface. Il n'y a que cet instant, le battement de pieds suivant et sa respiration. Il compte intérieurement les secondes. Dès qu'il arrive à dix, il recommence. Ses yeux se ferment, son visage est figé par la concentration. Battement de pieds… un, battement de pieds… deux, battement de pieds… trois…

« Jari ! » La voix d'Antti le ramène à la réalité.

« Oui !

– Attends, je te passe un bâton ! »

La tête d'Antti disparaît, mais réapparaît aussitôt et une longue perche descend dans le puits. C'est un mince tronc de bouleau, qui s'enfonce de plus en plus profondément, puis s'arrête. Jari tente de l'attraper, mais sa main tâtonne dans le vide. Il essaie de se hisser plus haut, ses doigts frôlent la cime mais ne parviennent pas à la saisir.

« Je n'y arrive pas !

– Attends ! » Antti se met à plat ventre et se penche dangereusement dans le puits. La perche descend plus bas et cette fois Jari parvient à la saisir.

« Tu l'as ?

– Plus ou moins !

– Accroche-toi ! Les secours vont arriver.

– Je n'en peux plus, Tiina…

– Putain, tu vas tenir aussi longtemps qu'il faudra ! Il n'y en a plus pour longtemps !

– J'ai peur ! Rami a essayé de me tuer, il avait une arme et il a tiré.

– Chut ! Garde tes forces. Tiina est encore… ?

– Oui

– Bien, accroche-toi. C'est bon, je suis assez fort pour vous tenir tous les deux. »

Suit un long silence. Jari se cramponne au bouleau et à Tiina. Le temps ralentit de nouveau. Ses pensées se dissolvent. Elles tournoient dans un espace étrange où tout est en mouvement, sauf lui. Il sursaute soudain en sentant la tête de Tiina s'enfoncer sous l'eau. Il prend peur et bat plus fort des pieds. Tiina tousse, tourne la tête, mais pour le reste, elle est déjà totalement inerte. Jari serre les dents, essaie de trouver une meilleure position, mais il avale de l'eau et se met à tousser.

« Jari ! » crie Antti, et il reçoit pour réponse une quinte de toux et des mots qui sortent un à un de mâchoires raidies par le froid :

« Je… ne… tiens… plus.

– Putain, si, tu tiens, tu entends ! Il n'y en a plus pour longtemps ! »

De nouveau le silence, jusqu'à ce qu'Antti se mette à parler.

« Maman m'a dit que tu avais téléphoné pour me demander de venir à la maison abandonnée. Je devais aller à la pêche, mais ça ne m'amusait pas, tout seul. Je suis entré à l'intérieur, il n'y avait personne, et j'allais partir quand je vous ai entendus crier. »

Jari laisse échapper le bouleau et Antti s'affole : « Attrape-le ! S'il te plaît, attrape-le. »

Jari essaie, mais il est déjà complètement engourdi. Il a du mal à se concentrer sur autant de choses à la fois. Le poids de Tiina l'entraîne vers le fond. S'il ne la lâche pas bientôt, ils vont se noyer tous les deux. Ses doigts trouvent la perche qu'Antti agite, mais ne parviennent pas à se refermer sur elle.

« Attrape, attrape ! » l'encourage Antti, et il se penche encore plus loin dans le puits.

Enfin Jari réussit, mais à peine l'a-t-il saisie qu'il sait qu'il ne tiendra que quelques secondes. Et quand elle lui échappe à nouveau, il n'a plus la force de réessayer. Il ne peut que s'appliquer à maintenir le visage de Tiina à la surface. Elle n'a plus aucune réaction mais respire encore, d'un râle intermittent, et soudain Jari fond de nouveau en pleurs.

« Attrape !

– Je ne peux pas, je n'ai pas la force !

– Attrape, putain ! Je t'aime ! Attrape tout de suite cette perche ! »

Et dans un dernier effort, Jari réussit à la saisir. Il serre. Il a l'impression qu'on lui arrache le bras et tous les muscles du corps.

« Ils arrivent ! Je les vois ! crie Antti. Tiens bon. Ils ont une échelle ! »

Jari tire de lui-même tout ce qu'il reste à en tirer. Il serre les dents, des points dansent devant ses yeux comme des étoiles dans un ciel nocturne. Son univers entier est là, concentré dans un frêle tronc de bouleau et dans sa sœur qu'il tient d'un bras. Il entend des voix, des cris. Ils approchent vite.

« Au secours ! Au secours ! appelle Antti. Ici ! Au secours ! »

Puis les voix sont juste au-dessus de lui. Des phrases courtes, tendues. Des voix d'adultes. Un homme crie quelque chose, puis c'est l'obscurité, car trois têtes cachent le ciel.

« Eh oh ! » lance l'homme, mais Jari n'a plus la force de répondre.

« Poussez-vous ! » ordonne la même voix, et la lumière revient pendant un instant. Le bouleau se rapproche un peu et la douleur dans le bras de Jari diminue.

« L'échelle ! »

Le ciel disparaît de nouveau, des heurts métalliques résonnent, on descend quelque chose dans le puits. Jari s'efforce de retenir sa sœur, qui ne cesse de lui échapper. Il essaie de l'empêcher de glisser, mais en vain. Le corps de Tiina tressaille. L'échelle touche l'eau, à côté de lui, et un ordre résonne. « Attrape l'échelle ! »

Il la voit, elle est juste à côté de lui, à portée de main, mais il ne peut pas lâcher le bouleau car il sait qu'alors ils s'enfonceront aussitôt. Ses pieds n'ont plus la force de battre. Il est tout simplement à bout.

« Attrape l'échelle ! » Le cri résonne à nouveau, puis quelqu'un entreprend de descendre. Jari ne s'en rend que vaguement compte, car il a commencé à sombrer dans l'inconscience. Il ne sent plus la douleur et flotte dans un temps et un lieu indéterminés. Devant lui s'ouvrent des fenêtres par lesquelles il peut regarder, mais les silhouettes qu'il voit ne sont pas humaines.

Un bras solide l'entoure et le soulève. Des cris qu'il ne comprend pas. La lumière augmente, et il retrouve soudain la terre ferme. Des couleurs vives, un ciel d'un bleu pur, des hirondelles. On le tourne sur le côté. Antti est auprès de lui, il dit quelque chose, mais il ne l'entend pas. Il fixe un brin d'herbe le long duquel grimpe une coccinelle. Un nuage vogue dans l'azur. La coccinelle atteint le sommet du brin d'herbe, qui ploie légèrement, et redescend de l'autre côté.

Jari comprend qu'il est en vie, mais voudrait ne pas l'être. Il voudrait être encore au fond du puits. Son oreille lui fait mal et le bourdonnement revient, avec force, comme il reviendra jusqu'à la fin de sa vie, lui rappelant ce jour, sans jamais le laisser l'oublier.

Tiina doit être enterrée l'avant-veille de la Saint-Jean dans le nouveau cimetière de Käppärä. La pluie commence à tomber le soir précédent et se renforce pendant la nuit. C'est la première depuis des semaines. L'air fraîchit et des coups de tonnerre éclatent vers minuit. Les gouttes martèlent le toit et l'eau se précipite dans les gouttières en un tourbillon blanc, mais au matin, l'orage est passé et le soleil brille.

Le cimetière sent la pluie et l'herbe fraîchement coupée. Ici et là, les allées sont bordées de flaques à la surface desquelles s'est amassé du pollen. Seules quelques personnes sont présentes. Le cercueil de Tiina est placé sur un socle, le pasteur verse du sable dessus. C'est le plus petit cercueil que Jari ait jamais vu. Il essaie de pleurer, car il sent les larmes lui monter aux yeux, mais n'y arrive pas. Il a dans la gorge une grosse boule qui refuse de bouger.

Dehors, le cercueil est chargé sur un chariot. Son père le pousse, en tête du cortège. Les gens qu'ils croisent s'écartent et les regardent. Quand on descend le cercueil dans la fosse creusée dans le sol, sur les bords de laquelle pointent des racines semblables à des pattes d'araignée velues, Jari pense étouffer. Il a l'impression qu'on redescend Tiina dans le puits, et il est certain que tous le regardent. Son père, sa mère, ses grands-parents. Et tous ont sur le visage un air accusateur. Il voudrait être mort, et que ce soit son enterrement. Et en un sens, ça l'est. Il ne sera plus jamais entier.

PARTIE X

Le paiement

44

Automne 2018

Jari Paloviita fixait la frisette au-dessus de son lit. Les ombres des arbres agités par le vent dansaient dans la lumière des lampadaires, projetant d'étranges motifs sur le plafond et les murs de la chambre.

Terhi dormait, le dos tourné. Paloviita regarda ses épais cheveux étalés sur l'oreiller et les courbes de son corps qui se dessinaient sous la mince couverture. Il aurait eu envie de passer la main sur ses rondeurs, de sentir sa chaleur et sa douceur. Dix ans plus tôt, il l'aurait d'ailleurs certainement fait, mais l'époque où il pouvait la réveiller en pleine nuit pour la caresser s'était enfuie depuis longtemps. Il se leva et passa sur le palier. La maison était silencieuse, on n'entendait que le bourdonnement du réfrigérateur et le tictac de la pendule du séjour. Il resta un moment immobile. La lumière qui tombait de la fenêtre au ras du plafond teintait de gris l'escalier en noyer et lui argentait la peau. Les ombres rampaient sur son visage et sur son corps tels des tatouages vivants.

Il descendit au rez-de-chaussée et fit le tour des chambres des filles. La couverture de Sini avait glissé par terre, Sara dormait en travers de son lit, la jambe droite pendant par-dessus le bord. Il la replaça plus confortablement et la borda soigneusement.

Le lendemain, le couteau serait envoyé à Helsinki et on y trouverait aussi bien l'ADN de la victime que celui d'Antti Mielonen. Il n'en faudrait pas plus pour le condamner. Avoir fait disparaître les fichiers des empreintes digitales dans le cyberespace ne ferait que ralentir un peu les choses. Paloviita songea qu'il pouvait bien sûr essayer de nettoyer l'arme du crime, mais il savait qu'il resterait toujours des particules dans une éraflure de la lame ou du manche et que la moindre trace suffirait aux laborantins de la police scientifique pour identifier le coupable. Seule la disparition ou la destruction du couteau sauverait Antti.

Il but deux verres d'eau et regarda l'horloge du four qui luisait d'une lumière rouge et indiquerait bientôt deux heures. Le moment le plus noir de la nuit approchait. Il se massa le visage et la nuque, passa de nouveau dans les chambres des filles et jeta un coup d'œil dehors par la fenêtre de Sini. La rue était déserte, pas une lumière ne brillait aux fenêtres. La ville dormait, comme il aurait lui aussi dû le faire. Peut-être était-ce ce murmure cosmique dont son père lui avait jadis expliqué la nature et qu'il avait essayé de capter sur son autoradio, mais il avait l'impression que s'il ne prenait pas une décision rapidement, son cerveau exploserait.

Il remonta l'escalier et entra dans sa chambre. Terhi s'était tournée sur le dos. Ses yeux de poupée, dont il était tout de suite tombé amoureux, étaient fermés. Comme elle était belle, comme leurs filles étaient mignonnes – et comme la maison où ils vivaient était magnifique.

Hélas, tout cela n'était qu'un mensonge. Le poids de la culpabilité l'écrasait. Il s'était, au fil des ans, éloigné de son meilleur ami, il ne lui avait pas téléphoné, n'avait pas pris de ses nouvelles, ne lui avait pas offert son aide.

Il le savait depuis le début. Sa vie cntière était un énorme mensonge dans lequel il jouait le premier rôle. Comme les sourires sur les photos.

Il s'habilla, enfila un jean et un sweat à capuche. Il resta encore un instant à côté du lit à regarder sa femme endormie. Puis il sortit de la maison, alla chercher dans le garage un tournevis et une lampe torche, vérifia les piles et sauta dans sa voiture. Il connaissait précisément le nombre et l'emplacement des caméras de surveillance et des radars de la ville. Il en dépassait justement plusieurs. Il savait tout sur les données des opérateurs mobiles et les contrôles d'accès – et le pire était que Henrik Oksman aussi.

Il laissa sa voiture dans une petite rue du sixième arrondissement de la ville. Heureusement il ne pleuvait pas, mais le sol était encore mouillé de neige fondue. Les vieilles maisons en bois étaient plongées dans l'obscurité, sauf une, où une lumière bleutée filtrait à travers les rideaux. Quelqu'un regardait la télévision au milieu de la nuit, ou s'était endormi devant.

Paloviita mit sa capuche et se dirigea vers l'aire de jeux qui se trouvait au bout de la rue, éclairée par une unique lanterne en forme de soucoupe volante. Autour de son halo, la nuit respirait, infinie comme l'espace. Il traversa la lumière et disparut dans le noir. Il se fraya un chemin à travers les buissons, escalada le grillage et descendit sur la voie ferrée. Un sentier traversait les rails, dessiné par le passage répété des utilisateurs de ce raccourci. Les lumières au bord de la voie étaient au rouge, une voiture passa sur le pont Valtio. Paloviita suivit le talus du chemin de fer, qui était jonché de détritus amenés par le vent. Ça sentait la rouille, le pipi de chat et la créosote.

Il prit le sentier qui montait en pente douce, le long de broussailles de saule, vers l'arrière-cour commune, asphaltée et éclairée, de l'hôtel de police et de la caserne de pompiers. Accroupi à l'abri des hautes herbes, il examina l'endroit. Seuls quelques rares véhicules y étaient garés. La lumière jaunâtre des pompes à essence automatiques les entourait d'un halo fantomatique. Que faisait-il là ? À pénétrer par effraction sur son propre lieu de travail. À l'hôtel de police. Il était réellement devenu fou, comme le disait Terhi. L'adrénaline circulait dans son sang, son cœur battait plus fort.

Du côté des services d'incendie et de secours, les effectifs étaient au complet, de même que dans la police administrative, au rez-de-chaussée. Il n'y avait pour l'instant personne dans le fumoir extérieur. Il sauta par-dessus la haie et piqua un sprint à travers la cour, évitant les endroits les plus éclairés. Il savait malgré tout que n'importe qui regardant à cet instant par la fenêtre le verrait aussi clairement qu'en plein jour. Et peut-être quelqu'un regardait-il et le voyait-il. Il contourna l'atelier de mécanique et déboucha dans la lumière. Le portail métallique du parking de l'hôtel de police était fermé, mais il avait la clé de l'accès piéton, à côté.

À l'arrière de l'hôtel de police, il faisait plus sombre. Il devait passer au plus près des fenêtres, car il y avait sur le mur de l'atelier un éclairage extérieur équipé d'un détecteur de mouvement et une caméra de surveillance qui filmait la porte d'entrée de la zone cellulaire et la cage où les détenus étaient autorisés à griller une cigarette. La caméra, dont il voyait clignoter le voyant rouge, envoyait un flux continu d'images au poste de contrôle où se trouvait à tout instant au moins une personne de permanence.

Il se courba sous les fenêtres, craignant que d'un moment à l'autre la lumière ne s'allume, auquel cas le permanencier du poste de contrôle jetterait automatiquement un coup d'œil à son écran. À côté de la porte de derrière, des buissons avaient été plantés le long du mur, couverts en été de fleurs blanches, mais, en cette saison, simples branchages dégarnis. Il s'accroupit derrière eux pour attendre. Ils étaient si nus qu'on voyait au travers comme par une grille. Quiconque entrant dans la cour le repérerait aussitôt. Le commissaire intérimaire accroupi, capuche sur la tête, dans les buissons. Que dire, dans ce cas ? Qu'il avait perdu ses clés et les cherchait ? Impossible !

Il pouvait encore reculer, il ne s'était rien passé d'irrémédiable. Rentrer chez lui et continuer sa vie. Antti Mielonen serait condamné pour meurtre et purgerait quelques années de prison. Ça pourrait même lui faire du bien. Sous les verrous, il pourrait se désintoxiquer, étudier et trouver un nouveau sens à son existence. La pensée était réconfortante. Pourquoi s'imaginait-il être responsable de la vie d'un autre ? Chacun n'était-il pas au bout du compte maître de son destin, comme Terhi le répétait ? Antti ne pouvait s'en prendre qu'à lui-même. Personne ne l'avait forcé à boire, ni ne lui avait mis le couteau dans la main – ni surtout obligé à en frapper Rami Nieminen à la carotide.

Les arguments semblaient solides, mais au fond de lui, Paloviita savait qu'aucun d'eux ne tenait. Ils reposaient sur des fondations si fragiles que tout pouvait s'écrouler d'un instant à l'autre. En réalité, tout bougeait, grinçait et branlait déjà. Il avait pénétré, avec Antti, à l'intérieur du murmure cosmique, là où celui-ci était si fort qu'il faisait mal aux oreilles, hurlait même, si plein de voix du passé qu'il avait peur d'exploser.

Un fourgon de police arriva devant le portail et resta à attendre qu'il coulisse. Ses phares balayèrent la cour et plongèrent dans les buissons où Paloviita était accroupi.

« Merde ! » lâcha-t-il, et il tenta de se faire le plus petit possible. Il était trop tard pour reculer. Il savait qu'il avait l'air aussi ridicule qu'il était humainement possible de l'être. Tel un lièvre ayant fourré la tête dans un buisson.

Le fourgon s'ébranla et entra dans la cour.

Les cinq cents watts du projecteur à détecteur de mouvement s'allumèrent et baignèrent la cour de lumière.

Le fourgon traversa lentement l'asphalte, Paloviita entendit crisser ses pneus cloutés tandis qu'il passait devant lui.

Il ferma les yeux et retint sa respiration.

La portière du conducteur s'ouvrit et, tout de suite après, celle de son collègue. Leurs holsters cliquetèrent quand ils sautèrent au bas de la cabine. Paloviita était certain que le conducteur allait le saisir au collet et le mettre debout comme un vulgaire prisonnier évadé, mais il n'en fut rien. Les pas du policier firent le tour du fourgon, et il ouvrit les yeux. Le véhicule était arrêté à deux mètres de lui, dans une odeur de gaz d'échappement.

La portière côté conducteur était ouverte.

Paloviita sentit sur son visage la chaleur de la cabine.

« Allez, dehors », ordonna une voix d'homme, et, l'espace d'une seconde, il eut envie de se mettre debout, mains levées, mais il savait que l'ordre ne lui était pas destiné. Des chocs sourds et des grognements se firent entendre. Puis les portes arrière du fourgon claquèrent, et une voix de femme dit :

« Tout doux, maintenant. »

Les policiers passèrent devant Paloviita, tenant par le bras un jeune homme, presque encore un adolescent, vêtu d'un jean sale et d'un sweat à capuche identique au sien. Ils ne jetèrent pas même un coup d'œil aux buissons le long du mur, occupés à soutenir leur prisonnier qui titubait et qui, sans eux, serait tombé. Soudain celui-ci remarqua Paloviita accroupi dans les buissons, et leurs regards se croisèrent. Les yeux du garçon s'écarquillèrent de stupéfaction. Paloviita posa un doigt sur ses lèvres et cligna de l'œil. Le garçon lui rendit son clin d'œil et se fendit d'un sourire en coin alcoolisé. Puis les policiers, déjà à la porte, ouvrirent la serrure électrique et entrèrent.

Paloviita attendit que le battant se soit pratiquement refermé et se leva d'un bond. Il réussit au dernier moment à saisir la poignée, entrouvrit la porte et se glissa à l'intérieur. Le couloir conduisant aux cellules, aussi vivement éclairé qu'un bloc opératoire, était désert. Le box vitré du permanencier, d'où l'on avait une vue directe sur l'endroit où il se tenait, était également vide. L'homme était allé ouvrir aux agents la porte d'une cellule. Paloviita entendit les pas et le cliquetis des holsters qui s'éloignaient.

Il n'y avait pas de temps à perdre. Il courut au box vitré et s'accroupit derrière. L'un des écrans montrait le fourgon garé devant la porte de derrière. Paloviita pouvait presque se voir, accroupi à côté dans les buissons. C'était un véritable miracle que le permanencier ne l'ait pas remarqué.

Les verrous d'une cellule claquèrent. Paloviita s'approcha de la porte du chef de poste et maudit l'éclairage. Fallait-il vraiment que tous les halogènes soient allumés en pleine nuit ? L'État n'avait-il jamais entendu parler des économies d'énergie ? Il se glissa dans le couloir. La porte coupe-feu donnant dans le hall était verrouillée, mais toutes les serrures s'ouvraient aussi grâce à une clé, sans avoir besoin d'un badge. Il entendit derrière lui des voix et des rires, les patrouilleurs et le permanencier revenaient des cellules. Il avait peut-être cinq secondes pour sortir son trousseau de sa poche, trouver la bonne clé et l'enfoncer dans la serrure. Son cœur battait de nouveau à tout rompre.

Il voulut tirer son trousseau de clés de sa poche, mais un anneau ou un panneton s'était pris dans une déchirure du tissu et refusait de se décrocher malgré tous ses efforts. Les pas approchaient. Il se tourna et retira sa capuche. Il pouvait tout nier. Dire qu'il n'arrivait pas à dormir et était venu au bureau au milieu de la nuit. Il cherchait déjà les mots justes.

Soudain, marquant un arrêt, les voix cessèrent d'approcher. Il comprit que les policiers étaient restés à bavarder devant le box du permanencier. Il tira de nouveau sur ses clés, et cette fois elles glissèrent hors de sa poche comme si elles n'avaient jamais été coincées. Il inséra la bonne dans la serrure et la tourna. La porte s'ouvrit, il se retrouva sur le palier d'ascenseurs plongé dans l'obscurité. Ici ou là, des lumières de sécurité brillaient, mais pour le reste, il faisait noir. Il s'était, en pratique, introduit par effraction dans l'hôtel de police. Ç'avait été ridiculement facile, en fait. Beaucoup de ceux qui dormaient en cellule avaient sûrement rêvé de s'évader, mais rares étaient ceux qui avaient rêvé de forcer l'entrée. Les signaux lumineux rouges des détecteurs de mouvement du couloir clignotaient, mais peu lui importait. Il y avait à cet étage trois caméras de surveillance enregistreuses, mais aucune ne filmait le couloir où il se trouvait. Ni l'endroit vers lequel il se dirigeait.

Henrik Oksman regarda l'horloge du tableau de bord de sa voiture. Il était trois heures moins dix. Il n'avait pas réussi à s'endormir. Dès qu'il fermait les yeux, il entendait des aboiements de chien incessants qui finissaient par saturer sa conscience. Ils ne s'arrêtaient que quand il ouvrait les yeux. Longtemps absents, les chiens semblaient avoir de nouveau flairé sa piste et s'être lancés à ses trousses. Les infatigables chiens de chasse boiteux de son père.

Ils le prévenaient aussi que quelque chose clochait. Il le sentait.

On avait trouvé le couteau, et il était couvert de sang et d'empreintes digitales. Avec toutes les autres preuves, cela suffirait à faire condamner Antti Mielonen. Il ne restait plus qu'à déterminer s'il y avait eu ou non préméditation. Le couteau avait été volontairement dissimulé sous la mousse, pas juste jeté à la va-vite dans la forêt. C'était une circonstance aggravante et cela remettait tout le reste en question. Peut-être Antti Mielonen n'était-il finalement pas aussi stupide qu'ils l'avaient cru. Et s'il n'était pas cet ivrogne au cerveau liquéfié par l'alcool qui ne se rappelait pas bien où il était, ni qui ? Et s'il avait tout prémédité depuis le début ? Sa venue au chalet, l'agression, la fuite – tout.

Oksman secoua la tête. Il ne croyait pas, en réalité, à une telle planification. Paloviita, de son côté, était capable de prétendre que le couteau avait été déposé a posteriori dans la forêt. On l'avait en effet déjà cherché deux ou trois fois.

Mais leur chef ne ferait bien sûr rien de tel. Avec Linda, ils mettaient la dernière main au rapport destiné au procureur. Paloviita n'aurait pas d'autre choix que de le signer.

Il était clair que Nieminen et Mielonen se connaissaient auparavant – et que Paloviita les connaissait tous les deux. Oksman avait une photo qui le prouvait – et il avait des documents qui prouvaient aussi beaucoup d'autres choses. Les liens entre Paloviita et Mielonen étaient bien plus profonds qu'il n'aurait pu l'imaginer au départ. C'était un fait qu'il devrait mettre sur le tapis, malgré ses réticences. Il lui serait très difficile de continuer, par la suite, à travailler avec Paloviita – à supposer que ce dernier soit même autorisé à rester à son poste quand toutes les cartes seraient retournées sur la table.

Oksman constata en arrivant à l'hôtel de police qu'il n'avait pas vu passer le temps que lui avait pris le trajet depuis Pormestarinluoto. Il se gara sur le parking et descendit de voiture. Il faisait froid, mais pas au point de geler. Le peu de neige qui était tombé dans la journée avait presque entièrement fondu.

La neige, qui avait failli compromettre l'enquête et cacher définitivement le couteau.

Mais ils avaient malgré tout réussi.

Il entra par la porte de derrière. Le permanencier, qui était assis dans son box à lire un tabloïd, sursauta en le voyant, ôta ses pieds de la table et plia son journal. En même temps, il jeta un rapide coup d'œil à ses écrans, comme pour cacher qu'il ne l'avait pas vu arriver.

L'homme vérifia l'heure, s'étira et tenta de réprimer un bâillement, qui resta à friseler sur son visage. « Salut Henrik. Tu es sur le pont bien tôt… ou bien tard. »

Oksman sourit, ce qui était exceptionnel chez lui.

« J'ai appris que vous aviez mis les moyens, hier à Ahlainen. Félicitations pour le couteau. »

Oksman hocha la tête. « Je dois terminer mon rapport pour demain. » Sans s'étendre sur le sujet, il passa devant le bureau du chef de poste, ouvrit la porte avec son badge de circulation et gagna le palier d'ascenseurs plongé dans la pénombre. Il voulait voir le couteau et vérifier qu'il était en sûreté.

La porte de la police scientifique était fermée, et la clé de Paloviita ne l'ouvrait pas. Il aurait certes pu utiliser son badge, mais il en resterait une trace numérique dans le système de contrôle d'accès de l'hôtel de police. Il tenta de réfléchir à d'autres solutions et en vit aussitôt deux.

La première consistait à monter dans son propre bureau. Des affaires de Heinonen s'y trouvaient encore, et parmi elles son trousseau de clés, avec un passe-partout ouvrant toutes les portes du bâtiment. Mais pour cela, il devrait prendre l'ascenseur ou l'escalier, surveillés par des caméras. Il lui était en pratique impossible d'aller chercher ce passe-partout sans être filmé par l'une d'elles.

Il se maudit. Pourquoi n'avait-il pas pris ses précautions ? Et pourquoi n'avait-il pas accroché définitivement le passe-partout à son propre trousseau ? Heinonen ne l'aurait certainement pas réclamé depuis Helsinki.

L'autre option présentait aussi des risques. Encore plus, même. On gardait, dans un tiroir du guichet de remise des passeports, un badge dit « universel » que l'on prêtait à ceux qui avaient oublié le leur chez eux. Paloviita l'avait lui-même emprunté une ou deux fois, mais ça faisait bien deux ans. L'ouverture de la serrure électrique laisserait une trace, et même si ce n'était pas celle de son propre badge, il savait qu'on pourrait la suivre. Et il y avait aussi des caméras dans le hall, mais si ses souvenirs étaient bons, elles surveillaient la porte d'entrée et le comptoir du guichet, pas ce qui se passait derrière. Il espérait que sa mémoire ne le trahissait pas.

Il fit demi-tour et retourna dans le hall.

Dehors, deux agents bavardaient près de la porte principale. Un homme et une femme. Paloviita les voyait à travers la vitre. Ils avaient l'air de bien s'amuser. L'homme avait passé les pouces sous son ceinturon, la femme avait les mains sur les hanches. Paloviita s'accroupit et se sentit une nouvelle fois le pire idiot de la terre. Jouer à cache-cache avec ses collègues sur son lieu de travail ! Il scruta le haut des murs à la recherche des caméras, mais n'en trouva qu'une. Il y en avait une deuxième quelque part, mais il avait beau regarder, il ne la voyait pas. Il imaginait sans mal de quoi il aurait l'air sur l'enregistrement d'une caméra en mode nuit, rampant de la porte au comptoir. S'il se faisait prendre, la vidéo ferait la joie de tout l'hôtel de police.

Heureusement, l'institution était toujours en retard sur le reste du monde. Alors que dans tous les centres commerciaux on était passé depuis longtemps à des caméras couvrant trois cent soixante degrés, la police se contentait de vieilles techniques.

Paloviita gardait les yeux sur les agents, en espérant qu'ils étaient suffisamment intéressés l'un par l'autre pour ne pas avoir l'idée de jeter un coup d'œil à l'intérieur. Mais juste au moment où il était le plus visible, l'homme se retourna et regarda droit dans sa direction. Il se figea et le fixa en retour, prêt à le voir dire quelque chose à son équipière, le montrer du doigt ou ouvrir la porte principale, mais rien ne se passa. L'homme se contenta de rectifier la position de son bonnet de laine en se mirant dans la vitre et reporta son attention sur sa collègue.

Paloviita laissa l'air s'échapper de ses poumons, alla au tiroir et l'ouvrit. Vide. Merde ! Il le tira à fond, mais il n'y avait rien à l'intérieur, absolument rien. Il examina les autres tiroirs. Ils ne contenaient que des formulaires et autres paperasses. Il s'appuya au comptoir, sentant les minces fils de cuivre de l'angoisse lui piquer les mollets. Il repensa au passe-partout de Heinonen, dans les étages. C'était la seule solution, mais il l'écarta aussitôt.

Il jeta un coup d'œil à l'extérieur, constata que les agents avaient poursuivi leur chemin, entreprit de fouiller à nouveau les tiroirs, cette fois de fond en comble, et trouva finalement ce qu'il cherchait. Le badge de circulation avait été rangé dans un tiroir-caisse, sur une étagère pleine de dossiers de différentes couleurs. Il le prit et repartit par où il était venu.

Henrik Oksman ouvrit avec son badge la porte des locaux de la police scientifique et alluma la lumière dans le couloir qui desservait les laboratoires et les bureaux des techniciens. Il n'était jamais venu là de nuit. Une partie des bureaux étaient fermés, ceux qui étaient ouverts étaient plongés dans une obscurité percée par les couleurs fantomatiques des écrans de veille des ordinateurs restés allumés.

Oksman songea que si Raunela apprenait qu'il était venu dans son service, il s'arracherait les cheveux, puis lui arracherait les siens. Il l'appréciait, pourtant, c'était un plaisir de travailler avec un technicien qui ne laissait rien passer. Mais d'un autre côté, collaborer avec lui était impossible. Quand ça le prenait, Raunela savait être impitoyable. Impitoyable et odieux. Il lui fallait malgré tout voir le couteau. Il avait peur que Paloviita tente quelque chose. L'essuyer, le faire disparaître, le voler – n'importe quoi.

Il y avait un lien entre Paloviita et Antti Mielonen – et il savait ce que c'était. Ce lien remettait tout en question. Il fallait, pour comprendre, remonter à la nuit de la Saint-Jean 1991. Paloviita, songea Oksman, était déjà intervenu dans l'affaire de façon peu éthique, et s'il paraissait peu probable qu'il aille jusqu'à trafiquer des preuves, il était très étrange qu'il n'ait encore rien dit de ses rapports avec Mielonen. De ce fait, l'instinct de Henrik le poussait à vérifier qu'aucune erreur ne vienne entacher l'enquête.

Les chiens à ses trousses. Les chiens de chasse boiteux de son père.

Oksman écoutait toujours son instinct. Ce n'était pas un hasard si le taux d'élucidation des affaires qui lui étaient confiées était si élevé. L'instinct était un moyen de survie ancestral qui s'était développé au cours de l'évolution mais que l'homme moderne avait cessé d'écouter. Souvent, les victimes de violences disaient avoir senti le danger avant l'attaque, mais n'avoir pas réagi, parce qu'elles ne se fiaient pas à leur instinct. Lui n'était pas aussi stupide.

Les signaux venus de l'extérieur.

Le labo établirait vite si les empreintes digitales du couteau correspondaient à celles d'Antti Mielonen. Et si l'arme était celle avec laquelle Nieminen avait été tué, l'enquête serait bouclée. On enverrait ensuite le couteau au laboratoire de la Police judiciaire centrale pour une analyse d'ADN, mais ce ne serait qu'une vérification de plus. La police avait constaté depuis longtemps que pour qu'une affaire prospère devant les tribunaux, mieux valait utiliser ceinture et bretelles. On risquait sinon, après avoir été passé à la moulinette par les avocats, de se retrouver avec le pantalon sur les chevilles.

Paloviita vit que de la lumière brillait dans les locaux de la scientifique. Elle n'était pas allumée quelques minutes plus tôt. La porte coupe-feu était en verre dépoli, et on ne voyait rien au travers. Mais la grande question était : pourquoi quelqu'un se trouvait-il au labo à trois heures du matin ? Il n'y avait pas trente-six solutions. Il devait attendre que ce quelqu'un ressorte, ou y aller lui aussi et espérer qu'ils ne tomberaient pas nez à nez. Une ombre passa derrière le verre dépoli, une silhouette d'homme, grande et maigre. C'était celle du Bœuf. Paloviita en aurait mis sa main au feu, Henrik Oksman était dans le labo.

Son cerveau carburait à toute allure. Oksman ne pouvait être là au milieu de la nuit que pour une raison. La même que lui. Le couteau. Il savait quelque chose, mais quoi ?

Paloviita passa le badge de circulation devant la serrure électrique et jeta un coup d'œil dans le couloir. Vide. Un mauvais pressentiment lui rongeait les entrailles. Il se sentait comme un poisson sur le point d'entrer dans une nasse. Il flairait le danger, mais se glissa malgré tout à l'intérieur. Il freina le mouvement de la porte de la main, et elle se referma doucement, avec un cliquetis à peine audible, mais qui, à ses oreilles, résonna comme la détonation d'une arme à feu.

Silence total.

Puis un bruit tout juste perceptible dans l'une des salles des scellés, dont la poignée de porte s'abaissa. Une vague glacée balaya Paloviita. Il se précipita dans le bureau devant lui. Juste à temps, car à l'instant où son ombre disparaissait du couloir, la porte de la salle s'ouvrit et Henrik Oksman en sortit. Il l'entendit laisser la porte se refermer toute seule. Puis le silence retomba, et il sut qu'Oksman s'était immobilisé pour écouter.

Il se tenait au milieu du bureau obscur. Les balles de couleur qui traversaient l'écran de l'ordinateur créaient une étrange lumière clignotante. Il ne pouvait pas bouger, le moindre froissement de vêtement ou grincement de semelle l'aurait trahi.

Puis Oksman se remit en mouvement et se dirigea rapidement vers le bout du couloir. Paloviita se précipita au fond du bureau et s'accroupit sous la fenêtre. Oksman passa devant la porte ouverte, et tout l'air s'échappa de ses poumons. Mais soudain les pas s'arrêtèrent et revinrent vers le bureau. Il vit le Bœuf debout dans le rectangle de lumière de la porte, parcourant la pièce du regard, scrutant chaque ombre. Il retint son souffle. Oksman regardait droit vers lui, et il fut certain qu'il l'avait vu et allait allumer le plafonnier, mais soudain sa silhouette disparut, la serrure cliqueta et la lumière du couloir s'éteignit. Seules les balles multicolores rebondissant sur l'écran de veille poursuivaient leur périple infini, muet.

Paloviita se leva. Une violente envie de renoncer le saisit.

Un besoin urgent de quitter l'hôtel de police et de laisser tomber.

Il ne mesurait que maintenant le montant réel de l'enjeu qu'il avait mis sur la table : il y avait là sa carrière, sa réputation – voire sa famille et tout ce qu'il possédait.

Peut-être l'apparition d'Oksman était-elle un signe ou un dernier avertissement. Un point final.

C'était ce qu'il ferait. S'en aller et se concentrer sur l'essentiel : Terhi, les enfants et la maison qu'il n'avait pas encore fini de payer. Il prenait conscience d'avoir trop longtemps négligé ce qui était vraiment important. Il avait succombé au péché originel en considérant tout comme acquis. Il savait par expérience que l'on n'accordait leur juste valeur aux choses qu'une fois qu'on les avait perdues, qu'on avait tout gâché.

Comment avait-il pu l'oublier ? Ça allait changer. Il allait rentrer à la maison, réveiller Terhi en la couvrant de baisers et parler jusqu'au matin. Il lui raconterait tout, absolument tout. Il parlerait du couteau, d'Antti Mielonen, de Rami Nieminen et de cette nuit à l'hôtel de police. Il parlerait de Tiina et du pistolet dont Nieminen était armé le jour où il était devenu sourd d'une oreille. Et il parlerait de la veille de la Saint-Jean 1991. Oui, il lui en parlerait aussi, et cette fois, il dirait la vérité. Il n'y aurait plus de secrets.

La tentation était forte, dernière tentative désespérée de son esprit pour le faire renoncer aux exigences de sa conscience – oublier une dette restée trop longtemps impayée.

Il sortit sa lampe torche, l'alluma et s'engagea dans le couloir. Sans avoir à se demander où l'on conservait le couteau, il se dirigea droit vers la salle d'où Oksman était sorti. Il abaissa la poignée avec sa manche. La porte resta fermée.

Il sortit le trousseau de clés de sa poche et chercha celle qu'il pensait être la bonne. Erreur. Il en essaya une autre, puis encore une autre, jusqu'à la dernière. Il fixa le couloir obscur. Le panneau lumineux *Exit* au-dessus de la porte coupe-feu brillait d'une lueur verte. Il devait y avoir quelque part un double de la clé de la salle des scellés. Mais où ? Il tâta ses poches et tomba sur son tournevis. Il pourrait facilement ouvrir la porte avec, mais les traces ne seraient pas belles à voir. Et l'émoi – bien qu'inévitable, de toute façon – serait d'autant plus grand.

Il allait placer le tournevis dans l'interstice de la porte quand une idée lui vint. Il se rendit dans le bureau de la secrétaire administrative, le balaya de sa torche, fit le tour de la table et ouvrit tous les tiroirs. Rien. Il allait sortir quand le faisceau de lumière tomba sur un tableau d'affichage, au mur, et sur la clé qui y pendait, accrochée à une punaise. Il sut tout de suite que c'était la bonne. Un sourire monta à ses lèvres. Il la prit et retourna à la porte de la salle des scellés.

Un cliquetis, et elle s'ouvrit.

Il alluma le plafonnier. Il n'avait pas encore franchi la limite au-delà de laquelle il n'y aurait plus de retour possible. Mais dès qu'il toucherait au couteau, il serait hors la loi. Il aurait alors posé sa mise sur le tapis. Et c'était, en pratique, tout ce qu'il possédait, tout ce qu'il avait et aurait jamais. Sa vie et sa carrière étaient en jeu. Sa famille et absolument tout le reste.

L'idée le glaçait, lui obscurcissait le cerveau, lui coupait le souffle.

Les rayonnages de la salle étaient à moitié vides. Il y avait des cartons, des sachets scellés, des dossiers, des pièces détachées de machines. Le couteau se trouvait sur l'étagère du bas. Il était rangé dans une glacière en polystyrène dûment étiquetée. Paloviita la tira à lui et ouvrit le couvercle. Le couteau et les prélèvements apparurent, scellés sous plastique.

Il sentit ses forces le quitter. Elle était là. L'arme avec laquelle Antti avait frappé Rami à mort. Les poils de sa nuque se hérissèrent. Il prit les sachets et remit la glacière sur l'étagère. Le plastique crissa quand il fourra son butin sous son T-shirt. Il allait ouvrir la porte de la salle lorsqu'il crut à nouveau entendre du bruit. La peur lui faisait imaginer des choses, songea-t-il, mais il s'immobilisa malgré tout et tendit l'oreille.

Des pas.

Quelqu'un marchait dans le couloir.

Oksman !

Il éteignit la lumière et écouta l'écho des pas qui approchaient.

Henrik Oksman regardait par la fenêtre. La vue s'ouvrait sur l'arrière-cour de l'hôtel de police. Il voyait le toit de tôle de l'atelier de mécanique et la voie de chemin de fer, derrière, dont les lumières ne s'éteignaient jamais. Il tripotait un stylo à bille et faisait entrer et sortir la pointe.

Il était allé dans les locaux de la police scientifique et avait vérifié que le couteau était en sûreté et n'avait pas été échangé contre un autre. Il se sentait paranoïaque, à imaginer que Paloviita puisse se livrer à pareil acte, mais il ne parvenait pas à chasser cette idée de son esprit. Elle était aussi tenace que les chiens aboyant sans répit de ses rêves.

Sa voiture était garée sur le parking à côté de quelques autres. La fatigue se déversait en lui comme du plomb fondu. Il devait prendre une décision à propos des informations qu'il avait obtenues aux archives départementales. Il ne voulait pas mettre Paloviita en difficulté, mais il y avait des choses sur lesquelles il ne pouvait tout simplement pas fermer les yeux. Ils étaient des policiers, des autorités d'enquête préliminaire impartiales, la colonne vertébrale du système juridique finlandais. S'ils faiblissaient, la société entière se désagrégerait. Oksman savait qu'il y avait dans le monde beaucoup d'États où l'on ne pouvait pas faire confiance à la police. C'était pourquoi il fallait, en Finlande, appliquer la tolérance zéro. C'était une question de crédibilité.

Il était trois heures et quart du matin. La nuit de novembre était d'un noir d'encre. Il tourna à nouveau les yeux vers sa voiture. Il aurait dû rentrer chez lui et dormir.

Il n'arrivait pourtant pas à partir. Il ne parvenait pas à détacher son regard de son Opel et du parking. Il se rappela soudain les circonstances dans lesquelles il était sorti de la salle des scellés. N'était-ce pas parce qu'il avait entendu le clic de la serrure électrique qu'il avait quitté la pièce ? Si. Mais le couloir était vide.

Mais tu as bien entendu le bruit de la serrure, n'est-ce pas ?

Et autre chose ?

Des pas. Tu as entendu des bruits de pas.

La nuque d'Oksman le picotait, les poils de ses bras se dressèrent. Il se leva de sa chaise. Ses sens l'avaient-ils réellement trompé – ou était-il définitivement en train de devenir fou ? Il sortit de son bureau, descendit quatre à quatre l'escalier et se dirigea à grandes enjambées vers les locaux de la police scientifique.

L'obscurité y régnait. Les néons s'allumèrent en clignotant, avant d'atteindre lentement leur pleine puissance. Oksman se dirigea vers la porte de la salle des scellés et sortit une clé de sa poche. C'était celle de Juhani Heinonen, qu'il avait empruntée dans le bureau de Paloviita. Le premier ne s'en formaliserait pas, et le second se trouverait, en prime, empêché de l'utiliser pour son compte. Oksman savait que c'était puéril et paranoïaque, mais il avait son instinct pour lui, et il ne l'avait encore jamais négligé de sa vie.

Il s'arrêta à la porte de la salle des scellés. Les pas qu'il avait cru entendre lui semblaient maintenant n'être qu'une hallucination due à la fatigue. Il ouvrit la porte, alluma la lumière et laissa son regard courir sur les rayonnages. Tout avait l'air en ordre. L'étagère sur laquelle on conservait les preuves relatives à l'affaire du chalet de Korpholma était dans un coin. Il y avait là aussi le sac de sport et les vêtements d'Antti Mielonen qu'il avait découverts flottant dans l'eau dans le vestiaire du sauna, et à côté ses rangers fatiguées. Les mégots et les bouteilles avaient été triés et ensachés. Au total, il y avait assez peu d'éléments, ce qui illustrait la simplicité de l'enquête. La seule chose qui avait un temps manqué était l'arme du crime, mais elle avait enfin été retrouvée. Elle était là, dans la glacière sur l'étagère du bas, il l'avait vérifié. Sauf que… la glacière avait-elle bougé, depuis tout à l'heure ?

Il en avait l'impression, mais ce n'était sans doute que son imagination.

Il éprouvait une envie irrépressible de soulever à nouveau le couvercle. Il aurait voulu, à vrai dire, surveiller le couteau jusqu'à ce que le jour se lève et que Raunela et ses collègues arrivent au bureau. Il commençait à sérieusement s'inquiéter pour lui-même, jamais auparavant il ne s'était trouvé dans une telle situation – ne pas pouvoir faire confiance à son équipier.

Il s'avança dans la pièce, malgré l'odeur qui lui donnait la nausée. On conservait dans cette salle toutes sortes de matériaux dont la seule pensée le faisait paniquer. Des sécrétions, des déchets corporels, des tissus cellulaires.

Il saisit la glacière et souleva le couvercle.

L'air s'échappa de ses poumons. Le couteau et les prélèvements avaient disparu. Il ferma les yeux et les rouvrit, pensant que la fatigue lui faisait perdre la tête. Mais ce n'était pas son imagination. Quelqu'un avait pris le couteau, à peine quelques minutes plus tôt.

Oksman se retourna. Derrière lui, le couloir était vide. Il sortit de la salle des scellés en claquant la porte, envahi de fureur, et un cri involontaire, qui n'était destiné à personne, s'échappa de sa gorge : « PALOVIITA ! »

Paloviita flottait dans l'obscurité. L'atmosphère confinée sentait le renfermé et avait un goût de plastique. Le dioxyde de carbone accumulé dans l'air qu'il respirait remplaçait peu à peu l'oxygène de son sang et le faisait somnoler. Ses pensées ne le fuyaient pas, mais les sons s'éloignaient et il avait l'impression que son corps s'étirait. Par moments, celui-ci se rappelait à lui, accompagné d'un sentiment de panique si paralysant qu'il avait l'impression de se noyer. Son appareil auditif glissa de son oreille et le changement de pression lui fit mal au tympan.

Il entendit la porte de la salle des scellés s'ouvrir et la lumière s'allumer. Il emplit ses poumons d'air épais et retint sa respiration. Il perdit la notion du temps et de l'espace. Il s'imaginait réellement flotter dans l'eau, celle d'un sombre puits. Puis planer dans l'espace et filer à la vitesse de la lumière à travers les plis du temps. Il voyait des couleurs et des éclairs, comme si quelqu'un avait pris des photos au flash dans son cerveau. Là, il y avait Tiina, à l'âge de deux ans, qui venait d'apprendre à marcher. Son sourire éclairait son visage tandis qu'elle se promenait, vêtue d'une simple couche, sur la pelouse de leurs parents. Là, il avait peut-être cinq ans et, assis sur le ponton du chalet, il battait des pieds dans l'eau. Et là, ils descendaient la colline à vélo avec Antti, leurs sacs sur le dos, lâchaient le guidon et se laissaient aller en roue libre.

Des pas s'approchèrent et s'arrêtèrent. Pendant un long moment, ce fut le silence total. Puis il entendit des frottements, un violent claquement de porte et, dans le couloir, Oksman crier rageusement son nom.

Il ouvrit la fermeture éclair, emplit ses poumons d'air frais et s'assit. Il avait la nausée et le vertige. Il remit en place son appareil auditif, qui l'ancra à nouveau dans la réalité. Il se leva, frissonnant de dégoût et regarda, à ses pieds, le sac mortuaire dans lequel il s'était caché. Il gisait par terre tel le cocon d'un gigantesque papillon. Il s'accroupit, le roula rapidement et le remit sous l'étagère, là où il l'avait trouvé. Il ne voulait pas se demander (ni savoir) si les sacs étaient à usage unique et, sinon, si celui-là avait déjà servi. Il vérifia que le couteau et les sachets contenant les prélèvements étaient solidement coincés sous son T-shirt, ouvrit la porte et jeta un coup d'œil dans le couloir. Il était désert. Il eut envie, un instant, d'ouvrir la fenêtre de l'un des bureaux et de se laisser tomber dehors, mais abandonna vite l'idée. Il poussa la porte coupe-feu du couloir. Toutes les lumières de l'hôtel de police étaient allumées. Une terreur paralysante cherchait à l'envahir, mais il la repoussa de toutes ses forces. Pendant un instant, ses membres luttèrent entre eux pour savoir s'il fallait se figer ou partir en courant, et optèrent enfin pour la seconde solution.

Quelque part devant lui, il entendit parler, et vit sur sa droite une porte entrouverte. Il se glissa dans l'entrebâillement. C'étaient les toilettes des femmes. Il recula jusque dans une cabine et ferma derrière lui. Des pas approchaient dans le couloir. Un homme essoufflé parlait avec un autre, ils passèrent devant les toilettes et s'éloignèrent. Paloviita retourna à la porte et jeta un coup d'œil dehors. Il n'y avait qu'une seule voie possible. Celle par laquelle il était entré dans l'hôtel de police.

Il poussa la porte de la zone cellulaire, prêt à affronter le regard d'une paire d'yeux, mais constata à sa grande stupéfaction qu'il n'y avait personne dans le couloir. Il alla droit au poste de contrôle, vide lui aussi, de même que toute la zone. Il passa la tête dans le box et vit sur l'un des écrans que le chef de poste et le permanencier se trouvaient dans le hall d'entrée principal. Il jeta un coup d'œil aux images de la caméra filmant l'arrière-cour et le parking, déserts et plongés dans l'obscurité. Il allongea le bras et actionna l'interrupteur central pour couper le courant. Tous les écrans et les caméras s'éteignirent. Puis il se dirigea vers la sortie et plongea dans la sombre nuit de novembre.

Il prit le même chemin qu'à l'aller, traversant le parking, la voie ferrée et l'aire de jeux. Pas à pas, il ralentit l'allure et, quand il arriva enfin à la rue boueuse et luisante d'humidité du sixième arrondissement où il s'était garé, il s'arrêta et resta appuyé au mur en bois d'une maison. Un lampadaire projetait son ombre encapuchonnée sur le revêtement de planches, le faisant ressembler à un cavalier de l'Apocalypse. Il sentait le couteau, telle une bosse dure, contre sa poitrine. Il ouvrit la fermeture éclair de son sweat et le sortit de sa cachette. C'était un grand couteau de cuisine d'où la majeure partie du sang avait disparu, perdue dans la mousse de la forêt de Korpholma. Il savait qu'il y avait pourtant dessus suffisamment d'empreintes digitales et d'ADN pour prouver qu'Antti Mielonen était coupable du meurtre de Rami Nieminen.

Quelque part, de l'autre côté de la zone résidentielle, un moteur de voiture gronda. Paloviita remit le couteau sous son T-shirt et poursuivit son chemin. Au bout de la rue, il monta dans sa voiture, essuya de sa manche l'humidité accumulée à l'intérieur des vitres, posa le couteau sur le siège passager et tourna la clé de contact. Pendant un instant, il fut sûr que le Honda ne démarrerait pas. S'il y avait un Dieu ou une loi du karma ou une quelconque providence, ç'aurait été l'occasion de le frapper en pleine face.

Le moteur se mit à ronronner. La radio ne déversait que de la friture. Paloviita l'éteignit, roula jusqu'au croisement suivant, mit son clignotant. Son cœur battait à tout rompre et il cherchait régulièrement du regard le couteau posé à côté de lui dans son sachet. Il avait l'impression que la chaleur qui s'en dégageait allait le griller telle une barre d'uranium pur. Il traversa le centre de la ville, obscur et désert, et franchit les eaux noires et glacées du Kokemäenjoki par le pont de Rauma. Il laissa à sa droite Kirjurinluoto et son Delta Arena, et à sa gauche le fleuve. Il n'y avait personne nulle part. La lumière des lampadaires variait du blanc à des teintes jaunâtres et presque orangées. Il s'arrêta sur le pont de Hevosluoto, laissa tourner le moteur et ouvrit la portière. Sa respiration se condensa en nuages. L'eau, sous lui, se précipitait en grondant sous l'arche avant de se calmer là où le cours s'élargissait. Du côté de la ville, l'horizon flamboyait de rouge et de jaune, en direction de la mer, le fleuve était plongé dans les ténèbres. Il prit le couteau, le regarda un moment, déchira le plastique qui l'entourait et le jeta aussi loin qu'il put dans le courant. Il toucha l'eau quelque part dans le noir, près de la berge où Antti et lui s'étaient un jour battus avec la bande de Rami Nieminen, et coula dans les profondeurs. Les prélèvements prirent le même chemin.

Paloviita remonta dans sa voiture, que la ventilation avait eu le temps de réchauffer, et poursuivit sa route en direction des jardins ouvriers. Quand il arriva chez lui, il était quatre heures et quart. La maison dormait, comme s'il ne l'avait jamais quittée. Il se débarrassa de son sweat et de ses chaussures, retira son appareil auditif et se pelotonna sur le canapé du séjour. Il dormit jusqu'au matin d'un sommeil profond et sans rêves.

45

Quand, le lendemain matin, Henrik Oksman se précipita dans le bureau de Paloviita, celui-ci l'y attendait déjà. Il n'avait encore jamais vu le Bœuf aussi hors de lui. Son corps tremblait de fureur quand il s'avança vers lui.

« Le couteau a disparu, cracha-t-il.

– Quel couteau ?

– Ne joue pas les imbéciles ! »

Paloviita jeta un coup d'œil à la porte qu'Oksman avait laissée grande ouverte. « Calme-toi, mon vieux, et raconte-moi ce qui s'est passé.

– Premièrement, je ne suis pas ton vieux, et deuxièmement, tu sais très bien de quel couteau je veux parler.

– Celui que vous avez trouvé au chalet ? C'était de l'excellent travail. »

L'ombre d'un doute passa sur le visage d'Oksman, suffisant pour confirmer à Paloviita qu'il ne pouvait pas être absolument certain de l'identité du responsable.

« Il a disparu. Quelqu'un a volé l'arme du crime cette nuit, dans les locaux de la police scientifique. »

Paloviita se redressa sur sa chaise, jouant la surprise. « Non ! »

Le visage d'Oksman était agité de tics et tout son corps tremblait. « Et tu serais surpris, si je te soupçonnais de l'avoir prise ? »

Paloviita jeta un nouveau coup d'œil en direction de la porte et se demanda combien de leurs collègues se tenaient dans le couloir à écouter. « Réfléchis bien à ce que tu vas dire, répliqua-t-il. Je ne sais rien à propos de cette affaire, et je n'ai jamais vu ni touché aucun couteau. Si tu as l'intention de maintenir tes accusations, je suppose que tu as des preuves. »

Oksman lui jeta un regard noir et, pendant un instant, ils se mesurèrent des yeux. Paloviita mit fin à la joute en déclarant : « C'est ce que je pensais. Si tu n'as rien d'autre, je te demanderai de sortir. »

Oksman posa un papier sur son bureau. Pavoliita y jeta un coup d'œil et constata que c'était une vieille photo de classe : *École de Käppärä, 6e B, 1991.*

« Vous vous connaissez. Mielonen, Nieminen et toi. Vous étiez copains dans votre enfance, camarades de classe. »

Paloviita prit la photo. Il s'y trouva rapidement ainsi que les deux autres. « Où as-tu eu ça ?

– Chez Pentti Riiho, votre ancien instituteur. »

Paloviita hocha la tête d'un air bienveillant. Puis son expression se durcit. « Tu as apparemment élargi l'enquête de ta propre initiative, c'est bien, je suis impressionné. Mais que crois-tu que prouve une vieille photo de classe ? Absolument rien. C'est une petite ville, ici.

– Tu interfères dans l'enquête depuis le début. Tu protèges Antti Mielonen.

– Qu'est-ce que c'est que ce délire ? Tu as de la fièvre ? Le fait qu'on se soit trouvés dans la même classe il y a trente ans ne me disqualifie pas en tant que directeur d'enquête. Tu as toi-même reconnu que l'examen de la scène de crime avait été bâclé. Tout ce que j'ai fait, c'est d'essayer d'insuffler un peu de sérieux dans une enquête pleine de trous. »

Oksman posa sur le bureau la liasse de documents qu'il gardait sous le bras. « Le père d'Antti Mielonen est mort la veille de la Saint-Jean 1991 à Eura. J'ai réussi à mettre la main sur le rapport d'enquête. Ce n'était pas un accident. Mielonen a défoncé le crâne de son père avec une pierre et tenté de jeter le corps dans un lac. »

Paloviita jeta un coup d'œil aux papiers, mais sans y toucher. Son visage se statufia, ses yeux brillèrent tels deux cristaux de glace. Il regarda Oksman. « On ne te surnomme pas le Bœuf pour rien. J'ai toujours pensé que tu étais le meilleur policier que je connaisse.

– Ce n'est pas le moment de me passer de la pommade.

– Je suis juste sincère.

– Alors dis-moi où est ce couteau. Qu'est-ce que tu en as fait ?

– Arrête de radoter avec ce couteau, je n'ai rien à voir dans cette histoire. Même si la disparition de preuves est bien sûr un grave problème. Si on ne le trouve pas, disons, dans un délai de deux heures, on ouvrira une enquête interne.

– Tu y étais.

– Où ça ? Il vaudrait mieux que tu aies de quoi étayer tes affirmations, parce que tu commences à m'énerver.

– À Eura, la veille de la Saint-Jean 1991. C'est dans ce dossier. Tu étais présent quand Antti Mielonen a tué son père. »

Paloviita ne répondit rien.

« Qu'est-ce qui s'est passé ? Tapani Mielonen vous a agressés et Antti Mielonen s'est défendu, c'est ça ?

– Dis-le-moi, toi, tu as l'air de le savoir. Tout est dans tes papiers.

– Vous étiez mineurs. Quoi, douze, treize ans ? Vous avez tous les deux raconté une histoire étonnamment identique. »

Paloviita resta silencieux.

« Tapani Mielonen a menacé de s'en prendre à toi et Antti Mielonen s'est interposé ? C'est pour ça que tu l'aides, maintenant ? Parce que tu t'imagines avoir une dette envers lui ?

– Tu délires. »

Soudain la fureur d'Oksman sembla se calmer et son visage s'illumina comme s'il venait de comprendre quelque chose. Il regarda Paloviita avec une surprise presque admirative. « C'est toi… C'est toi qui as tué Tapani Mielonen. Et Antti… s'est accusé. Et maintenant, tu… »

Paloviita se leva. « Ça suffit ! Si on ne trouve pas le couteau d'ici midi, je considérerai que tu es responsable de sa disparition. Si tu ne veux pas avoir de sérieux problèmes, et je veux dire vraiment sérieux, mieux vaudrait arrêter de concocter des théories invraisemblables. Moi aussi, je peux en inventer, si on va par là.

– On verra ce qu'en pense le commissaire principal », déclara Oksman.

Paloviita sourit, et dans ses yeux flamboyait un regard si brutal qu'Oksman sursauta. « On verra, oui, on verra qui il croit. Et je veux dans la journée un rapport sur la disparition de cette arme du crime des locaux de la police scientifique. C'est une véritable honte. J'imagine que tu ne tiens pas à ce que la nouvelle se retrouve dans la presse.

– Va te faire foutre, Jari ! Tu vas le regretter », dit Oksman, et il sortit du bureau de Paloviita. Ce dernier attendit encore un instant avant de se laisser tomber sur sa chaise, les entrailles nouées.

46

Paloviita entra dans le cimetière par la porte ouest. De lourds nuages voguaient dans le ciel, où ils avaient commencé à s'amasser dès le matin. On avait annoncé pour le début de soirée des précipitations qui dureraient toute la nuit. Mais le présentateur météo de la télévision avait été incapable de dire s'il tomberait de l'eau, de la neige ou un mélange des deux.

Paloviita parcourait sans but les étroites allées entre les tombes, plongé dans ses pensées. Il arriva finalement à celle qu'il aurait trouvée les yeux fermés, même s'il y était venu pour la dernière fois l'hiver où Sara était née.

La tombe de Tiina était propre et bien entretenue. La bruyère plantée à l'automne était encore en fleurs et les branches de sapin qui l'entouraient étaient fraîches. Paloviita se demanda si sa mère continuait de venir tous les jours. Sans doute. La stèle en granit poli était surmontée d'un oiseau en pierre. À côté du nom, il y avait une croix en cuivre, patinée de vert. Paloviita resta longtemps immobile à fixer la tombe. Il se sentit soudain mal à l'aise, comme si quelqu'un le regardait, mais quand il se retourna, il ne vit personne. En dehors d'une femme âgée vêtue d'une doudoune rouge et d'un bonnet de laine bleu, qui passait un peu plus loin, le cimetière était désert. Il n'était que midi, mais il faisait déjà sombre.

Les troncs des arbres luisaient d'humidité, l'herbe était jaunie et, ici et là, des flaques reflétaient le ciel gris.

Paloviita sortit une bougie de sa poche, se tourna dos au vent et l'alluma. Il attendit pour fermer le couvercle que le feu ait bien pris à la mèche, puis il déposa avec soin la bougie au milieu des branches de sapin, se redressa et se découvrit la tête. Il fixa de nouveau la tombe et la flamme qui palpitait dans les rafales de vent.

« Tiina », dit-il, et il regarda encore une fois autour de lui. Il n'avait jamais auparavant parlé à une tombe et se sentait idiot. Comme il s'était senti idiot en babillant à des nouveau-nés qui ne comprenaient pas un mot de ce qu'il racontait. Mais peut-être les bébés l'avaient-ils malgré tout compris, et peut-être qu'en cet instant aussi, quelqu'un l'entendait.

« C'est moi, Jari, ton frère. Tu te souviens de moi ? »

Sa voix tremblait et il s'effraya de sa propre réaction. Tout semblait soudain sur le point de s'effondrer. Une bourrasque faillit éteindre la bougie.

« Rami Nieminen est mort, Antti l'a tué. Je ne sais pas si ça t'intéresse, mais peut-être aimerais-tu le savoir, je ne sais pas. »

Rien, pas même le sentiment que quelqu'un l'entendait. Des branches d'un arbre voisin, des gouttes glacées tombaient sur le sol. L'une d'elles lui atterrit sur le sommet du crâne et coula sur son front. Il remit son bonnet.

« Tu me manques. Depuis toujours, mais je n'ai jamais osé te le dire, parce que j'avais peur que tu m'en veuilles. »

La femme à la doudoune rouge, qui avait de longs cheveux châtains bouclés et des yeux verts, passa près de lui. Leurs regards se croisèrent un instant et Paloviita se rappela l'avoir déjà vue, mais sans savoir où. Elle aussi le reconnut, sourit et fit un signe de tête. Il le lui rendit. Quand elle se fut suffisamment éloignée, il poursuivit :

« Je te demande pardon. J'espère que tout va bien pour toi, là-bas, et que personne ne se moque de toi. On se reverra un jour, sœurette. »

La flamme vacilla, mais ne s'éteignit pas.

Paloviita regagna sa voiture. De nouvelles gouttes tombaient sur ses joues et ses vêtements. Cette fois, elles étaient chaudes.

47

Oksman traversa le hall à grands pas. Le chef de poste vint à sa rencontre à la porte de la zone cellulaire et tenta de l'arrêter.

« J'ai visionné les bandes de surveillance. La seule personne qu'on y voit, c'est toi. »

Oksman l'écarta de son chemin, ouvrit brusquement la porte et entra. Le chef de poste le suivit du regard, vexé. À la porte, Oksman se retourna et cracha : « Et c'est un fantôme qui a utilisé le badge universel ?

– Il n'y a pas de caméra dans ce couloir…

– Regarde de nouveau tous les enregistrements ! » hurla Oksman, et il poursuivit son chemin. Les agents occupés à rédiger des rapports dans la salle de situation tournèrent la tête vers le couloir.

« Qu'est-ce qu'il a, le Bœuf ? demanda une policière.

– Il paraît qu'il a égaré des preuves importantes, répondit son collègue.

– Tiens donc, commenta-t-elle avec un petit rire. Je croyais déjà que son petit ami l'avait largué. »

Oksman entra dans le poste de contrôle. Le permanencier, qui l'avait vu arriver sur ses écrans, s'était préparé à affronter sa colère.

« Je veux Antti Mielonen dans la salle d'interrogatoire numéro deux, tout de suite. »

Le permanencier lui adressa un long regard appuyé : « Ce n'est en tout cas pas lui qui a été prendre ce couteau.

– Ta gueule !

– Je plaisantais, ne le prends pas mal. On égare des armes du crime toutes les semaines ou presque. Il y a un interrogatoire en cours dans la deux, mais la trois est libre. »

Oksman attendit que le permanencier se lève, déplie son corps, s'étire et s'engage d'un pas traînant dans le couloir. Les cellules de détention provisoire se trouvaient tout au bout. Un peu plus grandes que celles de garde à vue, elles étaient pour la plupart munies d'un bat-flanc au lieu d'un simple matelas, ainsi que d'une véritable cuvette de W.-C., mais restaient, quels que soient les critères, des trous à rats.

Le permanencier ouvrit la porte et ordonna à Mielonen de le suivre. Celui-ci se leva de son bat-flanc et sortit dans le couloir.

« On lui met les bracelets ? demanda le permanencier à Oksman.

– Inutile. »

L'homme les accompagna dans la trois. Oksman prit la télécommande, alluma la caméra vidéo numérique et débita les renseignements préliminaires à l'interrogatoire.

« Asseyez-vous. »

Mielonen prit une chaise, croisa les mains sur la table et le regarda, dans l'expectative.

Oksman restait appuyé au mur de la salle d'interrogatoire. Il attendit que le regard de Mielonen croise le sien et dit :

« Ça y est, les événements du 9 novembre vous sont revenus à l'esprit ? »

Les gestes et les expressions de Mielonen étaient toujours aussi raides et mécaniques. Il secoua la tête et détourna les yeux. « J'ai essayé de me rappeler, mais c'est le trou noir.

– Nous avons de nouvelles preuves, nous avons trouvé le couteau hier soir dans la forêt. Vous l'aviez caché dans la mousse. »

Mielonen ne bougea pas un cil.

« Vous n'avez pas l'air surpris ? » dit Oksman, et il fixa l'homme qui grattait avec l'ongle du pouce une saleté collée à l'index de sa main gauche. Il alla à la caméra vidéo et la coupa. Le voyant rouge *REC* s'éteignit. Mielonen le regarda faire.

« Mais apparemment, vous saviez déjà tout du couteau. C'est Jari qui vous l'a dit ?

– C'est un interrogatoire ?

– De quoi est-ce que ça a l'air ?

– Difficile à dire. Vous avez éteint la caméra et vous êtes seul. »

Quelque chose changea dans l'attitude de Mielonen. Il se redressa et dans ses yeux inexpressifs s'alluma un regard intelligent. En voyant l'épave humaine qu'il avait interrogée le samedi précédent avec Linda se transformer devant lui en une tout autre personne, Oksman fut saisi d'épouvante. Il se rappela qu'il avait dès le premier interrogatoire senti chez Mielonen quelque chose de calculateur.

« Nous pouvons parler librement. Je ne prendrai pas de notes et cette conversation n'est pas enregistrée, dit-il.

– Vous me croyez vraiment assez stupide ?

– Assez stupide pour quoi ?

– Pour raconter quoi que ce soit à la police. Je ne le suis pas. D'ailleurs que faites-vous là ? Si vous aviez un couteau qui prouve ma culpabilité, pourquoi prendriez-vous la peine de venir me voir, magnéto et caméra éteints ? »

Oksman se mordit les lèvres. Il était conscient qu'il était temps de cesser de tourner autour du pot et de jouer cartes sur table. C'était la seule solution. Il était vain d'imaginer qu'il réussirait à berner Mielonen.

« Paloviita est venu vous voir. Je le sais. Je sais aussi que vous vous connaissez. Vous étiez amis quand vous étiez enfants. »

Mielonen resta totalement impassible.

« J'ai des preuves. Eura, 22 juin 1991. La nuit où votre père est mort. Vous y étiez tous les deux. Vous et Paloviita. Que s'est-il passé ?

– J'ai fracassé le crâne de ce salaud. Ce n'est pas un grand secret.

– C'est vraiment ce qui s'est passé ? La police n'a jamais trouvé la pierre avec laquelle on l'a frappé. Vous semblez avoir tendance à égarer les armes de vos crimes.

– J'ai entendu dire que c'était plutôt vous », dit Mielonen.

Le visage d'Oksman vira au rouge.

« Vous serez de toute façon condamné pour le meurtre de Rami Nieminen, couteau ou pas. Nous avons suffisamment de preuves contre vous. Le procès ne sera qu'une formalité. La seule question est de savoir s'il y a eu ou non préméditation.

– Ah oui ?

– Votre ami Paloviita ne peut rien pour vous. Vous allez être tous les deux mis en accusation. Vous, pour meurtre, et lui, pour complicité. Dites-moi ce qui s'est passé à Ahlainen. Je vous promets de faire tout mon possible pour que vous soyez traité avec équité. »

Mielonen resta silencieux, mais Oksman sentait qu'il l'évaluait en permanence tel un détecteur de mensonges. Pendant un instant, ils se soupesèrent comme deux boxeurs avant un combat.

« Regardez-vous. Regardez où vous en êtes depuis ce fameux été. La prison, l'alcool, la rue. Tout ce que vous possédez tient dans un sac de sport. »

Mielonen continuait de se taire.

« Et vous savez quoi, tout va pour le mieux pour votre ami Jari. Une maison flambant neuve à Viikinäinen, un vrai palais. Un crossover dans le garage, à côté de la Mercedes de sa femme. Deux enfants, une carrière de fonctionnaire. L'hiver, la famille s'envole pour deux semaines aux Canaries, au printemps, ils vont skier en Laponie. Pendant que vous moisissiez dans un foyer à Varkaus, harcelé par des garçons plus âgés, Paloviita avait droit, chez lui, à du chocolat chaud et à des caresses sur la tête. Ce n'est pas juste, et vous le savez.

« Et vous savez aussi autre chose ? poursuivit Oksman. Je crois, ou plus exactement je suis sûr, que ç'aurait dû être l'inverse. Vous n'avez pas tué votre père, n'est-ce pas ? C'était Jari. C'est lui qui a fendu le crâne de votre père. De Tapani. C'est pour ça qu'il fallait faire disparaître la pierre et jeter le corps dans le lac, pour effacer les preuves. Vous devriez avoir une famille et une voiture et de l'argent – mais au lieu de ça, on vous accuse du meurtre de votre vieux copain Rami Nieminen. Parfaitement, je sais que Jari et vous, vous connaissiez Nieminen dans votre enfance. Ça pourrait suffire pour qu'on vous condamne à perpétuité pour assassinat. Pensez à ce que vous avez déjà perdu, à ce que vous auriez pu avoir, et à ce que vous êtes encore prêt à perdre. »

Quelque chose passa sur le visage de Mielonen. De l'incertitude, ou peut-être autre chose. Oksman accentua la pression.

« C'est le moment de vérité. Dites-moi ce qui s'est passé à la Saint-Jean 1991 et libérez-vous du fardeau que vous portez depuis vingt-sept ans. Je vous promets qu'on en tiendra compte quand on examinera l'affaire. Vous ne devez rien à Jari ni à personne. Toute votre vie n'a été qu'une immense tragédie. Il est temps d'inverser la tendance. Ce qui passe par la vérité. »

Mielonen éclata de rire et regarda Oksman, dont la mine s'assombrit. « Vous ne devriez prêcher la vérité à personne. Vous n'êtes même pas capable d'être honnête envers vous-même.

– De quoi est-ce que vous parlez ?

– Du visage que vous revêtez chaque matin comme un habit en partant travailler. Ça, c'est un mensonge. On voit que vous ne savez rien de l'amitié. Sinon, vous ne diriez pas autant de conneries. En amitié, il n'est jamais question de justice ou de dettes. Vous le sauriez si vous aviez connu ne serait-ce qu'une fois quelqu'un en qui avoir une confiance aveugle. Je vous fais peut-être pitié, mais sachez que vous me faites encore plus pitié. »

Oksman faillit dire quelque chose, mais les mots se coincèrent dans sa gorge et il ne put que fixer Mielonen, en qui il n'y avait plus la moindre trace de l'alcoolo clochardisé que les policiers avaient extrait de la forêt.

« En ce qui concerne le meurtre de Nieminen, dit Mielonen en jetant un coup d'œil à la caméra pour vérifier qu'elle était bien éteinte, ça reste à voir. Il se pourrait que la mémoire me revienne brusquement. D'ailleurs, je crois me rappeler que j'ai essayé d'aider Nieminen, mon vieux copain de classe, qui avait été lâchement poignardé dans le dos. Tout était si confus.

J'ai eu peur qu'on s'en prenne aussi à moi et je me suis enfui dans la forêt pour me cacher. Heureusement, la police m'a trouvé avant les autres. »

Mielonen sourit. « En prison, les rumeurs vont vite. J'ai entendu dire que vous aviez égaré l'arme du crime. Aïe aïe aïe ! Triste histoire, et embarrassante, mais ça peut arriver à tout le monde. Je ne suis en tout cas pas du genre à faire la morale aux autres. J'espère juste que ça n'aura pas de conséquences trop fâcheuses. Ce serait dommage de perdre un policier aussi efficace. »

Oksman avait peur d'éclater. Tout son corps tremblait de fureur, il avait du mal à parler. Il rebrancha la caméra. Le voyant rouge s'alluma et, au même instant, l'éclat dans les yeux de Mielonen s'éteignit et il retomba dans l'inertie dont Oksman savait maintenant qu'elle n'était que du théâtre.

La voix tremblante, il annonça que l'interrogatoire était terminé, éteignit la caméra et quitta la pièce. Le permanencier ne fit aucun commentaire, mais ne put s'empêcher de sourire en voyant sa mine, si sombre qu'on aurait pu le croire sur le point d'exploser.

PARTIE XI

Les bûchers s'éteignent

48

Été 1991

Les flammes du bûcher s'éteignent peu à peu, son centre s'écroule sur les braises, des étincelles jaillissent tel un nuage de lucioles. Les hommes sortent du sauna, habillés de pied en cap, les cheveux mouillés, le visage rouge. Tous ont la mine joyeuse. Jukka et Tapani montent le sentier en titubant, se tenant par les épaules et chantant en chœur. Jukka remarque Antti et Jari et les soulève tour à tour par les aisselles. Son haleine sent l'alcool.

« Je peux encore vous soulever, mes gaillards, mais plus pour longtemps. »

Il se tourne vers Tapani et dit : « C'est un beau garçon que tu as là, un vrai taureau. À son âge, tu ressemblais encore à une asperge, mais Antti est déjà presque un homme. »

Tapani regarde Jukka et sourit, mais une étrange lueur passe dans ses yeux. Il allume une cigarette, chancelle jusqu'à la table et attrape son godet de cognac. « Je me demande bien de qui il a hérité ses épaules.

– À la Saint-Jean ! » dit Sami, et les hommes trinquent pour la énième fois de la soirée.

« À l'été ! »

Le bûcher n'est plus qu'un tas de braises rougeoyant que l'on distingue à peine à travers les bouleaux. Il est une heure du matin. Les garçons bâillent et regagnent le cabanon. Il est mal isolé et il y fait aussi frais que dehors. Antti allume le radiateur, sous la fenêtre. Ils tuent tous les moustiques qu'ils trouvent, se déshabillent et se glissent sous les couvertures. Les draps sentent le propre, mais le sommeil ne vient pas. Ils échangent quelques mots, sur des sujets anodins, jusqu'à ce qu'aucun d'eux n'ait plus la force de dire quoi que ce soit. De la terrasse parviennent de nouveau des chants, accompagnés des accords de guitare de Sami. La conversation est bruyante et confuse, entrecoupée d'éclats de rire.

Puis les voix s'épaississent, se mélangent, s'éloignent, et peu à peu Jari glisse dans le sommeil. Il rêve qu'il est dans le puits et brasse l'eau noire, nauséabonde. Il essaie d'attraper la racine aux allures de patte d'araignée velue, mais il a beau se démener, ses doigts ne font que l'effleurer. L'eau se fait à chaque instant plus lourde. Poisseuse comme de l'huile, puis comme du caramel. Une main lui saisit la cheville et le tire vers le fond. Il ne voit pas à qui elle appartient, mais il sait que c'est la petite main d'enfant potelée de Tiina. Sa tête s'enfonce, l'eau lui entre dans les yeux, les oreilles, le nez. Des cris résonnent quelque part, mais ils sont faibles et viennent de l'extérieur du rêve. Il coule dans les profondeurs, jusqu'à ce qu'il soit obligé de prendre une inspiration. L'eau s'engouffre dans sa gorge, froide et brûlante.

Et soudain il est réveillé et s'assied, son oreille lui fait mal. La pénombre règne. On entend crier dans le jardin, fort. Antti s'est levé et se tient à la fenêtre. Ils se regardent. Une femme hurle. Le son est atroce, effrayant, Jari en a la chair de poule. Du verre se brise. Antti enfile son pantalon, il l'imite. La femme hurle de nouveau, et une autre femme crie aussi maintenant.

Ils sortent. Les cris s'intensifient. Ils ne savent pas combien de temps ils ont dormi, mais le ciel a commencé à pâlir.

« Je vais vous tuer, fils de pute ! Un pas de plus et je vous répands la cervelle sur la pelouse ! » crie Tapani Mielonen. Les dernières traces de sommeil disparaissent des yeux des garçons. Ils montent en courant la colline, en direction de la terrasse où le père d'Antti tient sa mère par les cheveux. Il a dans l'autre main le fusil de chasse de Jukka, avec lequel il le vise, ainsi que Sami, tandis que leurs femmes sont accroupies, enlacées, dans un coin. L'une des deux grandes fenêtres à carreaux du chalet en rondins est en miettes. Il y a des éclats de verre partout.

« Tapani, pose cette arme avant qu'il n'y ait un accident », dit Jukka, et il fait un pas dans sa direction. Le père d'Antti tire plus fort sur les cheveux de sa femme, qui crie de douleur et de terreur. Jukka s'arrête net.

« Johanna, appelle la police », dit Sami à son épouse.

Tapani tourne le canon de l'arme vers ses belles-sœurs, qui se mettent à crier et se recroquevillent dans leur coin. « Personne ne va nulle part !

– Lâche cette arme ! » ordonne Jukka, et la gueule du fusil revient vers lui. Il recule de quelques pas.

« Avoue que tu la baises ! Avoue !

– Pose ce fusil, on va parler.

– Ta gueule ! Fermez-la ! C'est moi qui parle ! Pas la peine de faire semblant. Depuis quand est-ce que ça dure ? Depuis quand ! C'est toi qui viens chez moi quand je ne suis pas là ? » Il tourne le canon de l'arme vers Sami. « Ou toi ? Lequel des deux ? Vous avez intérêt à parler, ou je vous réduis en bouillie !

– Personne n'a rien fait ! Tu délires ! »

Antti et Jari s'arrêtent derrière des arbres d'où ils peuvent voir la terrasse, mais restent dans l'ombre.

« Je t'ai dit de la fermer ! Putain, quelqu'un va y passer, bordel ! Je vais tous vous tuer ! »

Jukka élève la voix et avance de deux pas. « Donne-moi ce fusil ! Ça suffit. Lâche Sirpa ! »

Le fusil se tourne et un coup part. La détonation claque comme un grondement de canon, renvoyée par les hautes berges rocheuses du lac. Les femmes hurlent. Sami se laisse tomber à genoux et lève les bras. La giclée de plombs touche Jukka à la jambe droite, la fauchant sous lui. Il s'écroule sur la table de la terrasse, qui se renverse. Bouteilles, verres et assiettes s'éparpillent.

Jukka se tord, hurle et gémit au milieu des débris de verre. Le plancher se teinte de rouge. Les garçons regardent, pétrifiés, le sang jaillir tel un torrent de montagne de sa jambe de pantalon déchirée.

Sa femme se précipite à ses côtés, pleure et crie. Tapani recule et descend les marches, traînant Sirpa par les cheveux. Le canon de son fusil est pointé sur les autres.

Tapani halète. « Putain, il n'avait qu'à pas baiser ma femme. Je sais ce qui se trame, je ne suis pas idiot. »

Il s'engage sur le sentier. Sirpa sanglote par saccades, un filet de morve coule de son nez sur sa lèvre supérieure. « Lâche-moi, tu me fais mal. »

Jukka perd connaissance, ses cris se taisent. Sami et les femmes se précipitent à son secours, le tournent sur le côté. Tapani traîne Sirpa vers le lac. Jari et Antti les suivent des yeux.

« On se tire d'ici ! Je ne veux voir personne nous suivre ! » crie Tapani, mais les mots s'accrochent à son palais desséché et sortent en bouillie. « Le premier que je vois, je le truffe de plombs !

– Viens », chuchote Antti, et il secoue Jari par l'épaule.

Ce dernier est totalement paralysé, saisi de terreur. Du même effroi pétrifiant que dans la maison abandonnée, quand Rami Nieminen lui a enfoncé dans la bouche le canon du pistolet de son père. Tapani descend la colline, tirant Sirpa par les cheveux.

Jari ne parvient pas à bouger les jambes, mais Antti le force à se mettre en mouvement. Ils coupent par la forêt jusqu'au bord de l'eau. Une odeur de fumée froide y plane encore. Ils entendent la voix de Tapani, devant eux, et s'orientent dans sa direction. Ils ont le souffle chaud et des crampes aux jambes, toutes leurs forces les ont quittés. La pinède luit dans la clarté nocturne, des branches craquent. Des chants d'oiseaux.

Le père et la mère d'Antti se dirigent vers le sapin déraciné, à la pointe de la langue de terre. Les garçons entendent les plaintes de Sirpa et la voix épaisse de Tapani :

« Je vais t'exploser la chatte, putain… bien fait pour ce fumier… oui… ta gueule, salope ! C'est mon tour de parler ! »

Quand ils arrivent au sapin, il la fait brutalement tomber à genoux dans la bruyère et lui redresse le buste en la tirant par les cheveux. Sans la lâcher, il lui pose le canon du fusil sur la nuque.

« C'est fini, maintenant », halète Tapani. Sa voix n'est plus agressive, au contraire. Elle s'est faite larmoyante et il y perce du désespoir. « Qu'est-ce que tu as été faire, putain ! C'est fini, maintenant. »

Sirpa essaie de dire quelque chose, mais ne parvient à émettre qu'un faible bruit de gorge, mélange de pleurs et d'effroi. Les garçons s'arrêtent. Ils sont à une vingtaine de mètres des parents d'Antti.

« Ils me jetteront en prison, mais je n'irai pas, bordel, je n'irai pas ! » Tapani geint, puis entreprend de réalimenter sa colère. Il appuie violemment le canon du fusil contre la nuque de Sirpa, qui pousse un cri. « Tu serais trop contente ! Tu pourrais tranquillement baiser qui tu veux à t'en faire éclater la chatte. »

Tapani baisse le menton sur la poitrine, ferme les paupières, les rouvre et lève les yeux. Il serre plus fort les cheveux de Sirpa, presse le canon contre sa nuque, l'éloigne, baisse la tête, la relève. Son corps tressaute, son visage frissonne.

Des cris résonnent du côté du chalet. Tapani reste un moment à les écouter, mais comme ils ne se rapprochent pas, il tourne à nouveau les yeux vers Sirpa. Son visage a cessé de frissonner, il a l'air pétrifié, le regard vide. « Ça suffit », murmure-t-il. Le fusil se lève. « Je n'en peux plus… de parler. »

Antti se rue en avant, les branches craquent. Tapani tourne son arme vers le bruit et tire. Les plombs arrachent l'écorce des arbres et pleuvent dans la bruyère. Sirpa crie et cache son visage dans ses mains. Antti se jette de tout son poids contre son père qui perd l'équilibre, chancelle, mais réussit à rester debout. Et alors que son fils tente de s'emparer du fusil, il lui balance un coup de crosse qui l'atteint au menton. Antti tombe à genoux, puis à plat ventre dans la bruyère. Tapani titube de quelques pas en arrière avant de retrouver son équilibre.

La mère d'Antti rampe jusqu'à son fils et le prend dans ses bras. Il est conscient, mais il a le regard vitreux. Tapani s'approche de nouveau, recharge l'arme et les vise. De nouveaux cris s'élèvent sur la colline. Quelqu'un appelle au secours à pleins poumons. Antti se redresse sur les genoux, à côté de sa mère.

Jari, qui s'est jeté au sol quand la détonation a claqué, lève la tête et voit Tapani se camper devant sa femme et son fils, jambes écartées, le canon de son arme pointé sur eux.

Encore des cris du côté du chalet. Jari aimerait que les voix se rapprochent, mais personne ne vient. Il est seul.

« Je ne sais pas qui est ton père, mais ce n'est pas moi. J'ai élevé un sale bâtard dans ma propre maison. Mais c'est fini. Fini. Plus jamais ça. »

Tapani colle la gueule du fusil tout contre le visage d'Antti. Sa joue et son œil sont agités de tics. Et soudain il écarte l'arme et se fourre le canon dans la bouche. Ses dents claquent sur le métal froid, la morve et les larmes coulent, ses yeux se ferment. Il reste ainsi quelques secondes, Jari s'attend à tout instant à ce qu'il presse la détente, mais il ne se passe rien. Le père d'Antti halète lourdement, penche la tête d'avant en arrière, retire le canon de sa bouche et vise de nouveau sa femme et son fils.

« Je… ne… en fait c'est… » L'arme se lève en position de tir, la crosse se rapproche de son épaule, son doigt se glisse dans le pontet. « On va tous partir, alors, puisque plus rien… »

Jari se lève. Il ne s'en rend même pas compte. Tout se passe comme s'il était guidé par une force extérieure. Un surprenant courage l'habite soudain. Il ramasse une pierre grosse comme le poing.

Tapani pleure maintenant à chaudes larmes, la morve et la salive coulent de son nez et de sa bouche. Puis les pleurs cessent brusquement, comme si quelqu'un fermait un robinet, son visage se pétrifie et il s'y allume une détermination nouvelle. Jari court. Il file à travers la forêt comme si ses pieds ne touchaient pas terre. Tout se passe au ralenti. Il plonge à travers un nuage d'insectes et distingue chacun d'entre eux d'un seul coup d'œil. Un merle vole juste au-dessus de lui et un autre oiseau, plus petit, s'envole d'une branche. Il voit le père d'Antti rectifier sa position, son doigt qui presse la détente.

Il est maintenant sur le sentier, derrière lui. Tapani l'entend arriver, la crosse tombe de son épaule. Il tourne la tête et la gueule du fusil, mais trop tard. Jari bondit, lève la pierre et, d'un même mouvement, la positionne arête en avant. Elle frappe Tapani droit à la tempe. Jari sent quelque chose se briser. Comme quand on perce avec une cuillère l'opercule en métal d'un pot de yaourt.

Tapani laisse échapper le fusil, qui tombe sur le sol. Lui reste debout, fait un pas, se rattrape par un autre. Il tourne la tête, mais lentement. Son œil droit est rouge vif. Sa bouche s'ouvre, il tente de former des mots, mais ils meurent sur ses lèvres. Il chancelle jusqu'à un rocher, tourne à nouveau la tête, cette fois vraiment très lentement, comme si ses vertèbres cervicales étaient rouillées. Sa main se lève, cherche le rocher, ses doigts le touchent, glissent, essaient une dernière fois de s'y agripper. Son corps penche, son pied cherche encore un appui, mais ses muscles n'obéissent plus aux ordres de son cerveau. Sa jambe cède sous lui comme du caoutchouc et il glisse sur le sol, telle de la pâte molle, sur le flanc puis sur le dos. Ses yeux ouverts fixent le ciel qui pâlit, du coin de son œil coule une larme de sang.

Jari observe la scène, tétanisé. Alors que tout n'a pris que quelques secondes, ça lui a semblé une éternité. La pierre tombe de sa main et roule dans la mousse.

Le hurlement de Sirpa déchire la nuit. C'est le seul son qui lui paraisse réel dans le rêve fiévreux au milieu duquel il a l'impression de flotter, et il remet le temps en mouvement. Si tout à l'heure il s'écoulait au ralenti, maintenant il galope, file à toute allure. Antti prend sa mère dans ses bras. Ils se serrent l'un contre l'autre et pleurent.

On entend de nouveau des cris du côté du chalet. Cette fois ils approchent.

Antti se lève et ramasse le fusil. Il le regarde longuement, s'approche du corps de son père et lui pique le flanc avec le canon de l'arme. Il tressaute, ses yeux vitreux fixent le ciel. Antti saisit le fusil par la courroie et le jette aussi loin dans le lac qu'il en est capable. L'arme tournoie dans les airs sur une vingtaine de mètres, touche l'eau et coule.

Antti retourne auprès de sa mère, s'accroupit à côté d'elle et dit : « Il ne te fera plus de mal. Tu es libre. »

Elle ne dit rien, des larmes coulent sur son visage. Antti pose sa joue contre la sienne.

« Je l'ai tué, dit Jari. Je ne voulais pas… mais il s'est tourné… »

Antti se lève, essuie son visage dans sa manche et regarde Jari. Il a cessé de pleurer et l'expression de son visage est une nouvelle fois indéchiffrable. « Avec quoi est-ce que tu l'as frappé ? »

Jari ne comprend d'abord pas ce qu'il veut dire et le fixe d'un air abasourdi.

« Avec quoi est-ce que tu l'as frappé ? » répète Antti, et comme Jari ne répond toujours pas, il s'approche et ramasse lui-même la pierre. Il l'examine et la balance elle aussi dans le lac. Sirpa s'est de nouveau effondrée et n'est capable que de pleurer.

« Viens ! » ordonne Antti, et il s'arrête pour écouter. En dehors des chants d'oiseaux, on n'entend que les faibles sanglots de sa mère. « Prends-le par les pieds. »

Jari est toujours comme paralysé.

« Prends-le par les pieds ! » répète Antti, et il entreprend de traîner le corps par les aisselles. Jari réagit.

« Qu'est-ce que tu fais ?

– On va le mettre là-dedans. » Antti désigne du menton la barque amarrée au sapin.

« Pourquoi ?

– La ferme ! grogne Antti. Tire. »

Les garçons s'attellent à la tâche, avec l'impression de traîner un tapis mouillé. Le corps inerte pèse lourd et ils ont du mal à le saisir solidement. Leurs mains glissent. Ils trouvent cependant quelque part la force de le tirer jusqu'à la barque et de le hisser par-dessus bord. Il bascule comme un sac de ciment.

Jari s'assied à la poupe. Antti pousse la barque à l'eau, s'installe sur le banc de nage et saisit les avirons. Le corps gît à la proue, sur le ventre. L'un de ses bras est replié dans son dos dans une position anormale, le talon nu de son pied gauche à moitié déchaussé brille dans le clair-obscur.

Antti rame, son visage est dans l'ombre, ses yeux brillent bizarrement. Les garçons ne parlent pas, il n'y a rien à dire. Les tolets grincent, les pelles des avirons font tourbillonner l'eau, la forêt se dresse derrière eux, muette. La nuit s'incline devant l'aube, il fera bientôt jour, mais pas tout de suite. Leurs pensées tentent de se raccrocher à des fils ténus, mais ceux-ci fuient le contact et à leur place ne s'ouvrent que des gouffres béants. Quelque part, un poisson saute, une mouette crie.

Antti laisse la barque glisser sur son erre, saisit son père par les aisselles, le hisse sur le bord et le fait basculer par-dessus. La barque penche, le corps plonge. La barque se redresse. Le père d'Antti flotte sur le ventre, l'arrière du crâne et les épaules à la surface, les bras mollement sur les côtés. Quelque part, très loin, on distingue des sirènes d'ambulance. La barque s'éloigne du corps qui commence à sombrer lentement et enfin disparaît sous l'eau.

Antti sort une cigarette de sa poche et l'allume. Il en offre aussi une à Jari, mais celui-ci secoue la tête. Puis ils laissent juste la barque flotter sur l'eau et écoutent la nuit. Les oiseaux chantent à tue-tête, le soleil monte peu à peu derrière la forêt. La lumière augmente rapidement et les roseaux de la rive opposée se teintent d'or. Nous sommes le 22 juin 1991, le matin du dernier jour de leur enfance se lève.

PARTIE XII

Le X symbolise l'amitié éternelle

49

Automne 2018

À une heure et quart, le commissaire principal Tapio Vesalainen entra dans le bureau de Paloviita. Celui-ci l'attendait depuis le matin et ne fut pas surpris de le voir. Vesalainen était muni d'une poignée de documents, et arborait une mine sévère.

Paloviita se leva dans l'intention de lui serrer la main, mais sans esquisser le moindre geste pour le saluer, Vesalainen se contenta de refermer la porte derrière lui et de s'asseoir sur la chaise des visiteurs. Paloviita se rassit à sa place. Son cœur battait à tout rompre, mais il s'efforça de ne rien en laisser paraître et de prendre un air serein.

« Henrik Oksman est venu me soir ce matin, commença Vesalainen. Tu as une idée de ce qui l'amenait ?

– Le meurtre de Rami Nieminen », répondit Paloviita, et il regarda son supérieur, qui l'examinait d'un œil attentif. Il savait que ce dernier avait l'habitude des interrogatoires et était capable de distinguer sans mal les mensonges de la vérité. Et en cet instant, il avait l'impression que son regard perçait son cerveau.

Vesalainen posa devant lui la photo de classe qu'Oksman lui avait déjà montrée. « D'après Henrik, tu es assis en bas à droite sur cette photo, et debout au dernier rang, il y a Rami Nieminen et Antti Mielonen, qui est soupçonné de l'avoir tué. C'est exact ? »

Paloviita jeta un coup d'œil à la photo. « Oui.

– Pourquoi est-ce que tu ne l'as pas dit dès le début de l'enquête ?

– Quoi ? Que nous étions dans la même classe il y a près de trente ans ? Ça ne m'a pas semblé utile. Ça n'a aucun rapport avec cette affaire.

– Ah non ?

– Non, absolument aucun.

– Henrik affirme que tu interfères dans l'enquête depuis le début et que tu l'as orientée dans la mauvaise direction. »

Paloviita secoua la tête. « C'est son point de vue. J'ai agi dans cette affaire exactement comme il se doit. L'examen de la scène de crime a été mal mené dès le départ, et il y avait aussi dans cette affaire des incohérences qu'il me paraissait nécessaire d'éclaircir. »

Vesalainen posa d'autres papiers sur le bureau, tout en observant les réactions de Paloviita. Ce dernier s'efforçait de rester aussi calme que possible, les veines de son cou palpitaient comme les tuyaux d'une pompe aspirante. « Henrik est allé chercher ces documents aux archives départementales. D'après eux, tu étais présent quand le père d'Antti Mielonen a été tué, le 22 juin 1991 à Eura, au lac Ahmasjärvi. Il a avoué le meurtre, motivé selon lui par ses actes de violence envers sa mère et lui-même, et ce depuis des années. Il a ensuite été retiré à sa famille, et le reste de son histoire est inscrit dans son casier judiciaire. »

Paloviita hocha la tête. « Ça aussi, c'est exact. »

Vesalainen le fixa droit dans les yeux. Son visage était fermé et son regard glacé. « Et tu ne penses pas que tu aurais dû mentionner ces faits dès le début de l'enquête ? À moins que tu ne prétendes qu'eux non plus n'ont aucun rapport avec cette nouvelle affaire de meurtre ?

– A posteriori, je me dis que j'aurais sûrement dû le mentionner. Mais je n'en voyais pas la nécessité.

– Tu n'en voyais pas la nécessité ?

– Je ne pensais pas que cette vieille histoire puisse mettre mon impartialité en cause. J'ai exercé mon rôle de directeur d'enquête dans une optique exclusivement professionnelle. Tout ça s'est passé il y a très longtemps, et je n'ai eu aucune nouvelle de Mielonen depuis. J'ai au demeurant tout fait pour oublier cet épisode. La Saint-Jean 1991 a été tragique, mais ça n'a rien à voir avec l'affaire de meurtre qui nous occupe actuellement.

– Tu ne trouves pas bizarre que Mielonen ait tué un de vos camarades de classe communs ?

– Si, bien sûr, j'ai d'abord trouvé ça bizarre, mais en fin de compte, c'est une simple coïncidence. Dans une ville de cette taille, tout le monde se connaît, tu le sais aussi bien que moi. Tu as très certainement croisé au cours de ta carrière des visages surgis du passé. Rami Nieminen et Antti Mielonen étaient tous les deux des criminels et des alcooliques. Le fait qu'ils se rencontrent de cette manière dramatique n'a rien de surprenant. D'ailleurs je ne suis toujours pas convaincu que Mielonen ait tué Nieminen. On ne m'en a en tout cas pas présenté de preuve irréfutable.

– Henrik n'est absolument pas de cet avis.

– Je sais ce qu'il pense. Il prend cette affaire très à cœur, et il se peut qu'il ait raison. Je n'ai jamais prétendu que Mielonen n'était pas coupable. Mais le fait est que nous n'avons pas de preuves tangibles. Et je t'assure que je considère les choses d'un point de vue purement professionnel. »

Le regard de Vesalainen se durcit encore lorsqu'il posa la question dont Paloviita savait qu'elle viendrait : « L'arme du crime, qui a été trouvée hier après de longues recherches, a disparu pendant la nuit. On a fouillé partout, mais elle semble s'être volatilisée.

– Je sais. C'est une négligence incompréhensible de la part de mon équipe.

– Henrik a prétendu, ou plus exactement clamé haut et fort, que c'était toi qui l'avais prise et fait disparaître. »

Paloviita eut un rire méprisant. « C'est une affirmation parfaitement ridicule, et franchement révoltante. Je ne sais pas d'où il tire ça. Il échafaude des théories sorties de nulle part. »

Vesalainen fixa encore un moment Paloviita dans les yeux, et ce dernier fit tout ce qui était en son pouvoir pour rester de marbre. Il avait des crampes d'estomac et était au bord de la nausée, mais réussit à soutenir sans faiblir le regard de son supérieur.

Les rides du front de Vesalainen se lissèrent. « C'est bien sûr très embarrassant. Je ne me souviens que d'une fois où des preuves ont disparu, et il ne s'agissait que de faux chèques, pas de l'arme d'un crime ou de quoi que ce soit d'approchant. Je ne voudrais surtout pas que ça se retrouve dans la presse.

– Je comprends. Je suis d'accord, dit Paloviita.

– Deuxième chose : tu aurais dû mentionner le fait que tu partageais un passé commun, aussi lointain soit-il, avec la victime et le suspect. Ça nous aurait évité bien des tracas.

– Je m'en rends compte, maintenant.

– Que crois-tu qu'il soit arrivé au couteau ? »

Paloviita fit semblant d'y réfléchir. « Je ne vois qu'une possibilité, on a dû le ranger par inadvertance au mauvais endroit, et quelqu'un a malencontreusement fait le ménage. Il s'agit vraisemblablement d'une erreur humaine.

– Tu ne crois donc pas qu'il ait été volé ? »

Paloviita secoua la tête. « Pourquoi qui que ce soit aurait-il fait ça ? »

Vesalainen lui montra le rapport de contrôle d'accès. « Quelqu'un est entré à trois heures cinq du matin dans les locaux de la police scientifique en utilisant le badge universel, et en est ressorti treize minutes plus tard. Oksman est convaincu que c'était toi. »

Paloviita secoua la tête, se pencha sur le rapport puis se cala de nouveau dans son siège. « D'après ce rapport, Henrik Oksman y était au même moment. Par pur hasard ?

– J'avais remarqué, dit Vesalainen. Que crois-tu que ça signifie ? »

Paloviita fit la moue. « Je préfère ne pas avancer tout haut des hypothèses hasardeuses. »

Vesalainen hocha la tête d'un air approbateur. « Henrik ne partage pas cette position.

– Que disent les caméras de surveillance, on a bien visionné les enregistrements ? Est-ce qu'on y voit qui que ce soit d'autre que lui ?

– J'ai déjà posé la question au poste de contrôle, en fait, Henrik a récupéré dès ce matin tous les enregistrements. On n'y voit effectivement que lui, en plus des effectifs de permanence, et il est arrivé à l'hôtel de police un peu avant trois heures. »

Vesalainen marqua une pause et poursuivit : « Ce que je vais dire doit rester confidentiel. »

Paloviita acquiesça.

« À franchement parler, je m'inquiète pour Henrik. Son comportement ne m'a pas paru normal. Il est maniaque, mais maintenant, en plus, surexcité. Je l'ai parfois observé quand il vérifie son équipement avant de sortir. Il examine avec un soin névrotique ses boutons, ses poches, son col, s'entraîne comme un malade dans la salle de sport, se lave les mains à n'en plus finir et mange systématiquement avec des couverts jetables – je ne sais pas quoi en penser. Il t'a accusé de mentir et soupçonné de protéger un suspect. Il a déterré cette vieille histoire, à Ahmasjärvi. Est-ce que tu crois… est-ce qu'il te paraît imaginable qu'il ait pris le couteau et qu'ensuite, il t'en accuse ? »

Paloviita regarda Vesalainen, faisant mine d'évaluer la vraisemblance de l'hypothèse, puis secoua la tête. « Non… Henrik a toujours été spécial, mais je ne peux pas croire qu'il fasse quoi que ce soit de ce genre. Je pense qu'il est juste surmené et qu'il a besoin de vacances. »

Vesalainen hocha la tête. « C'est aussi mon avis. Tu es un bon policier, et un bon chef. Tu défends les tiens, même si ton propre chien te mord la main.

– Merci. Que fait-on pour l'enquête ? »

Vesalainen grimaça et se massa la nuque. « À vrai dire, je n'en sais rien. Cette histoire de couteau est très embarrassante. Je pense que tu as raison. Tant qu'on ne l'a pas, on manque d'éléments pour garder Mielonen en détention. Et d'après ce que j'ai lu du dossier, j'ai l'impression que personne, dans ce chalet, n'est certain de ce qui s'est vraiment passé. Mielonen ne se rappelle rien, ou ne veut pas se rappeler. Le plus raisonnable serait de le relâcher, en tout cas jusqu'à ce que l'enquête soit bouclée. On verra ensuite si on le remet sous les verrous.

– Et Henrik ?

– Je vais m'en occuper. Il est important de ne pas faire plus de bruit autour de cette affaire. Je vais lui suggérer des petites vacances.

– Et s'il n'est pas d'accord ?

– Je lui dirai que nous ouvrons une enquête sur la disparition du couteau, et qu'il est suspect. Je crois qu'il comprendra où est son intérêt, qu'il choisira de prendre un congé et se taira. »

Paloviita hocha la tête. Vesalainen se leva, alla à la porte et se retourna. « Je t'aime bien, Jari, tu le sais, mais tu comprendras sûrement que tout ceci ne peut pas rester sans conséquences quand on choisira le successeur de Heinonen. Tu aurais dû mentionner que tu connaissais Mielonen et Nieminen. Maintenant, ça ressemble à une dissimulation volontaire. Je ne voudrais pas avoir à m'expliquer là-dessus après ta nomination. »

Paloviita sentit des doigts glacés lui retourner les entrailles. « Je comprends. »

Voyant sa déception, Vesalainen ajouta : « Ne perds pas espoir. Ce genre de chose s'oublie avec le temps. D'autres postes de commissaire seront vacants plus tard. Salue Terhi de ma part.

– Bien sûr. »

À peine Vesalainen était-il parti que Paloviita s'effondra sur son bureau comme un rouleau de corde. Il était à bout de forces. Ses nerfs étaient en lambeaux.

50

Paloviita ne rentra chez lui qu'à six heures du soir. Il faisait nuit noire et il tombait une petite pluie fine que les essuie-glaces de son Honda CR-V balayaient à intervalles réguliers. La maison était plongée dans l'obscurité, la voiture de Terhi n'était pas là. Il monta les marches du perron, indifférent à la bruine, et ouvrit la porte.

Il n'y avait de lumière nulle part. Les combinaisons des enfants avaient disparu, de même que leurs chaussures et celles de Terhi, ainsi que son manteau. Paloviita se déchaussa, alluma dans l'entrée et dans le séjour. Il alla dans la cuisine, constata qu'aucun repas n'avait été préparé et qu'il n'y avait nulle part de mot ou autre message à son intention. Il monta à l'étage. Le lit double était fait. Il entrouvrit la penderie de Terhi et constata que la majeure partie de ses vêtements avaient disparu. De même que leur grande valise, dans le dressing.

Paloviita redescendit au rez-de-chaussée et jeta un coup d'œil dans les chambres des filles. Elles aussi étaient à moitié vides. Il alla dans le séjour et s'assit sur le canapé. Le silence de la maison était aussi assourdissant que le grondement d'un jumbo-jet. Il ôta son appareil auditif, le posa sur la table basse, s'allongea sur le dos et fixa la brillante lumière des spots halogènes encastrés dans le plafond lambrissé. L'un d'eux clignotait.

51

Henrik Oksman prit une longue douche, se lava avec soin, avala après l'avoir réchauffée au micro-ondes une portion sous vide de boulettes de viande et de purée et jeta à la poubelle les couverts à usage unique qu'il avait utilisés. Puis il resta juste assis à fixer l'écran noir de son petit téléviseur cathodique.

Dehors, il pleuvait, et la vitre du balcon était mouillée. Les gouttes d'eau y dessinaient d'étranges motifs, tels la carte ou le réseau routier d'un lieu inconnu. Ou un visage. Soudain Oksman se leva et s'habilla pour sortir. Il prit sa voiture et s'éloigna de la ville. Il vit dès le dernier tournant de la route que son père était à la maison. Sa voiture était dans la cour. Il gara la sienne à côté et en descendit. Riki aboyait dans sa cage, faisant vibrer le grillage. La lumière extérieure, au bout du hangar, s'alluma, et Oksman vit son père jeter un coup d'œil par la fente des rideaux. Il se dirigea vers le perron de la porte principale.

Épilogue

Paloviita se gara sur le bas-côté élargi d'un virage et descendit de voiture. Le vent s'empara du dos de son manteau, la pluie lui frappa le visage d'aiguilles glacées. Il regarda le paysage. Avant, on ne pouvait venir là qu'à pied. Par un sentier longeant la forêt, après avoir franchi la petite rivière par une passerelle en bois. Cette dernière avait été démolie et remplacée par une route en acier et en béton. Les arbres avaient été coupés et la colline et les champs couverts de maisons individuelles dont les toits tachetaient le paysage à perte de vue. Seule l'extrémité de la forêt, à l'est, était encore debout.

Paloviita sortit une bêche Fiskars de son coffre, le referma d'un claquement sec et jeta un coup d'œil autour de lui. Personne à l'horizon. Ni voitures ni passants. Tant mieux. Un homme s'enfonçant dans la forêt avec une pelle risquait d'attirer l'attention, et il n'en avait pas besoin. La végétation avait envahi l'endroit où un sentier conduisait jadis vers la lisière des bois. Les broussailles de saule étaient si épaisses qu'elles n'incitaient pas à se frayer un chemin au travers. Paloviita savait que l'on pouvait facilement atteindre la forêt en faisant le tour par le sommet de la colline, mais il ne voulait pas être vu et décida de longer le fossé bordant les champs. Les fourrés semblaient ne pas avoir de fin, la pluie mouillait ses vêtements, les branches lui égratignaient le visage.

Quand soudain il atteignit les bois, un sentiment bizarre l'envahit. L'endroit où il se tenait était si familier, si inchangé, qu'il eut l'impression d'être revenu en arrière dans le temps. L'épais mur naturel des broussailles de saule avait séparé le présent du passé. Il se trouvait, vingt-sept ans plus tôt, dans cette même forêt. La sensation était si étrange qu'il en eut le souffle coupé. Les pins s'élevaient vers le ciel telles des lances de géant, au-dessus de leur cime couraient des nuages gris pommelés, la pluie que les branches laissaient passer tambourinait sur le sol. La forêt embaumait.

Paloviita trouva entre les broussailles le sentier qu'il connaissait autrefois aussi bien que les veines du dos de ses mains, et s'y engagea. Un oiseau solitaire, dont il n'identifia pas l'espèce, le précéda un moment, se posa sur une branche, grimpa le long du tronc et s'envola sur son passage.

Il s'arrêta sur la crête de la colline. Les lumières des maisons brillaient faiblement entre les troncs, mais l'endroit où il se tenait n'avait pas changé. Il éprouva soudain une curieuse impression. Comme si quelqu'un l'avait regardé à travers une mince paroi de verre. Il n'était pas seul. La forêt autour de lui était silencieuse, mais il y avait quelqu'un, tout près, qui l'observait. Il y eut un murmure, comme si quelque chose le traversait à la vitesse de l'éclair ; la vitre se fit translucide et, pendant un bref instant, il put voir de l'autre côté. L'instant était ténu et fragile comme une toile d'araignée ou un chuchotement porté par le vent, mais il était réel. Comme la flamme de l'allumette craquée par la petite fille du conte et les merveilles qu'elle lui révélait. Ce n'était pas son imagination. Il voyait un jeune garçon assis à son pupitre, un stylo à bille à la main, et, surgie de nulle part, une pensée lui vint :

Il écrit avec un stylo de qualité d'archive, à l'encre indélébile, parce qu'il a l'intention de voyager dans le temps.

L'étrangeté de l'idée le fit rire, mais d'un rire creux et forcé. Et une autre pensée lui traversa l'esprit, telle une météorite parcourant l'espace de toute éternité. Un souvenir enfoui sous les strates d'humus du temps, mais qui sortait soudain de terre.

C'est un murmure, songea-t-il, sans savoir d'où ce mot jaillissait brusquement. Il le prononça tout haut, parce qu'il savait qu'il le fallait pour que le garçon l'entende.

C'est un murmure cosmique, lui répondit une voix. Celle du garçon. Du garçon assis à son pupitre dans un autre temps et dans un autre lieu, qui se préparait à voyager dans le temps au moyen d'un stylo et d'une feuille de papier. Paloviita se sourit à lui-même à travers le temps. Ils voyageaient tous les deux, l'air se déplaçait et les nuages couraient, et ils filaient avec eux à une vitesse insensée.

Puis tout cessa soudain. Il était dans la forêt. Un filet d'eau pénétra sous sa chemise et lui coula dans le dos. Il releva son col et poursuivit son chemin. Le rocher était à sa place au sommet de la colline. Une maison, dont les baies vitrées donnaient sur les champs, se dressait à côté. Ses habitants étaient là, il y avait de la lumière, et l'ombre d'une femme passa devant une fenêtre.

Des enfants avaient construit une cabane de branchages adossée au rocher. Paloviita sourit. Il s'approcha du rocher et chercha le signe qu'Antti y avait gravé, mais la gomme du temps l'avait effacé. Il jeta un coup d'œil autour de lui, tentant de se rappeler à quel endroit la capsule était enterrée. Il se revoyait, assis sur le rocher qui semblait beaucoup plus gros. C'est alors qu'il le remarqua : quelqu'un était venu, la terre au pied du rocher avait été remuée. Quand il y planta sa bêche, elle pénétra facilement dans la tourbe fraîchement retournée. Son cœur se mit à battre plus fort. Il rejeta sur le bord du trou la terre mêlée de sable et de débris morainiques.

Quelqu'un avait creusé ici tout récemment. Quelqu'un, un enfant, avait-il trouvé la capsule ? Mais au fond de lui il savait qu'il ne pouvait s'agir que d'une seule personne. La bêche heurta quelque chose. Il ôta encore avec précaution un peu de terre et un bout de plastique orange apparut. Ses poils se hérissèrent. Instinctivement, il regarda autour de lui. La pluie avait faibli et, au loin, la couverture nuageuse se déchirait, tandis que la lumière avait pris une couleur d'acier. Avec la nuit étoilée viendraient l'hiver et le gel.

Il s'agenouilla et creusa à mains nues pour dégager entièrement la capsule. Puis il glissa les doigts dessous et la souleva. Elle sortit de sa gangue de terre comme une dent pourrie d'une gencive. Il essuya le plus gros du sable qui la couvrait et l'examina. Elle était restée en étonnamment bon état.

Nouveau coup d'œil à la ronde. Pas un bruit. Il essaya d'ouvrir le couvercle. Il était vissé à fond et il dut s'y prendre à deux mains pour y parvenir. Les poils de sa nuque se dressèrent. Il s'essuya les mains sur son manteau et regarda à l'intérieur de la capsule. Elle sentait le renfermé et le plastique, mais le contenu était resté au sec. Au fond brillaient deux pièces de monnaie, à côté de deux enveloppes. Il fit glisser les pièces dans le creux de sa main. L'une était un mark en cupronickel qu'il connaissait, bien sûr, mais qui semblait en même temps aussi étrange que s'il était tombé du ciel. Il le retourna et regarda l'année : 1991. L'autre pièce avait un air beaucoup plus familier. C'était un euro daté de 2018. Il le regarda longuement, laissa retomber les deux pièces dans le cylindre et en sortit les lettres. Il reconnut la sienne à son enveloppe bleu clair bordée d'un liseré rouge et blanc.

Il s'abrita sous le toit de branchages construit par les enfants, alluma la torche de son portable et sortit la lettre de l'enveloppe. Il sourit à ses pattes de mouche d'enfant de douze ans et lut les mots qu'il avait écrits plus de vingt-sept ans auparavant à son meilleur ami d'alors. Un ami comme il n'en aurait jamais de meilleur.

À Pori, le 6 mai de l'an de grâce 1991

Il ne put retenir un petit rire cynique. Pour Antti et lui, 1991 avait été tout le contraire d'un an de grâce. Il se rappela avoir parfois pensé qu'il aurait été amusant de connaître l'avenir, mais l'ignorer était une bénédiction, car savoir ce qui vous attendait pouvait être totalement destructeur.

Du moins dans son cas.

Putain, ce que t'es vieux ! On dirait un vieil âne gris… je plaisante. Tu as l'air en forme. C'est un vrai costume en soie ? Ah non ? Ha, ha ! le prêt-à-porter au prix du luxe, ou c'est quoi le slogan, déjà ?

Nous y voilà. On a réussi à devenir vieux ! Bizarre, non ? Quand on a enterré cette lettre – si on l'enterre bien demain –, je ne pensais pas qu'on reviendrait un jour ici. Mais nous y sommes, et nous avons voyagé dans le temps. C'est carrément flippant, quand on y pense.

Comment sommes-nous venus ? En voiture, bien sûr. J'ai sûrement une Mercedes, et toi peut-être aussi, parce qu'on a tous les deux un sacré paquet de blé. Ou peut-être qu'on est venus par un tout autre moyen. Peut-être qu'on n'a plus le droit de conduire de bagnoles à cause de la pollution.

Voici mes prédictions :

D'abord il pleut, non ? J'ai deviné ! Dans les films, dans des scènes de ce genre, il pleut toujours. C'était facile. O.K., si c'est faux, peut-être que tout le reste l'est aussi. Mais essayons.

Nous sommes en 2018 et les gens ne vont plus au travail, sauf ceux qui ne peuvent pas faire autrement. Par exemple pour construire des routes ou des maisons. Tous les autres travaillent chez eux sur des ordinateurs. Et il n'y a plus de magasins, tout est livré à domicile. Le trou de la couche d'ozone s'est tellement agrandi qu'on ne peut plus sortir sans combinaison spatiale. Sinon, on attrape immédiatement un cancer de la peau ou des brûlures terribles. Et les pluies acides ont rongé presque toutes les forêts. Il fait malgré tout bon vivre en Finlande, parce que l'air y est plus pur et qu'on peut encore respirer sans masque.

Je suis architecte et je dessine des maisons. Je vis à Helsinki ou à Turku ou à Tampere, mais je viens à Pori presque tous les week-ends. Pour les vacances, je vais toujours pêcher en Laponie. Mes prises record sont un brochet de quinze kilos et un saumon de plus de vingt. Je te bats à plates coutures. Ha, ha !

Je ne suis pas marié et je n'ai pas d'enfants non plus, mais j'ai une superbe petite amie. Toi aussi, tu vis à Helsinki, et tu travailles dans une banque. Ou alors tu es aviateur. On se voit presque tous les jours et on va à la pêche ensemble. On partage un bateau, avec un moteur monstrueux et un nombre insensé de porte-cannes. Le plus gros Buster disponible sur le marché. Tu as une très belle femme qui est vraiment sympa. Et vous avez un fils. Il s'appelle Jari et il nous accompagne déjà à la pêche.

J'ai une immense maison au bord de la mer, presque les pieds dans l'eau, avec un sauna à poêle à pierres comme celui du chalet qu'on a vendu quand Tiina est née. Tu n'as jamais eu l'occasion d'y venir, mais on est peut-être passés devant en voiture ensemble, plus tard. Sûrement, d'ailleurs ! Il y avait un poêle en forme de fusée, avec un couvercle, qu'il fallait chauffer pendant des heures, puis aérer pour évacuer le monoxyde de carbone avant de se baigner. Je le chauffe presque tous les jours, et ensuite je vais nager dans la mer, exactement comme au chalet. Et j'ai bien sûr aussi mon propre chalet. À Luvia, tout près de l'ancien. Il est gigantesque, mais une de ses pièces fait penser à celui qu'on a vendu. Ou en tout cas la cheminée ! On y va toujours ensemble, à l'automne, pour pêcher le brochet, et on fait griller des saucisses dans la cheminée.

Mais putain ce que tu as l'air vieux ! Avec déjà des cheveux gris ! Et moi aussi j'ai l'air en bout de course. Mais on a survécu et on s'est rappelé notre trésor. C'est dingue, d'abord qu'on soit en vie, qu'on ne soit pas morts à la guerre, par exemple, ou dans une explosion nucléaire. Imagine, si on réenterrait maintenant notre trésor et qu'on attende vingt-sept ans de plus, on serait en 2045 et on aurait soixante-sept ans.

Tu es mon meilleur copain, Antti. Mon seul copain. Et je suis heureux que nous soyons amis.

See you in the future !

P.-S. Tu me dois trois marks, alors aboule la monnaie. Avec vingt-sept ans d'intérêts ! Ha, ha !

– Jari « le roi du monde » Paloviita –

Paloviita remit la lettre dans l'enveloppe, la glissa dans la capsule et resta un long moment immobile. La relire vingt-sept ans plus tard lui avait rappelé, avec force et clarté, le moment de son écriture. Voyager dans le temps était donc réellement possible. Mais malgré tous ses efforts, il ne parvenait pas à se replacer dans l'état d'esprit du garçon de douze ans dont chaque ligne était chargée. Et il se demandait s'il serait capable, dans trente ans, de se souvenir de ce qu'il ressentait maintenant. Sans doute pas.

Il sortit l'autre enveloppe, la retourna. Son nom y était inscrit, d'une écriture si anguleuse qu'on aurait dit qu'un corbeau venait de la traverser avec des pattes pleines d'encre. Elle aussi avait été ouverte, il y avait dans le coin une trace de doigt graisseuse.

Il en sortit une feuille de papier plusieurs fois pliée. Il se glissa de nouveau sous l'abri de branchages et dirigea sa lampe sur elle. En la dépliant, il constata que l'encre y avait adhéré au fil du temps. Antti n'avait visiblement pas utilisé de stylo de qualité d'archive. Et il s'était servi d'une feuille de papier machine ordinaire que ses lignes irrégulières traversaient à la va-comme-je-te-pousse.

Salut Jari !

Bonne idée, cette lettre. Le problème, c'est que je ne sais pas quoi écrire. Ç'a toujours plus été ton truc. On est lundi. L'école sera bientôt finie, et l'année prochaine on entrera au collège. Je ne sais pas pour toi, mais moi ça me fait un peu peur. Il y aura sûrement de la chimie et des maths compliquées. J'espère qu'on sera dans la même classe. Mais on sait déjà si ç'a été le cas, maintenant qu'on a quarante ans, et même quarante et un, pour moi !

J'ai rêvé de cette lettre la nuit dernière. Dans mon rêve, tu étais déjà vieux. Un véritable adulte. Tu avais une pelle et tu allais déterrer seul le trésor. Je ne sais pas ce que ce rêve voulait dire, peut-être que je suis déjà mort. Eh bien non ! Les rêves sont juste comme ça, quelquefois. Je rêve très souvent que je tombe, et je me réveille toujours juste avant de toucher le sol.

Je parie que je suis devenu mécanicien et que j'ai le plus gros garage de Pori, en plein centre-ville. J'ai beau être le grand chef, je continue à réparer des voitures, parce que j'aime ça, mais je laisse toutes les tâches ennuyeuses à mes employés et je ne fais que ce qui m'amuse. Le garage marche vraiment bien et le président m'amène toujours sa voiture parce que personne d'autre ne sait la réparer aussi bien que moi. Papa aussi travaille là, même s'il est déjà à la retraite, mais il m'aide quand il y a des boulots vraiment difficiles. Moi, j'ai une Ford Mustang. Une Fastback des années soixante, comme le père de Kimi, mais la mienne est rouge. Ou alors une Thunderbird rouge, ou alors les deux, et je les conduis à tour de rôle un jour sur deux.

J'ai une petite amie canon et on habite dans un immeuble près de la place du marché, au-dessus de mon garage. Tout l'étage m'appartient, et il y a un grand balcon. Je n'ai qu'à prendre l'ascenseur pour aller au travail. Tu es devenu un écrivain célèbre et tu as une grande maison au bord de l'étang qui est à côté du concessionnaire Nissan. Et tu as une grande famille. Une femme et trois enfants, tous des garçons. Et ils viennent tous à la pêche avec nous. On a un coin à brochets secret dans le Kokemäenjoki que personne d'autre ne connaît, et on en ramène chaque fois des poissons énormes.

Il y a dix ans, quand on a fêté nos trente ans, on a traversé les États-Unis de New York à Los Angeles dans une vieille Cadillac. Comme celle de Clint Eastwood dans Ça va cogner. *Et si on ne l'a pas fait, c'est maintenant qu'on va y aller !*

Je ne trouve plus rien à dire. Pori est sûrement maintenant une très grande ville, et les voitures sont vraiment rapides. Mais elles ne volent pas encore, ni quoi que ce soit d'autre. Mais tout le monde peut aller dans l'espace, à condition d'avoir assez d'argent. Le mieux, dans le fait d'être adulte, c'est qu'on n'a plus besoin d'aller à l'école, qu'on peut se coucher aussi tard qu'on veut et qu'on n'a plus à se cacher pour fumer. Et puis on est bourré de fric et on peut acheter ce qu'on veut, et personne ne vous oblige à manger des trucs dégueulasses. Quand je serai adulte, moi, en tout cas, je mangerai tous les jours de la pizza et des hamburgers et je ferai la grasse matinée comme je veux.

C'est vraiment difficile, d'écrire cette lettre. Je me sens stupide, et ce sera sûrement encore plus stupide de la lire à quarante ans. Et je suis de toute façon sûr qu'on oubliera ces bafouilles. Ou alors quelqu'un d'autre les trouvera. Mais si c'est quelqu'un d'autre, eh bien, je m'appelle Antti Johannes Mielonen, de Pori, et j'ai treize ans. Nous sommes aujourd'hui le 6 mai 1991. Cherchez-nous, moi et Jari Paloviita, qui est aussi de Pori et qui habite à Musa, comme moi, et apportez-nous ces lettres. On vous paiera. Jari est mon meilleur copain et j'aurais aimé qu'il soit mon vrai frère. Et son père, sa mère et sa sœur sont aussi supersympas. Jari est hyperdoué pour le dessin, et aussi pour la pêche.

Jari, si tu déterres seul ce trésor, c'était génial d'être ton meilleur copain. À demain, ou plutôt à 2018. Et cet été, on va beaucoup pêcher et nager.

P.-S. Le X symbolise l'amitié éternelle.

X

Antti

Sous la signature, on avait ajouté au crayon noir une phrase écrite d'une main d'adulte, et visiblement plus récente. Elle disait :

Je tiens toujours mes promesses.

Paloviita la lut deux fois, pour être sûr de bien comprendre. On apercevait du mouvement à la fenêtre de la maison voisine. Une femme s'en approcha, puis disparut. Paloviita sortit de sa poche un stylo (qui n'était pas de qualité d'archive cette fois), retourna la lettre d'Antti et y traça un grand X. Puis il la plia, la laissa tomber dans le cylindre et revissa soigneusement le couvercle. Il remit la capsule en place, égalisa la terre et repartit lentement vers sa voiture. Il recommençait à pleuvoir, cette fois de gros flocons de neige, telles des plumes virevoltant entre les arbres.

Les Éditions Points s'engagent pour la protection de l'environnement et une production française responsable

Ce livre a été imprimé en France, sur un papier certifié issu de forêts gérées durablement, chez un imprimeur labellisé Imprim'Vert, marque créée en partenariat avec l'Agence de l'Eau, l'ADEME (Agence de l'Environnement et de la Maîtrise de l'Énergie) et l'UNIC (Union Nationale de l'Imprimerie et de la Communication).

La marque Imprim'Vert apporte trois garanties essentielles :

- La suppression totale de l'utilisation de produits toxiques
- La sécurisation des stockages de produits et de déchets dangereux
- La collecte et le traitement de produits dangereux

RÉALISATION : NORD COMPO À VILLENEUVE-D'ASCQ
IMPRESSION : CPI FRANCE
DÉPÔT LÉGAL : SEPTEMBRE 2022. N° 148877-3 (3051218)
IMPRIMÉ EN FRANCE